BAROCK
GLENN GOULD
ARTHUR RUBINSTEIN

月刊Hanadaセレクション

CONTENTS

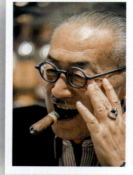

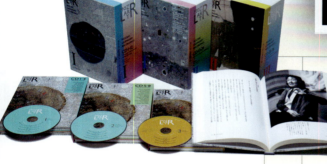

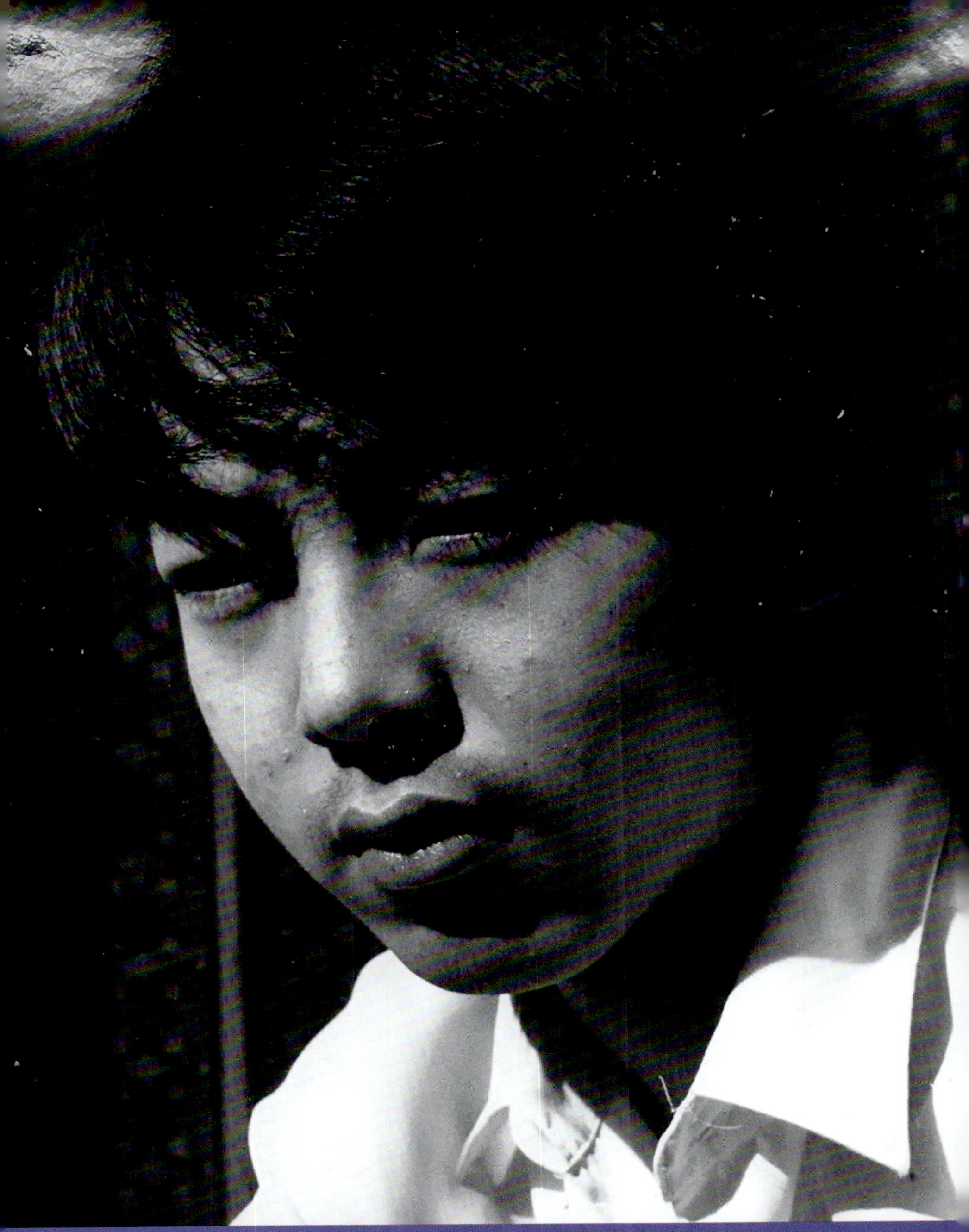

高校1年（15歳）。ニキビが出始め

百田尚樹の青春

（キャプションは本人）

1歳頃、父と。淡路島に渡るフェリーの上にて

2歳、直前、自宅の向かいにあった寺の石段で転んで、痛みをこらえている

1歳前、父と。大阪市東淀川の自宅前の道にて。当時、着いた服はすべて母の手製

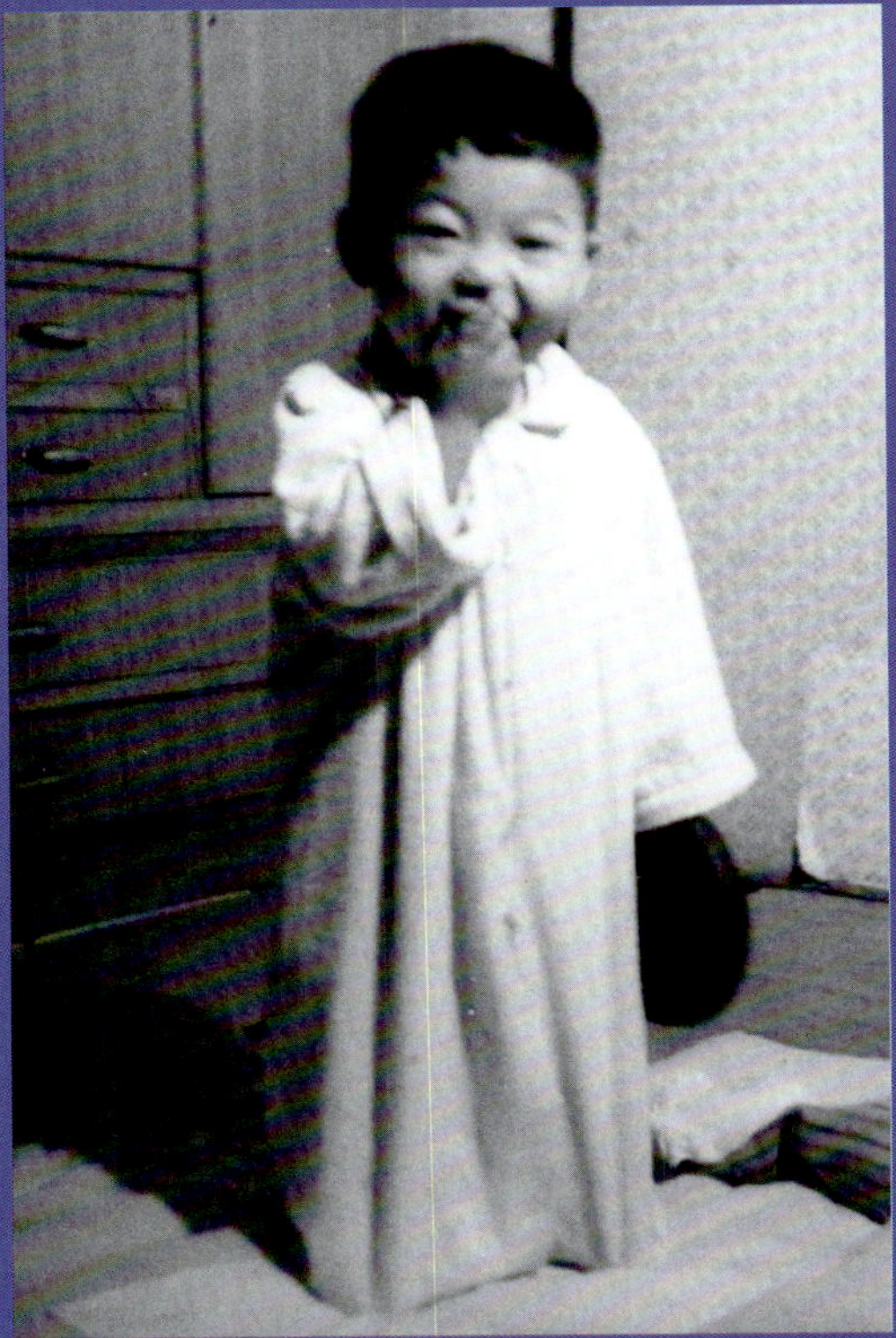
1歳3カ月、自宅にて

1歳前、哺乳瓶で牛乳を飲んでいる

1歳5カ月、阪急百貨店の屋上にて

3歳半、1歳の妹と。淀川の河川敷にて。当時、家から歩いて3分の淀川の河川敷は最高の遊び場所だった

4歳9カ月、自宅の庭にて

1歳半、淀川の河川敷にて

楽しいなあ行水は
或人は上の二枚を観て姉弟と
間違へた、下の奴をとくと御覧
下さい体に似合はず立派でせう。

（アルバムママ）
文はお父上による

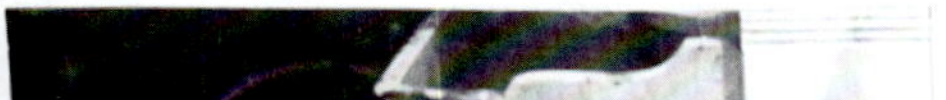

3歳半、1歳の妹と。自宅の庭で行水。当時、家に風呂はなく、夏はよく行水していた

4歳、母と1歳の妹と
西宮の阪神パークにて
半ズボンにネクタイ姿、
一見おぼっちゃまみたいだが、
全部、母の手縫い

小学1年（6歳）、父と自宅の縁側にて。当時、父はたいていのものは自分で作っていた

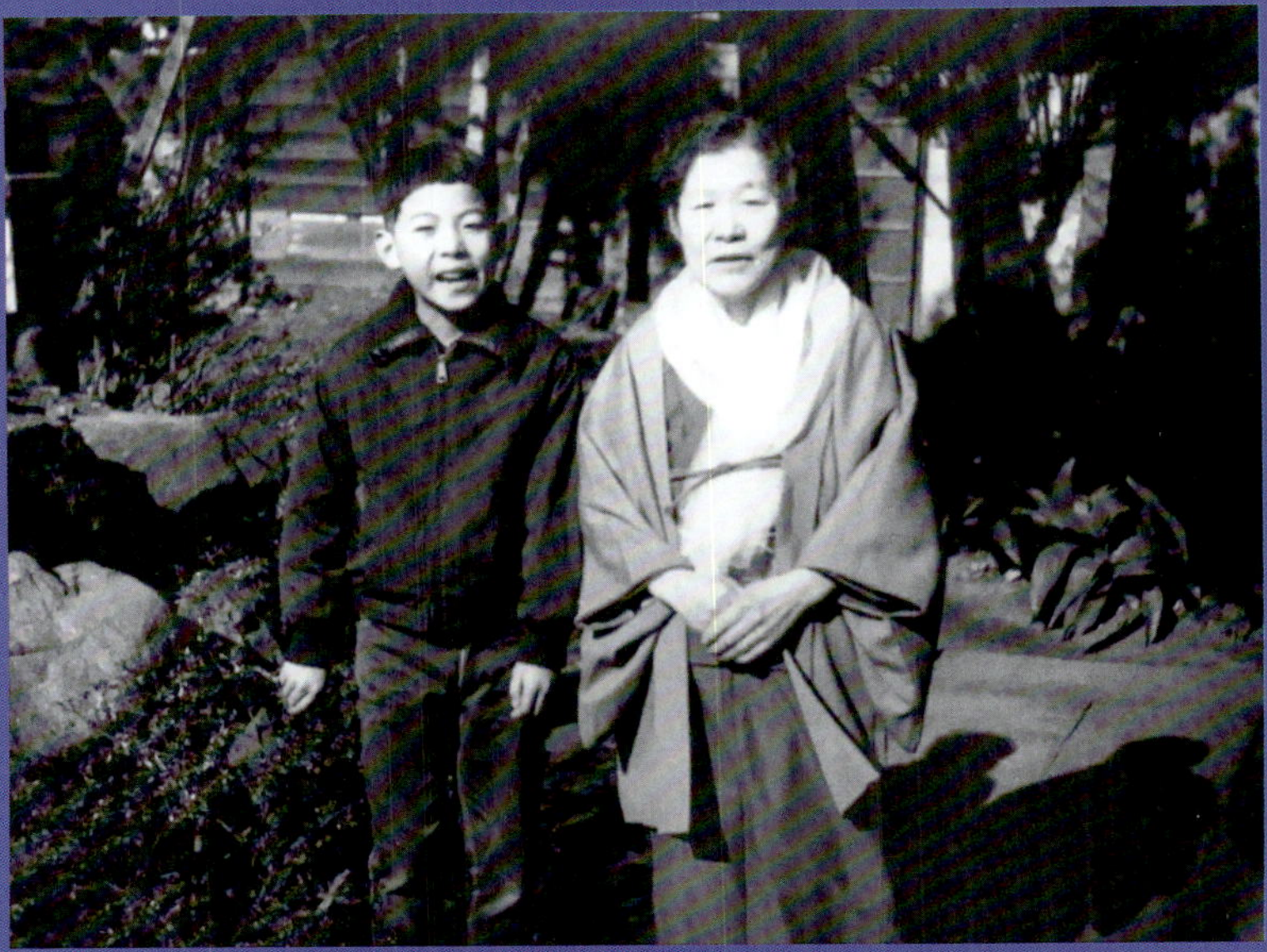

小学3年（8歳）、祖母と。自宅の向かいにあった寺の境内にて

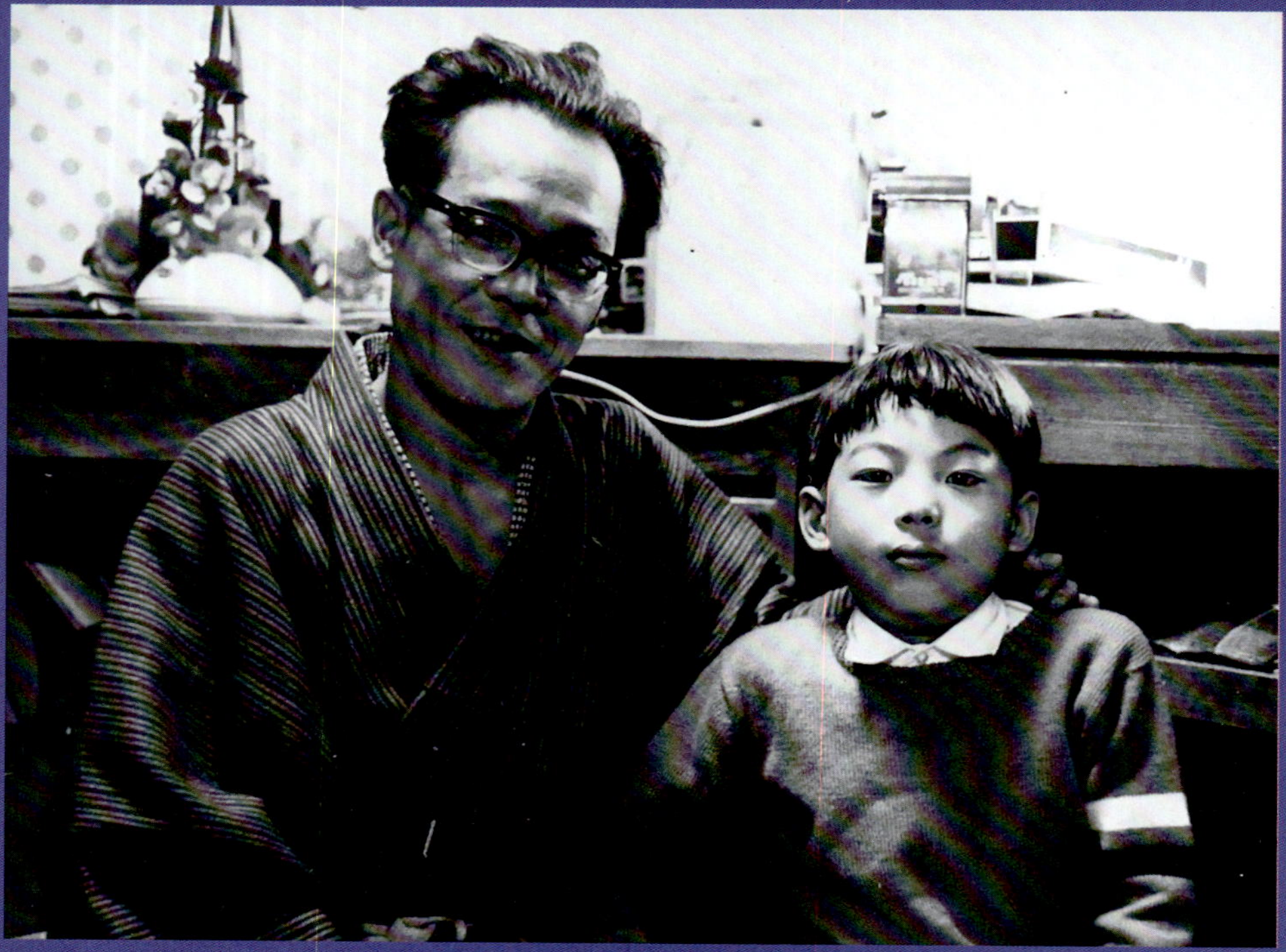

小学4年（9歳）、父と。自宅にて。父は高等小学校しか出ていなかったが、大変な読書家だった

小学4年（9歳）、自宅にて
我が家では毎年、年末にモチをついていた

小学4年（10歳の誕生日）、妹と。自宅にて

中学2年（13歳）、父と妹と。自宅の庭にて。当時は奈良に引っ越していた
父は私が小説家デビューの直前に亡くなった
本好きだった父に作家になったことを知らせられなかったことは残念

中学2年（13歳)、両親、妹と。自宅の庭にて

中学1年（12歳）、自宅の庭にて。当時は阪神タイガースの江夏の大ファンだった

中学1年（12歳）、自宅前の道にて
昭和の子は金のかからない遊びをしていた

中学2年（13歳）、父と。近所の山にて

中学2年（13歳）、自宅にて
当時、マンガ家になろうと思い、よくマンガを描いていた
もし、そのまま描き続けていたら、マンガ家になっていたかもしれない

中グラビアへ続く

どんなに苦しくても
生き延びる努力をしろ

「永遠の0」より

平成二十九年十一月二十三日

百田尚樹

©百田尚樹

『百田尚樹　永遠の一冊』
Hanada セレクション

『永遠の0』は大正世代への挽歌

誕生秘話

百田尚樹 作家

自分の人生を振り返って

『永遠の0《ゼロ》』が出版されたのは二〇〇六年。書こうと思い立ったのは前年の二〇〇五年の暮れでした。私は誕生日が二月の早生まれ。来年五十歳になるタイミングに、初めて自分の人生を振り返ってみたのです。昔は人生五十年と言われていました。私は小さい頃から、その言葉が頭の隅にあったのです。

「あぁ、テレビの世界で面白おかしく生きてきたけれど、気がついたらもう五十歳か……昔なら人生終わりやな」

その時、自分はいままで「これは」と思えるようなことはしただろうか、と思ったのです。

もちろん、テレビの世界では常に自分なりに一所懸命ベストを尽くしてきました。ただ、自分が死んだあとに、なにか残せたと思えるようなものがあるだろうかと考えたら、なにもない。すごく寂しい気持ちがこみ上げてきました。

そこで、なにか新しいことをやってみようと思った。……というのは表向きで、本音を言うと、気づくのが遅すぎたと思いました。十年前に思い立っていれば、もっと気力も体力もあって、いろんなことに挑戦できたかもしれない、と。

五十歳を過ぎていまさら新しいことなんてできないだろう。気づくのが遅すぎた。まぁこれも自分の人生や、とその時は諦《あきら》めたのです。

ところが、それを変えるキッカケがありました。私は朝日放送の「探偵！ナイトスクープ」というテレビ番組のチーフ構成作家を二十九年やっているのですが、その「ナイトスクープ」は一年に三、四回くらい、総集編と称してこれまで放送した内容を再編集し、放送します。なぜ、総集編を放送するのか。正直申し上げますと、おカネがないからです。番組予算は「一本いくら」ではなく、「一年間いくら」という形でもらいます。年間五十回の放送なら、予算を五十で割って一回分の予算を計算する。

国民的ベストセラーとなった感動作

　しかし番組は、毎回決まった内容をやるわけではないので、一回の放送でどれだけの予算がかかるかわかりません。ナイトスクープは視聴者からさまざまな依頼があり、探偵に扮した芸能人が解決するという内容ですが、依頼者が何人もいて、沖縄で三泊四日のロケになったりすれば、一気におカネが飛んでいく。

　カメラを一台使うか、二台使うかによっても予算が変わってきます。番組で甲子園を借り切って大きなイベントをしようとなれば、また一気におカネが飛びます。

　予算をかなり使った翌週はディレクターに、「今度は尼崎《あまがさき》あたりで、半日で終わる低予算ロケにしてくれ」と頼むわけです。

　しかし、低予算ロケさえもできないほどおカネがなく、どうしようもないときがある。そういうときに総集編をやるのです。過去の名作ＶＴＲを集めて放送するだけですから、おカネもかからないし楽です。もし、ナイトスクープを観ていて総集編をやっていたら、「あ、またカネないんやな」と思ってください（笑）。

世界最高齢マジシャン

　二〇〇五年に話を戻しましょう。その年の年末も総集編を放送することになりました。総集編の編集をしていたら、過去に放送した九十七歳の世界最高齢マジシャンのＶＴＲが出てきたのです。これが、ものすごくおもしろい。ナイトスクープの歴史に残る傑作ＶＴＲの一つです。

　そのマジシャンの方は九州在住で、七十数年、アマチュアマジシャンをされてきた。独特なすごく迫力のある人なんです。

その人のマジックがまたすごい。自宅の和室に色とりどりの花や万国旗で飾り付けた大ステージ。そこにシルクハット、黒い燕尾服《えんびふく》でビシっとキメた姿で登場する。ただ九十七歳なので、登場したときから全身が震えているのですが(笑)。

まず、テーブルにコップを置いて、胸から生卵を取り出し、割って入れようとします。ところが、震えているので割った卵がコップに入らず、横にこぼれてしまった。マジシャンは慌てずに、こぼれた卵を全部コップに入れ直して、シルクハットのなかにコップの卵を入れ、ハットをパッと被《かぶ》った。ハットをはずしてお辞儀するんですが、そこに生卵のあとはなにもなく……とやりたかったのでしょうが、お辞儀したら、顔中生卵だらけ。そのマジシャンはまた慌てず顔を拭《ふ》き、まだ卵でテカテカした状態でマジックを続けるのです。

その後、猿の綱渡りというマジックか何かわからないショーもあるのですが、呆れるのはそのサルが綱渡りできないで落ちるのです。サルも怒って暴れて、テーブルの横に置いていた箱を壊してしまうのですが、そこからマジック用の白いハトが何羽も飛び出して、もうむちゃくちゃ。

そのあと出てくるマジックはどれもすさまじいものでしたが、最後のマジックは特別にすごかった。アシスタントの五十歳くらいのおばちゃんが頭に大きな箱を被る。おじいさんは剣を取り出して、これから、そのおばちゃんが被っている箱に刺すという。

よくテレビで胴体切断とか、串刺しとかのマジックがありますが、あんなもん見ていても怖くありません。どうせタネがあって、無事だとわかっているからです。ですが、この時は本当に怖かった。もしかしたら放送事故になるかもしれない、と(笑)。

『永遠の0』の生みの親

マジシャンは震える手で、気合を込めて箱に剣を刺します。ガツッと変な音が聞こえる。それだけじゃありません。なかで、「ウッ」という声が聞こえるんです(笑)。剣を抜いて箱を外したら、おばちゃんは無事だったので「よかった!」と心から拍手しました。おばちゃんはニコッと笑っていましたが、よく見ると頬から血が出ている(笑)。一歩間違えば、番組が終了するところでした。

すみません。こんな話を長々とするつもりはなかったのです。ここで紹介したかったのは、探偵役の桂小枝さんがマジシャンの家を訪ねるところです。この時、小枝さんは玄関でインタビューしています。「本職はなんですか？」と訊いたら、整体師だという。

「整体師もマジックと同じで、長くやられているんですか」

「いえ、八十八歳のときに免許を取りました」

「キャリア、浅！（笑）」

私は、このVTRを観て笑っていたのですが、ハッと気がついたんです。この人、本当はすごい人なんじゃないか、と。

普通、八十八歳といったら動くのもしんどいはずです。ところが、この人は整体師の学校に通い、免許まで取得した。それを考えたら、五十歳で「遅すぎた……」と思っていた自分が恥ずかしくなりました。たしかに五十歳は若くはないけれど、八十八歳からしたら、まだまだ洟垂《はなた》れ小僧もいいところ。「よし、何か新しいことをはじめてみよう」と一念発起したわけです。

それが二〇〇五年の暮れで、そこから半年かけて『永遠の0』を書きました。ですから、『永遠の0』の生みの親は、その九十七歳のマジシャンなのです。

余命半年と宣告された父

小説のテーマに戦争を選んだのは、理由があります。

ちょうどその頃、父親が末期ガンで余命半年と医者に宣告されました。父親は大正十三年生まれ。実際に戦場に行って大東亜戦争を戦った人です。

その二年前には、やはり同じように戦争を経験している叔父がガンで亡くなっていた。私は小さい頃から、父親や叔父から戦争の話を聞いて育ちました。

「あの大東亜戦争を戦ってこられた人達が、いま日本から去ろうとしているのか……」

当時の話を次の世代に伝えていく義務が自分にはあるのではないか、とふと思ったのです。

私は昭和三十一年、大阪の生まれです。戦争が終わって十年経った頃ですが、まだ大阪市内には戦争の傷跡がいくらでもありました。

私が育った東淀川区の家の近くにあった浄水場や国鉄の陸橋の大きな壁には、アメリカ軍が機銃掃射した痕《あと》が残っていました。淀川の大きな河川敷には、アメリカ軍が間違って落とした爆弾の痕もあった。大きな穴が空いていて、水が溜まって池のようになっており、私たちは子供の頃、それを「爆弾池」と呼んで遊び場にしていました。

梅田に買い物に行くと、陸橋のところに傷痍《しょうい》軍人がズラーっと並んでいました。

腕を失った人、足を失った人、目を失った人など、白い服を着た傷痍軍人が二百人くらいはいました。もちろん、天王寺に行っても、難波に行っても同じように傷痍軍人がいました。そういう光景が日常にあふれていたのです。

若い世代に知ってほしい

正月に親戚が集まっても、みんな戦争の話をする。

「あの時、兄ちゃんはどこにおったんや」

「あの時はビルマにおったよ」

「あんたたちは知らんやろうけど、大阪の空襲はすごかったんやで」

別に、はるか昔の話をするような感じでもないんです。まだ戦争が終わって二十年くらいですから、いまでいうバブルの頃の話をするような感じでしょうか。

学校の先生にも、兵隊帰りの人が普通にいました。私たちの世代は、そういう世代の話を聞いて育ったわけです。

ところが、父親は生涯、私の息子と娘には戦争の話をしなかった。従兄弟《いとこ》に訊いても、「そういえば、うちの親父も孫には戦争の話は一切しなかった」という。四、五十年前まで散々戦争の話をしてきた父親世代は、孫にはほとんど、その話をしていないのです。

話さなかった理由はいくつかあると思います。

まずいちばん大きな理由として、共通の知識がない。「赤紙が来てな」と言っても、「〝赤紙〟って何のこと や。わからへんがな」となってしまう。そのときの時代状況もよく知らない。いまの若い世代の義務教育は日露戦争くらいまでで、近現代史をほとんど教わっていませんから、一から説明しないといけません。そういうしんどさもあったと思います。

第二に、四、五十年経って、記憶そのものが薄れていたとも考えられます。あるいは、苦労した、つらい時代の話ですから、改めて掘り下げて話す気力もなくなったのかもしれません。

だから、私たちの親世代はいまの

若い世代にほとんど戦争を語っていない。私は『永遠の0』という物語で、もう一度、あの戦争のことを若い世代に知ってもらいたいと思ったのです。

生きることの素晴らしさ

『永遠の0』は、大東亜戦争でゼロ戦のパイロットをしていた宮部久蔵という男が主人公の物語です。彼は、終戦の年に神風特攻隊に参加し、亡くなります。

彼が亡くなって残された妻は、別の男性と再婚。その後六十年、幸せな人生を送り、亡くなります。その女性には二人の孫がいます。おばあさんが亡くなったあと、この二人の孫は、自分たちには本当に血の繋がったおじいさんがいたことを知る。しかし、本当のおじいさんに関しては、家族に一つも話が残されていない。

本当に血の繋がったおじいさんはどういう人だったのだろう、と孫二人は疑問に思い、全国に生き残っていた、おじいさんとともに戦った戦友たちを訪ね歩く。

本当のおじいさんはなにを考えていたのか、最期はどんなふうに亡くなったのか。

そして物語のラストでは、六十年間、封印されていた〝ある秘密〟が浮かび上がってくる……という物語です。

この物語で一番書きたかったことは、「生きる」ということの素晴らしさです。そして「人は誰のために生きるのか」ということです。

でももう一つは、いまの若い世代に戦争のことを知ってもらいたいということです。

主人公の宮部久蔵は大正八年生まれで私の父の世代、おじいさんのことを訪ね回る孫は私の子供の世代にあたります。私は、『永遠の0』で私の父の世代と子供の世代を結ぶ架け橋をつくりたかった。

二〇〇六年、発売されたときはまったく売れませんでした。しかし、担当編集者からこう言われました。

「百田さん、『永遠の0』は不思議な本です」

どういうことか。普通の本は、売れ行きをグラフにすると山なりになります。徐々に売れ行きが上がって、ある地点からスーッと減ってくる。売れる本も売れない本も、この山なりが大きいか小さいかの差しかない。

ところが『永遠の0』は、爆発的には売れないが、少しずつ売れて、決して落ちないというのです。

当時、さほど出版に詳しくなかった私は「はぁ、そんなもんですか」と軽く考えていましたが、三年目に文庫になり、その二年後に百万部を超え、その翌年、二百万部を超え、さらにその翌年、三百万部を超えました。いまでは四百万部を突破して、平成に入って一番売れた小説になりました。本当にありがたいことです。

本が売れると印税が入って本当に嬉しいのですが(笑)、それ以上に嬉しいのが、売れていくごとに読者層が広がっていったことです。

最初、『永遠の0』の読者の九〇%は六十代以上の男性でした。それが売れてくると、五十代、四十代、三十代と読者層の年齢が下がっていった。最近では二十代、あるいは中高生も『永遠の0』を読んでくれています。書店のデータを見ると、読者の男女比も半々くらいです。

ネットなどで、よく本の感想が書かれています。読んでいると、いちばん多いのが「知らなかった」という感想です。もちろん、彼らも東京大空襲があったとか、広島、長崎に原爆が落とされたとか箇条書き的な知識はある。しかし、日本があの戦争でどのように戦い、負けたのか。あの時代、自分たちのおじいさん、おばあさんが何を考え、どんな思いで生きて、どういう戦いを繰り広げ、そして散っていったのか。そういうことは知らなかった。

大正世代と大東亜戦争

また、若い世代からはこういう声も多かった。

「数年前に亡くなったおじいちゃん、おばあちゃんに戦争の話を聞いておけばよかった」

「いまは、もう話を聞くことができない。悲しい」

そういう言葉を聞くのは辛いことですが、彼らのなかに「あの戦争をもっと知りたい」と思ってくれる人が増えていると聞くと、『永遠の0』を書いて本当によかったなと思います。

皆さんにもう一つ、伝えたいことがあります。それは、あの大東亜戦争を戦ったのは誰かということです。実はあの戦争を戦ったのは、ほとんど大正世代の男たちでした。大正は十五年しかありませんから、すごく短い。大正世代の人口は一千三百四十万人です。

大東亜戦争では三百万人の尊い命が失われました。三百万人のうち七十万人は一般市民ですから、戦場で亡くなった人の数は二百三十万人。この二百三十万人のうち大正世代は二百万人いました。

平均すると、大正世代は六・七人に一人が戦場で亡くなっていることになります。さらに言うと、もっとも戦ったのは大正の後半生まれ（八年～十五年）の人たちです。大正の後半生まれの人たちは、四人に一人くらいは亡くなっている。これは大変なことです。

映画も大ヒット！　©2013「永遠の0」製作委員会

私の父親の世代もそうですが、大正世代というのは、若いときになにもいいことがないんです。

日本は大東亜戦争で三年八カ月戦いましたが、その前から日中戦争で十年戦っています。つまり日本は十四年間、ずっと戦争していたのです。ですから大正世代は、物心ついたときから日本は戦争をしていたことになります。

二・二六事件のような恐ろしい事件もありましたし、治安維持法ができたり、国家総動員法ができたり、日本は軍国主義まっしぐら。そういう暗い時代のなかで、彼ら大正世代は青春時代を過ごしました。自由を謳歌《おうか》するような、華やかな青春時代とはほど遠かったと思います。いまの私たちとはまったく違う青春時代を送ったのです。

そして二十歳になると、兵隊にとられます。ビルマ、レイテ島、フィリピン、満州……いたるところで、地獄の戦場を彼らは戦いました。

あれほどの戦いを繰り広げながら一九四五年、日本は無条件降伏する。戦場でなんとか生き永らえた人たちは、ようやく日本に帰ってきます。

日本は世界最貧国だった

普通の国であれば、あれほどの戦争を戦った兵隊さんに対して「よく戦ってくれました」「ご苦労様でした。

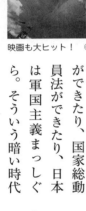

あとはゆっくり休んでください」とねぎらいの言葉をかけるでしょう。ところが、彼らが帰国すると、そんな言葉をかけてくれる祖国はどこにもありませんでした。

なにもかも、なくなっていたのです。東京は焼け野原、都市部は空襲でことごとくやられています。実家に戻ると家が燃えてなくなっている。あるいは両親が空襲で亡くなっている。そして、戦前勤めていた工場、会社もなくなっている。

どれほどの焼け野原だったか。アメリカは一九四五年五月に、日本を爆撃目標リストから外しました。ほとんど焼け野原で、これ以上爆撃する必要がない、爆弾がもったいないと考えたのです。

終戦直後、雨風をしのぐ家さえない人が百万人以上いました。一九四五年九月の時点で、失業者は一千万人。さらに海外から人が戻ってきますが、当然、彼らにも仕事はない。当時、日本の食料自給率は七〇%です。つまり、自前の食料だけでは、日本の人口七千二百万人のうち三〇%が餓死してしまう。

日本は当時、世界最貧国でした。アジア、アフリカ全部ひっくるめて日本が一番貧しかったのです。ゼロからのスタートではありません。日本は莫大な賠償金を背負わされ、はるかマイナスからのスタートだった。

アメリカ軍が占領軍としてやってきたとき、日本のあまりの惨状を見て、「日本は五十年経っても、一九三〇年の生活水準に戻るかどうか」と言ったといいます。

ところが、日本は敗戦からわずか二十年足らずの一九六四年、東京オリンピックを開き、ホストとして世界の国を招いた。さらに同年、「夢の技術」と言われ、当時はアメリカ、イギリスでさえもなしえなかった時速二百キロで走る鉄道・新幹線を開通させました。

この頃、GDP（国内総生産）で戦勝国のフランス、イギリスを追い抜き、アメリカに次ぐ第二位の経済大国になります。これは奇跡です。どうして、それだけの経済大国になることができたのか。

他人のために生きた世代

日本は資源なんてほとんど出ません。先述したように、食料も自前でまかなうこともできない。

日本は世界からたくさん借金をして、石油、鉄を買う。買った原材料を国内で加工して、商品にして、世界に売る。輸入した額と、商品の輸出額の差額が日本の儲けになる。そのわずかな儲けを貯めて、貯めて、わずか二十年で日本はアメリカに次ぐ経済大国になった。

　当時の日本人はどれだけ働いたのだろうと思います。もちろん、日本人全体が働いたのですが、もっとも働いたのは誰か。これも大正の男たちだったのです。

　敗戦した一九四五年時点で、大正世代は二十歳〜三十四歳。最も働き盛りだった。そうです。彼らこそが、戦後の日本を立て直したのです。

　私の父親もその世代の一人です。父親は家が貧しかったので、高等小学校を卒業して、すぐに働きに出ました。父親の家が特別貧しかったわけではありません。大正世代はみんなそうでした。夜間中学を卒業して二十歳になると、兵隊に取られます。日本が敗戦し、戻ってきたら働いていた会社も工場も燃えてなくなっていた。

　彼らはある意味、本当に不幸な世代です。そして、何よりも偉大です。

　大正世代の女性も苦労しました。二百万人の男が亡くなったということは、二百万人の夫、恋人、兄、弟を失ったわけです。私の母親は大正十五年生まれで、結婚は遅いほうだった。おそらく、同世代の男性が大勢亡くなったからでしょう。

　大正世代は、明治以降の百五十年の歴史のなかで最も不幸な世代です。しかし、最も偉大な世代です。彼らをひと言で言えば、「他人《ひと》のために生きた世代」です。私はこの豊かな日本に生まれ育って、今日、幸せに暮らせていることを、彼らに日々感謝しています。

　そして日本に生まれたからには、たとえ小さなことでも、あるいは一つでもいいから、何か日本のために、あるいは社会のためになることをしたい。あの偉大な世代が再建してくれた素晴らしい日本を、少しでも豊かにしたい。いや、私たちには大正世代のような力はないかもしれない。それが叶わなければ、この日本の素晴らしさと豊かさを維持したまま、次の世代に渡していきたいと思っています。

　この豊かさにあぐらをかいて、あとには何も残さない。そんな生き方をしたら、あの世で親父に会った時に顔向けできません。そうした思いを胸に、僭越《せんえつ》ながらこれからも日本を元気にするような作品を書いて行きたいと思っています。

『別冊正論』十六号

特攻に反対を唱えた指揮官たち

百田尚樹
作家

多くの謎

日本の近代史に暗い影を残す「神風特別攻撃隊」――「特攻」と略される。歴史上初めてとも言える「組織だった自殺攻撃」は世界を驚かせた。ちなみにイスラム過激派の自爆テロは日本の「特攻」をヒントに考え出されたものだと思われる。その意味では、特攻は現代にも大きな影響を与えているとも言える。

特攻は今なお多くの謎を残しているし、総括が完全になされていない。なぜ、あのような狂気の作戦が採られたのか、なぜ多くの搭乗員が志願したのか、なぜ新聞や国民が大反対を叫ばなかったのか。これらを論じると本が一冊ではとても足りない。いや、数冊の本を費やしても結論を見出《みいだ》すことはできないだろう。ただ一つ間違いなく言えることは、日本はそこまで追い詰められていたということだ。

特別攻撃が初めて行われたのは昭和十九年の十月だが、その頃はアメリカ軍との戦力格差はあまりにも広がりすぎていて、航空機による艦船への通常攻撃ではほとんど戦果が挙げられないというのが実情だった。

特攻と聞くと、多くの人はとてつもなく残酷な作戦と思うだろうが、実は当時は通常の攻撃でさえ、未帰還率（死亡率と言ってもいい）が恐ろしく高く、搭乗員には遅かれ早かれほぼ死亡する運命が待っていた。航空特攻で亡くなった搭乗員は四千人弱と言われているが、通常の戦闘で亡くなった搭乗員の方がはるかに多い。

「十死零生」の作戦

また戦艦大和の戦死者は約三千人、硫黄島《いおうとう》での戦闘で亡くなった兵士は約一万八千人、レイテ島の地上戦闘で亡くなった兵士は約七万九千人。このほかにも何万人単位で命を失った戦闘はいくらでもある。大東亜戦争で亡くなった兵士の数は全部で約二百三十万人。つまりあくまで割合で言えば、特攻で亡くなった搭乗員の数は、微々たるものと言える。

しかし数字の上では少数とはいえ、特攻は他の戦闘とは根本的に異なる。それは「必ず死ぬこと」を定められた作戦であることだ。前述の戦艦大和の出撃も実質的には特攻と同じかもしれない。アメリカ軍の凄《すさ》まじい航空攻撃をかいくぐって沖縄に到達するなど、常識的に考えて不可能に近い。しかし、それでも九死に一生ということもある。大和とそれに随伴する駆逐艦の水兵たちは死ぬことを命じられてはいない。

事実、大和が甚大《じんだい》な被害を受け、沖縄に到達することが不可能と判断した伊藤提督は作戦中止を命じた。その結果、大和沈没後、生き残った駆逐艦は漂流する水兵たちを救助し、日本に帰還している。史上稀《まれ》に見る愚かな作戦で約二万六千人が亡くなったインパール作戦でも、自殺を命じる作戦ではなかった。

「十死零生」の作戦

また戦死者の数で言えば、同じ大戦初期のヨーロッパ戦線でのアメリカ軍の爆撃機B25のパイロットの戦死者は四千人を超えている（この数字は航空特攻の戦死者よりも多い）。この莫大な戦死者を出した理由は、戦闘機の護衛のない昼間爆撃で、ドイツ空軍の激しい迎撃に遭って毎回四〇パーセントの未帰還機を出したからだ。当時、四度の出撃を生き延びる搭乗員はいないと言われていた。この非情な任務にアメリカ軍の搭乗員たちは決死の覚悟で戦ったが、「必死」ではなかった。

ところが特攻は、その作戦に従事する搭乗員に死ぬことを命じる「十《じゅっ》死零生《しれいしょう》」の作戦である。「九死に一生」との差は断崖絶壁のごとく大きい。そしてこれを命じる者と命じられる者の葛藤は通常の作戦の比ではない。当時の日本の搭乗員たちの多くが死を覚悟して戦っていたのは間違いない。しかし死を覚悟することと、「死ぬのが決まっている」作戦に就くこととは心の持ち様がまったく違う。

しかし当時の軍の上層部は、これを同じと考えた。「搭乗員はどのみち死ぬ。だとすれば通常攻撃で敵に被害を与えられないよりも、特攻で少しでも被害を与える方が効果的である」と、「合理的に」考えたのだ。戦争は残酷なもので、この「合理性」の有無、そしてどこまでが許されてどこまでが許されないかという問題は非常に難しくて簡単に論じることができない。特攻による攻撃しか手段がなければ、特攻もまたやむを得ないという考え方も否定はできない。

ただ、今日の資料で見る限り、特攻は「合理」を超えて、目的と手段が曖昧《あいまい》になっていった。これはおおいに非難されるべき点であると考える。

初めて行われた特攻は栗田艦隊のレイテ湾突入のために、アメリカの空母の甲板《かんぱん》を一時的に使えなくする目的のための非常手段だったのだが、これが後になると、特攻そのものが目的と変化する。つまり敵に被害を与えるよりも、搭乗員が特攻死することが目的となったのだ。

この傍証はいくらでもある。敵艦を見つけられずに帰還した搭乗員を「発動機が止まるまで飛べ」と激しくなじった指揮官、「敵艦に爆弾を命中させれば帰還してもよろしいでしょうか」と訊ねたベテラン搭乗員に「ならん!」と一喝した指揮官、まともな飛行機がなく練習機まで引っ張り出して特攻させた指揮官等々、これらはすべて事実であり、同じような出来事はいくらでもある。つまり特攻においては戦果は二の次となったのだ。

大西瀧治郎中将の壮絶な死

昭和二十年に入ると、もはや日本には戦争に勝つことは不可能であると、軍の上層部はわかっていた。にもかかわらず、人間爆弾「桜花《おうか》」、人間魚雷「回天《かいてん》」、人間特攻艇「震洋《しんよう》」など様々な特攻兵器を開発し、多くの若者たちを死に追いやる作戦を考え、現実にそれらを実行に移した。新聞などにも「一億玉砕」という文字が踊り、まさしく日本そのものが狂気に取りつかれていたと言っても過言ではない。

そういう状況の中で、司令部から「特攻を出せ」という命令が各航空隊に下った時、多くの指揮官はどう感じただろうか。高級官僚にとっては搭乗員など数字上だけの存在であるが、現地の指揮官にとっては、これまで共に戦ってきた大事な部下である。上官と部下とはいえ、これまで苦楽を共にした若者たちである。その部下に「死んでこい」と命じるのは、どれほどの苦しさがあっただろうか。普通なら、「はい、そうですか」と簡単に特攻作戦に応じることはできないはずだ。

　ところが、実際には多くの指揮官が積極的に特攻を推し進め、部下たちを半強制的に志願させ、次々と特攻隊員を送り出している。ラバウル航空隊時代には名指揮官と言われたN少佐はフィリピンの飛行長時代に、おびただしい数の特攻機を送り出している。

　当時フィリピンの海軍は空地分離の方式を採り、搭乗員は所属する部隊ではなく、現地の指揮官の命令に従うというシステムになっていた。フィリピンには各所に航空基地があり、この地で戦う搭乗員たちは被弾したり発動機が故障したりすると、最寄りの基地に着陸するのが常だったが、彼らの間ではいつしか「N少佐のいるセブ基地には降りるな」という言葉が密かに交わされていた。それほどN少佐は積極的に搭乗員を特攻に送り込んだのだ。

　そしてこれも悲しいことだが、部下を特攻に送り込んだ多くの上官たちは、「俺も必ず後に続く」と言いながら、戦争が終わった途端、その言葉を実行に移す者はなく、戦後をのうのうと生きた。

　ただ一人、フィリピンで史上初めての特攻命令を出した大西瀧治郎《たきじろう》中将だけが、終戦の翌日、「特攻隊の英霊に曰《もう》す　善く戦ひたり深謝す」という書き出しの遺書を残して割腹《かっぷく》自殺した。それも腹を十文字に裂き、喉《のど》を突き、十数時間も苦しみ抜いてのものだった。楽に死んでは特攻隊員たちに申し訳ないと、介錯《かいしゃく》を拒否しての壮絶な死だった。

　もう一人の司令官、宇垣纏《うがきまとめ》中将は終戦の翌日、八月十六日に、死ななくてもいい部下十七人を道連れにして特攻死したが、一人で死んだ大西と比較して、厳しい批判を浴びている。

日本人的なメンタリティー

　この二人以外、特攻を指揮した司令官クラスで後を追った者は、筆者の知る限り、一人もいない。彼らは最初から自分だけは死ぬつもりではなかったのだ。

　フィリピンにいた陸軍の富永恭次《きょうじ》

中将は、「お前たちだけを死なせはしない。自分も必ず最後の一戦で特攻する」と言って多くの特攻隊員を送り出したにもかかわらず、アメリカ軍がルソン島に上陸した途端、大本営にも無断で部下を置き去りにして台湾に逃げた。

また終戦当日、台湾の海軍基地で全機特攻が発動された時（最終的には出撃中止）、一人の大尉（名を秘す）が「私も行くんですか?」と口を滑らせている。彼は、自分は士官だから特攻に行くことはないと思っていたのだ。

ああ、もうこのあたりでやめよう。書いていてむなしくなる。ただ、非情な命令にも黙って従った特攻隊員と比較して、それを命じた上官たちの何という卑怯《ひきょう》未練な行いであろうことか。しかし、ここでは彼らを非難する気はない。彼らもまた上からの命令に従って特攻隊員を指名したにすぎないからだ。軍隊という徹底した上意下達《じょういかたつ》の世界にあっては、仕方がないことではある。ある意味、彼らもまた被害者の一人であると言えるかもしれない。

だから私の怒りは、特攻という神をも恐れぬ狂気の作戦を考えた軍令部や大本営などの高級参謀に向けられている。自決して詫《わ》びるべきは彼らである、と。

私は、上からの非情な命令に忠実に従って、決められたノルマ通りどんどん特攻隊員を送り出した指揮官、あるいは他部隊に負けないように積極果敢に特攻隊員を送り出した指揮官たちの姿に、ある種の日本人の典型を見る思いがする。

「部下をみすみす殺してしまうような作戦が正しいのか」「本当にこれ以外に方法がないのか」「特攻そのものが目的化していないか」——そういう疑問を持ち、敢えて上からの命令に異議を唱えることができなかったのか。

私は当時の指揮官たちの行動に、会社に指示されれば、法律に抵触しても、あるいは倫理的におかしいことでも平気でやってしまう忠実な中間管理職の姿がだぶって見える。その意味では、「特攻」の中には、極めて日本人的なメンタリティーが多く含まれているのだ。

敢然と司令部に反対

しかし私がこの拙文で書きたかったことは、実はそんなことではない。この狂気の時代にあって、特攻を拒否した司令官がいたということを多くの人に知っていただきたいのである。

その中の一人に美濃《みの》部正《べただし》少佐がい

美濃部正少佐

る。美濃部はもともとは水上偵察機の操縦士で、太平洋の各地で多くの海戦を戦った。第一三一航空隊の戦闘九〇一隊の飛行隊長であった昭和二十年の二月、木更津《きさらづ》基地において、三航艦司令部が麾下《きか》の九個航空隊の幹部を招集して開いた研究会に参加した。この時の会議は名前だけは「研究会」となっていたが、これは軍令部の既定の「特攻作戦」の方針を確認するためのものだった。

美濃部は本来この研究会に出席できる資格はなかったが、上官の司令が飛行機のことを知らなかったから、代理で参加したのだった。居並ぶメンバーはすべて美濃部よりも上の階級の者ばかりである。

この時、航空参謀は偵察機と防空用の戦闘機を除いて「全機特攻」を標《ひょう》榜《ぼう》し、練習機までも特攻機として使うということを宣言した。多くの者がそれもやむなしと頷《うなず》いた時、美濃部は敢然と司令部に対して反対意見を述べた。

この時の会話は議事録に残っていて、ノンフィクション作家の渡辺洋二氏が『彗星夜襲隊』(光人社NF文庫)という本の中で、この場の鬼気迫る会話を綴《つづ》っている。少々長くなるが、以下に抜粋して紹介したい。

〈言っても無駄だ、黙ってろ、と自分を抑えていた少佐（美濃部正。筆者注）だったが、ついにこらえ切れず立ち上がった。

「フィリピンでは敵は三百機の直衛戦闘機を配備しました。こんども同じでしょう。劣速の練習機まで繰り出しても、十重二十重《とえはたえ》のグラマンの防御陣を突破することは不可能です。特攻のかけ声ばかりでは勝てるとは思えません」

全員特攻の方針を説明した参謀は、意外な反論に色をなして怒鳴りつけた。

「必死尽忠の士が空をおおって進撃するとき、何者がこれをさえぎるか！　第一線の少壮士官がなにを言うか！」

美濃部少佐にとっては、ここは正念場だった。（中略）

「いまの若い搭乗員のなかに、死を怖《おそ》れる者は誰もおりません。ただ、一命を賭して国に殉ずるためには、それだけの目的と意義がいります。しかも、死にがいのある戦功をたてたいのは当然です。精神力一点ばりの空念仏《からねんぶつ》では、心から勇んで発つことはできません。同じ死ぬなら、確算のある手段を講じていただきたい」

「それなら、君に具体的な策があるというのか!?」

少佐は唖然《あぜん》とした。参謀は長官、司令官を補佐して作戦・用兵を立案するのが任務だ。いわば作戦専門の参謀が、特攻しか思いつかず（しかも自身が出撃することは絶対にない）、一飛行隊長に代案を問おうとは！

「満座の中で愚弄《ぐろう》しようというのか」。彼は意を決し、一気に胸中をぶちまけた。

「ここに居合わす方々は指揮官、幕僚であって、みずから突入する人がいません。必死尽忠と言葉は勇ましいことをおっしゃるが、敵の弾幕をどれだけくぐったというのです？失礼ながら私は、回数だけでも皆さんの誰よりも多く突入してきました。今の戦局にあなた方指揮官みずからが死を賭しておいでなのか？」

誰も言葉をさえぎらない。美濃部少佐はさらに話し続ける。

「飛行機の不足を特攻戦法の理由の一つにあげておられるが、先の機動部隊来襲のおり、分散擬装を怠って列線に並べたまま、いたずらに焼かれた部隊が多いではないですか。また、燃料不足で訓練が思うにまかせず、搭乗員の練度低下を理由の一つにしておいでだが、指導上の創意工夫が足りないのではないですか。私のところでは、飛行時間二百時間の零戦操縦員も、みな夜間洋上進撃が可能です。全員が死を覚悟で教育し、教育されれば、敵戦闘機群のなかにあえなく落とされるようなことなく、敵に肉薄し死出《しで》の旅路を飾れます」

（中略）驚異的なこの説明にも動じないふりか、列席者は悠然とタバコをくゆらせるだけだ。（中略）

「劣速の練習機が昼間に何千機進撃しようと、グラマンにかかってはバッタのごとく落とされます。二千機の練習機を特攻に駆り出す前に、赤トンボ（練習機の渾名《あだな》。筆者注）まで出して成算があるというのなら、ここにいらっしゃる方々が、それに乗って攻撃してみるといいでしょう。私

が零戦一機で全部、撃ち落としてみせます！」〉（引用終わり）

何という胆力の持ち主か

この美濃部少佐の言葉に、幕僚たちは誰も反論の言葉を発することができなかった。そもそも指揮官、司令官クラスに自らが特攻へ赴《おもむ》く覚悟のある者は誰もいなかったからだ。

悲しいことだが、これが特攻作戦を指導した司令官や指揮官クラスの現実である。自らは特攻する覚悟もなく、ただ口だけは勇ましく、また搭乗員の命などは屁《へ》とも思わず、「空母一隻を沈めるのに、二百機の特攻機が必要だ」などと平然とのたまうのだ。そして軍令部の打ち出した全機特攻というスローガンに向けて、どんどん部下の若者を特攻に送り出したのだ。

そんな中にあって、美濃部正という男は何という胆力の持ち主なのかと思う。居並ぶ日本海軍の高官の前で、堂々とその作戦を否定するなど、命を懸けてのものでなければ、できるものではない。そして美濃部は自分の指揮する部隊（芙蓉《ふよう》部隊と呼ばれていた）からはついに一機の特攻機も出させなかった。

ただ、美濃部は人道的な見地から、特攻に反対したのではなかった。特攻よりも効果のある戦いを続けなければならないという信念のためだった。戦後、私的に刊行した回想録で「不可能を可能にする代案がない限り、特攻もまたやむをえず、と今でも考えています」と書いている。彼は散華《さんげ》の美学に酔う軍人ではなかったのだ。美濃部は夜間攻撃にその活路を見出していた。研究会の後日、会議の列席者に美濃部は芙蓉部隊の訓練を見学させ、部隊の特攻機化を防いだ。

それにしても前記の議事録を読んで驚くのは、指揮官クラスの硬直した思想だ。精神論ばかりで、軍令部の掲げた全機特攻というかけ声に対して、無批判にこれを受け入れていたことだ。

もしかしたら自らの保身のためということもあったかもしれない。軍隊において上官の命令に異議を唱えることは、会社で上司に逆らうのとは比べものにならない。そして前述のN少佐を初めとする多くの指揮官が、命令を忠実に守り、次々と部下を特攻に送り込んだ。ここには現状を冷静に把握し、上官の命令を客観的に判断するという姿勢が皆無である。

美濃部の指揮する「芙蓉部隊」は夜間攻撃でアメリカ軍をおおいに苦しめた。芙蓉部隊は終戦まで、延べ七百八十六機を出撃させたが、損害は零戦十二機、彗星三十五機、未帰還隊員は七十六人であった。芙蓉部隊の搭乗員たちの過酷な訓練は有名だが、彼らの高い士気は最後まで衰えなかったという。

海外で知られ高く評価

昭和二十年八月に入り、「部隊の最期が近い」と判断した美濃部は、ついに特攻を決意し、そのための編成表を作り上げた。搭乗割には主だった士官、准士官と、夜襲に熟練した下士官・兵搭乗員の名が書きこまれた。そして空中指揮官には美濃部少佐自身の名前があった。その作戦もただやみくもに突入するというものではなく、緻密《ちみつ》で計算されたもので、最後まで敵をいかに叩くかを徹底的に考え尽くされたものだった（実行前に終戦となった）。

今日、美濃部正の名前は忘れられているが、彼の名前はむしろ海外で知られ、その思想と行動は高く評価されている。

特攻に反対を明言した海軍の指揮官は、他に岡嶋清熊《おかじまきよくま》少佐、志賀淑雄《よしお》少佐がいる。第二〇三海軍航空隊戦闘第三〇三飛行隊長であった岡嶋少佐は軍令部から執拗《しつよう》に「特攻機を出せ」と言われながら、ついに一機の特攻機も出さなかった。上官たちに「国賊！」と罵《ののし》られながらも、断固信念を曲げることはなかった。

最新鋭機「紫電改《しでんかい》」を揃え、防空戦闘隊で知られる松山の第三四三航空隊の飛行長、志賀淑雄少佐も特攻に徹底して反対した指揮官だ。彼の上官であった司令官、源田実《げんだみのる》大佐（真珠湾攻撃の航空参謀）は昭和二十年のある日、志賀淑雄少佐に「そろそろうち（三四三空）でも特攻隊を出さないといけないだろう」と言った。それに対して飛行長の志賀はこう答えている。

「喜んで行きましょう。その時はまず海軍の伝統である率先垂範《そっせんすいはん》に倣《なら》って、まず私と司令官（源田）が第一号として行きましょう」

源田実はこれ以後、特攻作戦を口に出すことがなかったという。この源田実の姿こそ、当時の典型的な指導者の態度と言えないだろうか。志賀少佐はその後、鹿屋《かのや》、大村と転戦するが、自身の部下を一人も特攻に出さなかった。

第七二一航空隊の飛行隊長、野中五郎少佐は特攻には批判的だったが、部下だけを特攻させることが耐えられず、自身も特攻死した。野中少佐は指揮官自らが犠牲になることで、上層部に「特攻をやめさせる」ことを訴えようとしたふしがある。

偉大な日本人

　陸軍にも特攻に反対した指揮官はいた。飛行隊六二戦隊の石橋輝志少佐は、大本営作戦課で特攻部隊を編制するように要請されると、「部下を犬死させたくない」と拒否した。しかし残念ながら、石橋少佐はその日のうちに罷免《ひめん》され、その後、六二戦隊は特攻部隊にされた。

　これは想像ではあるが、特攻に反対していた前線の指揮官は前記の人たちだけではなかったはずだ。中には美濃部たちと同じ考えの指揮官もいたに違いない。いや、きっといたはずだと信じたい。

　しかし残念なことに、上官の前で勇気をふるって、そのことを言える者はほとんどいなかった。大多数の指揮官が軍令部の指示に唯々諾々《いいだくだく》と従い、「お前たちだけを殺しはしない。自分も後を追う」と言いながら、戦後は知らぬ顔を決め込んだ。

志賀淑雄少佐

　しかしながら、彼らの行動を、今日の平和な世の中で生きる私たちが軽々に批判することはできない。私自身もまた彼らと同じ立場に立っていたなら、同じ行動を取らなかったと言う自信はない。

　だからこそ、美濃部正少佐、岡嶋清熊少佐、志賀淑雄少佐、野中五郎少佐、石橋輝志少佐の素晴らしさが一際《ひときわ》光る。彼らは「上官の命令は絶対」という厳しい軍隊という世界の中に身を置きながら、思考回路を失くしたロボットのように従うのではなく、冷静に状況を判断し、最善と信じることを信念を持って発言し、実行した。日本の陸海軍にもこういう軍人がいたということは、私たちの誇りでもある。

　今日、「神風特別攻撃」を語る時には、彼らの名前は絶対に忘れてはならない。偉大な日本人として心に刻みつけておきたい人物だと思う。そして東日本大震災で戦後最大の危機を迎えている現代の日本に、真に必要な人材は彼らのような男たちである。

日本の至宝、悲劇の戦闘機「零戦」

百田尚樹
作家

ずば抜けた性能

私のデビュー作『永遠の０《ゼロ》』（講談社）は「零戦」の搭乗員を描いた物語です。

零戦は悲劇の戦闘機です。しかし日本が世界に誇る戦闘機です。正式名称は「日本海軍三菱零式《れいしき》艦上戦闘機」と言います。略して「零戦」。よく「ゼロセン」という言い方は正しくなくて、レイセンが正しい」という言葉を聞きます。

たしかに「零」の読みは「レイ」です。しかし戦争中、一部の搭乗員たちは「ゼロセン」と読んでいたようです。海軍では敵性言語の英語もわりに普通に使っていたようです。

「零式」というのは、零戦が制式採用された年が紀元二六〇〇年（昭和十五年）だったので、その末尾の「〇」を取って「零式」と名付けたわけです。ちなみに二五九九年に採用された艦上爆撃機は末尾の二つの数字を取って「九九艦爆」、二五九七年に採用された艦上攻撃機は同じく「九七艦攻」です。

零戦は素晴らしい戦闘機でした。海軍が航空機会社に出した要求は過酷なものでした。大雑把《おおざっぱ》に言うと、世界最高速のスピードを持ち、同時に世界最高の格闘能力を持ち、世界最高の航続距離を持つ戦闘機を作れ、というものでした。

中島飛行機はあまりの要求の高さに、開発を断念します。しかし三菱の若きエンジニアであった堀越二郎氏と曽根《そね》嘉年《よしとし》氏はこの飛行機の開発に挑戦します。

日本が世界に誇る戦闘機

　実は戦闘機の設計というのはややこしいところがあって、速度を重視して設計すると、小回り（格闘性能）が利《き》かなくなります。逆に小回りができるように作ると、速度が出なくなります。それで各国の戦闘機はそのどちらかを重視する戦闘機を作ることになります。

　ところが堀越と曽根はそのすべてを満たす奇跡の戦闘機を作り出したのです。

　そのずば抜けた性能は圧倒的で、海軍がアメリカと戦争をしようと考えた理由の一つが「零戦」の誕生にあったと言われるほどです。零戦なら倍の敵相手でも戦えるからです。

牛で運んでいた

　しかしこれほどの素晴らしい戦闘機ですが、制作環境は劣悪でした。

　零戦は名古屋市の三菱の工場で作られていたのですが、実はこの工場には飛行場がありません。そのため完成した零戦を飛ばすためには、岐阜の各務原《かかみがはら》飛行場まで運ばなければならなかったのです。その距離、約四十八キロ。しかもその道路は舗装されていないガタガタ道です。

　その道を、完成した零戦を荷車に載せ、牛で引かせて二十四時間以上かけて運んだのです。なぜ牛かって？　馬の方が早いだろうって？　その通りです。馬の方が早い。しかしあまりに早く進むと、舗装されていない道路なので、がたがた揺れ、精密機械である飛行機が傷むのです。

　これが終戦まで続いたのです。

　飛行機といえば当時はあらゆる工業製品の中で最高の技術が集約されたものです。零戦はその中でも世界最高の戦闘機でした。そんな戦闘機を牛で運んでいたなんて、信じられますか?

でも、これが日本の現実でもあり、矛盾でもあったのです。

普通なら、工場の隣に飛行場を作ります。あるいは飛行場の隣に工場を作ります。どうしても無理な場合、工場と飛行場を結ぶ道を整備します。ところが、日本はそのどれもやらなかったのです。

なぜでしょう? 縦割り行政のせいです。工場は民間のものです。飛行場は軍のものです。道路は内務省土木局や県や市のものです。つまり皆バラバラの部署で、すべてを統括するところがなかったのです。

戦争という国を挙げての総力戦を行っているのに、行政がバラバラで、すごく不合理かつ不経済なことをやっていたのが日本なのです。

優美な機体

不合理といえばまだあります。

零戦は工程数が非常に多かったのです。世界最高レベルの飛行機を作るために、実に細かい設計がなされていて、一つ一つの部品にいたるまで製作に時間がかかったのです。

零戦は非常に美しい戦闘機で、直線部分がほとんどありません。すべてがきれいなカーブを描いています。優美としか言いようのない機体は戦う兵器とは思えないほどの美しさを持っています。そのため今も世界のプラモデルマニアの間でも高い人気を誇っています。

同時代に作られたアメリカのグラマンＦ４Ｆは非常に不格好な戦闘機です。ほとんど直線でできていて、翼などもハサミで切って作ったような簡単な形です。しかし、実はこれは敢えてそうした結果でもあります。というのは、作りやすさを考えているからです。

翼の形にこだわれば性能は上がるかもしれない。しかしそのために工程数が増えて、製作に時間がかかるようなら、多少の性能には目を瞑《つぶ》り、より簡単に作れる方を選んだ結果です。

この考え方はさすがアメリカという気がします。戦争とは結局数で勝負するという哲学があるのです。兵器は大量生産できてこそ威力を発揮するという考え方です。

また作りやすさというものは、労働力を効率的に使うという意味からも重要です。近所のおばさんでも簡単に従事できるからです。

1937年7月、零戦設計チームの仲間と。中央が堀越二郎、向かって左隣が曽根嘉年

一方、日本はその逆でした。素晴らしい戦闘機を作るのに、どれだけ時間とコストをかけてもいいという考えです。そのため、零戦を作るには腕のいい職人が必要でした。素人《しろうと》では簡単にできないからです。

しかし、日本というのはここにも不合理な一面を覗《のぞ》かせます。それは徴兵がまったく平等に行われたために、腕のいい職人もどんどん赤紙（軍の召集令状）で戦地にやられたのです。その代わりに勤労動員で中学生や女子学生などを工場で働かせたのですが、彼らは素人なので、うまく作れません。それで零戦の性能がどんどん落ちていったのです。ひどいのになってくると、機銃を逆に付けたりというミスもありました。

ここにもまた「戦争は総力戦である」という考えが欠如しています。戦争は前線の兵士のみで行っているのではないのです。

歴戦の搭乗員の証言

さらに零戦には致命的な欠陥がありました。それは防弾装備が皆無だったことです。一発被弾すれば、たちまちのうちに火がつき、墜落しました。搭乗員の命を守る背中の防弾板もありません。

大戦初期の零戦の被害が少なかったのは、搭乗員の腕がよくて、敵戦闘機にはほとんど撃たれなかったからです。しかしガダルカナル攻防戦でラバウルから片道一千キロという無謀な攻撃を連日繰り返し、腕のいいベテラン搭乗員を多数失いました。『永遠の0』の中にも、ラバウルまでもう少しというところで燃料切れのために海上に不時着した搭乗員の話が出てきますが、当時は同じような形で命を失う搭乗員が非常に沢山いたのです。

私はラバウルで最も厳しい戦いを生き抜いた本田稔さんという歴戦の搭乗員にお話を伺ったことがありま

すが、本田さんは「ガダルカナルで命を失った零戦の搭乗員は、帰路、燃料切れか、疲れて眠ってしまったため死んだケースがほとんどだったと思う」と言っておられました。帰還中、隣で飛んでいた搭乗員が眠ってしまって、そのまま海の中に落ちていったのを何度も見たそうです。

考えてもみてください。片道三時間以上飛んで戦闘し、また同じ距離を帰るのです。

七時間近くもずっと操縦席の中です。そんなこと想像もできません。普通、車でも七時間休まずに運転するのは相当しんどいです。しかも車は攻撃される心配はありません。戦闘機は、いつやられるかわからない極限状況での操縦です。そんな出撃が一週間に三度四度とあるのです。相当頑健な体の持ち主でも無理です。

本田稔さんは、操縦席にドライバーを持参し、眠りそうになると、それで太ももを突き、何とか眠気を払ったそうです。しかし最後の方になると、ドライバーで突いたくらいでは目覚めず、それを足に突き刺してやっと目が覚めたそうです。しかしやがてはそれでも目が覚めず、傷口にドライバーをねじ込んでかろうじて意識を取り戻したといいます。

もう凄絶《せいぜつ》としか言いようがありません。

日本の至宝を失う

当時、搭乗員のガダルカナルへの辞令は「片道切符」と言われ、ラバウルは搭乗員の墓場と言われたのは当然です。

こうしてガダルカナル攻防戦で日本の誇る歴戦搭乗員の大半が命を失いました。いずれも何年もかけて作り上げた日本の至宝ともいうべき搭乗員です。

そして彼らを失ってからは、零戦の弱点は一気に露呈しました。新人の搭乗員たちは被弾する率が高く、零戦はあっけなく撃墜されるようになったのです。

その頃は零戦はアメリカの最新鋭の戦闘機に性能的にも劣るようになっていたので、余計でした。

誕生したときは世界最高の戦闘機でしたが、やがてそれを自在に操る歴戦搭乗員の多くが亡くなり、零戦そのものも時代遅れの戦闘機となり、最後は爆弾を腹にかかえての自爆攻撃——すなわち神風特攻隊の主力兵器として使われたのです。

もう二度とこんな悲劇は起こってほしくありません。

読者プレゼント2

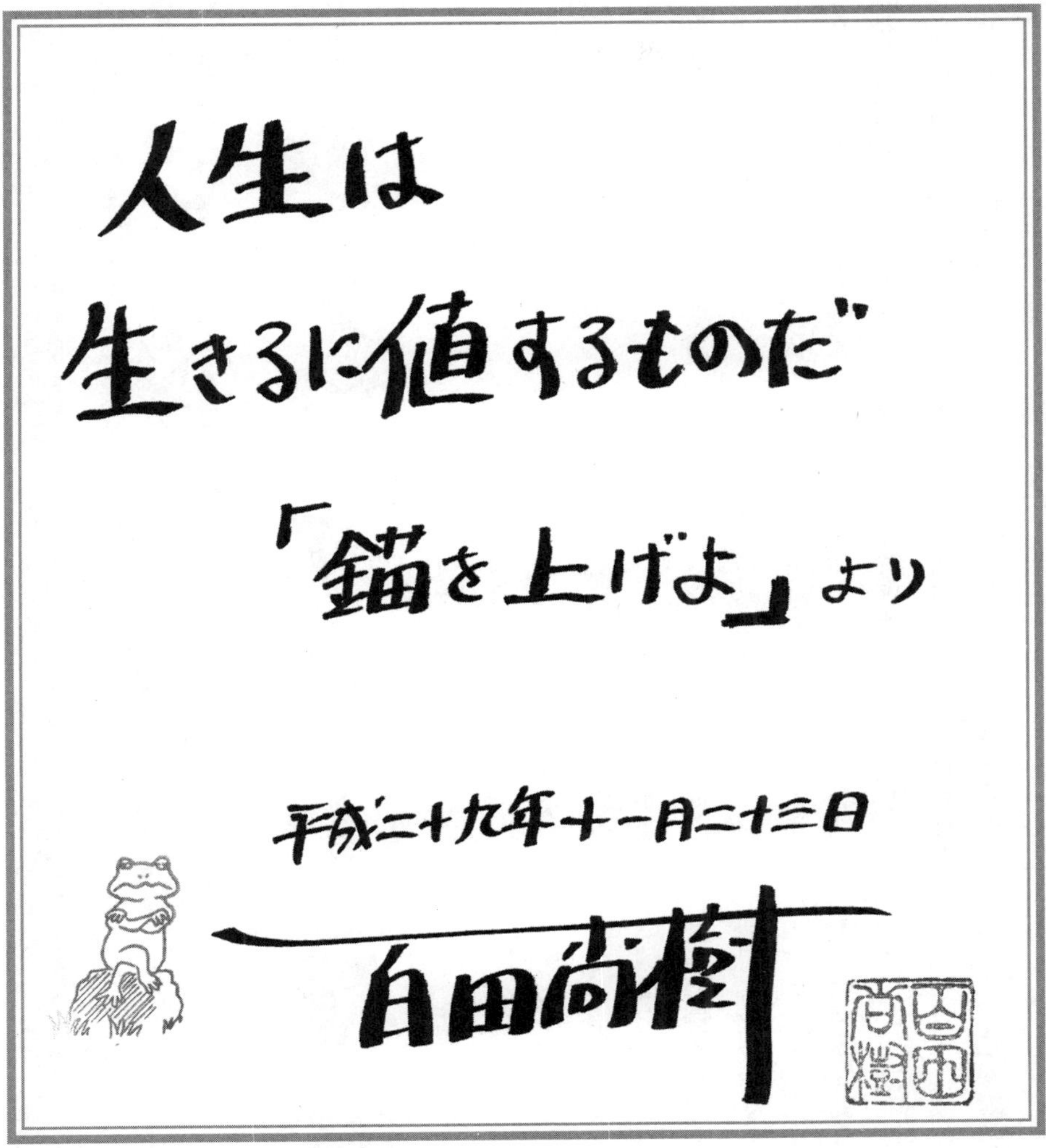

＊巻頭の扉を含めた百田尚樹さんの直筆色紙を抽選で5名様にプレゼントいたします。
P 288の編集部宛先まで、郵便番号、住所、氏名、年齢、本誌の感想や百田尚樹さんへのメッセージなどをお書きの上、2018年1月15日（必着）までにご応募ください。
当選者は『月刊Hanada』2018年3月号にて発表いたします。

『週刊新潮』二〇一四年二月九日号

航空自衛隊「ドッグファイト」体験記

T-7搭乗

百田尚樹　作家

パイロットたちの慰霊碑

二〇一三年十二月十二日早朝、私は静岡県にある航空自衛隊の静浜《しずはま》基地を訪れた。ここは航空自衛隊のパイロット候補生を対象にした初等練習機による訓練を行う基地である。

基地に到着後すぐに二つの慰霊碑に奉拝した。一つはこの基地で殉職した隊員のものだが、もう一つは戦前の芙蓉《ふよう》部隊の戦死者のものである。ここはかつて日本海軍航空隊の藤枝基地だったのだ。芙蓉部隊は戦争末期、夜間飛行による攻撃でアメリカ軍を苦しめた部隊である。その頃、昼間の通常攻撃は圧倒的なアメリカ軍の迎撃機の前になすすべなく、そのために美濃部正《みのべただし》少佐が夜間飛行のパイロットを育成し、何度も夜襲攻撃を成功させた。

美濃部少佐は特攻を拒否した指揮官としても知られる。艦隊司令部が練習機まで特攻機として使うという案を出したとき、美濃部は最も階級が低い身でありながら、真っ向から反対した。司令部参謀は「一介の少佐が何を言うか！」と美濃部を怒鳴りつけたが、彼は怯《ひる》むことなく、「現場の兵士は誰も死を恐れていません。ただ、指揮官には死に場所に相応《ふさわ》しい戦果を与える義務があります。練習機で特攻しても十重二十重《とえはたえ》と待ち受けるグラマンに撃墜され、戦果をあげることが出来ないのは明白です。練習機による特攻を推進なさるなら、ここにいらっしゃる方々が、それに乗って攻撃してみるといいでしょう。私が零戦一機で全部、撃ち落として見せます」と言った。この時、美濃部は抗命罪《こうめいざい》による死刑を覚悟したという。

現場指揮官のほとんどが上からの「特攻命令」に唯々《いい》と従い、多くの部下を特攻に送り出したが、美濃部はただの一人も特攻に出さなかった。芙蓉部隊の活躍はアメリカ軍を苦しめ、部隊も度重なる迎撃で消耗したが、美濃部少佐の指揮の下、終戦まで戦い抜いた。私が奉拝したのは、その芙蓉部隊で亡くなったパイロットたちの慰霊碑である。

航空自衛隊のT-7初等練習機　（写真提供／朝雲新聞／時事通信フォト）

不思議な感動

献花を終えると、今回の目的である練習機搭乗のためのブリーフィングを受ける。そして搭乗する前に必要な装備を身に付ける。航空服の上に、発煙筒や無線機の入ったベストを着用、さらにパラシュートが納まったリュックを背負い、通信機内蔵のヘルメットをかぶる。総重量二十七キロである。

私が搭乗したのは、二人乗りの「T―7初等練習機」である。ふだんは教官が乗る後部座席に私が乗り込んだ。大きさは零戦よりも一回り小さい。コクピットは驚くほど狭い。いくつものシートベルトで体を完全に固定される。動かせるのは手足だけである。後ろを見るために体をよじるのも渾身《こんしん》の力がいる。操縦席にいるのは航空自衛隊・第十一飛行教育団第二飛行教育隊長の衛藤宏樹二等空佐（49）である。パイロット歴二十七年、飛行時間四千五百時間のベテランである。

飛行機は意外なほど短い滑走距離で浮き上がった。機体はあっという間に高度を上げる。飛行場の上で大きく旋回すると、機体はほとんど地面に対して垂直になり、G（重力）が体にずしりとこたえる。普段、旅客機に乗っているのとは感覚がまるで違う。

この日は抜けるような快晴で、左手に白い雪をいただいた富士山がくっきりと見える。かつて「芙蓉部隊」は富士の名前から命名された(「芙蓉」は富士山の別名)。ただ、風が強く、機体は何度も上下に揺れる(この日、上空は風速二十メートル)。ヘルメットの通信機を通じて、衛藤二等空佐が「今日は風が強いので、揺れます」という声が聞こえる。

「右後方に二番機が見えます」

見ると、同じ「T―7初等練習機」が続いている。操縦しているのは増田義紀三等空佐（42）、後部座席にいるのは加藤太一一等空尉である。加藤一等空尉は飛行中の私を撮影するためにカメラを構えている。私は加藤一等空尉に向かって敬礼した。

「右下は静岡市内です」

「高度はどれくらいですか?」と私が訊くと、すぐに「一千五百フィートですから、約五百メートルです」という衛藤二等空佐の声が返ってくる。飛行前に高度計の位置を教えてもらったはずだが、速度計や加速度計、昇降計など計器が沢山あって、どれがどれだかわからなくなっている。しかも高度はフィート、速度はノットで表されているので、ぴんとこない。

感じた恐怖

やがて海に出た。下には美しい駿《する》河《が》湾《わん》が見える。飛行機は高度を上げながら、沼津の方に飛んでいる。二番機はすぐ右を飛んでいく。二機による編隊飛行の要領だと衛藤二等空佐が教えてくれた。

私は不思議な感動にとらわれていた。かつて芙蓉部隊の人たちも、こうして富士を見ながら静岡の空を飛んでいたのだと思うと、胸が詰まった。七十年前の富士も今日のように美しい姿を見せていたのだろう。

いつのまにか高度は三千メートルに達していた。上空の気温はマイナス五℃以下。機内は暖房があったが、あまり効かない。

離陸して約三十分が過ぎたころ、いよいよ今日の一番の目的である模擬空戦体験を開始することになった。

「今から敵機がアプローチしてきます」と衛藤二等空佐が言った。

「右から来ます」

右後方を見ると、増田三等空佐が操縦する飛行機がさきほどまでの編隊飛行とはまるで違う角度で飛んでいるのがわかった。編隊飛行のときは少し後ろを平行に飛んでいたのだが、今は後方から突き刺さるように飛んでいる。こちらに機首を向けて

芙蓉部隊の主要機「彗星」と部隊名の由来となった富士山

飛んでいる姿は異様な迫力である。

「この機を狙っています」

模擬空戦とわかっていながら恐怖を感じた。敵機が後方から迫ってくる。もし実戦だったら、震え上がるどころではない。

空母に特攻！

「ふりきります」

衛藤二等空佐はそう言うと、敵機の追尾から逃れるように大きく旋回した。水平線がぐるりとまわるのがわかる。体全体にすごいGを感じる。敵機も同じような動きで追尾してくる。衛藤二等空佐は右に左に旋回し、あるいは上昇と下降を繰り返す。私はコクピットから敵機を見ようとするが、Gがかかって首がまるで動かない（この日は最大４Gだったという）。それに激しい動きで内臓が上下に動き、とんでもないことになった。

「今度はさっきと逆に、こちらが敵機にアプローチします」

衛藤二等空佐が言うと同時に、増田三等空佐が操縦する飛行機が前に出た。

さきほどとは反対に、こちらの飛行機が敵機の斜め後方から追いかける形となった。敵機は旋回して逃げていく。それを追いながら、敵機を射程に入れていく。

「飛行機は動いているので、機銃は敵機の前方向を狙って撃つことになります」

なるほど、機首は常に敵機の少し前方を睨《にら》んでいる形になっている。

敵機にぐいぐい追いすがる。すごい迫力だ。

「撃ったあとは、こうして離脱します」

衛藤二等空佐はそう言うと、飛行機を敵機の後方で大きく右旋回させながら下方へ離脱した。どうやら、今、機銃を撃ちこんだらしい。確かに、そのまま突っ込むと空中でぶつかることになる。できるだけ接近し、機銃を撃ち終えたあとは、腹を見せるような形で離脱していくのだ。

　それにしても、わずか数分足らずの模擬空戦だったが、全身の疲労感はただごとではない。この模擬空戦は超初心者向けだが、もし本気で旋回や急降下や宙返りをやれば、私などは間違いなく失神するだろう。

「次は編隊飛行で、二番機としてついていきます」

　増田三等空佐を隊長機と見立てて、列機としてついていく。もちろん普通の水平飛行ではない。実戦の乱戦の中での飛行を模したものだ。

　隊長機は右に左に旋回しながら飛ぶ。それにぴたりとついていくのだが、これも大変な技量が必要だとわかる。

　さて、一連の模擬空戦を終えると、私の体は限界に近くなっていた。凄《すさ》まじい吐き気がやってきたかと思うと、突然、嘔吐した。ズボンの裾《すそ》に入っていたビニール袋を取り出す余裕もない。幸い、朝飯を抜いていたので、わずかばかりの胃液が出ただけだったが。

　衛藤二等空佐が「大丈夫ですか」と声をかけた。私が「かなりきついです」と答えると、「それでは、このあとの予定は中止して、帰還しましょう」と言った。

　飛行機は水平飛行に戻り、基地に向かって飛んでいたが、私はせっかくの貴重な体験を途中で終わらせることはできないと思った。

「あと、何をやるんでしたか」と私が尋ねると、衛藤二等空佐は「三保《みほ》の松原《まつばら》に小さな滑走路がありますが、それを空母に見立てた突入です」と言った。

　そうだった。それが今回の飛行の一番の目的だった。

　かつて特攻機がアメリカの空母に突っ込んだのと同じ形で突入するのだ。これはたとえ胃液を吐いてでも是非やらなければならない。

気が付けば涙が

「大丈夫です。それをやってください」

「わかりました」

　衛藤二等空佐はそう言うと、機体を三保の松原に向けて飛ばした。やがて松林の海岸のすぐそばに、小さな滑走路が見えた。

「左下の滑走路を空母に見立てます」

「はい」

「今から突入します。敵の砲弾がもっとも少ない前方から突っ込みます」

　機体が〝空母〟に近づいていく。みるみる空母が大きくなってくるにしたがって、全身に緊張が走る。

空母上空に達すると、機体は裏返るように右旋回した。私はその瞬間、鳥肌が立った。これこそ、『永遠の0《ゼロ》』の主人公宮部久蔵がアメリカ空母に突入した方法だったからだ。宮部はこのようにして空母上空で背面になり、ほぼ垂直の角度で突っ込んだのだ——。

次の瞬間、機体は滑走路から大きく離脱した。突入の模擬が終わったのだ。

気が付けば涙が流れていた。涙の理由はわからない。感動でもなければ、悲しみでもない。これまで味わったことのない不思議な感情だった。左方向を見ると富士山が見えた。その美しい姿を見て、また涙が流れた。

十分後、基地に着陸した。飛行時間はちょうど一時間。

機体から降りると、疲労困憊《こんぱい》だった。たったの一時間で、全身がくたくたになっていた。本部の建物の階段を上がるのに、二度もつまずいたくらいだ。

『永遠の0』を書いているときは想像するしかなかったことだが、今回、初めて大東亜戦争の戦闘機の空戦に近いものを体験させてもらって感じたことは、当時の戦闘機の搭乗員というのは実に過酷な環境に身を置いていたということだ。

また、当時の搭乗員たちの凄まじいまでの精神力と体力にあらためて思い至らされた。たとえばガダルカナルの戦いにおいては、ラバウル航空隊の搭乗員たちは片道三時間を超える飛行の後に、命を懸けた空戦を行い、再び基地に帰還した。これを一週間に何度も繰り返したのである。こんなことは想像すらできない。

もはや過酷という言葉さえ、妥当ではないほどに厳しいものである。

英霊に心から感謝したい

しかし日本の陸海軍の搭乗員たちは祖国のため、家族のために大空を戦い抜いた。散華《さんげ》した幾多の霊に心から感謝したいと思った。

この日、静浜基地で、命を懸けて訓練に励む若い飛行学生たちを何人も見た。彼らはここを卒業した後、さらに別の基地で訓練を受け、最終的に実戦部隊へと配属される。そこで日夜、日本の安全を守るために空を飛ぶことになる。しかし、パイロットの技量と体力は永久ではない。やがて加齢による衰えと共に、若いパイロットと交代していくことになるだろう。そしてこの半世紀以上、こうして世代交代が何代にもわたって行われてきたに違いない。

戦争は決して起こしてはならない。日本は七十年前の悲劇を繰り返してはならない。しかし平和とは一国が努力すれば叶うものではない。国際状況は刻一刻と変化する。あってはならないことだが、もし日本の領土と国民の命が他国に脅《おびや》かされる時が来たなら、命を懸けて国と国民を守るために彼らは訓練しているのだ。

私は先日、山口県の周南市《しゅうなん》にある出光興産の徳山製油所を見学した。二〇一四年、六十年の歴史に幕を下ろす製油所で、非常に印象的なものを目にした。それは所内にあった消防隊である。何台もの消防車があり、消防隊員たちが訓練をしていた。所長は「製油所で火事が起これば大変なことになりますから、そのために我が社が作った消防隊です」と言った。私が「一年に一度くらい出動しますか」と尋ねると、「十年に一度もありません」という答えが返ってきた。私はそれを聞いて感心した。十年に一度も出動することのない消防隊——にもかかわらず、万が一のために、日夜、消防訓練を重ねる隊員たち。これが「安全」というものなのだ。私たちが日頃、何気なく、当たり前のこととして受け止めている「安全」は、実はこうした様々な人たちによって支えられているのだ。

平和の真の意味

自衛隊員の訓練も同じだ。彼らは万が一に備えて、日夜、懸命に技量を磨き、不断の努力を重ねているのだ。

そんな自衛隊員を「人殺し」と罵《のの》る心ない人たちがいる。「彼らは日夜、人を殺す訓練をしている」と非難する人たちもいる。本当に許せない言葉である。

自衛隊は誕生してから誰一人殺してはいない。いや、それどころか、世界で最も多くの人の命を救ってきた「軍隊」なのである。それに自衛隊の人たちほど平和を望んでいる人たちはいない。もし戦闘が起これば、自分たちがまっ先に死ぬことになるからだ。しかし、彼らはそのときには国民の命を守るために戦う。そしてその日のために命懸けの訓練を続けているのだ。

航空自衛隊のパイロット訓練を体験して、平和の真の意味を突き付けられた気がする。

平和ほど尊いものはない。私たちは何としても平和を守っていかなければならない。しかし、それは血の滲《にじ》むような努力を行っている人たちによって守られているということを忘れてはならない。

異常な言論空間
沖縄で熱血大講演

百田尚樹
作家

二十五年ぶりの沖縄

私は沖縄が好きで、若い頃、しょっちゅう来ていたのですが、仕事が忙しくなってから足が遠のき、気がついたら二十五年間、沖縄に来ていませんでした。

最後に沖縄に来たのは三十六歳の時です。阿嘉島《あかしま》へダイビングに行きました。友人の男と二人で行ったのですが、そこで東京の女の子と知り合いまして、とても楽しい時間を過ごしました。二十五年前はアホなおっさんやったんですが、いまもあんまり変わっていません（笑）。

今日は、沖縄タイムスの阿部岳《たかし》記者が来ているということです。よろしくお願いします。明日の紙面で、また思いっきり私の悪口、書いてください（会場爆笑）。

せっかく沖縄タイムスさんが来ているので、まず沖縄二紙、沖縄タイムスと琉球新報の話をしましょう。

二年前、私は「沖縄の二つの新聞はつぶさなあかん」と発言し、散々叩かれました。沖縄タイムスは「本気でつぶれたらいいと思う」と発言したと書いているんですが、「本気で」なんて私はひと言も言っていません。記事は正確に書いてください、タイムスさん。

実際、私はあの時、どのようなシチュエーションで、どういう発言をしたか。正確に申し上げます。

あれは自民党の私的な勉強会でした。最初の一、二分、記者が部屋にいて、写真撮影などして退席する。

私はその一分間に、報道陣の前でこう言いました。

会場に入りきらないほどの600人を超える聴衆が詰めかけ、熱気に包まれた　（撮影／編集部）

「マスコミのみなさんに言いたい。一分間しかおられないので、しっかり言いたいのですが、まず公正な報道をお願いします。それプラス、日本の国を自分たちの報道でいかによくしていくか、この気持ちをしっかり持ってもらいたい。反日とか売国とか、日本を貶《おとし》めるために書いているとしか思えない記事はやめていただきたい。

何も政治的な偏向をしろと言ってるんじゃないんです。自分の書く記事が、それを読んでいる読者のみなさんが日本人としての誇りを持つ。日本の国が立派な国であるというそういう気持ちになる記事かどうか、それを肝《きも》に銘《めい》じて書いていただきたい。もちろん、公正というのは当たり前のことですが、それを一つお願いいたします」

いいこと言っているでしょう？（会場爆笑）。

ひどすぎる朝日の英字版

その後、報道陣は退席しました。講演はオフレコで一切、記事にはならないという約束でしたが、報道陣は「百田のやつ、憎たらしいこと言いやがって。なんか悪口書いたろ」と思ったのでしょう。講演を始めたら、ドアのすりガラスのところに耳がいっぱいくっついている。「壁耳」というやつですね。

講演のテーマは「集団的自衛権とは何か」。沖縄やマスコミのことはひと言も話していません。三十分間講演したあと、議員の人たちと雑談になりました。

はじめ、ある議員がこう言いました。

「百田さん、私は思うんですが、最近のマスコミのテレビの報道はひどい。この偏向報道を糺《ただ》すために、スポンサーに圧力をかけて、それでテレビに圧力をかけたらどうだろう」

私も言論人のはしくれです。スポンサーに圧力をかけるなんて以《もっ》ての外《ほか》、あってはならないことです。私は「いくらなんでも、それは……」と無視し、そのまま違う話題になりました。

しばらくして、また別の議員がこう訊いてきました。

「沖縄の世論はどう思いますか」

私はそれに対して、こう答えたんです。ここは重要なので正確に言いますね。

「私も沖縄は、あの二つの新聞社はめっちゃ頭にきてね。僕ね、琉球タイムズ（注・これは敢えて冗談で言っています）でしたか、一回、記事に大きな見出しを書かれてね。『百田尚樹、また暴言』って。『また暴言』はないやろって（笑）。本当にもう、あの二つの新聞社から、私は目の敵《かたき》にされているんで。まあ本当に沖縄の二つの新聞社は、本当につぶさなあかんのですけども（笑）」

叩かれた発言は、この最後の部分です。沖縄二紙に関しては、このあと、ひと言もしゃべっていません。

ところが、翌日の朝日新聞をはじめとするいくつかの新聞は、「百田尚樹が沖縄二紙は絶対につぶさないといけない、と発言した」と書きました。「絶対」なんて、どこにも言っていません。勝手に付け加えているんです。朝日の英字版はもっとひどい。

「あらゆる手段を使って、廃刊にしなければならない」

ここまで発言を捻《ね》じ曲げて書くなんて、ひどすぎます。

沖縄二紙へ呼びかけ

沖縄二紙には「百田は沖縄を差別している」と書かれました。冗談で「沖縄二紙はつぶさなあかん」と言っただけなのに、なにが「沖縄差別」なのでしょうか。

「言論弾圧」とも書かれましたが、言論弾圧とは、公的権力をもって、あるいは暴力でもって、民間の声を封じることです。

私はあくまでも、ただの作家です。私が「つぶさなあかん」と言ったところで、まったく言論弾圧ではない。はっきり申し上げますが、私に沖縄二紙をつぶすだけの力はとてもありません。沖縄二紙は、言論弾圧の意味をきちんと理解してもらいたい。

その週、また別の講演で、こう言いました。

「あの時は冗談で『つぶさなあかん』と言いましたが、いまは本気で思ってます」

　聴衆はみんな笑っていましたが、その発言が翌日、ネットで記事になり、すぐに読売新聞の記者から電話がかかってきました。

「百田さん、いまは本気でつぶれてほしいと思っているんですか?」

　冗談に決まってるやろう、と言ってやりました。読売新聞もアホですね(笑)。

　紙面で叩くだけではまだ恨みが果たせないのか、沖縄タイムスは『報道圧力』というブックレットを出版。読んだら驚きました。全ページ、私の悪口（会場爆笑）。皆さん、決して買ったらいけませんよ。

　沖縄二紙にあまりにも叩かれるものですから、ニコニコ生放送でやっている「百田尚樹チャンネル」で「沖縄の二つの新聞、一回、僕としゃべろうやないか」と呼びかけたのですが、出てこない。ずるいですね。是非、出てきてください。

座り込みは八時から十六時

　沖縄二紙の悪口ばかり言ってもしょうがありません。今日は沖縄に迫る脅威について話をしようと思います。

　昨日の夜、沖縄に入り、今日は朝から時間があったので、我那覇真子さんに「美《ちゅ》ら海水族館」を案内してもらいました。初めて行ったのですが、物凄く楽しかった。今度、また改めてゆっくり見たい。

「次はどこ行くの?」

「高江《たかえ》のテント村に行きませんか?」

「え?　高江のテント村?　怖いやん。なんか悪い人がいっぱいおるんやろ?」

「いや、悪いなんて言ったらいけません。市民ということですから」

「市民?　沖縄県民、何人ぐらいおんの?」

「半分くらいです」

「あとの半分は?」

「どこかから来てます」

「いろんな県から来てんの?」

「いろんな県じゃないです。中国や韓国からも来てますよ」

「いややなぁ、怖いなぁ。ど突かれたらどうすんの」

「大丈夫。私が先生を守ります!」

「それやったら行く!」(会場爆笑)

　我那覇さんは素晴らしい方です。それを聞いて安心して、高江のテント村に行きました。ところが人はおらず、テントも台風が来るので畳まれていた。

「ここは私有地ですか」

「いえ、公道です」

テントはいたるところにあり、公道にこんなに物を置いていいのだろうかと思うほどです。

車が一台、駐車してあり、なかを覗くといろんなものがありました。ニンニクとかハチミツとか、健康食品がやたらある。

「ずいぶん健康に気をつけているんやなぁ」

「はい、年寄りも多いですから」

その車には、沖縄の観光ガイドの本もありました。観光に来ているんですね。『漢和辞典』も置いてあり、日本語の勉強もしているようでした。

せっかく来たからには、デモ隊に参加している人にも話を訊きたいと思い、高江のテント村を三、四カ所回りましたが、誰もいなかった。

その後、辺野古にも行きました。

海岸のすごくいいところにテント村があるんです。テントには「座り込み時間は八時から十六時までです」と貼り紙があって、「なんや、ずいぶん早く終わるな」と。

最近は、第二テント村というのもあるらしくて行ってみましたが、そこにも誰もいない。番をしていたのは猫だけ。その猫は反対派の飼い猫でエサも置いてあり、近くに猫用のトイレもありました。よく「猫の手も借りたい」と言いますが、よほど人手が足りないのでしょう。

もし沖縄が独立したら

しょうもない話をしていますが、ここからが本番。だいたい私の話は枕が長いと言われるんです。時々、枕だけで終わってしまう時があるのですが(笑)。

さきほど、我那覇さんに尋ねてみたんです。

「沖縄二紙の本当の目的は?」

「私もわかりませんが、沖縄二紙は沖縄を独立させたいと考えているような気がします」

「え? 沖縄県民は沖縄を独立させたいと考えているんですか」

「そんなこと、誰も思っていませんよ」

沖縄がもし仮に独立したらどうなるか。一〇〇%、中国に取られる。取られたあとどうなるかは、チベット、ウイグルを見ていたらわかります。

チベット、ウイグルの人たちは毎日のように、中国によって虐殺されています。ウイグル人女性は皆、綺麗ですが、ウイグル人男性と結婚することはできません。次々入植する中国人の妻にされるのです。

チベットも同じような状況です。

恐ろしい状況ですが、世界はそれを黙って見ている。沖縄独立派は、もし沖縄が中国に取られてめちゃくちゃにされだしたら世界の国が助けてくれるやろ、と思っているかもしれませんが、世界の誰も助けてはくれません。

しかも中国人は、恨みも何もないチベット人やウイグル人に対しても、あそこまで残虐なことができるのです。凄《すさ》まじい反日教育で日本人に対する恨みを増幅させているだけに、一旦沖縄を自治区にすれば、チベットやウイグル以上の恐ろしいことが起きる可能性は高いです。

黒孩子が二億人!?

いま、中国はさまざまな国内問題を抱えています。たとえば環境汚染。北京や上海も、人がまともに住めるような環境じゃないんです。空気、水がめちゃくちゃ汚染されている。

中国政府が、二〇一四年に黄河の水の汚染度を計測しました。汚染度はⅠ類、Ⅱ類、Ⅲ類、Ⅳ類、Ⅴ類、劣Ⅴ類に分けられます。劣Ⅴ類というのは最大の汚染度で、いかなる用途にも使えないレベルです。そんな劣Ⅴ類が黄河三三・八％の区間で計測されたのです。だから、中国の政府高官の家族は海外に住んでいます。そんな国がどこにありますか。

中国でさらに厄介なのは黒孩子《ヘイハイズ》の問題です。黒孩子は戸籍のない中国人のこと。

中国は一九七九年から二〇一五年まで、一人っ子政策を行いました。二人目の出産には莫大な罰金が科せられます。地方の農村に行くと、子供は労働力ですから、二人目、三人目も産むんです。ただ、役所に届けるとえらいことになるから戸籍をとらない。そうして戸籍をとらなかった人たちを黒孩子というのです。

中国政府は、国内に黒孩子が一千三百万人いると発表していますが、中国学者や中国ウォッチャーに言わせると一億人、なかには二億人いるという説もあります。彼らは戸籍がないので、義務教育も受けられない。結婚もできない。

最近になって、中国政府は黒孩子に国籍を与えると発表しました。これはどういうことでしょうか。まず、彼らに戸籍を与え、パスポートをつくらせます。そして、片道切符だけ渡して世界各国に放り出すのです。アジア、アフリカでいま、どんどん中国人が進出しているのはそのためです。

たとえば、中国がアフリカの小さな国に「無償でダムつくったるわ。その代わり、労働者は全部、うちが送り込むからな」と話を持ちかける。そして大量の中国人労働者を送り込み、そのまま定住させるのです。

　中国は一人っ子政策によって、人口がアンバランスな状態になっています。一人っ子政策をすると一人しか産めないので、自然と男性が増えます。妊娠したのが女の子だと中絶するケースもある。農村地帯では、女の子が産まれると殺してしまうケースもあるといいます。

　現在、中国に結婚適齢期の男性が最低でも約三千万人余っているといわれています。一妻多夫制にでもならない限り、彼らは結婚できません。彼らの不満が爆発したら、恐ろしいことになる。

中国は本気だ！

　これを一気に解決する、いい方法があるんです。それは「日本を乗っ取ること」です。日本を乗っ取ったら日本の資源も全部、中国のもの。若い女性はみんな中国人の男に分け与える。日本の男は、どこかわけのわからん僻地《へきち》に飛ばす。文句を言うやつがいたら殺せばいい。

　中国は非常に狡猾《こうかつ》で、和戦両様を考えています。いざというときは戦争することも視野に入れながら、同時に、合法的に領土を取ろうとしている。いま、中国人は日本の土地をどんどん買っています。これまで、日本の土地を買われるなんて心配はする必要がありませんでした。バブル時代、日本の不動産でアメリカの土地をすべて買えるというくらい、日本の土地は世界一高かった。外国人が日本の土地を買うなんて発想がなかったわけです。

　ところが、バブルがはじけて、今度は中国経済が日本を上回るようになった。中国人が日本の土地をなんぼでも買えるんです。一切、規制がないから、買い放題。中国人は中国の土地は買えませんが、日本の土地は買えるのです。日本の法律は完全に遅れており、早く規制すべきです。

　みなさん、中国は本当に怖いですよ。中国は何年も前から、「尖閣はうちの領土や。必ず取る」と宣言しています。尖閣だけではありません。中国は「沖縄もうちの領土や」と言っているのです。

　しかし、朝日新聞や毎日新聞をはじめ沖縄二紙も、中国の脅威をほとんど報道しない。ですから、変な話ですが、中国の脅威に晒《さら》されている沖縄県民のみなさんが、実は一番、中国の脅威を知らされていないのです。

　中国は本気で尖閣を狙っていま

辺野古のテント村を視察　（撮影／高木桂一氏）

す。あまり報道されませんが、中国海警局の船が何十隻と毎日のように尖閣に来ています。ほぼ毎日ですよ。ただ、十数日連続とかで、一日くらい来ない日があります。たまに休みの日を取っているわけではありません。中国海警局の船は、波の高さ四メートルまでしか耐えられない。ですから、五メートル、六メートルになると、その日は船を出すことできない。

なぜ、中国はわざわざ人件費や燃料費を使って、何十隻も船を尖閣に差し向けるのか。

一つは日本のマスコミをマヒさせるためです。尖閣に中国船が押し寄せれば、はじめのうちはマスコミも大きく報道します。「これはえらいことや！」と。ところが、毎日、毎日、同じことが続くとニュースバリューがなくなり、メディアは報道しなくなる。日本人も「なんや、また来てんのかいな。もうええわそのニュース」とそれが日常化してしまい、気にしなくなる。

中国が尖閣を実効支配する

しかも中国海警局はいま、波の高さ四メートル以上でも耐えられる船を大量に作っているといいます。そうなると三百六十五日、尖閣海域に常駐するようになります。

尖閣海域に常駐するもう一つの目的が、「実効支配のアピール」です。中国は尖閣を取るシナリオをいくつも書いています。いま、最も実行される可能性が高いと考えられているシナリオはこうです。

まず、偽装漁民がエンジントラブル、あるいは悪天候のためとかいう理由で尖閣に上陸、中国本土にＳＯＳを出す。そして中国海軍が尖閣に上陸し、そのまま居座り、実効支配をする。

しかし、日本の施政権下でこんなことをすれば大問題になります。同盟国であるアメリカが出て来る可能性がある。中国が一番恐れている国はアメリカです。米軍と自衛隊が共同で戦えば、中国はまず負けるでしょう。

今年（二〇一七年）の二月、初来

日したマティス国防長官がこう明言しました。

「尖閣は日米安保の範囲内だ」

多くの日本人は、マティス長官のこの言葉に胸を撫《な》で下ろしましたが、私はまだ安心できないと思います。日米安保の条文をよく読むと、非常に恐ろしい部分がある。米軍は日本の領土を守るために戦うわけですが、その領土とは「日本の施政権が及ぶ範囲」としています。

施政権、つまり実効支配しているところかどうか、というわけです。裏を返せば、「ここは実効支配していないから、うちは守らないよ」と言う可能性もある。そこで問題になってくるのが「現在、世界は尖閣をどう見ているか」です。

先述したように、中国は何十隻もの船を尖閣に向けて出しています。中国はその映像を、連日のように世界に配信しているのです。尖閣の周辺には日本の海上保安庁の船も日本の漁船もありませんから、これを五年、十年と続けたら、世界は「実効支配しているのは中国」と見るようになる。もしかすると、アメリカも「尖閣は日本の施政権が及んでいない」と言い出す可能性がある。そうなれば、尖閣諸島を中国に取られても、アメリカ軍は出てこない可能性もあるのです。

ただし、アメリカもそう簡単に尖閣を見放さないとも思います。

尖閣は地政学的にみると、沖縄と台湾の両方に睨《にら》みをきかせることができる、非常に重要な場所にあります。そこを取られるということは、アメリカにとって危険だからです。

中国はフィリピン沖、南シナ海に人工島をつくり、あっという間に軍事拠点化しました。もし尖閣を奪われれば、同じことが起きる。三年以内に巨大な軍事基地ができるでしょう。アメリカはそれは許さないと思うので、中国が尖閣に対して軍事的な行動を起こせば、アメリカ軍が出動してくると考えられるわけです。

安倍「加憲論」の意義

ところが、ここで問題が発生します。もし、中国が尖閣で何か事を起こした時、日本政府が「アメリカさん、すんません。うちは憲法九条があります。専守防衛で、相手が攻撃していないのに、こちらから攻撃するわけにはいきせん。ですから、うちは後方で『フレーフレー、アメリカ頑張れ』と頑張って応援しますから」と言えば、どうなるか。

「よっしゃ、俺たちに任せとけ」とアメリカは戦ってくれるでしょうか。

戦争になったら、アメリカの青年

が死ぬんです。故郷から遥か離れた日本の無人島を守るために、日本人が戦わないのにアメリカの青年が命を落とすかどうか——アメリカは絶対にやりません。アメリカが戦うためには、まず日本の自衛隊が第一線で戦うことが必要なのです。しかし、いまの憲法は専守防衛でそれができない。

安倍総理は今年の五月、憲法九条の一項、二項をそのままに三項を加える「加憲論」を打ち出しました。私は、安倍総理は本当のところは九条を破棄したいが、いまの日本の言論空間ではなかなかそれを強く言えない。悩み苦しんで妥協した結果、三項を加えたいとの結論に至ったのではないか、と考えています。

安倍総理の加憲は簡単に言うと、自衛隊を軍隊として、憲法で認めたいということです。自衛隊を軍隊として認める——これは非常に大事なことです。

世界各国は日本の自衛隊を軍隊と見ていますが、日本の法律的には軍隊ではありません。軍隊でないと、どういう厄介なことが起きるか。

たとえば一九九九年、能登半島沖で北朝鮮のものと思われる不審船が日本の領海を侵犯した事件がありました。海上保安庁と自衛隊は不審船を追跡。向こうは日本政府が攻撃できないことを知っているから、停船命令を発しても止まりません。結局、取り逃がしてしまいました。

あの時、私はいろいろな法律の専門家に訊きました。

「もし、あの不審船の甲板《かんぱん》に拉致《らち》された日本人がいて、『助けてくれ！SOS！』と言っていたら、不審船を攻撃できたのか」

彼らは皆、「攻撃できない。それは憲法違反になる」との見解を示しました。

自衛隊は反撃にも条件が

憲法九条の第一項にはこう書いてあります。

「日本国民は、正義と秩序を基調とする国際平和を誠実に希求し、国権の発動たる戦争と、武力による威嚇又は武力の行使は、国際紛争を解決する手段としては、永久にこれを放棄する」

つまり、相手から攻撃を受けない限り、攻撃どころか、威嚇さえもできないのです。

それを象徴するような出来事が過去にありました。

一九九三年、カンボジアで民主選挙が行われようとしていました。そのときに、ポル・ポト派のゲリラが投票所を襲ってきたら、選挙監視員として日本から派遣されている大勢の民間ボランティアの人たちが殺されてしまう。どうすべきかと、日本の国会で議論になったのです。

議論の結果、「現地にPKO派遣されている日本の自衛隊に守ってもらおう」ということになった。

ところが、それを聞いた現地の自衛隊の司令官は青ざめた。

「われわれは専守防衛。武器の使用も制限されているし、ゲリラが来ても撃ち殺すことができない。どうやって守れというのか」

そこで、彼らはとんでもない作戦を考えました。「人間の盾作戦」です。

どういう作戦か。もしゲリラが投票所を襲ってきたら、隊員たちは丸腰でゲリラの前に立ちはだかります。ゲリラは当然、彼らを撃ちます。その時、正当防衛として隊員たちは初めて銃を持って戦うというものです。しかし、これは何人かの自衛隊員が先に命を落とすという前提での作戦です。

幸い、ゲリラは投票所を襲ってきませんでしたが、実際にこんな作戦がとられたんですよ。「まぁ、現地の自衛隊に守ってもらったらええやん」なんて、日本の国会議員もいい加減なもんです。現地の自衛隊の方たちは、本当に命を懸けているのですよ。

元航空自衛隊空将の告発

その状況は変わっていません。

いま、こうして私が話している間にも、自衛隊は嘉手納《かでな》基地から毎日のようにスクランブル（緊急発進）していています。あまり報道されませんが、尖閣の近くに頻繁に中国機がやってくるたび、スクランブルをかけているのです。自衛隊機に乗っている自衛隊員も命懸けです。下手をしたら帰って来られないかもしれないのです。

二〇一六年、元航空自衛隊空将の織田《おりた》邦男さんがネットのニュースサイトに衝撃的なことを発表し、日本中が驚きました。

東シナ海上空で中国軍の戦闘機が空自戦闘機に対してレーダー照射し、空自機が自己防御装置を使用して離脱したというのです。

レーダー照射は、いわゆる標的をロックオンすること。レーダー照射されると、ミサイル発射ボタンをパンと押されたら数秒後、自分の命はありません。

最近、織田さんにお会いする機会があったので、そのことについて訊いてみたんです。

「昨年（二〇一六年）のようなことは、一回だけですか」

「一回だけのはずはないでしょう」

発表されていないだけで、何回も同様のことが起きているのです。

いまも、平和そうに見えますが、前線はそうした途轍《とてつ》もない緊迫した状況なんです。こうした状況を、沖縄二紙はなぜ書かないのか。

阿部さん、書いてくださいよ。

沖縄タイムスの社長に「こんな記事書くな！」と言われても、「何ゆーてんのや、このハゲ！」と。あ、ハゲは私ですね、すみません（笑）。

「沖縄のために俺は書くんだ」という意気込みで頑張ってください。

軍隊を持つ＝軍国主義？

みなさんのなかにも、自衛隊を軍隊にすることに反対の方もいるかもしれません。しかし、軍隊を持つ＝軍国主義でしょうか。

世界にはおよそ二百カ国の国がありますが、そのうち軍隊を持っていない国は二十四カ国。

ヨーロッパには五十カ国ありますが、そのなかで軍隊がない国は六カ国だけ。バチカン市国、モナコ公国、サンマリノ、アンドラ、リヒテンシュタイン。この五カ国の面積、すべて合わせても東京都より小さい。はっきり言って都市国家みたいなもので、こういう国は軍隊を持ってもしかたないわけです。大砲を撃てば隣の国に当たってしまう。

アイスランドは比較的大きいですが、北極に近く、年中、雪に囲まれている。そんな国、誰も狙いません。

あと残る十八カ国は、カリブ海や南太平洋の小さな国、具体的に挙げれば、ナウル、バヌアツなどです。ナウルはあと二十年、三十年後には地球温暖化による海面上昇で水没するといわれています。これらの国は資源もなく、狙われる危険も低いので軍隊がない。

私は以前、別の講演でこの話をしたときに、軍隊を家のカギに譬《たと》え、こう言いました。

「家に財産がたくさんある、そういう家は、やっぱりカギをつけなあかんやろ。ナウルとかバヌアツは貧乏長屋みたいなもんで」

その会場に時事通信の記者がいて、翌日、そのことを書かれて、「他国を侮辱した発言」「国際問題に発展しかねない暴言」とマスコミからめちゃくちゃ叩かれました。

徴兵制も軍国主義の象徴のように思われていますが、これも誤りです。日本も昔は行なっていましたが、ヨーロッパではいまも徴兵制も敷いている国が十二カ国あります。スイス、オーストリア、デンマーク、フィンランド、ギリシャなどです。では、そういう国は軍国主義かといわれれば、もちろん違いますね。

スイスの真実

スイスの名前が出ましたので、一つお話ししましょう。

みなさんも学生の時、教わったと思いますが、スイスは永世中立国で、二百年間、戦争をしていません。発展途上国は別にして、先進国で二百年間戦争していない国は、世界にありません。ほとんど奇跡です。

そのスイスがどのような軍隊を持っているか。実は途轍もない軍隊を持っている。

まず、軍人が二十一万人います。これがどれほどの数字かピンとこない人もいるかと思いますが、日本の自衛隊が二十三万人、自衛隊に匹敵《ひってき》するだけの軍隊を持っているのです。日本の人口は一億三千万人ですが、スイスは八百四十万人。日本の人口の十五分の一にもかかわらず、自衛隊とほぼ同じ軍隊を持っている。

スイスは国内のいたるところに岩山を掘り抜いた軍事基地があり、大きなトンネル、橋、橋梁《きょうりょう》、道路にはは必ず爆弾が仕掛けられるようになっている。もし戦争になって敵が攻めてきたら、爆弾を仕掛けてトンネル、橋、道路を破壊するためです。

最近、北朝鮮のミサイル、核が落ちてきたらどうやって国民を守るかという議論が日本でもありましたが、スイスの国民は核シェルター保有率が一〇〇％。一九九七年までは、家を新築する場合、国内法で核シェルターをつけることが義務付けられていたからです。

スイスは徴兵制を採用していることは先ほど言いました。徴兵を終えて一般人に戻ると予備役兵として登録、彼らには自動小銃が与えられます。もし敵が来たら、その銃で戦うのです。九〇年代半ばまでは、実弾も家にありました。いまは、有事の際に国が支給するようになっています。二〇一三年、さすがにヨーロッパで大きな戦争はないだろうと「徴兵制を廃止、あくまで任意にしよう」と、徴兵制廃止を問う国民投票が行われました。国民投票の結果、どうなったか。「まだ徴兵制廃止はならん！」と存続派が勝ったのです。

七十年前、第二次世界大戦で、ヨーロッパの国々はひどい目に遭いました。しかし、スイスには一発の爆弾も落ちなかった。第二次世界大戦が始まった一九三九年に、スイスは改めて「中立国」であることを宣言すると同時に、スイス国土に侵入する他国軍には徹底抗戦し、スイス領空を侵犯したら、連合国側、枢軸国《すうじくこく》側問わず、撃ち落とすと宣言したのです。

実際、第二次世界大戦が終わるまでに、スイスは二百五十機の飛行機を撃墜、または強制着陸させました。ただし、スイス空軍側も二百機以上撃墜され、終戦時には壊滅的なダメージを受けました。けれど、国土は守り抜いた。

それだけスイスは、「自分の国は自分で守る」という姿勢が染《し》み付いた国なのです。

国というのは、「憲法九条様、お願いします。平和をお守りください」といくら言ったところで守れません。守るのは〝力〟なのです。

占領されたルクセンブルク

スイスと正反対の国がありました。ルクセンブルクです。ルクセンブルクは、一八六七年にロンドン条約によって永世中立国となっています。スイスは永世中立国になっても軍隊を持ちましたが、ルクセンブルクは持ちませんでした。

その結果、どうなったか。第一次世界大戦が起こったとき、ルクセンブルクはドイツ軍に軍隊を送り込まれ、完全に占領されてしまいます。

終戦後、主権が回復したあとも、ルクセンブルクは非武装中立を保ちます。そして第二次世界大戦が起きると、再びドイツに占領されました。

さすがに懲《こ》りたルクセンブルクは、第二次世界大戦が終わると、ようやく軍隊を持ちます。一九四九年に設立したNATO（北大西洋条約機構）の設立国、十二カ国にも名前を連ねました。NATOには現在、二十九カ国が加盟しています。

NATOはご存知のように、集団的自衛権を行使する軍事同盟です。簡単に言えば、加盟国が他国から侵略を受けた場合、他の二十八カ国はその攻撃を自国に対するものと捉《とら》え、攻撃した国に対して徹底的に戦うというもの。

二〇一五年、トルコ領空を侵犯したロシア機をトルコが撃墜、プーチンは激怒しました。しかし、あの恐ろしい男・プーチンが、トルコに報復することができなかった。

なぜか。トルコはNATO加盟国だからです。トルコと事を構えた場合、アメリカをはじめとする二十八カ国と戦争しなくてはいけません。さすがのプーチンもそれはできない。

いま、世界のほとんどの国が、集団的自衛権を行使する何らかの軍事同盟を結んでいます。

さきほどのスイスは永世中立国ですから、どこの国とも軍事同盟を結んでいません。スイスはドイツがやられようが、イタリアがやられようが、一切助けない。言い換えれば、自国が攻撃を受けても他国に助けを求めたりしないということです。そのために、凄い軍事力を持っている。

日本の場合はどうでしょうか。二〇一五年、安保法制をめぐって大きな議論となりました。あのときは野党も、朝日新聞をはじめとするマスコミも、「集団的自衛権の行使をやめろ」とみんな大反対した。

では、日本は個別的自衛権で他国の脅威に対して立ち向うのかというと、彼らはそれも反対する。ただ、反対のための反対をして平和を夢見ているだけ。何のアイデアもないのです。

沖縄を守るために戦った

沖縄のみなさんから見たら、「内地の人間がまた好きなことを言っている」と思われるかもしれません。

「日本は沖縄を差別している」

「沖縄を捨て石にしている」

こういうことを言う人がいます。

私も、よく沖縄の人に申し訳なく思うのは、基地が多いことです。けれども、沖縄を捨て石にしているだとか、沖縄にばかり犠牲を強《し》いても知らん顔などということは全くありません。

たとえば、「大東亜戦争のとき、日本軍は沖縄を見捨てた」と言う人がいますが、とんでもない誤解です。同じ日本人として、そういう発言はとても悲しい。

一九四五年三月から六月にかけて、沖縄戦が始まりました。このとき、日本軍は黙って見ていません。沖縄を守るために命懸けで戦ったのです。

たとえば、特攻隊。飛行機に爆弾を積んでそのまま敵に突っ込むという、人類史上かつてなかった自殺攻撃です。九死に一生ではなく〝十死零《じゅっしれい》生《しょう》〟、一〇〇％死ぬんです。

その特攻隊が最も出撃したのが、実は沖縄戦です。陸海軍合わせて、特攻機一千九百機が出撃、約三千人が亡くなりました。

沖縄戦では、日本で唯一、地上戦が行われました。硫黄島《いおうとう》はほとんど無人島に近い島ですが、沖縄は多くの一般人が住んでいます。戦いに巻き込まれ、たくさんの方が亡くなりました。このとき、沖縄の市民の方は九万四千人亡くなり、沖縄出身の軍人は二万八千人亡くなっています。

けれども、沖縄以外の軍人、他県からやって来て、沖縄のために戦って亡くなった軍人は六万五千九百八人います。

あの有名な戦艦大和も、沖縄を守るために出撃しています。戦艦大和の乗組員たちは、沖縄に出撃すれば、沖縄に辿り着く前にほぼ確実にアメリカ軍に沈められることはわかっていました。しかし、「座して、沖縄がやられるのを見てはいられない」と出撃したのです。結局、戦艦大和は沖縄に辿り着く前に沈められてしまった。このとき、三千人以上の乗組員が亡くなっています。

また、「先の大戦で被害を受けたのは沖縄だけだ」というニュアンスで語られることがありますが、それもとんでもない誤解なのです。

沖縄はたしかに市民、軍人合わせて二十万人近い人が亡くなりました。けれども、東京大空襲では一夜にして十万以上の人が、広島、長崎の原爆投下では一瞬で数万人が亡くなっています。名古屋、大阪など、日本の都市部はことごとく空襲に遭い、物凄い数の人が亡くなりました。沖縄以外では、全体で七十万以上の市民が亡くなっています。

沖縄だけが犠牲になったのでは決してないのです。

たしかに戦後、沖縄はアメリカに占領され、多くの基地が作られました。いまも沖縄のみなさんは基地のそばに住むという、大変な不幸とともに生活されている。繰り返しますが、本当に申し訳なく思っています。

沖縄の真の支配者

先述したように、沖縄の地政学的な重要性は高まっています。中国はいずれ日本を奪いたい。そのために尖閣、次に沖縄と段階的に狙ってくる。

この素晴らしい沖縄の地を守っていかなければなりません。ですから、沖縄タイムスさん、琉球新報さん、この国が守られ、そして沖縄が本当の意味で豊かになるようなことを考えて報道してもらいたいと思います。

そのためには、翁長知事に早く辞めてもらわないといけません（会場拍手）。

その翁長さんも、沖縄の絶対的な支配者ではありません。では、誰が沖縄の真の支配者なのか。沖縄タイムス、琉球新報です。

政治家でさえも、沖縄二紙には逆らえません。逆らえばクビが飛びますから。沖縄の言論空間は異常です。

私は本当に沖縄が大好きです。大好きだったら、なぜ二十五年間も来なかったのかと怒られてしまいそうですが（笑）、これからは毎年来ます（会場拍手）。

沖縄をみなさんの手で、しっかり守ってください。もちろん私も頑張ります。

（二〇一七年十月二十七日、沖縄県名護市で行われた講演を整理・再録）

朝日も沖縄二紙も上層部はクズや

百田尚樹 作家
我那覇真子 「琉球新報、沖縄タイムスを正す県民・国民の会」代表

沖縄二紙の言論弾圧

我那覇　百田さんが講演のなかで、沖縄タイムスの阿部岳記者（北部報道部長）に「頑張ってください」とおっしゃったのを聞いて、本当にお優しい方だと感じました。

百田　基本的に、私は人間を信じるタイプなので（笑）。阿部さんに中国の脅威について書いてくださいと言ったら、頷《うなず》いてくれました。私は阿部さんを信じます。

我那覇　それでも、私は沖縄タイムス、琉球新報の報道には納得ができません。

私が二〇一七年六月、ジュネーブで開かれた国連人権委員会に出席したとき、現地で取材していた阿部記者にお会いしました。そのときに非常に悔しい思いをしたのです。人権委では基地反対派への反論をスピーチしました。その時、阿部記者から長時間取材を受けたのですが、載ったのは本当に小さい記事。しかも、国連本部内で開かれたシンポジウムには阿部記者も登壇し、百田さんのことを批判しているんです。

〈沖縄メディアは繰り返し攻撃されている。「つぶす」などの発言のほか、現場で暴力的に排除されることもある。政府は基地を沖縄に集中させ、問題を封じ込めようとしている。そこで何が起きているかを全国や世

界に知らせたくないのだ。沖縄メディアを攻撃する目的は孤立させることにある〉（「沖縄タイムス」二〇一七年六月十七日朝刊）

百田さんは沖縄二紙を攻撃したわけではなく、二紙の報道には問題があると提起したにすぎません。そもそも百田さんは一文化人で、言論弾圧できるような立場にある人ではないにもかかわらず、新聞は被害者のように振る舞っています。

「沖縄2紙は読者をなめきっています」（撮影／編集部）

百田　「つぶさなあかん」発言の時は沖縄の新聞だけでなく朝日新聞、毎日新聞、東京新聞、北海道新聞などあらゆる新聞に叩かれました。私は当事者でしたが、一斉に私を叩く報道を見ながら、こんなことを思っていた。

「すごいなぁ、これこそ集団的自衛権の行使やな」（場内笑）

我那覇　これまで、沖縄二紙が個人攻撃をして、それこそ言論弾圧してきた例はいくつもあります。私も最近、沖縄タイムスに自分のやっている沖縄市のコミュニティーFM「オキラジ」の「沖縄防衛情報局」を、「人種差別的」と言いがかりをつけられました。

百田先生は番組ではなく、名指しで批判されても、正々堂々と「あの時はこういう状況で発言した」とお話しされる。本当に凄《すご》いと思います。きっと、非難の記事を読むたびに心を痛めているのだと思うのですが。

百田　いや、全然痛めてないですよ。（場内笑）

ネットの力

我那覇　私たちは沖縄二紙を糺《ただ》したい、と地道に活動しているのですが、そのためにはどうすればいいでしょうか。

百田　難しい問題ですね。私は朝日などとも戦っていますが、個人の力ではとても勝てません。相手は大新聞社。おまけに朝日はテレ朝、毎日はTBSと、テレビ局も持っている。資本的にも人員的にもまず敵《かな》わないでしょう。けれども、だからといって私は黙っていることはしません。

正しいと思ったことは言い続ける。

いまはツイッターのようなSNSで、個人が情報や意見を発信できます。ネット番組もかなり広まってきました。私がレギュラー出演している「虎ノ門ニュース」も、始まった当初はあまり観られていませんでしたが、現在は視聴者がどんどん増えています。そういうふうに、地道に正しいことを言い続けることが一番の近道なのではないでしょうか。

私は、朝日新聞のなかにいる人全員がクズだとは思っていないんです。上層部はクズばっかりですよ(笑)。二十代、三十代の若い記者はネットで正しい情報もとれるし、しっかりとした考えの記者がいると思うんです。沖縄二紙にもそういう記者がいるでしょう。

しかし、高い志を持っている記者は上に睨《にら》まれます。正しい記事を書いても会社の方針に合わなければ、デスクや編集委員に「こんな記事はあかん。おれが書き直す」と記事をつぶされたり、無理やり変更させられたりする。そういうことが続けば、上司は「こいつは出世させないようにしよう」とか「左遷させたれ」とか考えるようになる。会社組織では、よくあることです。

彼らにも生活がある。出世もしたいでしょう。家に帰ったら嫁さんもいる、子供もいる。家族に美味しいもんを食べさせたくて、しかたなく会社に迎合せざるを得なくなる。

阿部さんも、二十代の頃は理想に燃えていたんです。だから責めたらいけません。でも阿部さん、もし中国が沖縄を乗っ取ったら、阿部さんの娘さんは中国人の慰《なぐさ》み者《もの》になります。そういうことを考えて記事を書いてください。自分のわずかな給料アップのために、沖縄を危機に陥《おとしい》れるような記事は書かないでもらいたい。

「プロ」の手口

我那覇　私はまだ若輩者《じゃくはいもの》で心に余裕がないのか、沖縄二紙の記者をどうしても許すことができません。記者の良心を信じていても、その陰で、すでに善良な市民が二紙の報道の犠牲になっているんです。

たとえば、カナンスローファーム代表の依田啓示《よだけいじ》さんです。沖縄二紙は伝えませんが、基地反対活動家によって、周辺に住む地元の人々は大変な迷惑を被《こうむ》っています。

依田さんは民宿を営んでおり、お客さんを車で案内している時、活動家による私的検問に遭いました。「自分は基地建設関係者でも、防衛局の人間でもない、地元の人間だ。通してほしい」と説明しても、「通るな、Uターンしろ」と突っぱねられた。

あげく、相手が先に手を出してきたので正当防衛をした。ところが、いまの日本は狂っており、依田さんは活動家から訴えられ、起訴されているんです。

依田さんに非がないことは、きちんと取材した記者は皆知っているはずですが、見て見ぬふりをして「男が抗議市民殴る　2人けが　車止められ激高」(「琉球新報」二〇一六年九月十八日朝刊）とデカデカと見出しをつけて書きました。

繰り返しますが、先に手を出したのは相手です。しかも、警察が裁判所に行って許可をもらわないとできない検問を勝手にやっていた。そういうことは一切無視して、記事を書くわけです。

百田　実際、依田さんが私的検問に遭った現場に行ってみたら驚きました。車二台がすれ違えないくらい細い道なんです。Uターンしろといったって、あんな細い道じゃ無理ですよ。依田さんが車を降りると、活動家五人に囲まれました。すると、ひとりが携帯のカメラで依田さんの顔を撮り始めた。何の権利があってそんなことをするのか。私だったらぶん殴っていますよ。

「撮るのをやめろ」と押し合いしているうちに、依田さんの手が相手の顔に当たった。その相手はすぐさま病院に行き、全治三日の診断書をもらっています。全治三日というのは、ちょっと躓《つまず》いて転んだくらいのケガですよ。

何かされたら、すぐに病院に行って診断書をもらう。これは「プロ」の手口です。新聞社の記者なら当然、こういうことはわかるはずです。

また犠牲者が出てしまう

我那覇　現場となった道は山のなかにあり、人通りもなく、電波も繋がりにくい場所です。そこで複数の人間に囲まれたら、自分の身は自分で守るしかないと感じるようなところです。

何度も阿部記者の話になって恐縮ですが、阿部記者は『ルポ　沖縄国家の暴力　現場記者が見た「高江《たかえ》165日」の真実』(朝日新聞出版）を出版されていますね。しかしこの本のなかに、依田さんのことは一切書かれていない。市民が政府から暴力的な弾圧を受けていると、違法な活動をしている人たちをまるで正義のように書いている。

私は別に、阿部記者個人が憎くて言っているわけではありません。沖縄二紙の報道はおかしいと公に伝えないと、また依田さんのような犠牲者が出てきてしまう。

少し前では、元在沖縄米軍海兵隊政務外交部次長のロバート・D・エルドリッジさんがそうです。

二〇一五年、キャンプ・シュワブ前で抗議活動していた沖縄平和運動センター議長の山城博治《やましろひろじ》氏が、基地提供区域との境界を示す黄色のラインを越えて逮捕されました。山城氏は「ラインは越えていない」と主張、沖縄二紙も「山城氏は無実、冤罪《えんざい》だ」と擁護しました。

以下は沖縄タイムスの記事です。

〈「山城議長ら釈放　「境界線越えてない」と抗議　拘束は米軍独断の見方も」

釈放された山城議長は「（提供区域との境界を示す）黄色のラインは越えていない。私は騒ぎを抑えようと、皆にとりあえず下がろうと言っただけ。明らかに不当だ」と抗議した〉（二〇一五年二月二十四日）

エルドリッジさんは真実を伝えようと、基地内の監視カメラが捉《とら》えた山城氏がラインを越えている動画をメディアに公開。すると、沖縄二紙はエルドリッジさんの顔写真付きで批判しました。「エルドリッジ氏　意図的に流出か」という見出しをつけ、「エルドリッジ氏は拘束の正当性を主張するため、動画を意図的に流した可能性がある」と、まるで悪いことをしたかのように書き立てたのです。

百田　エルドリッジさんは東日本大震災の時にトモダチ作戦を立案し、多くの日本人を救った方です。私も動画を見て、驚きました。山城さんは何度も〝自分の足で〟提供区域内に入っています。さらに驚いたのは、そこにいた沖縄二紙の記者も同じようにラインを越えて入っていたのです。

読者をなめきっている

我那覇　動画が公開される以前、沖縄タイムスは社説でこう書いていました。

〈米軍絡《がら》みの事案に適用される刑事特別法（刑特法）が、米軍自身によって、これほどあからさまに乱用されたことはない。……山城さんは、不測の事態を避ける意味で、提供施設の区域境界を示すラインから下がるよう、抗議団に呼び掛けた。……にもかかわらず米軍警備員は突然、山城さんに襲い掛かり、倒れた山城さんの両足をつかんで無理矢理、基

地内に引きずり込んだ〉(二〇一五年二月二十四日)

こんな嘘を書いているんです。しかも、自分たちも一緒になって基地内に入っている。それが動画が明らかになったら、今度は知らん顔。この件に関して、我々は沖縄二紙に公開質問状を出しましたが、無視されました。

人間は悪いことをしたら、ある程度自覚があるはずなのですが、沖縄二紙の記者にはそれがない。

我々は、デタラメな記事におカネを出してしまっているんです。普通の企業であれば、もし自社の商品に不良があれば弁償しますよね。ところが沖縄二紙は、デタラメな記事を出して我々が抗議しても、無視している。読者をなめきっているんです。ですから、「デタラメな記事は許せない」ときちんと行動に示していかなければ、沖縄の言論空間は二紙に牛耳《ぎゅうじ》られたままになってしまいます。

百田　不買運動するのが一番効果的ですが、なかなか難しいですね。

沖縄の人に、なぜ沖縄二紙を購読するのか尋ねたんです。そしたら「デタラメなのはわかっています」と。地方の新聞には「訃報記事」が載ります。購読をやめて訃報記事が読めなくなると不義理してしまうかもしれないからやめられないんだ、と言っていました。

ですから、もう沖縄二紙は訃報記事とテレビ欄だけ載せてください。

我那覇　沖縄二紙の代わりに、ぜひ購読していただきたいのが「八重山日報」です。もともとは離島の新聞ですが、二〇一七年四月から本島版がスタートしました。八重山日報は基地反対派の声も賛成派の声も両論併記して、読者に考えてもらうというスタンスの新聞。本島での購読者はまだ少ないですが、沖縄の真実を知りたければこれしかないという新聞です。

百田　二〇一七年四月二十五日の八重山日報の見出しを見てみましょう。「反対派抗議で国道渋滞　工事妨害、住民『迷惑』　辺野古移設」

こういう「当たり前の事実」を、なぜ沖縄二紙は書かないのか。

はっきり言います。いまの沖縄二紙は新聞ではありません。機関紙です。何のために事実を曲げて報道するのか、その目的は何なのか。ぜひ、訊いてみたい。

権力化する沖縄二紙

我那覇　沖縄二紙は合わせて県の新聞購読数で九八%のシェアを誇っており、もはや権力化してしまっています。

百田　沖縄の実権を握っているのは、翁長《おなが》さんではありません。沖縄二紙です。政治家も、二紙が怖くてたまらない。

　二〇一〇年、宜《ぎ》野《の》湾《わん》市長選が行われました。この時、安里《あさと》猛《たけし》候補（無所属、社民、共産推薦）と、安《あ》次《し》富《とみ》修《おさむ》候補（無所属、自民、公明推薦）の一騎打ちとなりました。投票日当日の朝刊、琉球新報は安次富候補の顔写真を載せ、キャプションにこう書いた。

「市民税の引き上げや……市政の変革を訴える安次富修氏」

　実はこれ、嘘なんです。安次富候補は、逆に市民税の「引き下げ」を訴えていた。琉球新報はその日のうちにネット版に訂正記事を出したり、投票所に訂正のチラシを貼ったりしましたが、そんなことではチャラにならないような大誤報です。

我那覇　結局、市長選は安里氏二万三千五百九十八票、安次富氏二万一千七百四十二票と、一千八百五十六票差で安次富氏は落選しました。

二紙を敵に回すと……

百田　投票日の朝、どちらの候補に投票しようか迷っている人がいる。琉球新報を開くと、片方は市民税の引き上げを訴えている。

「何、税金を上げるやと？　じゃあ、この人に投票するのはやめよう」

　こういう人が相当数いたと思います。安次富修候補は自公の推薦です。与党側の人間を当選させまいと琉球新報が、もし意図的にこの誤報記事を書いたとしたら……。沖縄でトップシェアの二紙が足並み揃えて「この候補者は最低や！」と書いたら、その候補者はまず勝てません。沖縄の政治家も、二紙を敵に回せば徹底に批判され、つぶされることがわかっていますから戦わない。

……これだけ言いたいこと言ったら、また明日、沖縄タイムスに悪口めちゃくちゃ書かれるやろうなぁ。そしたら、また自分の本、売れなくなるかもしれない。でも、いいんです。言いたいこと、正しいことを言う。人間、どうせ八十代後半くらいまでしか生きません。私はいま六十一歳ですから、あと二十年くらいしかない。

　死ぬ時に、「ああ、おれは正々堂々と生きたな」——そう思って死にたいと思いませんか。人の誇りって、そういうものです。

　沖縄タイムス、琉球新報をはじめとするあらゆるマスコミの記者に言いたい。自分の信念を曲げて、どうするんですか。罪もない依田さんを悪人に仕立てあげて、誰が得するんですか。依田さんのような人を守るために記者になったんじゃないですか。二紙の上層部にいる五十代、六十代の人はもうだめでしょう。利権にどっぷり浸《つ》かり、おいしい思いをして、自分の人生ラッキーやったなと思っているかもしれません。恥ずかしい話です。

基地反対運動の中心組織

我那覇　我々は政治的なことで、あれはおかしい、これがおかしいと訴えているんですが、最終的に、二紙の記者や活動家のような人たちを救うのは「心」なのではないかと思っています。

私は、基地反対運動をしている人を不憫《ふびん》に思うのです。普通、身内に人様の車の前に立ちはだかって私的検問するような人がいたら、「いい加減にしなさい」と止めますよね。反対派には、そういうストッパーとなる人が身近にいないのです。それどころか、違法なこと、過激なことをやればやっただけ仲間内で認め合っている。

それって、凄く悲しいことだと思うんです。郷土愛とか家族の絆を蔑《ないがし》ろにするようなイデオロギーが蔓延《まんえん》したことの結果なのではないでしょうか。

百田　活動家のなかにはいろんな動機の人がいて、一つに括《くく》ることはできません。純粋に、米軍が沖縄にあってはいけないと活動している人もいるでしょう。

ただ、一番のコアの問題は、この抗議活動の中心組織はどこかということです。県外から多数活動家が来ていますが、彼らには一日数万円の日当が支払われている人もいるとされています。彼らはカンパで集めたカネだと言いますが、外から来た活動家の交通費、宿泊費は途轍《とてつ》もない金額になるはずで、カンパだけではとても無理です。

基地反対運動の中心にいるのは誰か。これは私の想像ですが、中国の工作員の可能性がある。中国は日本を乗っ取りたい。そのとき、一番厄介なのは米軍です。日本と米軍を分断すればするほど誰が得するのか、よく考えてください。

この疑問にメスを入れる、あるいは追及するのが、本当の新聞記者なのではないでしょうか。

何も、正義を追求しろと言っているわけではありません。ただ、事実を事実として伝えてもらいたいのです。

がなは　まさこ
一九八九年、沖縄県名護市生まれ。二〇〇五年、高校交換留学で米国オハイオ州・カリフォルニア州へ。二〇一二年、早稲田大学卒。日本文化チャンネル桜沖縄支局キャスター、「琉球新報、沖縄タイムスを正す県民・国民の会」代表運営委員。

沖縄タイムス阿部岳記者の正体

百田尚樹 作家

私は耳を疑った！

講演会が終わったあと、沖縄タイムスの阿部岳記者が私にインタビューをしたいと、壇上の袖《そで》にやって来ました。

「百田さん、今日、講演のなかでヘイトスピーチをしましたね」

私は耳を疑いました。

「言っていません」と否定すると「いえ、言いました」と譲らない。

一体、どこのことを言っているのか。阿部記者は自身で録音したテープをその場で再生し、私に聞かせました。その箇所は我那覇真子さんとのやりとりを再現した部分で、次の内容です（「沖縄大講演」55ページ参照）。

〈**百田**「次はどこ行くの？」

我那覇「高江《たかえ》のテント村に行きませんか？」

百田「え？　高江のテント村？　怖いやん。なんか悪い人がいっぱいおるんやろ？」

我那覇「いや、悪いなんて言ったらいけません。市民ということですから」

百田「市民？　沖縄県民、何人ぐらいおんの？」

我那覇「半分くらいです」

百田「あとの半分は？」

我那覇「どこかから来てます」

百田「いろんな県から来てんの？」

我那覇「いろんな県じゃないです。中国や韓国からも来てますよ」

百田「いややなぁ、怖いなぁ。ど突かれたらどうすんの」〉

最後の、「怖いなぁ」の一言が「韓国、中国は怖い」というヘイトスピーチだと阿部記者は言うのです。

私は三十分以上にわたり、丁寧に「怖いなぁ」発言の真意を説明しました。

沖縄タイムスの阿部記者（右）に、30分以上にわたり説明をする百田氏
（撮影／編集部）

高江のテント村の活動家は、違法行為や暴行行為も平気でやる非常に過激な人たちです。実際、沖縄防衛局職員が高江で反対派に暴力を振るわれ、負傷した事件がありました。

我那覇さんは、「市民は半分しかおらず、いろんな県から来ている」と言う。つまり、高江のテント村は全国から、過激な活動家が集まり、無法集団と化しているわけです。さらに、韓国からも中国からも来ている。国内問題にもかかわらず、中韓の活動家が沖縄に来て、基地反対運動に参加しているのは、普通に考えれば異常としか言いようがありません。

以上のようなことを踏まえて、私は「怖いなぁ」と言ったのであって、決して差別意識から言ったのではないのです。

私がそう説明すると、

「百田さんの言うことはわかりました」

「じゃあ、差別じゃないとわかっていただけますね」

「いえ、差別です」

この繰り返しです。こんなやりとりが三十分以上続きました。

結論ありきの取材

阿部記者は、はなから私を「差別主義者」「ヘイトスピーカー」と決めつけ、私が中国、韓国と言えば「差別だ」と、結論ありきで取材しているわけです。

私が逆に質問したら、わけのわからないことを言っていました。

「中国、韓国と言葉に出せば差別だとあなたは思い込んでいる。それは逆に言えば、あなたの心のなかに、韓国人、中国人は差別されるべき存在だという、強烈な差別意識があるんだろう」

「自分に差別意識がないかどうか常

に問わないといけないと思うんです。本当にそのとおりだと思います」

煮ても焼いても食えない記者です。やりとりは平行線のまま終わりました。

翌日の沖縄タイムスの紙面では『中国や韓国　怖いな』百田氏講演　高江反対運動に」と、いかにも私が中国人、韓国人に差別意識を持っているかのようなニュアンスを見出しに漂《ただよ》わせながらも、なかでは「差別発言した」とは書きませんでした。いや、書けなかった。

実は、阿部記者とやりとりをしているとき、我那覇さんが機転を利かせ、その様子をネットでライブ配信していました。「まずい」と思ったのでしょう、私は気づきませんでしたが、配信をはじめた途端、阿部記者の顔が強張《こわば》ったといいます。

配信は最終的には約三万人が視聴しました。その動画はYouTubeなどにアップされていますので、ぜひご覧ください(https://www.youtube.com/watch?v=mxD9wekY8es)。

多くの人に取材のやりとりを見られてしまい、さすがの沖縄タイムスも「差別発言だ」とは書けなかった。もし、動画を撮っていなかったら、もっとひどい内容の記事を書かれていたに違いありません。

阿部記者とのやりとりは徒労感に苛《さいな》まれましたが、沖縄タイムスの取材姿勢、記事のつくり方の実態が、明るみに出たという意味では画期的なことだったと思います。

事実無根の羅列

ただ、私が沖縄を去ってから、阿部記者は「大弦小弦」というコーナーで、私の講演のことを徹底批判した記事を書きました。いや、悪口ならいいのですが、その記事には事実無根のことがいくつも書いてありました。

「最初から最後まで私(阿部記者)を名指しして嘲笑《ちょうしょう》を向けてきた」とありますが、講演中に私が阿部記者のことを言ったのはほんの一部に過ぎません。しかも嘲笑などはまったくしていません。むしろサラリーマンである立場を慮《おもんぱか》って発言したほどです。それを知っていながら、そういう書き方をするのは狡《ずる》いとしか言いようがありません。

記事には事実でないことに加えて、悪意による曲解箇所がいくつもありました。

「中国が琉球を乗っ取ったら、阿部記者の娘さんは中国人の慰《なぐさ》み者《もの》になります」という私の発言を、阿部記者は「逆らう連中は痛い目に遭えばいい。ただし自分は高みの見物、手を汚すのは他者、という態度。あえて尊厳を傷つける言葉を探す人間性。そして沖縄を簡単に切り捨てる思考」と書いていますが、そうではないことは、本誌の我那覇さんとの対談で確かめていただきたい（68ページ）。

　また阿部記者は、「（私が）沖縄の米軍基地集中を正当化する」と書いていますが、これも事実でないことは本誌の「沖縄熱血大講演」のページで確かめていただきたい（52ページ）。

　また阿部記者は「（百田が）自民党本部の講演でも『沖縄のどこかの島が中国に取られれば目を覚ますはずだ』と話している」と非難していますが、私は日本の平和ボケを憂《うれ》いて発言したのであって、しかも「あってはならないことだが」と前置きして言っています。

ジャーナリスト失格、青木理

呆《あき》れたのは、後日、その記事を元に、ジャーナリストの青木理氏が『サンデー毎日』（二〇一七年十一月二十六日号）で「差別と卑怯《ひきょう》」というタイトルで、私のことを悪《あ》しざまに批判するコラムを書いたことです。

　ジャーナリストを自称するなら、事実関係を調べてから書いてもらいたい。事実誤認の阿部記者の記事が真実という前提でコラムを組み立てるなど、あってはならないことです。

　青木氏は「誰かを批判する場合でも、差別や妄想を吐き散らす者の名は、可能な限り記さないように心がけてきた」と書きながら、私を名指しして、「身体の奥底から弾け出そうな怒りを覚える」「人はどこまで恥知らずになれるのか」「この流行作家は、どのような神経で薄汚い差別的妄想を吐き出せるのか」と書いています。そこまで書くならば、なぜ私に取材しないのか、あるいは講演記録のテープを聴かないのかと言いたい。

　もっとも「北朝鮮とアメリカの対立は日本のせいだ」とテレビで主張する浅はかな人物であるから、そんな手間はかける気もないのでしょう。

　ちなみに青木氏は同コラムの中で、「沖縄に七四％の米軍基地が集中している」という嘘をさりげなく混ぜています。七四％というのは米軍専用施設の割合であり、日本の米軍基地全部の割合では約二三％です。もちろん、それでも沖縄の負担は大きい。だからといって嘘はダメでしょう。

　阿部記者ともども「ジャーナリスト失格！」と言わせていただきます。

読者プレゼント3

相手の剣の届くところに
身を置かねば
自分の剣もまた届かない

「影法師」より

平成二十九年十一月二十三日
百田尚樹

百田尚樹の青春

高校2年（16歳）、目付き悪し！　けっこう不良少年だった。ただし、喧嘩は昔から弱かった

中学3年（14歳）正月。祖母、両親、妹と。自宅の庭にて
昭和40年代の正月は着物が当たり前だったが、よく見ると私だけが普段着である

高校1年（15歳）、自宅の風呂にて
いま見ると、驚くほど狭い風呂

高校2年（16歳）、自宅の庭にて。当時の身長は172センチ、体重は49キロ
勉強はまったくできなかった

高校2年（16歳）、正月、母と。自宅の庭にて
頭にかぶっているのは父親愛用のベレー帽

大学2年（20歳）、同志社大学ボクシング部の仲間たちと（前列中央、ヒゲの男が私
当時の階級はバンタム級（54キロ以内）。弱かっ

大学3年（20歳）、同じ下宿の友人と
京都、祇園にて
悪ふざけだと思うが、
２人ともアホ丸出しである

大学4年（22歳）、友人の結婚式にて。
額の部分がのちのハゲを暗示している
一緒に写っているのはその友人の新婦

25歳、駆け出しの放送作家時代。テレビの構成番組のパーティーにて。胸ポケットに鉛筆が入っている

18歳、浪人中。当時は髪を伸ばし放題
今は昔、今昔物語

学4年（22歳）、沖縄にて
時は沖縄の歴史などにほとんど関心もなく、
のなかは女の子のことばかりだった

大学5年（22歳）
妻の郷里の山口県の秋吉台に彼女と行った際の1枚（撮影は妻）
当時、金がないので、関西から山口まで、往復は夜行列車だった

88 11 14

32歳、結婚式、大阪日航ホテルでの披露宴の風景
そろそろ髪の毛がやばくなっている

妻、24歳、当時は独身
隣に写っているのは私ではない

35歳、妻と。自宅にて。頭はすでにかなり危ない

34歳、近所の碁会所にて
この頃は週休５日で、暇な時は碁会所で碁ばかり打っていた

37歳、息子（0歳）を膝に乗せて、
テレビゲームに興じる
当時はスーパーファミコンに夢中だった

40歳、息子（3歳）、娘（0歳）と。自宅にて。ヒゲを描いたのは私
この２人も今は成人

55歳、「探偵！ナイトスクープ」の企画会議にて（上、下）。それにしても、だらしない服装である

写真右端に写っているのはプロデューサーの松本修氏
私を放送作家にしてくれた恩人である

26歳、放送作家時代
仕事しているフリをしているところ

27歳、テレビ局にて。学生アルバイトたちと
仕事中に、よくこうして油を売っていた

40歳、ニューヨークシティマラソン。最初にして最後のマラソン。記録は4時間26分
後方にいるのは上岡龍太郎氏

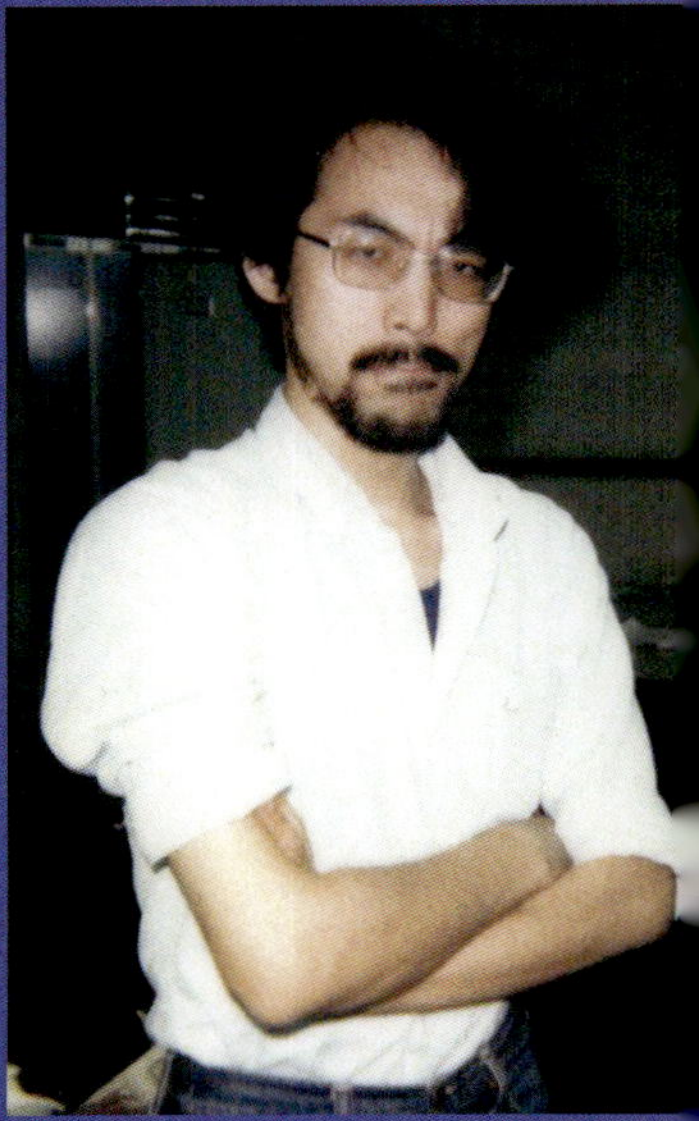

29歳、テレビ局にて
偉そうな顔をしているが、
仕事はできなかった

38歳、名古屋のテレビ番組開始の時の一枚
（後列右から2人目のヒゲの男が私）髪の毛はほとんどない

現在（61歳）。仕事場でくつろぐ私。後ろには膨大なCD

RICHTER
BAROCK

仕事場の書庫から本を持って移動
自宅と仕事場に、蔵書は10000冊を優に超える

百田尚樹が自ら全著書を完全解説！

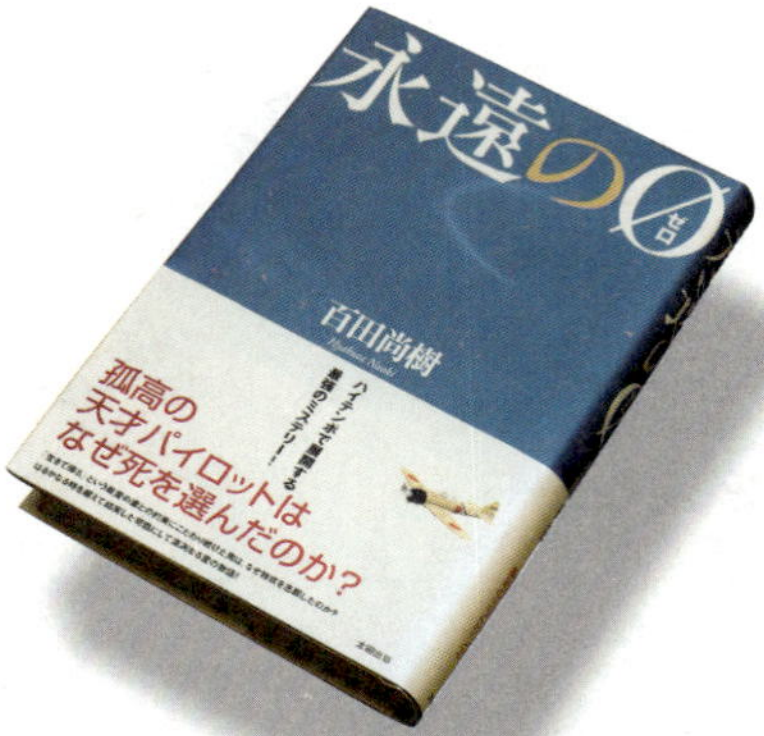

講談社
946円（税込）

『永遠の0《ゼロ》』

太田出版　1728円（税込）
50歳でのデビュー作です。テーマは「生きるとは何か」「人は誰のために生きるのか」というものです。主人公は特攻で散った凄腕の零戦搭乗員、宮部久蔵。60年後、残された2人の孫が宮部の戦友たちを訪ねて、彼の死の真相を追います。しだいに明らかになる宮部の姿――そして物語のラストで、60年間封印されていた謎が浮かび上がります。

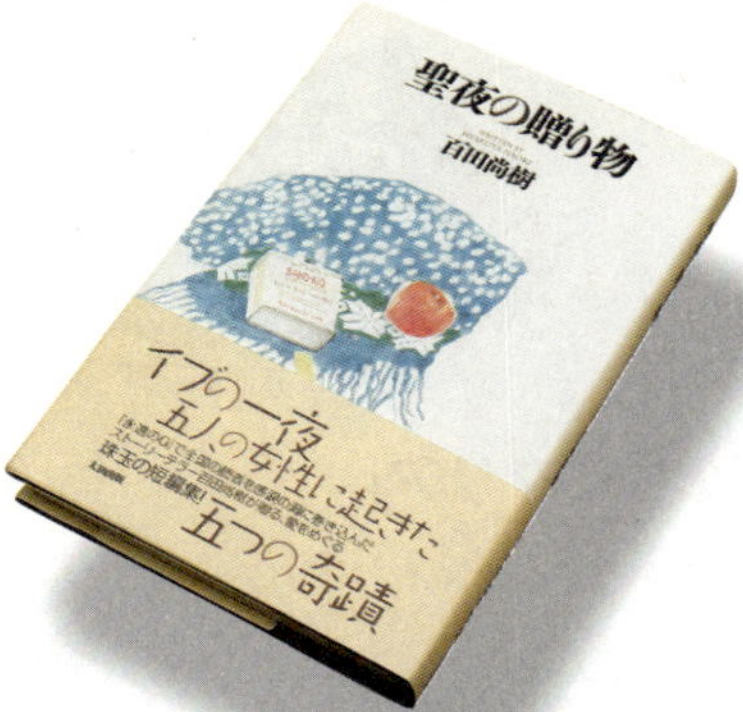

講談社
540円（税込）

『聖夜の贈り物』
（文庫版では『輝く夜』に改題）

太田出版　1296円（税込）
この作品は2作目ですが、実はその前に『モンスター』を書いています。しかしその作品はあまりに暗い物語のため、自らボツにして、次に書いたのが、この5つの短編集です。真面目に誠実に生きてきたにもかかわらず、なぜか幸せに巡り合えなかった5人の女性。そんな彼女たちにクリスマスの夜、奇跡が訪れるというファンタジー小説です。

講談社
700円（税込）

『ボックス！』

太田出版　1922円（税込）
前作の短編集がまったく売れず（その後、文庫で50万部売れましたが）、反省の意味を込めて、気合を入れて書いた長編です。大学時代アマチュアボクサーだった経験を生かして書いた、私の唯一の青春スポーツ小説です。自分自身がこれほど楽しんで書いた小説はなく、また主人公、鏑矢義平は私の全作品の中でも最も愛着あるキャラクターです。

幻冬舎
782円(税込)

『モンスター』

幻冬舎　1620円(税込)
『永遠の0』の直後に書きましたが、前述の理由でボツにしていました。しかしこの原稿を読んだ幻冬舎の編集者が大いに気に入り、半年以上も懇願されて出すことになった作品です。ある事件を起こし、故郷を追われた醜い女性が、整形手術によって絶世の美女に生まれ変わって故郷に舞い戻るというもので、「美とは何か」を徹底して追求した小説です。

講談社
605円(税込)

『風の中のマリア』

講談社　1620円(税込)
放送作家時代に番組でオオスズメバチについて調べた時から、この不思議な虫に魅了されていました。小説を書くにあたり、日本一の研究家である玉川大学の小野正人教授の研究室に何日も通いました。産卵もせず、女王蜂と妹たちのために戦い続ける働き蜂の「マリア」。羽化して30日という短い生涯を通して壮大なドラマが描かれます。

講談社
713円(税込)

『影法師』

講談社　1728円(税込)
初めての連載小説。編集者から「百田さんが書く、かっこいい男の小説が読みたい」と言われ、「そんな物語なら私も読みたいわ」と答えた時に、思いついた時代小説。この作品を書くために、江戸時代について調べ、時代小説を100冊読みました。将来を嘱望された磯貝彦四郎はなぜ不遇のうちに死んだのか――そこには誰も知らない謎がありました。

◉百田尚樹が自ら全著書を完全解説！

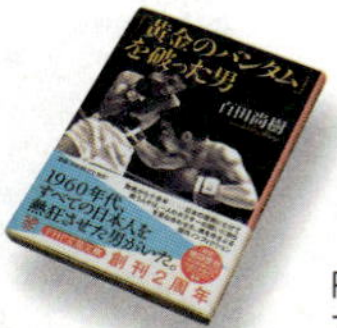

PHP
720円（税込）

『RING』（文庫版では『「黄金のバンタム」を破った男』に改題）

PHP　1512円（税込）

生涯戦績72勝2敗4分け。ボクシングのバンタム級100年を超える歴史の中で、今なお史上最強のチャンピオンと評価される「黄金のバンタム」エデル・ジョフレです。その男を2度にわたって破ったのが、我らがファイティング原田です。「俺ほど練習した男はいないと思う」と豪語した男のボクシング人生を描いた私の初めてのノンフィクションです。

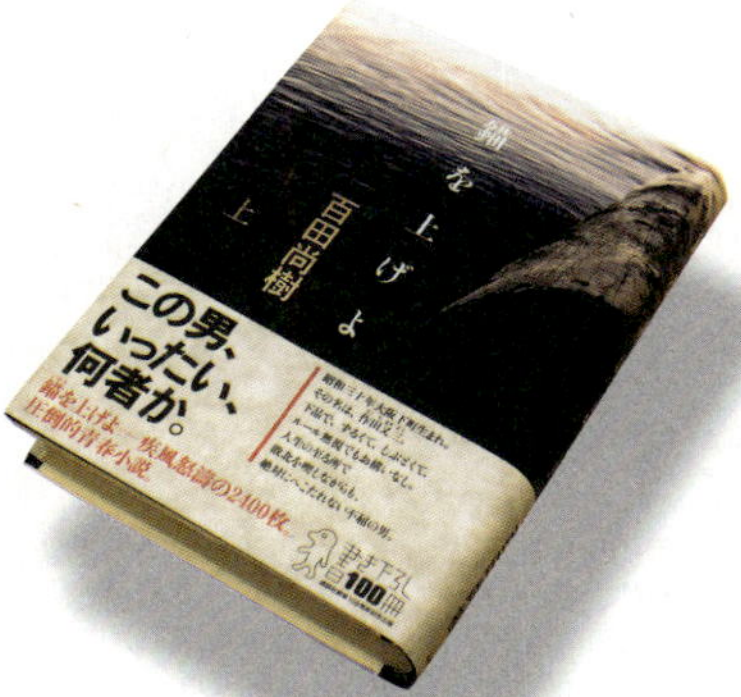

『錨を上げよ　上』

講談社　2052円（税込）

29歳から31歳にかけて初めて書いた小説です。学生時代はほとんど本を読まなかった私ですが、放送作家になってから読書の魅力に取りつかれ、1年に300冊以上は読みました。そして何をとち狂ったか、「小説を書いてみたい！」と思いたって執筆した作品です。当時はワープロもなく、原稿用紙に手書きで書きました。その枚数、2400枚！

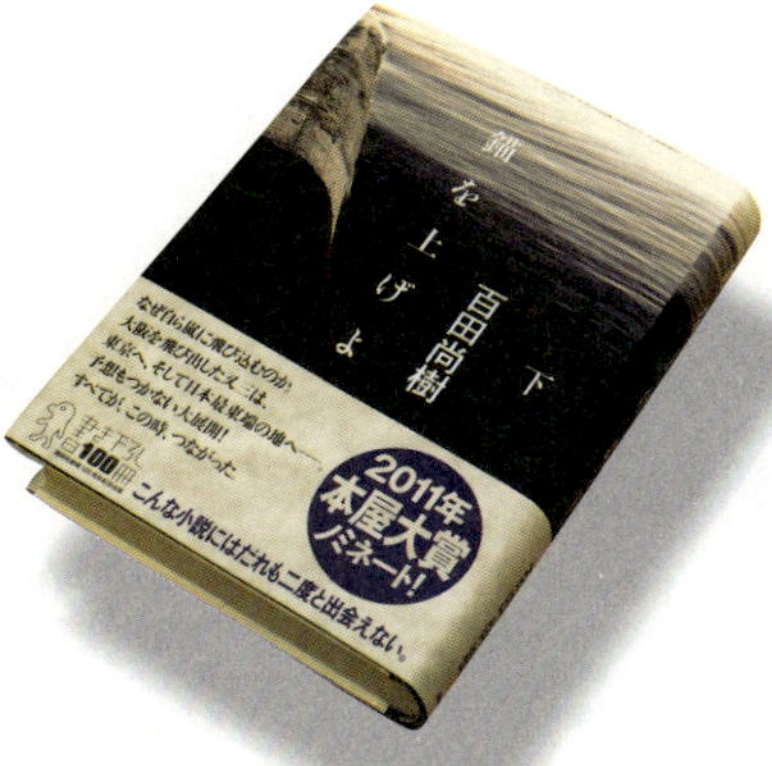

『錨を上げよ　下』

講談社　2052円（税込）

しかしこんな長編が出版できるはずもなく、私は原稿を屋根裏部屋に放り込み、以後、20年以上、小説は1作も書きませんでした。小説家になってから、ひょんなことからこの処女作を読んだ編集者が「これは面白い！」と絶賛してくれ、日の目を見ることになりました。自伝的な要素が強い作品で、私はひそかに「自身の最高傑作」だと思っています。

祥伝社
700円(税込)

『幸福な生活』

祥伝社　1620円(税込)
取次会社「トーハン」の書店向け小冊子に連載した短編集です。1回15枚という制約で、テーマは「幸福な生活の中に潜む秘密」です。愛する人のことはすべて知りたいと思うのが人情ですが、はたしてそれを知って、人は本当に幸せになれるのでしょうか。この物語はラストの1行がセリフになっていて、しかもページをめくったところにあります。

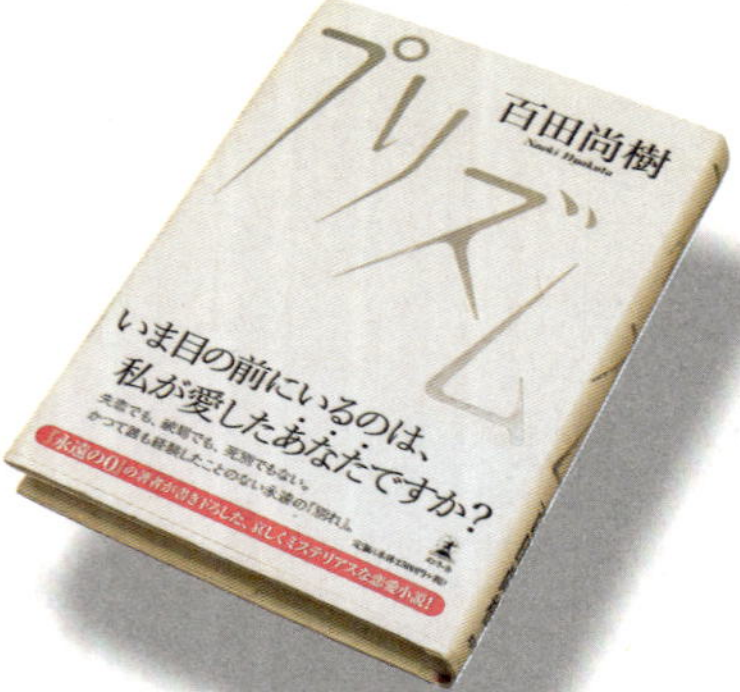

幻冬舎
745円(税込)

『プリズム』

幻冬舎　1620円(税込)
これまでの小説でも恋愛シーンは何回か描いてきましたが、純粋に恋愛だけを中心に書いてみようと思った作品です。ただ、普通の恋愛では面白くないので、多重人格者を配しました。多重人格の中の1つの人格との恋は可能なのか、その人格が本来の人格ではなくて作られたものだったとしたら——。想定した以上に奇妙な小説になりました。

講談社
810円(税込)

『海賊とよばれた男　上』

講談社　1728円(税込)
この作品を書くきっかけとなったのは、「日章丸事件」というものを知ったことです。そしてこの事件を計画立案した出光佐三という人物の人生に触れ、「何が何でも、この人物の凄さを世に知らしめなければ」と思って書きました。1日十数時間執筆し、第1稿1400枚は2カ月で書きました。まさに取りつかれたように書きました。

◉百田尚樹が自ら全著書を完全解説！

講談社
810円(税込)

『海賊とよばれた男　下』

講談社　1728円(税込)
出来上がった第1稿を4度にわたって書き直しました。その修正作業中に胆石発作に何度も襲われ、3度も救急車で運ばれました。手術で入院中も執筆を続け、術後1カ月以上も傷口が塞がらず、へそから血を流しながら、最後のゲラを直しました。まさに格闘のような作業でしたが、1年後、本屋大賞という素晴らしいご褒美をいただきました。

PHP
842円(税込)

『至高の音楽
クラシック 永遠の名曲』

PHP　1944円(税込)
私の趣味の1つはクラシック音楽です。大学生の時からですから、もう40年以上も聴いています。それで月刊誌『Voice』に、毎月1曲、私の偏愛するクラシックの名曲を紹介するコラムの連載を始めました。同書には、25曲の名曲が私のエッセイとともに載っています。単行本には、それぞれの聴きどころを入れたCDが付いています。

幻冬舎
702円(税込)

『夢を売る男』

太田出版　1512円(税込)
私が初めて書いたコメディです。ただ内容はブラックで、現代人の肥大した自己顕示欲と自意識を徹底して皮肉った作品です。同時に、現代の小説家、批評家、出版界もこきおろしています。そのためか文芸誌や雑誌の書評にはまったく取り上げられませんでした。直木賞もボロカスに書いているので、おそらく百田尚樹は一生、直木賞は貰えません。

新潮社
767円(税込)

『フォルトゥナの瞳』

新潮社　1728円(税込)
初めての週刊誌の連載小説です。また初めてのSF的な作品でもあります。フォルトゥナというのは運命の女神です。人の運命は初めから決まっているのかというのは、昔からの哲学的な命題の1つですが、この物語の主人公である孤独な青年は、ある日、人の運命が見える能力を身に付けます。しかしそれは彼の望んだものではありませんでした。

『殉愛』

幻冬舎　1728円(税込)
食道ガンを患った歌手やしきたかじんが最後に愛した女との凄絶な2年間を描いたノンフィクションです。30歳年下の妻は過去何度かの結婚歴があったゆえに、「未亡人は遺産目当ての女」と中傷され、物議を醸した本ですが、本を読んだ読者にはそうではないことがわかるはずです。書かれている内容はすべて真実です。

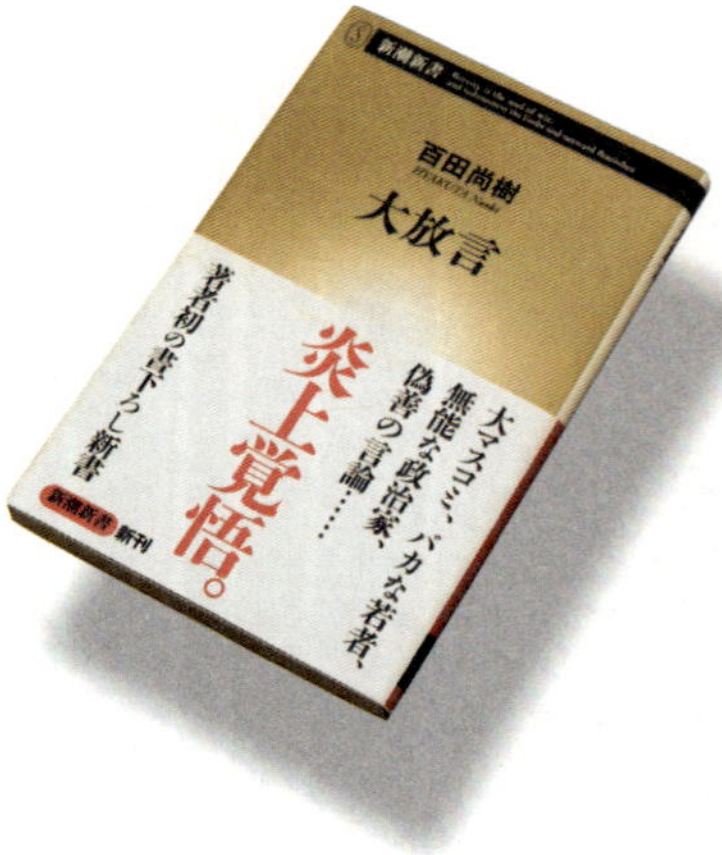

『大放言』

新潮社　821円(税込)
初めての新書です。過去、数々の放言でメディアで叩かれ、ネットで炎上を繰り返した私ですが、開き直って「大放言」と題して、思い切り好き「放言」したのが本書です。多くの人が思っていてもなかなか口に出せないことをあけすけに語っています。最終章「我が炎上史」は、これまでのメディアのバッシングに対して捨て身の大反論をしています。

◉百田尚樹が自ら全著書を完全解説！

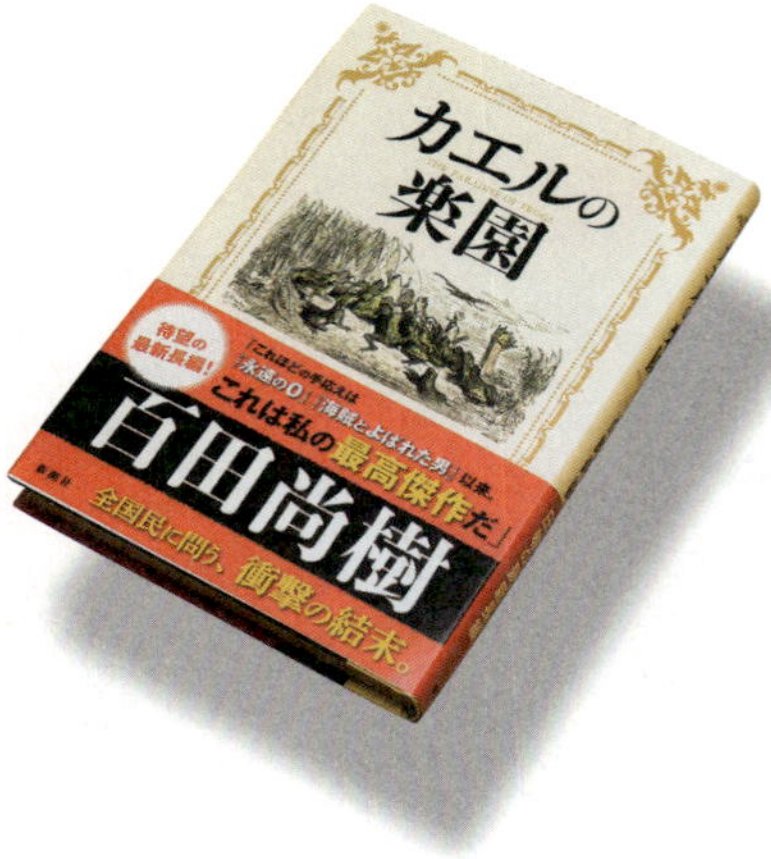

新潮社
562円（税込）

『カエルの楽園』

新潮社　1404円（税込）
初めての寓話小説。祖国を追われて放浪を繰り返した2匹のアマガエルは、ついに平和に満ちた「カエルの楽園」に辿り着きますが、その平和には怖ろしい秘密がありました。本書を読めば、この楽園の正体は何かと気付くはずですが、中には、「何の話かわからない」という読者も少なくありませんでした。そのことがむしろ恐ろしいと言えます。

『この名曲が凄すぎる　クラシック劇的な旋律』

PHP　1944円（税込）
『至高の音楽』の第２弾です。第１弾同様、クラシック歴 40 年、所蔵 CD2 万枚の私が偏愛する 24 曲について熱く語っています。２年にわたる連載をまとめたものです。また偏愛する演奏者として、指揮者のフルトヴェングラーとピアニストのリヒテルについての小文もあります。なお付録として、24 曲の聴きどころを収めた CD が付いています。

『鋼のメンタル』

新潮社　778円（税込）
どうして百田さんはメディアやネットで叩かれるのがわかっていても放言が止まらないのか――多くの人の疑問に答えたのがこの本です。人はどう生きてもせいぜい80年。言いたいことを我慢しても長生きはできません。口は食べるだけにあるのではありません。言いたいことを言うためについています。叩かれたって殺されることはないのです。

『雑談力』
PHP　842円(税込)
ダウンタウンの松本人志さんから、「百田さんは喋らんと死ぬ病気ですか」と言われたくらい、私は年中喋っています。でもアウトプットにはインプットが不可欠です。とはいえ情報量が豊富なだけでは、雑談力は磨かれません。名人の落語家が何でもないネタを素晴らしい噺に変えるように、雑談にはテクニックも必要なのです。百田流雑談力の新書です。

『幻庵　上』
文藝春秋　1728円(税込)
30代初め、仕事もせずに碁会所で毎日碁ばかり打っていた時期があります。私にとって、碁はそれほどの魅力がありました。2016年、グーグルが数百億円かけて開発した人工知能が囲碁のプロ棋士を破りましたが、長年にわたって「囲碁はコンピューターが人間に勝てない最後のゲーム」と言われていました。それほど深いものだったのです。

『幻庵　下』
文藝春秋　1728円(税込)
囲碁をそこまでの高みに持っていったのが、江戸時代の碁打ちたちでした。この物語は文化文政から幕末にかけて実在した天才棋士たちを描いたノンフィクション小説です。本因坊丈和と井上因碩（幻庵）という囲碁史に燦然と輝く2人の怪物の戦いは、剣豪同士の斬り合いを彷彿させます。実際、江戸の碁打ちの対局は本当に命懸けのものだったのです。

◉百田尚樹が自ら全著書を完全解説！

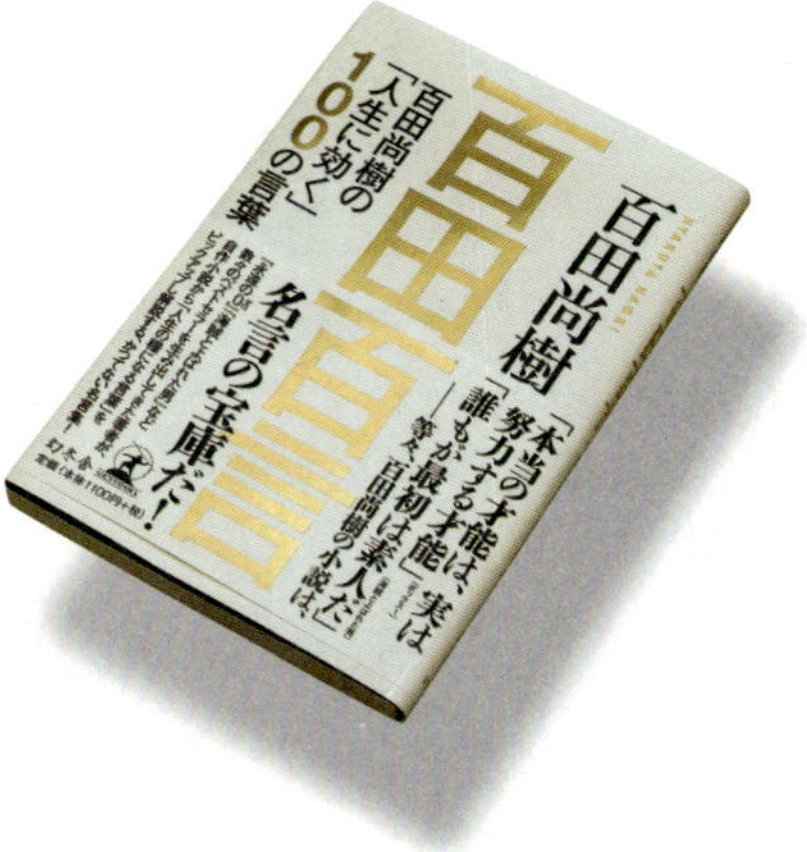

『百田百言　百田尚樹の「人生に効く」100の言葉』

幻冬舎　1188円（税込）

多くの読者から「百田さんの小説には名言が多い」と言われてきました。それで読み直してみると、なるほどと思える言葉がいくつもありました。自分でも「どうして出てきたのだろう」と思えるセリフもありました。本書は、私の小説の中から、100の「名言？」を選び出し、そこに著者自身が解説を加えた一風変わった名言集です（笑）。

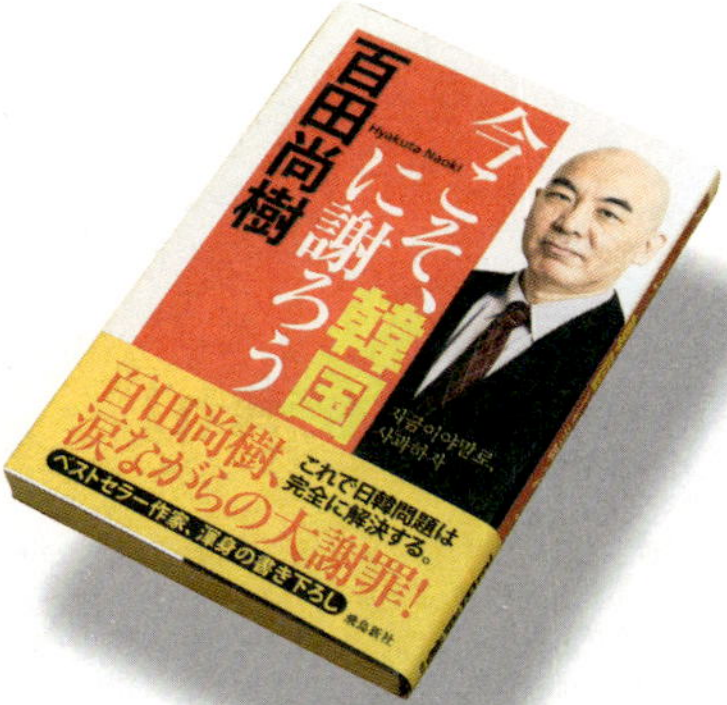

『今こそ、韓国に謝ろう』

飛鳥新社　1400円（税込）

読者の皆さん、タイトルに騙されないでください。この本は強烈至極な「皮肉本」です。自分で言うのは何ですが、この本ほど「日韓併合」の歴史をわかりやすく包括的に述べた本はないと断言します。韓国の研究者は別にして、この本を読まれた多くの方は知られざる事実に驚愕するでしょう。そして思うはずです。「日本は韓国に謝らんとあかんなあ」と。

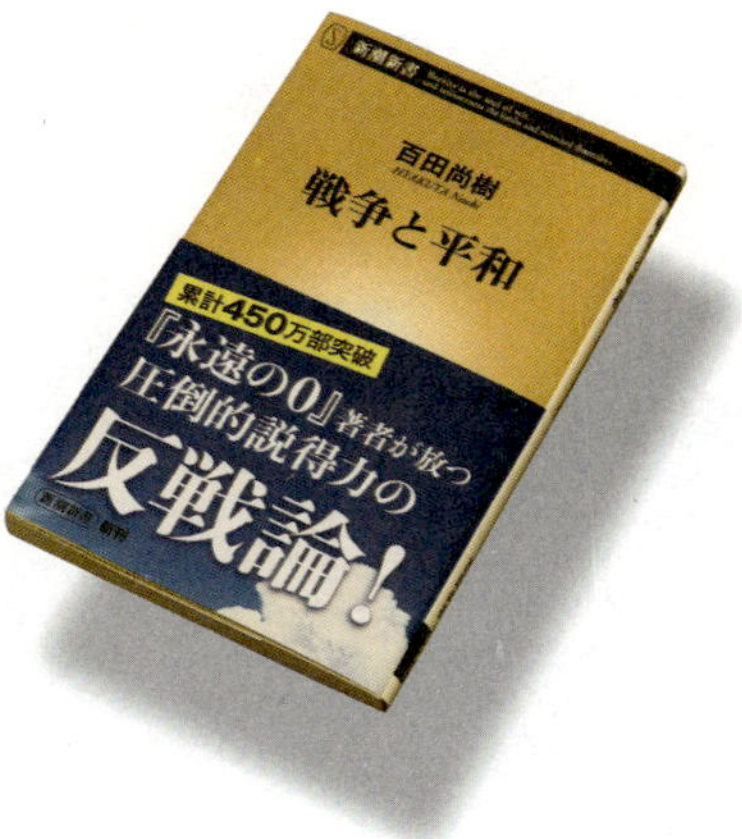

『戦争と平和』

新潮社　821円（税込）

戦争は国が総力を挙げて戦うものです。そのこと自体が異常事態とも言えますが、戦時においては、その国民が持っている長所と短所が極端な形で現れます。また「平和」は人類究極の目標ですが、それを摑むには「戦争」を理解する必要があります。大東亜戦争での日本人の戦い方を考察しつつ、平和とは何かを述べています。

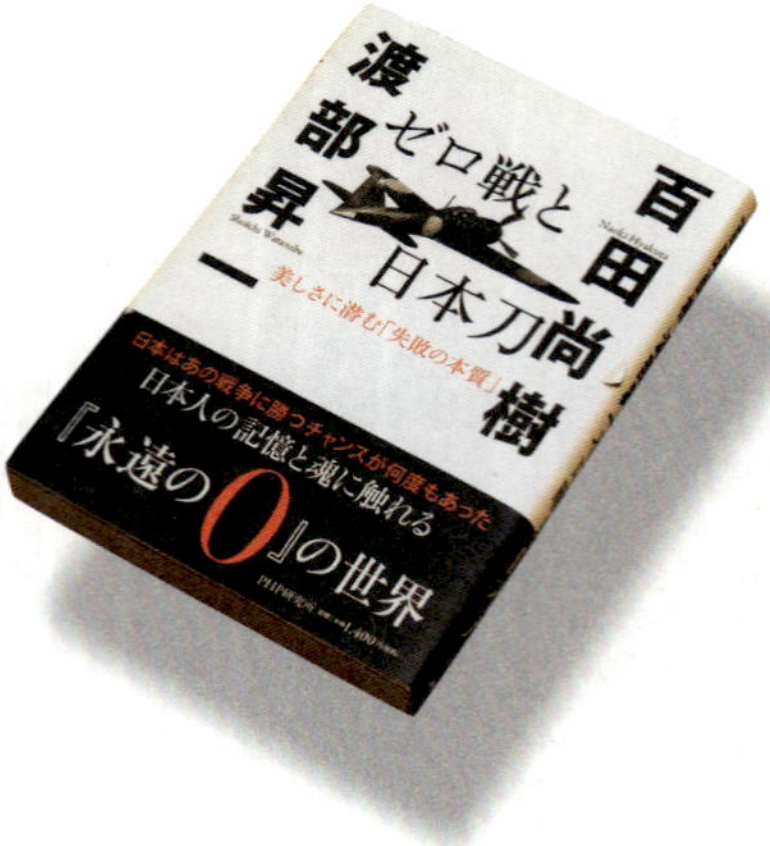

PHP
680円(税込)

『ゼロ戦と日本刀
美しさに潜む「失敗の本質」』

百田尚樹×渡部昇一
PHP　1512円(税込)
亡くなられた日本の碩学、渡部昇一氏との対談本。月刊誌『Voice』初出のときは2人の対談形式でしたが、単行本化したときは、章ごとに2人が語っています。対談よりも読みやすい反面、対談のリアルな空気が失われたところもあります。いつかオリジナルの形で出す機会があればと思っています。

『日本よ、
世界の真ん中で咲き誇れ』

百田尚樹×安倍晋三
ワック　1512円(税込)
安倍晋三首相の唯一の対談本。この対談は、自民党が民主党に政権を奪われていた時に行なわれたものと、自民党が政権を取り戻した時に行なわれたものとの2つからなっています。つまり一介の野党議員時代の時と首相に復活した時のもので、2つの対談を読めば、安倍首相の常に変わらぬ信念が読み取れます。また安倍首相の講演録も付いています。

ベストセラーズ
691円(税込)

『愛国論』

百田尚樹×田原総一朗
ベストセラーズ　1458円(税込)
左翼ジャーナリスト田原総一朗氏との対談集。すぐに喧嘩になって決裂するだろうと思っていましたが、意外や意外、テレビでの強面はどこにもなく、私の話に真剣に耳を傾けてくれ、間違いを指摘すると反発もせずに受け入れてくれました。おまけに「僕は左翼じゃない」とまで言う始末。会話中ずっと、ある種の気持ち悪さが拭えない対談でした。

◉百田尚樹が自ら全著書を完全解説！

『「カエルの楽園」が地獄と化す日』

百田尚樹×石平

飛鳥新社　1400円（税込）

評論家、石平氏と『カエルの楽園』について語った対談集。現在の中国の脅威について語っているだけでなく、日本が中国に侵略される克明なシミュレーションまでしています。それは決して2人の妄想ではありません。現在のまま国民が「平和ボケ」でいたなら、近いうちにそうなります。その意味で、これは怖ろしい警世の対談集でもあります。

『大直言』

百田尚樹×青山繁晴

新潮社　1404円（税込）

ジャーナリストで参議院議員の青山繁晴氏との対談集です。ネット番組「虎ノ門ニュース」の特番で2人が語り合った内容を本にしたものですが、そこに青山氏が参議院議員になってから行なった対談を加えています。話のテーマは「大東亜戦争」「憲法」「外交」「メディア」「領土」など、まさに日本が抱える諸問題。最後は「人生」について熱く語っています。

『いい加減に目を覚まさんかい、日本人！』

百田尚樹×ケント・ギルバート

祥伝社　1620円（税込）

ネット番組「虎ノ門ニュース」や「放送法遵守を求める視聴者の会」でも共に戦う盟友、ケント・ギルバート氏との対談集です。生粋の米国人でありながら日本をこよなく愛するケント氏が、日本を守るにはどうすればいいのかを一所懸命に語る姿に、対談中、何度も胸が熱くなりました。そしてケント氏を失望させてはならないと強く誓いました。

私の大好きな映画『七人の侍』

何という単純な物語だろう。「七人の侍が百姓たちのために戦う」――物語はただこれだけである。「偉大なものはすべて単純である」とは、私が敬愛する指揮者フルトヴェングラーの言葉であるが、まさしく堂々とした一本の巨木のような作品である。

出てくる侍たちの恰好いいことと言ったらどうだ。まず、古武士の風格を備えた侍大将の勘兵衛、度重なる戦《いくさ》に疲れ果て人生の晩年にさしかかろうとしていた彼が、貧しい百姓のために何の恩賞も得られぬ戦いをやろうと決意する。最初の感動シーンだ。

そして、かつて勘兵衛の部下とし

て戦ったことのある七郎次。武士を捨て物売りをしていた彼は、何年かぶりに再会した勘兵衛に「もう合戦はいやか?」と聞かれ、はいとは言えず黙って下を向いて苦笑する。しかし「金にも出世にもならん戦があるが、ついてくるか」と言われた時、一切の躊躇《ちゅうちょ》もなく「はい」と答える。このシーンは痺《しび》れるほどいい。男が男に惚れるというのはこういうことだろう。

他にも、最高としかいいようのない素晴らしい男たちが次から次へと登場する。こう書くとただ明るいだけの痛快な活劇物と誤解されるかもしれない。しかし『七人の侍』はそんな「お子様映画」ではない。

子供のころ武士に両親を殺され、それ以来、野良犬のように生きてきた野生児、菊千代の存在が映画にずっしりとした重みを与えている。そして侍と百姓たちの間に横たわる大きな溝も、最後まで埋まることはない。両者は愛憎の感情を抱いたまま、ついに最後まで理解しあうことなく、共通の敵である野武士と相対していく。ここがこの映画の深いところだ。

野武士との戦いは凄絶《せいぜつ》の一言に尽きる。侍と百姓たちは様々な策を用いて、野武士を一人一人殺していく。テレビの時代劇では簡単に人が斬られるが、実際の戦では野武士一人殺すのも大変なことだ。極限状態での殺し合いのすごさ、戦争の残酷さを見せつけられる。

後半に入ると戦いは更に凄惨《せいさん》なものとなり、侍や百姓たちにも犠牲者が出る。そしていよいよ野武士と侍と百姓の、互いの存亡を賭けた最後の戦いに突入するのだが、この雨中の決戦は世界映画史上に残る名場面だ。現代のハリウッド映画でもこれだけの迫力は出せまい。今どきのCGでこの凄《すご》みが出せるか！

　ところで、この映画は長い間、短縮版しかなかった。長すぎるという理由で映画会社が四十分もカットしたのだ。私が初めて観たのも短縮版だった。しかし公開後二十年以上たってオリジナル版が復元された。それを観た時の驚きと興奮は忘れられない。よくぞカットされたフィルムが残っていたと思う（余談だが、オーソン・ウェルズの名作『偉大なるアンバーソン家の人々』は会社にカットされた数十分のフィルムは破棄されている。他に天才シュトロハイムの映画も、カットされたフィルムのほとんどは残っていない）。

Copyright1954 by en:Toho Studios

　『七人の侍』には印象的なシーンや感動的なシーンは山のようにあって、語り出せばとても数枚の紙面ではおさまるものではない。また、過去多くの人がこの映画について語っている。そこで今回、ほとんどの人が挙げないであろう、私のお気に入りのシーンを挙げる。

　映画のはじめの部分で、村の長老が百姓たちに向かって、かつて野武士たちに村を焼かれてこの地に逃げてきた時のことを語るシーンだ。この場面の最後で、長老は言う。

「燃えていないのは、さむれえ雇った、その村だけだった」と。

　私はこのセリフを聞くと胸が熱くなる。そうなのだ、何十年も昔にもそんな侍たちがいたのだ。彼らもまたわずかな報酬で百姓たちのために命を懸けて戦った勇敢な侍たちだったのだろう。そして名を残すこともなく歴史の中に消えていったのだ――。

　私はこのシーンを観るたびに思う。この世に悪はなくならない、しかしいつの時代にも、その悪と戦い、弱き者のために立つ正義の男たちもいるのだ、と。

年	月	学歴・職歴（各別にまとめて書く）

年	月	免　許・資　格

<table>
<tr><td rowspan="3">志望の動機、特技、好きな学科、アピールポイントなど</td><td colspan="2">通勤時間
約　　時間　　分</td></tr>
<tr><td colspan="2">扶養家族数（配偶者を除く）
人</td></tr>
<tr><td>配偶者
※ 有・無</td><td>配偶者の扶養義務
※ 有・無</td></tr>
</table>

本人希望記入欄（特に給料・職種・勤務時間・勤務地・その他についての希望などがあれば記入）

コクヨ

◉履歴書

履　歴　書　　平成29年　月　日現在

ふりがな	ひゃくた　なおき
氏　名	百田尚樹
昭和31年2月23日生（満61歳）	※男・女

ふりがな 現住所　〒	電話
ふりがな 連絡先　〒　（現住所以外に連絡を希望する場合のみ記入）　方	電話

年	月	学歴・職歴（各別にまとめて書く）
昭和34	4	大阪市立　西中島幼稚園入園
〃36	4	大阪市立　西中島小学校入学
〃43	4	大和郡山市立　郡山中学校入学
〃46	4	奈良県立　添上高等学校　入学
〃50	4	同志社大学　法学部入学
〃55	4	〃　〃　中退
		職歴
昭和55	4	テレビの放送作家となる
平成元	3	朝日放送「探偵!ナイトスクープ」スタート。チーフ構成作家となり、現在に至る
〃18	8	小説「永遠の0」を上梓、小説家となる。
〃26	4	小説「海賊とよばれた男」で、第10回本屋大賞を受賞
〃〃	11	NHK経営委員になる（平成28年2月、任期満了で退任）
〃27	7	インターネット番組「虎ノ門ニュース」火曜日のキャスターとなる

記入上の注意　1.鉛筆以外の黒又は青の筆記具で記入。　2.数字はアラビア数字で、文字はくずさず正確に書く。　C
3.※印のところは、該当するものを○で囲む。

憲法改正か「カエルの楽園」か

櫻井よしこ　ジャーナリスト
百田尚樹　作家
撮影　佐藤英明

櫻井　いま、日本の安全保障環境は非常に危《あやう》い状況にあります。緊張して日々を過ごさなくてはいけない状況にあるいま必要なのは、やはり「憲法をどうするか」という課題に向き合うことです。そのために、逆から見ること、つまり「憲法改正をしないとどうなるか」を想像してみてはどうでしょうか。

　百田さんのお書きになった『カエルの楽園』（新潮社）は、まさに憲法を改正しないとこうなりますよ、ということを見せてくれる作品ですね。

百田　二〇一五年の安保法制採決の際には、国会前のデモや、国会内で民進党……当時の民主党が行った「アベ政治を許さない」「強行採決反対」などと書いたビラを掲げた行為などがありました。彼らを夜中の十二時頃にテレビで見ていて、とてもじゃないけれど、知性のある人間の行動とは思えなかったんですね。

　彼らは人間じゃない。とすれば何

か。「カエルやな」と。そう思って物語を書き始めました。まさに日本は非常に危ない状態にあり、いつ何時、隣りに棲《す》む恐ろしいウシガエルに食い殺されるかわからない。にもかかわらず、ツチガエルたちはその危機感や恐怖感を一切感じていない。自分たちだけは永遠に平和に暮らせると信じ切っている。そんなカエルたちの国を描きました。

櫻井　『カエルの楽園』では、平和に暮らしていたツチガエルちゃんたちが、ウシガエルに目をくりぬかれ、腕をちぎられて食べられてしまう。敵がすぐ近くまで迫っているのに、ツチガエルたちは「カエルの三戒」を守っていれば大丈夫、と言っていて悲劇が起きる。

百田　そうです。「一、カエルを信じろ。二、カエルと争うな。三、争うための力を持つな」という三つの戒めをカエルたちはひたすら守っている。「このままじゃ危ないぞ」と言うカエルもなかにはいますが、その声は他のカエルたちに潰《つぶ》されてしまう。「カエルの三戒」は憲法をモチーフにしており、特に「一、カエルを信じろ」は憲法前文を指しています。前文には〈日本国民は、恒久《こうきゅう》の平和を念願し、人間相互の関係を支配する崇高な理想を深く自覚するのであつて、平和を愛する諸国民の公正と信義に信頼して、我らの安全と生存を保持しようと決意した〉とあります。つまり、自分たちの生存と安全は自分たちで守るのではなく、〈平和を愛する諸国民〉によって守られるというのです。

「二、カエルと争うな。三、争うための力を持つな」は、それぞれ憲法九条を指しています。そしてカエルは国民投票を行い、「三戒を捨てない」と決定した。つまり、憲法の前文と九条になぞらえた「カエルの三戒」をひたすら守り抜いた結果、カエルたちがどうなったかという寓話《ぐうわ》なのです。

櫻井　この『カエルの楽園』、いま二十七万部売れているそうですけれども、私はこれがあと十倍、二百七十万部売れたら日本国は変わるのではないかと思います。ぜひ、多くの方に読んでいただきたい(笑)。

百田　皆さん、ぜひ買って下さいね。

「外国製」の日本国憲法

櫻井　そのような戒めをひたすら守っていった結果、どうなるかという瀬戸際に日本は立っています。

二〇一六年七月に行われた参議院選挙では、自民党をはじめとする「改憲勢力」が、衆参両院で戦後初めて三分の二以上の議席を獲得しました。これで憲法改正発議が可能な議席を得たことになります。しかし、国民の間で改憲議論はほとんど盛り上がっていませんね。

でも、憲法改正について考えるのは、いまなんです。いまが好機なのです。そのため、考える材料として、私が共同代表を務める「美しい日本の憲法をつくる国民の会」は百田さんに総指揮を執っていただき、私や日本大学の憲法学の教授である百地章先生が監修し、俳優の津川雅彦さんにナレーションをお願いして「世界は変わった　日本の憲法は?」というドキュメンタリーDVDを制作しました。

全部で四十分弱のVTRですが、制作に当たって、改めて憲法に関する資料を随分読み込みましたね。

百田　そうです。改めてしっかり勉強したところ、つくづく酷い憲法だと痛感しました。

そもそも、これは日本人が作った憲法ではない。憲法とは本来、法律の上にあり、その国や国民の持つ文化、死生観、生活、考え方が濃縮されているべきものです。ところが日本国憲法は、その国を征服した国が無理矢理作って与えたもので、おそらく世界でただ一つの成り立ちです。実はドイツ憲法も占領下でつくられましたが、戦後五十九回も憲法を改正して、自分たちの憲法に作り替えました。

櫻井　ドイツは当時東西に分割され、東側をソ連、西側をアメリカ、イギリス、フランスに占領されました。ヒトラーをはじめ、政権そのもの、つまり国そのものの統治機構が崩壊していたため、州知事が集まって臨時の基本法を作りました。

百田　ボン基本法ですね。

櫻井　それはこれから先、変えていくことを前提に、ドイツ人自身の力でつくったものです。

百田　しかし日本は七十年間、一度たりとも憲法を改正していない。しかも、七十年前にGHQが無理矢理押し付けたものを、そのまま有り難くいただいているわけです。

櫻井　しかもGHQから「日本人が作ったという体《てい》にせよ」と言われ、実は占領国が作ったことを日本国民に知らせてはならないと厳しい検閲制度のもと、取り締まられていた。この点が日独で決定的に違う点です。

〝コピペ憲法〟という実情

百田　皆さん、あの日本国憲法草案は、何日でできたかご存知ですか？

　七日間、つまり一週間程度で作られているんです。

　ＧＨＱのマッカーサーが民政局の局員に、「君たち、憲法草案を作りなさい」と命じた。二十五人の局員のうち弁護士は三人だけで、国際法や憲法に明るくはなかった。さらに他のメンバーは法律のド素人《しろうと》、法律のイロハも知らない人たちです。そんな人たちに「一週間で憲法を作れ」と言ってできるわけがない。

　そこで命令を受けた人たちはどうしたか。東京都内の図書館を回って、世界各国の憲法やアメリカの独立宣言、ドイツのワイマール憲法などを片っ端から挙げていって「ここは使えるかも」なんて言って……。

櫻井　〝コピペ〟しちゃった。

百田　コピー＆ペースト、つまり切り貼りして一週間で作ってしまった。世界各国の憲法の寄せ集めですから、日本の主体性、個性、文化、独特の考え方と言ったものが一切盛り込まれていない。

第9条 2
前項の目的を達するため、
陸海空軍その他の戦力は、これを保持しない。
国の交戦権は、これを認めない。
尖閣有事
自ら立って説明

櫻井　「ごちゃまぜ憲法」ですね。

百田　はい。また、ある種のコスモポリタン（世界主義的）憲法なのです。だから〈平和を愛する諸国民〉などと言ってしまう。

　しかも〈諸国民〉とは、当時はアメリカをはじめとする白人国家を指していました。当時は中華人民共和国もないし、大韓民国も北朝鮮もなかった時代です。つまり、白人が「俺たちの言うとおりにしていればいいんだ」と命令した憲法です。しかし七十年経って、国際情勢はすっかり変わってしまった。

　ところが、作った側はこの憲法が恒久に続くものだとは誰も思っていなかった。その証拠に、憲法成立から四十年ほど経った頃に、駒澤大学名誉教授の西修先生がアメリカに渡り、占領当時に民政局員で憲法草案作成にかかわった人たちを訪ね歩いて話を聞いたんです。その時、彼らが一様に言ったのは、「エッ、君たち、まだあれを使っているのか」と。

つまり作った側は、日本国憲法はあくまでも占領救護策であって、数年使ったら日本人が自分たちで憲法を作るだろうと思っていた。まさか四十年も使っているとは思いもよらなかった。だって素人が作ったものですからね。しかし、そこからさらに三十年くらい使い続けている。一字一句変えていない。これが日本国憲法の実情です。

「立憲主義」の陥穽

櫻井　それでも日本には、これを後生《ご しょう》大事に守れと言っている人たちがいます。「憲法は権力を縛るものであるのに、縛られる側の権力が生意気にも憲法改正を唱えるとはけしからん」と。特に憲法学者の方は、こぞってそう仰っている。

百田　そもそも彼らを「学者」と呼ぶのが間違っているんですよ。本当の意味での憲法学者であれば、憲法がこの国にとって正しい形を持っているかどうかを判断しなければならない。ところがいまの日本の憲法学者は、いまの憲法が唯一無二で一切間違いがない、だから一字一句変えてはならないと言う。法律が憲法に合致《がっち》しているかどうかしか見ていなくて、その憲法が社会の実情とずれていることはお構いなしなんです。

櫻井　あの方々は「立憲主義だ」と言いますね。しかしそれを言うなら、「戦力の不保持」を謳《うた》いながら自衛隊が存在しているのはおかしいのではないですか。何よりもまず、自衛隊のことを憲法に書かなければ、立憲主義を主張する資格はないはずです。

国民国家の基本的ルールとしての憲法には、日本は家族を大事にしてきたとか、歴史と伝統を重んじてきたといった、国として大事にすべき価値観が書かれていて然るべきです。しかしいまの憲法議論のなかで、このような話が出ることは全くありませんね。

百田　たしかに憲法は守らなければならないが、それ以上に大事なのは国家と国民の生命財産です。いまの憲法で、はたして国家と国民を守れるのか。この視点から憲法を論じる憲法学者もほとんどいません。「憲法守って国滅ぶ」では、何のための憲法なのか。

かつて古代ギリシャのソクラテスは、当時のソフィストたちと戦って最後は死刑を宣告されました。処刑方法は毒殺です。しかし、「ソクラテスは正しいことを言っていた」と言って多くの人が彼を逃がそうとするんですね。ところがソクラテスは、「悪法も法なり」という言葉を残して毒薬を飲んで死んでいった。

　いまの日本は憲法九条という「悪法」を持ったまま、毒を飲んで死んでしまうような状況にあると僕は思う。憲法学者には、憲法を守ることが国民を守ることよりも大事なのかを真剣に考えてもらいたい。

日本を「カエルの楽園」にしてはならない！
新潮社　1404円（税込）

憲法は虚構に満ちている

櫻井　憲法は前文も九条も虚構に過ぎない。これをいつまでも後生大事に抱きかかえているのは、将来世代に対する重大な背信でしょう。

　憲法改正がなぜ必要かは、日本を取り巻く国際社会の情勢を考えれば一目瞭然です。中国、あるいは北朝鮮が一体何をしているでしょうか。北朝鮮は戦後初めて、たった一回だけ発令された海上自衛隊の海上警備行動の対象になっています。海上警備行動とは、海上保安庁がそれによって動いている警察権の執行を自衛隊に許可するものですが、この範囲で海上自衛隊ができることは、他国の軍隊ができることとは大きく違っています。

　一九九九年に海上警備行動が初めて発動されたとき、「みょうこう」の航海長だった伊藤祐靖《すけやす》さんが『国のために死ねるか』（文春新書）を最近出された。それによれば、防弾チョッキすら用意されておらず、分厚い『少年マガジン』を胴体に巻いたそうです。

百田　防弾チョッキがないということは、長年、戦闘状態を想定していなかったんでしょうね。批判するつもりはありませんが、自衛隊という組織も平和ボケしていたような気がします。そもそも海上警備行動が下命されるまでにも七、八時間かかっている。遅すぎます。

櫻井　自衛隊に海上警備行動が下命されても、できることは通常の軍隊としての動きではないんですね。そのことを北朝鮮も中国も確実に知っていますから、「日本は絶対に攻撃してこない。どんなに挑発しても、逃げ切ればこっちのもんだ」とタカをくくっている。実際に、一九九九年の北朝鮮船も逃げ切ってしまったんですね。

「国として戦わない」

百田　自衛隊はいわゆる「ポジティブリスト」で、「これはやってよし」という範囲でしか動けない。一方、他国の軍隊は「ネガティブリスト」で、任務遂行のためには「禁止事項以外のことは何をしてもいい」となっている。

実際に事が起きた時に、司令官が六法全書や自衛隊法を見ながら「いまの状態だと、どこまで許されるんだ?」と迷いながら判断しなければならず、これではまともな戦いはとてもできません。

櫻井　伊藤さんの本を読んで、私は本当に涙が出ました。「国のため、国民のためにやりたいのにできない」歯痒《はがゆ》さや、装備や法律の不備に板挟みになっている自衛隊の人たちのことを思うと、私たちは彼らのためにいったい何をしてあげられるのか、と思わずにはいられませんでした。

百田　やはり憲法改正をするしかないでしょう。安倍総理が仰っているように、自衛隊を国防軍として認めること。これは国として当たり前のことなんです。ところが、これに軍隊を持つ中国、韓国が猛反発を見せる。全く理解できませんね。

櫻井　すごくおかしいのは、中国が日本は戦後体制を守れ、つまり平和憲法を守れなどと主張することです。自分たちこそ平和的に行動せよと言いたくなりますが、改めて憲法九条を見てみると、なぜ中国が日本にこの憲法を守らせたいか、よくわかります。

〈憲法第九条

第一項・日本国民は、正義と秩序を基調とする国際平和を誠実に希求し、国権の発動たる戦争と、武力による威嚇又は武力の行使は、国際紛争を解決する手段としては、永久にこれを放棄する。

第二項・前項の目的を達するため、陸海空軍その他の戦力は、これを保持しない。国の交戦権は、これを認めない〉

日本は軍事的手段を持たないうえに、戦う権利さえも認められないと書いてあるわけです。そして、自衛隊については自衛隊の「自」の字も憲法に書かれていない。ここから生まれる精神は「国として戦うことはしない」ということです。

百田　まったくおかしな話です。

『シン・ゴジラ』が示すもの

櫻井　先日、映画『シン・ゴジラ』を観ました。この映画では、最終決戦の前に矢口蘭堂《らんどう》内閣官房副長官という主役の方が、自衛官にこう呼びかけるんです。

「今回の作戦遂行に際し、放射線の直撃や急性被曝《ひばく》の危険性があります。ここにいる者の命の保証はできません。だがどうか、実行してほしい。わが国の最大の力はこの現場にあります。自衛隊はこの国を守る力が与えられている最後の砦《とりで》です。日本の未来を皆さんに託します」

百田　感動しましたね。

櫻井　でしょう!?　でも、「皆さんに託します」「現場の力が最後の砦です」というセリフに問題が潜んでいます。現実の自衛官も全く同じです。根本的には「最後は自己責任でどうぞ」ということなんです。国家の責任において、国民の皆さん方を守る行動がとれないんです。

いざというときには、私たちは陸海空の自衛隊に頼らなければならないのに、彼らを規定する文言《もんごん》が憲法にはない。武器の使用についても、本来は部隊長の命令で行われなければならないのに、実際は現場の自衛官一人ひとりが判断しなければならない。国家の意志によって行われるべき戦闘行為が、自衛官一人ひとりの責任にされてしまう。

百田　たしかにそうですね。

櫻井　すでに日本を脅かしている中国と北朝鮮による日本への危機について、具体的に考えてみましょう。尖閣諸島で言えば、中国の公船が連日、尖閣沖に現れています。「公船」と言っても、実質的には中国人民解放軍の船と考えていいわけですね。

国家基本問題研究所（国基研）企画委員で元防衛庁情報本部長の太田文雄さんは、沿岸警備隊や海上保安庁のような「コーストガード」は、中国のみならずアメリカでも軍の一部と位置づけられていると指摘しています。にもかかわらず日本だけは、海上保安庁法第二十五条によって次のように決められています。

〈第二十五条　この法律のいかなる規定も海上保安庁又はその職員が軍隊として組織され、訓練され、又は軍隊の機能を営むことを認めるものとこれを解釈してはならない〉

この法律ができたのは一九四八年で、やはりこれもGHQの押しつけによるものです。海上自衛隊と海上保安庁には、他国にはあるコンパティビリティ（両立性）がない。

しかし対する中国の場合は、「中国海警局の船である」と言っても日本の海上保安庁とは全く違う、ほとんど海軍と同じような組織と言ってもいい。「中国海警には海保を持って対処すべし」というのは間違いではありませんが、かといってこの二つの組織は決して同質のものではないのです。

百田　中国海警の船は機関砲を積んでいます。海上保安庁の船も機関砲を装備していますが、威嚇射撃でもおいそれとできない。

二〇一六年六月九日に、日本の尖閣諸島の接続海域に中国軍艦が侵入しました。それからしばらくして、今度は鹿児島の領海を侵犯しました。このときに朝日新聞が書いた社説を、皆さん、お読みになりましたか。

本誌二〇一六年八月号にも緊急寄稿しましたが、産経、毎日、読売新聞が「中国の軍艦が領海侵入」と書いたにもかかわらず、朝日だけが「中国艦が侵入」と「軍」の文字を抜いて報じたんです。漁船が公船になり、公船が軍艦になったというそのエスカレートに重要な意味があるのに、朝日新聞はその情報を省いてしまった。

さらにおかしいのは、九日未明に侵入があり、各紙は十日の社説でこのことを報じたのですが、朝日新聞は十一日。二十四時間ではどう書いていいか判断がつかず、他紙を見て四十八時間かけてじっくり考えた結果、書いたのが「中国艦」。しかも、四十八時間かけて考えた朝日の社説の見出しが〈尖閣に中国艦　日中の信頼醸成を急げ〉ですからね。

脅威を隠す朝日新聞

櫻井　このような新聞が、減ったとはいっても六百万部以上の発行部数を持っている。これでは、国民に危機的状況が正確に伝わるはずがありません。

百田　むしろ、日本人が危機感を抱かないように抱かないようにしているとしか思えない。

櫻井　産経新聞は、「中国の民兵は三十万人規模」と報じました。しかし民兵とはいっても、実際には中国人民解放軍の軍人であることに変わりはありません。

また、中国海警の船も、実際には軍艦です。船体を白く塗って「CHINA COAST GUARD」と書いてありますが、実際には中国海軍の灰色の軍艦をペンキで白く塗っているだけ。これは「白船《ホワイトシップ》作戦」というのですが、「軍艦に非《あら》ず」と見せかけながら日本に送り込んでいます。

日本の海上保安庁は限られた装備と人員で、中国の「ホワイトシップ」

が接続水域や領海に侵入しようとするのを必死に守っている。その様子を、離れたところから灰色の中国軍艦が常に二隻、見張っている。これまでこの軍艦は、ある特定の緯度から南には下がってこなかった。でも最近では、そのラインを突破して南下してきている。

そして先ほど百田さんがおっしゃったように、武装工作船が接続水域、領海にまで侵入するようになった。明確に、極めて危険な段階に踏み込んでいるのです。

偽装漁民上陸の危険性

百田　二〇一〇年に漁船衝突事件が起きました。そのあと百隻単位の漁船が小笠原沖に現れ、次に公船が来て、とうとう今年になって軍艦が来た。行き着く先は尖閣上陸でしょう。

中国の動きをウォッチしている限り、そう遠くないうちに中国が「尖閣上陸」に至る可能性は十分ある。偽装漁民がエンジントラブルを装い、緊急避難という形で尖閣に上陸する。

日本側は漁民保護という名目で尖閣に向かいますが、同時に中国の軍艦も自国民保護の名目で尖閣を目指す。そのときに、中国軍人の上陸を海保と海上自衛隊が阻止できるのか。ここが日本の勝負の分かれ目です。

櫻井　上陸されて交渉に至った場合には、少なくとも日本は「尖閣諸島に領土問題がある」ことを認めざるを得なくなる。また交渉に至る前に、小競り合いから紛争になったときに、日中の勝敗の可能性はどうなのか。

国基研でも多くの専門家から話を聞いていますが、日中が相対した場合、日本が緒戦で制しても、それを中・長期的に維持するのはかなり難しい。もちろん、アメリカと組めば問題はないのですが……。

海上保安庁の船は一千五百トンクラスが中心で、これまで南西諸島に六隻配備していました。安倍政権になってから、これでは足りないと十三隻まで倍増しましたが、最も大きいもので三千トンクラスです。

一方、中国は同時期に四十隻も増やしてしまった。しかも小さいもので三千トンクラス、最も大きいもので一万二千トンクラスです。一万トン以上の大型艦船は、海上自衛隊でも五隻しかない。中国はこの規模の〝公船〟を十隻配備する計画を進めています。しかもそこには、七十ミリという非常に大きな機関砲を装備している。こうやって装備を整えながら、中国は次々に侵略の手を進めているのです。

百田　しかも、問題は船だけではありません。海軍を支援する空軍も、中国は着々と態勢を整えています。

櫻井　空軍の世界は海軍よりもスピードが速く、戦闘機なら、一分あれば東京から横浜まで行けてしまうくらいの、マッハの世界でのせめぎあいです。しかも海上のような「保安庁」はないので、最初から軍隊同士の対決になってしまう。

百田　しかも領海侵犯に関して言うと、公海の航行の自由が原則としてありますから、必ずしも侵犯行為が即違法ではありません。しかし、領空侵犯は一切許されていません。

櫻井　領空は侵犯されたが最後、相手の空域になってしまう。だからせめぎ合いも熾烈《しれつ》になるんですね。

ロシアの戦闘機がシリアへ爆撃に向かう際、しょっちゅうトルコの領空を侵《おか》していた。トルコは外交レベルで抗議し、ＮＡＴＯの一員としても非難しましたが止めなかった。そこでトルコは二〇一五年十一月にロシア機を撃墜したのですが、国際社会は何も言いませんでした。領空侵犯に対して、このような態度で臨むのは当たり前なんですね。しかもこのあと、ロシアはトルコへの領空侵犯をピタッと止めました。

しかし、日本はそれができない。航空自衛隊は、領空侵犯機に対しても相手戦闘機を撃墜することはできない。もしやった場合にはパイロット個人が刑事罰を科せられ、刑事犯として処罰の対象になりかねない。

百田　自衛官が個人として責任を問われるのは空だけでなく、海でも陸でも同様です。仮に、日本に上陸してきた中国兵が日本国民を殺そうとしているときに自衛官が中国兵を射殺したら、その自衛官は日本の〝人権派弁護士〟に殺人犯として告訴される。現憲法下では一〇〇％そうなります。こんなことが許されますか。

国守る「国家意志」の欠如

櫻井　国を守る、国民を守るという「国家としての意志」の欠如を痛感しますね。しかし恐ろしいもので、七十年もの間、『カエルの楽園』のような仕組みのなかに居続けると、「軍事行動を起こさないのが海上保安庁の誇りです」と言うようになるのです。

他にも東京大学がつい最近まで、「武器開発に繋がるような研究は一切しない」と公言し、防衛省の研究のリクエストはすべて拒否していました。このようなことが罷《まか》り通るどころか、むしろ「良識的」と賞賛されるような精神が醸成されてしまいました。こういったところに、憲法改正に対する賛成意見が増えていかない根本的な原因があるのでしょうね。

百田　そうでしょうね。七十年間、とにかく「平和」と唱えること以上に素晴らしいことはない、といったイメージが作られてきました。だからテレビのコメンテーターなども、非現実的なことを平気で口にします。

たとえば、経済評論家の森永卓郎さんは二〇一一年の東京スポーツの取材にこう話しています。

「私は丸腰戦略というのを提唱しています。軍事力をすべて破棄し非暴力主義を貫くんです。仮に日本が侵略されて国がなくなっても、後世の教科書に『昔、日本という心の美しい民族がいました』と書かれればいいんじゃないかと」

これは言い換えれば、「九条を守りながら、一緒に死のう」という無理心中を強要しているようなもの。冗談じゃない、「お前ひとりで死ね！」という話ですよ！

もう一人、漫画家のやくみつるさんも二〇一三年五月放送のＴＶタックルで、「絶対戦わない！　降参してでも中国領日本で生き続けることを良しとしてでも戦いたくない人間は、ほっといてくれって感じですね」と言っている。

進歩的文化人の甘い認識

櫻井　エッ、本当ですか？

百田　ホンマですよ！　でもね、この森永さんもやくさんも、そうは言いながら「まさか自分が殺されることはないだろう」と思っているんです。自分が殺される、あるいは自分の娘や奥さんが敵兵に強姦《ごうかん》されて虐殺される可能性については一切考えていない。認識が甘いのです。

進歩的文化人と言われる人たちは、「もし中国に負けたとしても、そこから立ち上がってまた新しい日本が生まれるんじゃないか」という幻想を持っているのではないか。

でも、これはとんでもない間違いです。かなり踏み込んだ言い方をしますが、おそらく中国人は心の底に、「東京大虐殺」をやりたいという本心を持っているんです。

先日、石平さんと対談していて思ったのですが、中国はとにかくこの数十年間、徹底して反日教育を行い、人民の心に反日感情を徹底的に植えつけた。「いつか必ずやり返してやる」と、チャンスがあれば日本人を虐殺したい、と思っているのではないかと思うのです。

櫻井　中国の反日感情のさらに心の奥底を覗いてみると、そこには「被害者意識」があるんですね。一八四〇年のアヘン戦争で、当時の清《しん》国はイギリスに酷い目に遭わされた。インドで作ったアヘンをどんどん中国に売りつけて中毒患者を増やし、清朝政府の銀がイギリスに流出した。それを止めようとしたときに戦争になり、惨敗して領土を割譲《かつじょう》させられ、列強の食い物にされた。

毛沢東たちはそのことを骨の髄まで恨みに思っていて、「奪われたものをいつか奪い返すぞ」と思っている。その思いはいまも続いています。その「奪還」を果たすプロセスのなかに彼らはいて、その隣りに私たちの国、日本が位置しています。

習近平国家主席は「中華民族の偉大なる復興」を国家理念に掲げましたが、「復興」という言葉がまさにそのことを指している。加えて、一九九〇年代から、百田さんのおっしゃった「愛国教育」、つまり徹底した反日教育を行ってきた。これが始まって、もう四半世紀近く経っています。

これに倣《なら》って、北朝鮮も韓国も同じような教育を国民に施してきた。特に北朝鮮は、すでに日本海に何発もミサイルを発射して、核実験も行っている。このような北朝鮮の脅威に、どう対応するのか。

トランプ大統領候補は、「日本も韓国も、自国で核を持つというオプションを考えたらどうか」と言い出しています。これを受けて韓国では、核保有を検討する議論が盛んです。

これは当然のことで、アメリカの核の傘が機能しないのであれば自分でどうにかする策を考えなければならない、と韓国は考え始めているわけです。では、日本はどうなのか。

「対中包囲網」崩壊か

百田　トランプさんは、「在日米軍を引き揚げる」とまで言い出しています。「もうお金を出さない」と。トランプさんが実際に大統領になる確率はごくわずかだとは思いますが、そういう意見がアメリカで一定の支持を得ていることは事実です。

ちなみに『カエルの楽園』でも、ツチガエルの国を守っていた一匹のワシが、「もうあとは自分たちで守ってくれ」と言って去っていく。その後、ウシガエルが大挙して押し寄せ、惨劇が起きるんです。

櫻井　ウシガエルが中国で、ワシがアメリカですね。

百田　習近平さん、ホンマにカエルみたいな顔してるでしょ（笑）。

櫻井　ハッハッハ。私はつい最近まで、トランプさんよりはヒラリーさんと思っていましたが、彼女に過大な期待を持つのも考えものです。二〇一六年九月二十日付の産経新聞「正論」欄に田久保忠衛さんがお書きになっていましたが、ヒラリーさんは「ＴＰＰ反対」を明言している。

ウシガエル・習近平　（写真提供／共同通信社）

百田　ＴＰＰについてはトランプさんとヒラリーさん、どちらも反対と言っていますね。

櫻井　そうなんです。ヒラリーさんも先日、自分が大統領に当選しても反対だと明言しました。私は背中がスーッと寒くなる思いがしました。

ＴＰＰはベトナムなど小さな国から始まった構想で、中国と国境を接しているベトナムが中国に呑み込まれることを危惧《きぐ》して、国の存続のためにいくつかの国と手を結んで中国に対抗しようと考えたところから始まっています。かつて激しく戦った憎むべき相手であるアメリカとさえも手を結んで、ヒト・モノ・カネの行き来を自由にし、繁栄を維持して国力をつけ、中国という大国に対峙《たいじ》しよう考えたのです。

私たち国基研もベトナムに行って、政府高官と意見交換をしました。ベトナムも一党独裁で中国と似た構図がありますから、「もしＴＰＰが発効すれば、政府中枢にいて、既得権益によって甘い汁を吸っているあなた方の立場もなくなりますよ」と言ったのですが、それでも彼らは「外圧を利用してでも国を作り替えなくてはいけない」との考えを変えません。そこには、中ロに飲み込まれずに独立国として存続しなければならないという生き残り戦略があります。

百田　そういった思いから始まっているのがＴＰＰなのですね。

ヒラリーと中国マネー

櫻井　いま日本の新聞は、ＴＰＰを「環太平洋経済連携協定」と訳していますが、実はこの名称には当初、「環太平洋戦略的経済連携協定」と「戦略的」という文言が入っていました。経済の連携だけではなく、安全保障も含めて「同じ側」の国々が互いに守り合う体制を戦略的に構築するという意味合いがあったのです。

　ところが、日本の新聞の多くはなぜか「戦略的」という文言を外してしまった。さらに外務省は、「環太平洋パートナーシップ協定」などと言っています。「お友達同士、仲良くやりましょう」という印象の名称にすり替えてしまった。これではTPPの本来の意味合いが消えてしまって、日本国民にとっても本来の目標が見えなくなってしまうのではないか。

百田　もともとクリントンさんは、夫であるビル・クリントン大統領時代から、チャイナ・マネーを相当受け取っていると言われています。

櫻井　『クリントン・キャッシュ』という本が、いまは漫画本にもなって、全米トップクラスの売れ行きです。ですから、「トランプよりヒラリーだ」という声はたしかにありますが、実際にどちらが日本にとって「いい大統領」なのかはわからない。そういう事態に私たちは直面しており、中国に戦略的に立ち向かう知恵者が「こちら側」にいなくなりつつあることを自覚しなければなりません。

百田　かつての米ソ冷戦のときは、アメリカに日本を守る利益がありました。当時のソ連は、世界を共産主義で覆《おお》い尽くしたいと考えていましたから、いかにその「赤い手」から自由主義社会を守るかが重要だった。

　しかし中国は別段、世界を共産主義に変えようとは思っていない。中国一国が繁栄して共産党が存続すればいいわけで、市場開放、改革開放と言って資本主義も取り入れている。非常に苦しい状況にある米国経済に対しても影響を及ぼしていて、アメリカと中国は一見、軍事的には対峙しているように見えても、経済的には手を結んでいる面がある。

　この関係が深まっていったらどうなるか。クリントン家のみならず、アメリカがチャイナ・マネー欲しさに中国と手を結べば、アメリカは日本を切り捨てる可能性がある。これが最も恐ろしいシナリオです。

政府の背中を押そう！

櫻井　では、日本はどうすればいいのか。個人に置き換えて考えてみましょう。私は普段、なるべく嘘をつかないように心がけているのですが、編集者に対してだけは時々嘘をつくんです。「締切です！」と編集者から連絡が入ると、「もうすぐ書き終わります」って。本当はまだ全然書いていないのに……(笑)。

百田　僕が編集者だったら、きちんと原稿をあげない筆者はクビ！(笑)。

櫻井　それが大事なんですよ。「では、もうあなたの原稿は結構です」と言われたら、書き手は必死になって書きます(笑)。世の中、「そっちがその気ならこっちだって黙ってないぞ」と言わなければならないし、言えるだけの力を持っていなければならないということでしょう。

　国家も同じですね。日本も国家の存亡をかけて、何かあれば対抗できるだけの法的整備をし、実行する実力も持たなければならない。私たち日本は、自力で国民と国を守る体制を整えなければならない。そのための第一歩が憲法改正です。

　安倍政権は選挙に四回連続、勝っています。日本をいい方向へ進めていくことについては全面的に協力したいし、応援したいと思っていますが、日本を守るための備えが本当に充分に備わっているのか。そのために政府は充分、努力しているのか。

　民間にいる私たちは、応援しながらも進んでいないところに関しては厳しく指摘し、背中を押していかなければならないと思います。

　百田さんのベストセラー『カエルの楽園』が、日本の近未来の姿にならないよう、頑張りましょうね。

（二〇一六年九月二十五日に行われた「言論テレビ放送四周年感謝の集い」スペシャル討論を整理、編集したものです）

さくらい　よしこ
ベトナム生まれ。ハワイ大学歴史学部卒業後、「クリスチャン・サイエンス・モニター」紙東京支局勤務、日本テレビ・ニュースキャスター等を経て、現在はフリージャーナリストとして活躍。『エイズ犯罪血友病患者の悲劇』(中央公論社)で大宅壮一ノンフィクション賞受賞、『日本の危機』(新潮社)など一連の言論活動で菊池寛賞受賞。近著に『日本の敵』(新潮社)、『戦後七〇年　国家の岐路――論戦2015』(ダイヤモンド社)など。

百田尚樹ニュースに一言 1

GPS捜査

　裁判所の令状なくして、捜査対象者の車やバイクにGPS端末を取り付け、その行動を確認する、いわゆる「GPS捜査」はプライバシーを侵害しており違法だとの判断を最高裁が下したというニュースがありました。それにより警察庁は即日、車両へのGPS捜査を控えるよう、全都道府県警に指示を出しました。

　犯人逮捕のひとつの手段として極めて有効であろう、この捜査手法を封じ込める今回の判決は、事件解決の長期化、迷宮入り化に繋がりかねない極めて残念なものです。

　新聞には今回の裁判の対象となった被告の談話が載っていました。「たしかに僕は悪いことをした。でも警察だったら何をしても許されるのか。ルールを犯した事を正してくれてよかった」。盗人猛々《ぬすっとたけだけ》しいとは、このことです。自分が先にルールを破っておきながら、どの口が言うのでしょうか。

　いまや街中に防犯カメラが設置されている事は周知の事実です。そしてそれにより多くの事件が早期解決に至っていることもまた、知られています。一般市民の一日の行動のほとんどは、厳密にいえば既にカメラにより捕捉《ほそく》されているのです。

　しかし、それに対して文句を言う人はいません。なぜならば大多数の市民は善良であり、なにも後ろ指さされるようなことをしていないからです。それに対してうしろめたいことをしている輩《やから》は、捕まるリスクが高まるので絶対にやめてほしいと願うのです。

　犯罪とは、他人の生命、精神を含む肉体、財産を脅《おびや》かすものです。そこには被害者の人権はまったく考慮されることはないのです。悪者の人権保護が善良な市民のそれに優先していいはずはありません。個人の行動がGPSにより明らかにされる不利益より、犯罪者を野放しにしておくことの方が、よほど公共の福祉にそぐわないものなのです。そう考えると、「人権・プライバシー」という耳ざわりの良さげな言葉で、もっともらしく下した今回の判決が、とても市民感覚から離れていると感じるのは私だけではないはずです。（二〇一七年三月二十四日）

韓国人中学生と竹島問題

　韓国の中学生を名乗る人物から島根県内の五十六校の中学校に、竹島についての教育を批判する内容の手紙が届いていたというニュースがありました。

　この手紙は各中学の『地理』教師宛に送られてきており、その内容は「竹島は韓国の領土であって、学校で日本固有の領土などと間違った知識を教えているのはおかしい。どうか先生方は日本の生徒たちに正しい歴史を教えていただくようお願いします」というものです。差出人は韓国南西部・咸平《ハムピョン》の中学校の「歴史クラブ」に所属する三年生を名乗っており、三人の署名もあったそうです。

　歴史クラブの三人がなぜ、地理教師へ手紙を出したのか、また、彼らが本当に中学生かどうかは定かではありませんが、仮に本物だとして私は彼らを責めたり攻撃する気にはなりません。それどころか、その若さあふれる行動力に感心すらしました。なぜならば、彼らは自国で受けた教育を信じて「これはおかしい、なんとかして是正しなければ」と考えての行動だと思われるからです。疑問に感じたことに対して、即座に行動を起こすことはなかなか出来ることではありません。

　彼らは「学校で（竹島は）日本が朝鮮半島を侵略する過程で奪い取った土地なのに、日本では小中学生に間違った歴史を教えていると聞いた」とも言っています。本当に責められるべきは、そんな彼らに都合の良いように洗脳教育を行なっている国や大人たちです。

　日本側からも、韓国の『歴史』教師宛に「ちゃんと勉強してから生徒の前に立て」と手紙を出したほうがいいようです。一九一〇年、日本が大韓帝国を併合して最初に行なったのは、それまでは四十校程度しかなかった小学校を朝鮮全土に作ることでした。多額の税金を投入して、五千二百校を超える小学校を建てたのです。その結果九〇％を超えていた文《もん》盲《もう》率は大きく改善されました。日本が朝鮮民族のために良かれと思って作った学校で、こんなにも日本を貶《おとし》

める馬鹿げた教育が行なわれているなんて、なんとも残念なことです。(二〇一七年六月十六日)

朝鮮学校無償化問題

大阪朝鮮高級学校を、国が高校授業料無償化の対象から除外したのは平等に教育を受ける権利の侵害だとして、学校を運営する学校法人「大阪朝鮮学園」が、国の処分取り消しなどを求めた訴訟の判決で七月二十八日大阪地裁は国の処分を取り消し、学園を無償化の対象にするよう命じたというニュースがありました。

同様の訴訟は全国五カ所で起こされていますが、十九日にあった広島での判決ではその請求を退けており、逆の判断となりました。

二〇一〇年四月に導入された無償化制度では、外国人学校も文部科学大臣の指定を受ければその対象となります。実際、アメリカンスクールや中華学校などには就学支援金が支給されています。しかし、朝鮮高級学校については在日本朝鮮人総連合会(朝鮮総連)や北朝鮮との密接な関係があり、就学支援金が授業料に充《あ》てられない懸念があることを理由に不指定としているのです。当然です。

北朝鮮は罪もない日本人を何人も拉致《らち》し、その事実が公となった現在でもなんら誠意をみせることなく相変わらずの対応です。また、国連安保理決議を無視し度重なる核実験も行なっています。そんな国の学校に何で日本国民の税金を出さないといけないのでしょうか。われわれの税金が一円たりとも北朝鮮の核開発の資金になることは、絶対に容認できません。

訴訟内容は、子供たちに無関係の外交問題により差別されるのはおかしいとの主張ですが、別に在日の子供たちを差別しているのではありません。その証拠に日本の高校に通っている在日の生徒も無償化の対象になっています。日本の高校は在日の子供たちの入学を阻《はば》んでもいません。

国は朝鮮高級学校の教育内容、本国との関係に問題がある(日本の国益にそぐわない)と言っているのです。今回は非常に残念な判決でしたが、あと三件残っている判断に注目したいと思います。同判決が出された深夜、日本海に向けて大陸間弾道ミサイル(ICBM)が発射され、わが国の排他的経済水域に着弾しました。これが現実なのです。(二〇一七年八月四日)

くまモンよ、お前もか？

全国には数多くのご当地キャラクターが存在しますが、一番の有名キャラはなんといっても熊本県が誇るスーパースター、くまモンではないでしょうか。彼は熊本県内に留まらず全国各地を飛び回り熊本県のPRをしています。

九州新幹線熊本駅構内のくまモン　（撮影／編集部）

そんなくまモンに経費の不正疑惑がもち上がったというニュースがありました。政治家が政務活動費を不正に使うケースは今や珍しいことではありませんが「くまモンよ、お前もか」という感じです。

今回、会計検査院から指摘された不当な支出は、二〇一三年度の一年間にくまモンが関西方面で活動した際に、飲んだり食べたりしたスポーツ飲料や弁当、レストランなどでの食事の代金約三十六万円でした。くまモンといえども生きていくためには、飲んだり食べたりも必要です。多少のことは大目に見てやればいいのにとの意見もあるでしょうが、どうやらその費用の出所が問題だったようです。彼の飲食費は、国の緊急雇用創出基金が使われていたのです。

この基金は本来は失業者や求職者の支援などに使われるためのもので、目的外の使用と判断されたのです。県知事公室くまモングループの担当者は、「暑さなどから、健康や活力を維持、配慮する意味で、事業の実施に必要と判断した。飲食費は速やかに返還したい」と話しているそうです。

くまモンの活動は多岐《たき》にわたります。彼の活躍により生み出される雇用も少なくはないでしょう。会計検査院も厳しいな、というのが率直な感想です。金額の大小ではありませんが、年間二百三十万円ものガソリン代を使って何も無かったように過ごしている議員に比べれば、三十六万でまさに身体を張って頑張っている「くまモンチーム」は可愛いもんです。誰も「金返せ」と叫んだり説明責任を求めたりはしないでしょう。（二〇一七年十一月十七日）

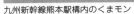

「安倍潰し報道」はもはや犯罪だ

憤激対談

百田尚樹 作家
有本 香 ジャーナリスト 松蔭大学客員教授

「ワイドショー民主主義」

有本 東京都議選の前から終わったいまも、巷《ちまた》では特に年配の人を中心に「安倍さんってダメよね」という声をよく聞きます。ところが、具体的に何がどうダメなのかと訊くと、ほとんどが答えられない。

百田 「何かよくわからんけど、テレビでそう言うてるから」という感じなんですよね。

有本 いまの日本は、テレビのワイドショーが政治を決めている「ワイドショー民主主義」の国ですね。

百田 ワイドショーの視聴者は、多くが年配のおばちゃん連中です。いわば、おばちゃんが政治を左右する。安倍政権に対する支持率と不支持率を見ると、女性の不支持率が顕著に高くなっていることがわかります。

有本 しかも、テレビを見ている人たちの多くは「ながら視聴」なので、具体的に何が問題なのかを考えながら見るわけではなく、安倍に問題ありそう、自民党は悪そうという印象だけを受け取っています。どの局も同じような内容の映像とコメントを朝

百田尚樹氏

有本香氏

から晩まで繰り返し流し続けたら、ながら見の人たちほど洗脳されてしまう。そうした人たちの感情で選挙の勝敗や政局が左右されてしまう。

百田　民衆の感情によって朴槿恵《パククネ》大統領を弾劾《だんがい》訴追して退陣に追い込み、「民衆の勝利」と叫んでいた韓国を日本人は笑っていましたが、もはや笑うことはできません。

有本　日本も、国民の情緒が優先する「情治主義の国」になってしまっていますね。しかも、その先導役がテレビだという……。

百田　まさに「日本が韓国化」している。森友、加計《かけ》、都議選で、見事に安倍政権の支持率を下げることに成功した朝日新聞をはじめ左翼系メディアはいま、全能感に浸っていることでしょう。「俺たちは力があるで」と。

　二〇〇九年、民主党に政権交代した際も、テレビも新聞も連日連夜にわたって「政権交代」の大合唱をして、まるで政権交代さえすれば日本はバラ色になるかのように報じ続けました。いまやその大合唱が「安倍叩き」に変わっただけです。安倍政権を潰すためならなんでもやる。

　たとえば、二〇一七年七月十一日付の朝日新聞はその典型です。前日の十日に加計学園の獣医学部新設問題を巡って行われた閉会中審査に、参考人として出席した前川喜平《きへい》前文部科学事務次官と加戸守行《かともりゆき》前愛媛県知事に関して、一面から三面までの政治面では一切触れず、社会面にわずか数行書くだけでその存在を消している。

　他方で、加戸氏と正反対の意見を述べた前川氏については、一面トップに大きな見出し付きで書いている。「報道しない自由」「書かない自由」を思いっきり行使している。その記事のタイトルがまた酷い。「加計ありき　疑念消えず」。さらに疑わしい新事実が明らかになったということではないんです。こんなイカサマな見出しがあるでしょうか。要するに、何もないということなんです。「何もないけど蓋然性《がいぜんせい》はゼロじゃなく、なんか怪しい」とレッテル貼りをして、ありもしない問題をどんどん膨らませ、一〇〇％疑惑は晴れていないからやっぱり怪しいぞ、とやる。完全な印象操作です。

有本 「なんか怪しい」という気分に過ぎないことを延々何カ月も流すんですよね。その陰で、本当の問題点が隠されます。たとえば家畜の獣医が不足していることや、では人材育成のための獣医学部を開設すべきかどうかという問題、獣医師会という団体の存在と岩盤規制の件など、この問題にまつわる本当に重要な事実、国家的課題はほとんど伝えられません。

印象操作だけで延々引っ張った挙げ句、国会では閉会中審議までが行われたわけですが、その翌日の毎日新聞の一面には「加計論戦平行線」との見出しが掲げられています。でも、そもそも野党も新聞も具体的な不正や違法行為といった問題点をはっきりさせないのですから、平行線であるのは当たり前です。

百田 問題があるわけではないので議論のしようがない。

有本 朝日は『首相信用できない』61%」とも書いていますが、普通、政権や政治家に対して使う「支持する／しない」ではなく、あえて「信用できない」という、極めて情緒的で懲罰的なニュアンスの表現を使っています。それを言うなら、朝日新聞のほうがよほど信用できない(笑)。

この表現で思い出すのは、民主党に政権交代した時に「政治不信」という言葉を多用していたことです。なんだかわからないけど、「政治は信用できないよね」と国民感情に訴える。今回も全く同じ手法を使っています。

報道されない安倍応援の声

百田 さらに酷いのはテレビです。テレビも、加戸氏の発言はほとんど報じていません。

有本 NHKは切り取って少し触れた程度、唯一、フジテレビの深夜のニュースでは取り上げていましたね。

百田 いまやテレビは平気でフェイクニュース（虚偽の情報でつくられたニュース）を流します。典型的な例が、都議選前日に行われた安倍総理の秋葉原演説についての報道です。あの日、何千人もの聴衆が安倍総理の演説を聞いていたのですが、テレビは「安倍帰れ」「安倍やめろ」と罵詈雑言《ばりぞうごん》を叫ぶ一団だけを切り取って報道し、まるで聴衆の大半が安倍総理に同様の野次を飛ばしたかのような印象を視聴者に植えつけました。

ところが、全景写真を見ればわかるとおり、実際は大勢の聴衆のなかに日の丸を掲げる人たちが多数いて、安倍総理を取り囲む周辺のほとんどが安倍総理を応援する人で埋まっていました。テレビは全体を映さず、わずか十数メートル四方の一角に陣取った反対派だけをクローズアップして放送したのです。

有本　しかも反対派の中心グループは、なぜか報道陣の取材エリアの真横に陣取っていたんですよね。

百田　そうなんです。本来なら、そこは一般聴衆が入れないエリアとされていました。では、誰がその場所に反対派を誘導したのか。十中八九、報道陣でしょう。もしそうであれば、あらかじめ反対派をクローズアップした映像を撮りたいという意図がメディアに働いていたことになります。つまり、「ニュースを作ろう」という意図をもって行ったことになる。

有本　時の政権の趨勢《すうせい》をどう見るかといった取材の際に、反対の立場を鮮明に示す特定の政治色のついた個人やグループのコメントを取ること自体は悪ではありません。しかし秋葉原演説の時のように完全な活動家、それも暴力性を秘めた活動家を報道側が誘導するようにしてまで「安倍批判」の映像を撮るのは、メディアとして明らかに異常です。

籠池氏の掌にカンペが

百田　さらに、本来なら一般聴衆が入れないエリアには、森友学園の籠《かご》池《いけ》夫妻もいました。誰があの場所に籠池氏を連れて来たのかは不明ですが、現場に着いた籠池氏の乗ったタクシーにはTBSの記者が同乗していた。問題は、偶然同乗していたのか、記者が連れて行ったのか。もし連れて行ったとなれば、最初から籠池夫妻が安倍批判を行う映像を撮ろうと意図していたことになります。

しかも籠池氏の左の掌《てのひら》には、「民主政治をどう思っている」「百万円かえしたい」「これが美しい国か！」などとペンでカンペが書いてあった。野次で言うことをカンペに書きますか？

つまり、あらかじめ決められた台本のセリフなのです。誰かの入れ知恵か、指示されているとの見方が出ています。

そもそも、テレビは以前からフェイクニュースをやりたい放題流してきました。二〇〇三年十一月二日に放送されたTBSのサンデーモーニングでは、石原慎太郎東京都知事の「私は日韓合併を一〇〇％正当化するつもりはない」との発言を、音声編集で「私は日韓合併を一〇〇％正当化するつもり……」と最後の部分を聞き取りづらくしたうえで、あろうことか「私は日韓合併を一〇〇％正当化するつもりだ」とテロップを付けて放送したんです。

有本　正反対の意味にしましたね。

百田　あるいは、二〇一六年三月十三日に放送された日本テレビのNNNストレイトニュースでは、安倍総理が民主党について「選挙のためだったら何でもする、無責任な勢力に負けるわけにはいかない」と発言したのに対し、テロップでは発言の前半部分だけを切り出して「安倍首相『選挙のためだったら何でもする』」とやった。前後の文脈を切り取って報じるだけでも酷いのに、もはや文章の意味すら変えて報道する。

有本　都議選関連でもありましたね。七月三日に放送されたTBSの「ひるおび」で、落選した自民党の川井重勇《しげお》都議会議長が、二〇一六年八月の小池都知事の初登庁時に握手を拒否したかのように編集で切り取って報じました。ところが、実際には川井氏はその場で小池知事と握手していて、拒否したのは記者から求められた記念撮影だったのです。

百田　VTR終了後、コメンテーターたちが「握手ぐらいしたらいいのにねぇ」と、自民都連を非難する発言をしていましたね。VTRがそういうコメントを誘導するように作っているのです。こうして、小池都知事は苛《いじ》められても頑張る悲劇のヒロイン、対する自民党は悪の巣窟《そうくつ》といったイメージが醸成されていきました。

　三日後に番組内で訂正をしたものの、単にアナウンサーが「こないだこんなことがありました。すんませんでした」と発言して終わりです。

メディアではなく活動家

有本　同じような事例は、拙著『「小池劇場」が日本を滅ぼす』のなかでもいくつか挙げましたが、特定の人たちについての悪印象を醸成する放送を散々したあとで、ちょこっと申し訳程度の謝罪と訂正をしても、いったん視聴者に植え付けられた印象を変えることはできません。

百田　これまでメディアは第四の権力と言われてきましたが、いまや第一の権力になっています。拙著『カエルの楽園』では、デイブレイクというカエルが、第一の権力者として描かれています。彼に睨《にら》まれたら、その国では生きていけない。これは現代の日本でも同様です。社会的に抹殺される。いまや、メディアはそこまでの権力を持っています。

　その顕著な例が沖縄です。沖縄での新聞購読シェアは、「沖縄タイムス」と「琉球新報」の二紙だけで九〇%以上を占める寡占《かせん》状態で、沖縄の「世論」を完全に牛耳《ぎゅうじ》っています。翁《お》長《なが》知事も、実際は二社の傀儡《かいらい》に過ぎない。うるま市長選や浦添市長選挙でも自公が推薦する候補が勝つなど、いま翁長知事は急速に求心力を失っているので、二社が「もう翁長はアカンな。次の知事選では別な候補者を立てるか」となって翁長下ろしが始まる可能性があります。朝日などは、沖縄二紙を羨《うらや》ましいと思っているのではないでしょうか。

有本　しかし、それほどまでに偏った二紙によって沖縄の言論空間がジャックされているに等しい状況であるにもかかわらず、沖縄は県内十一市のうち那覇市と名護市を除く九市の市長が保守系です。むしろ、沖縄の人たちの政治的なバランス感覚は非常に優れていると感心します。東京都民よりはるかに優れている。

百田　二紙がよく用いる「オール沖縄」というのは嘘です。あと、これは我那覇真子《がなはまさこ》さんに伺った話ですが、次期知事選で保守側が擁立を検討している人物に対して、「沖縄タイムス」「琉球新報」は早くもスキャンダル報道を開始しているといいます。

有本　へえ。もうメディアではなく、完全に活動家ですね。いまのお話と関連するのですが、大勝した小池都知事もメディアの傀儡と言えるかもしれません。小池さんはキャスター出身なのでメディア対応に慣れている、メディアをうまく使っているとよく言われますが、私はそれは違うと思っています。やはり小池さんも、メディアの好むように振る舞っているに過ぎない。あるとき、メディアからパッと切られた際にすべての足場を失う可能性は充分あり得ます。

メディアが嫌う憲法改正

百田　私は今後、小池都知事はメディアから叩かれると見ています。

有本　小池さんが作った「敵と闘うヒロイン」という設定にメディアも乗っかり、一緒になって敵である都議会自民党を叩いていましたが、敵が沈んで無敵の小池百合子となったこれからは、メディアは新たな敵、叩く相手を探し始める。しかも、小池さんは日本の左派メディアが嫌う憲法改正派でもありますからね。

百田　まさにそこです。これまではメディアも安倍潰しのために、豊洲をはじめとする小池都知事の政策、あるいは彼女の政治的信条に関しては一切黙認してきました。ところが今後、憲法改正の議論になったとき、まず彼女の憲法観を攻撃材料にするでしょう。

有本　ただ、それはあくまでも小池さんの思想が変わっていなければの話です。小池百合子という政治家が自らの権力維持のためにどこまでこれまでの思想信条を変えるのかという点も、今後の見所の一つです。

百田　あっさりと変える可能性はありますね。

有本　すでに徴候はあります。小池さんは閣僚だったときも、断固として終戦の日に靖國参拝をしていた。八月十五日を避ける小泉総理に対しても、「毅然となさればいい」とまで発言していた。なかなか骨のある政治家だなと評価していたんですが、都知事となった二〇一六年の夏、突然、参拝をやめました。あれを見て、小池さんは自分の権力のために思想信条を変える人なのかと思いました。参拝の是非は別にして、簡単に転向する人は信用できません。

二十四時間停波の検討を

百田　テレビの話に戻りますが、いま恐ろしいのは、これまでは「こんな報道をしてバレたら大変だからさすがにやめておこう」といった一種の恥じらいがあったと思うのですが、ここにきて平気で堂々とやっている感じがすることです。

たとえネット上に検証や批判記事などがアップされても、「どうせそんな批判してくる奴は一部やろ。大半のバカな国民はそんなもん見てへんから何とでもなる。やれやれ」と居直っている感じを受けます。「安倍叩き」なら、嘘でも印象操作でもやる。

周知のとおり、放送事業者に対しては放送法が定められています。今後はより厳格にして、明らかに意図や悪意をもって事実を捻《ね》じ曲げた報道やそれを報じた番組に対しては、そろそろきちんとしたペナルティを科すべき時がきていると思うのです。

放送免許を剝奪するというのは極端にしても、悪意ある意図をもって捏造《ねつぞう》報道を行った局に対しては二十四時間停波するとか、該当番組に関しては一定期間放送を認めないなどの措置を検討してはどうか。

仮に飲食店であれば、食中毒を出したらその店は営業停止になります。自動車メーカーが欠陥車を出せば、リコールされる。各企業やメーカーは、自社の商品に対する不備はそれなりの責任を負うというのは当たり前なのです。テレビ局や新聞社にとっての「商品」は、言うまでもなく番組や記事です。事実を捻じ曲げるという明らかな〝欠陥商品〟を出したらきちんと責任を負い、同時に公的な制裁を加えるべきです。

有本　ワイドショーに出演していて恐ろしいと感じたのは、情報の正確性に関して無頓着なうえに検証機能がないということです。メディアの野放図《のほうず》さや、いわば違法性についてはしっかりと監視していくことが必要かもしれません。

百田　一般企業の商取引や商品に関しては公正取引委員会や消費者庁などがあり、行き過ぎた行動を抑える公的機関がありますが、報道に関しては公的な監視の目がありません。これは非常に恐ろしいことだと私は思います。

有本　ＢＰＯ（放送倫理・番組向上機構）は、そうした機能を果たしていませんからね。

百田　監視するどころか、「ニュース女子」問題の例に見られるように、左翼の活動に対して批判的な番組を標的にして審議入りしたりする。

有本　むしろ、ＢＰＯが独自の政治性を帯びてしまっている。偏向報道を助長しかねない。

百田　新聞や本は、いわば誰もがそれを発行して出版することができますが、テレビは自由参入ができません。国民の共有財産である電波を数局が五十年、六十年にわたって独占的に支配し、その既得権益を絶対に手放さない。だからこそ、本来はより政治的に公正中立で相応の責任を負わなければならないのですが、全く正反対の状況になっている。

　テレビ局は特権を与えられて優遇され、社員は一般企業と比べて信じられないほどの高給を得ている上流階級なんです。一般企業であれば、他社との競争に敗れれば倒産することだって充分にある。ところが、テレビはどれだけ視聴率が悪かろうと、倒産することも入れ替わることもない。「各局で熾烈《しれつ》な視聴率競争を繰り広げている」といってもわずか数局で、それも特権を与えられて選ばれたなかでのことであって、そんなものは競争でも何でもありません。

　いまや大変な恩恵を受けていることなど忘れ去り、テレ朝やＴＢＳを中心に「安倍潰し」――もっと言えば、反日なら「偏向だろうが、捏造だろうが、何をしてもええんや」と開き直っている。いまのテレビ報道はほとんど犯罪だ、と言っても過言ではないとすら私は思っています。

なぜメディアは反安倍か？

有本　なぜメディアは反安倍なのかと考えると、それはマスメディアこそがＧＨＱによる占領期に端を発する戦後体制を守りたい、守旧派だからだと私は思っています。戦後体制を守り抜くことが、各社の社是を超えた共通目標になっている。

百田　それと先ほども少し話に出ましたが、憲法改正を何が何でも阻止したいという思惑もありますね。安倍総理が憲法改正に向けて本格的に動き出したことで、戦後体制を保持してきた左翼メディアにとっては命懸けの戦いが始まっている。

有本　憲法改正が、戦後体制を打ち破る象徴の一つになっていますからね。

百田　第一次安倍政権を潰したときもそうですが、朝日をはじめとした左翼メディアは、安倍総理に対する憎しみだけでなく、そこには五十年以上にわたる怨嗟《えんさ》の歴史があると私は見ています。どういうことかと言いますと、六〇年安保で岸信介内閣に敗れ、敗北感を負った左翼人士の相当数がメディアに就職しました。

さらに、七〇年安保で岸信介の弟・佐藤栄作内閣に敗れた全共闘世代も、やはりメディアに相当数入った。六〇年、七〇年安保で敗れた連中の薫陶を、いまの新聞・テレビの中のデスクやディレクターといった社の中枢にいる連中の多くが受けてきているわけです。いわば、五十数年前の恨みを受け継いでいる。岸信介の孫である安倍総理を叩くことは、先代、先々代の恨みを晴らすという構図になっているとも考えることができるのではないかでしょうか。

現場を無視し偽善に走る

有本　もう一つは、戦後、政治的には冷戦構造があり、それが崩壊していったにもかかわらず、共産主義を超えた正統性を担保できる思想が生み出されていないという世界的な事情があると思うのです。どういうことかと言いますと、いま世界中の既得権益層や支配者層、これはカネの面と知的な面の両方を指しますが、つまり物心両面でのエスタブリッシュメントの多くは、リベラルといわれる人たちです。しかし、彼らの言っていることはおしなべて共産主義の亜流に過ぎず、空虚なものです。

彼ら既得権益層にとっては、世界がグローバル化して一つになるほうが上に立つのに都合がいいし、経済的利益もより大きくなります。思想も単一化されたほうがやりやすい。多様性のある社会でなければならないと言いながら、特定の人々に対する批判にはヘイトスピーチだと都合よくレッテルを貼って封じ込め、差別という言葉を濫用《らんよう》し、行き過ぎたフェミニズムを振り回す。これらが一体となって、いまの「リベラル」は形づくられています。日本でもアメリカでも似たようなものです。そんなエスタブリッシュメントのスタイルを、日本でテレビ局や新聞社に入るような偏差値エリートたちが懸命に継承しようとしているのではないか。

百田　ただ現在、世界は日本より進んでいて、その反動がきていますよね。ヨーロッパの多くの国は、「世界は一つではない」ということに気付き始めている。トランプ大統領も、そうしたことを頻《しき》りに言っています。「世界は一つであり、民族は一つ、といった美しい理想像や国境なき世界」は二、三十年も前の話であって、どうもそれは間違いだったというのがいまの世界の主流となっています。

有本　日本は周回遅れでその後追いをしているんです。しかも、巷にいる日本人は意外とそのおかしさに気付いている。なぜか。簡潔に言えば「苦労しているから」です。移民問題でも、日本の地方のある地域に労働者として特定の国の外国人が大勢押し寄せたことで地域の景色が一変してしまったり、学校でも大変な混乱が起こっていることを実際に経験しているので分かっている。

ところが、メディアにいるエスタブリッシュメントはそうした苦労やリスクに直面することがないので、「移民を受け入れろ」「差別はやめろ」と偽善的に題目だけを唱え続ける。現場で苦労している人たちの声は無視して、自分たちの意向に沿った理想を報道し続ける。もしそれを否定するような動きがあれば、「レイシストだ」とレッテルを貼って排除する。

彼らが百田さんの言論をなぜ排除しようとするかというと、百田さんのような人こそ、戦後体制を崩壊させ、自分たちの既得権益を脅《おびや》かす存在だからです。多くの人が百田さんの本を読み、「自分は日本人である。日本の歴史や日本的な考え方、日本人らしさにもっと誇りを持っていいんだ。持たなければダメだ」と覚醒したら、彼らが推し進める思想洗脳がうまくいかなくなる畏《おそ》れがあるからです。

だから「百田は危険だ」というレッテルを貼って露骨に排除しようとし、メディアでも一切取り上げない。多くの日本人がアイデンティティに目覚めるような本が売れたら困るから紹介しないのです。なんとも情けない卑劣な話ですね。

藤井聡太四段の愛読書

百田　現に、私の本はメディアで一切取り上げられません。たとえば、いま話題の将棋の藤井聡太四段は、小学生の頃、面白かった本の一番に、私の『海賊とよばれた男』をあげてくれていたのですが、朝日新聞（四月三十日付）の天声人語では「愛読書は司馬遼太郎や沢木耕太郎だそうだ」と私の名前は書かれません。横綱・稀勢《きせ》の里《さと》関が私の本の愛読者ということも、朝日新聞や毎日新聞は書きません。
もっと露骨なのはTBSです。「あさチャン」で歴代本屋大賞を紹介する際、二〇一二年から二〇一五年の書名、作者名、発売部数が書かれたフリップに、私が受賞した二〇一三年だけ書かれていない。

有本　やはり、相当憎まれているんですね（笑）。

反中・韓はヘイトスピーチ

百田　いまの話と関連するのですが、例の一橋大学での講演会中止の件で、実行委員会に執拗《しつよう》な抗議を繰り返して精神的に圧迫・疲弊させ、講演会を中止に追い込んだARIC（反レイシズム情報センター）という団体のホームページを見ると、政治家レイシズムデータベースなるものがあります。

「政治家等公人によるヘイトスピーチ（差別煽動）をはじめとしたレイシズムの調査・記録」らしいのですが、なぜか「私人」である私の発言が、十九も「ヘイトスピーチ」としてリストアップされています（二〇一七年七月現在）。そのなかに、次のような過去の私のツイートが取り上げられているんです。

「特攻隊員たちを賛美することは戦争を肯定することだと、ドヤ顔で述べる人がいるのに呆れる。逃れられぬ死を前にして、家族と祖国そして見送る者たちを思いながら、笑顔で死んでいった男たちを賛美することが悪なのか。戦争否定のためには、彼らをバカとののしれと言うのか。そんなことできるか！」

日本民族の持つ覚悟を記した一文が、なぜヘイトスピーチになるのか、呆れていたのですが、有本さんのお話を伺ってなるほどと思いました。

有本　まさに邪魔な発言なんでしょうね。彼らは極端に日本のナショナリズムを排除しようとします。一方で不思議なことに、朝鮮半島のナショナリズムには寛容になれ、と日本人に迫るような動きがあります。

百田　この政治家レイシズムデータベースには、安倍総理をはじめ石原慎太郎さんや故人の吉田茂など、私が確認した限りで約百二十人以上、約二千八百を超える発言がヘイトスピーチとしてあげられています。

たとえば石原さんの言葉ですが、「現在の中国は軍事力を背景にした唯一の帝国主義だ」（二〇〇一年九月十日、毎日新聞）。これがARICに言わせれば、ヘイトスピーチということになります。

あるいは、安倍総理の発言は次のようなものです。

「安倍晋三首相は一四日のＮＨＫの番組で、朝日新聞が慰安婦を巡る吉田清治（故人）の証言を伝えた記事を取り消したことについて、『朝日新聞自体がもっと努力をしていく必要もある』と述べた。首相は番組で『子どもをさらって慰安婦にしたという、そういう記事だった。世界中でそれを事実だと思って、非難するいろんな碑が出来ているのも事実だ』と指摘。その上で『世界に向かってしっかりと取り消していくことが求められている』『一度できてしまった固定観念を変えていくのは、外交が絡《から》む上では非常に難しい』などと述べた」（一四年九月十四日、テレビ番組）

　これのどこがヘイトスピーチなのでしょうか。とにかく彼らは、反中国・反韓国・反北朝鮮の雰囲気がする発言なら何でも手当たり次第に見つけてヘイトスピーチ、レイシズムのデータベースに放り込んでいる。

〝独裁者〟の講演会は開催

有本　大学という本来であれば最も言論や学問が自由に行われなければならない「聖域」で、あろうことか教員までもが講演会中止に賛同したそうですね。

百田　約六十人いました。

有本　実は過去にも、大学を舞台に同様のことが行われてきました。〇二年には、慶應義塾大学で予定されていた台湾の李登輝元総統の講演会が中止となりました。あの時も、学内の教員を中心に反対意見がありました。ところが変なことですが、〇八年に早稲田大学で行われた中国の胡錦濤国家主席（当時）の講演会は、「フリーチベット」のデモ隊が押し寄せるなかでも行われました。日本の有名大学の言論の自由は、台湾の民主化を成し遂げた政治家には保障されず、〝独裁者〟には保障されるんですね（苦笑）。

　もう一つ、不思議な現象がありまして、実は近年、アメリカでも百田さんのケースと似たことが起きている。アン・コールターというツイッターのフォロワー数が約百万人いる著名な女性の保守論客――百田さんと同じく「過激発言」でも有名な人がいるのですが（笑）、二〇一七年四月、カリフォルニア大学バークレー校で予定されていた彼女の講演会が、左翼団体の妨害で中止になりました。

　その二カ月前には、トランプ大統領当選に大きな役割を果たしたとされる保守系ニュースサイトの経営者の講演が同じ大学で予定されていながら、過激な左翼団体の暴力的なまでの反対運動で中止に追い込まれていましたから、コールターの講演主催者は彼女の身の安全を確保しきれないとして中止を決定したのです。一橋大学で起きた百田さんの件と同じような動きが、ここ二、三年の間にアメリカでも立て続けに起きているんです。

アメリカも日本も大学やアカデミズムの世界は長年、左派が支配してきましたから、その左派の牙城《がじょう》で百田さんのような保守論客、よりによって影響力の大きいミリオンセラー作家が話をするなどとんでもない、という抵抗があるのでしょう。

一橋大学の講演会中止に関して、百田さんは外国特派員協会で講演をなさいましたね。私も会場におりましたが、これまで何度もあの会場でＶＩＰゲストのスピーチを聴いてきた身から申しますと、いま日本で起きている言論封殺やメディアの偏向について、あの場であれほどはっきりと語られたのは初めてのことだと思い、感慨深く拝見拝聴しました。

百田　通訳に私の言ったことを捻じ曲げられて伝えられたら困るので、当日、有本さんとケント・ギルバートさんに助っ人で来ていただき、心強かったです。堂々と言いたいことを言えました。ありがとうございました。

総がかりで安倍潰し

有本　あの日、国内メディア、外国メディア両方のなかに、百田さんの発言を捉《とら》えて、いわば失言狙いで批判的な記事を書こうと考えていた記者もいたと思います。かねてから百田さんは、イギリスの『エコノミスト』にも批判されていましたよね。

百田　「日本を代表する極右小説家」と書かれました(笑)。以前、『エコノミスト』から取材を受けたこともあります。その時は女性記者の他に、「安倍叩き」で知られるデイビッド・マクニール氏がインタビュアーで、彼は私と日本会議との関係や日本会議の危うさなどを執拗に聞いてきました。明らかに、私の失言を狙う意図が感じられました。取材は約一時間行われたのですが、結局、掲載はされず仕舞いです。

有本　彼らの望んだ失言がなかったからですね。今回の外国特派員協会での講演も同じです。一切失言や揚げ足を取る発言がなかっただけではなく、ネットの生放送、アーカイブを視聴した人が一日で十万人を超えていましたから、ヘタに切り取るわけにもいかなかったのか、全くといっていいほど報じられていません。

百田　もし私があの場で過激なことを言えば、「安倍政権を支持する極右作家がとんでもないことを言った」と世界に喧伝《けんでん》されたことでしょう。

有本　二〇一七年七月十一付朝日新聞デジタルでは、「いま、総がかりで『安倍つぶし』　衛藤首相補佐官」と題して、安倍総理の最側近の一人である衛藤氏が自身の政治資金パーティーで述べた内容だけを記事にしてネットに挙げています。特にニュースバリューもない発言をわざわざ。

　要は、安倍さんの周りの人たちは「メディアを敵視する」「自分たちへの反対意見を封殺するような考えを持った人たちなんですよ」という印象を振り撒くためだけの報道です。こうしたことを連日行っているのですから、まさに「総がかりで安倍潰し」以外の何物でもないです。

日本の完全な韓国化

百田　朝日をはじめ、左翼メディアは社運を懸けて安倍潰しに邁進《まいしん》していますが、彼らの目的は倒閣なんです。本来、倒閣は手段であり、次にこのような理想とする政権を作るという目的がなければならないのに、いま倒閣運動をしている連中にはそうしたビジョンは微塵《みじん》もない。手段が目的化することほど恐ろしいものはありません。行き着く先は破滅です。

有本　ビジョンはないけど、彼らの目的ははっきりしていますよ。繰り返しますが、戦後体制の保持です。彼らの利権構造、それを壊すかもしれない、変えるかもしれない安倍晋三はやはり潰さなければならない。戦後のエスタブリッシュメントの座から降りたくないんです。

　こう考えますと、連日、官邸の周りを取り囲んでいるデモ隊がもし本当に「庶民」の代表であるなら、官邸よりも先にテレビ局や新聞社を取り囲まなければならないのではないでしょうか。

百田　日本国民は二〇〇九年の民主党への政権交代で懲《こ》りたはずなのですが、八年経って忘れかけてしまっている。都議選の結果も、安倍政権への支持率低下もその表れと言えます。いま日本は、左翼メディアが巨大な化け物になるかどうかの境目にきていると思います。日本がこのまま完全に韓国化してしまうのかどうか。左翼メディアとの戦いに敗れた時、日本は終わると私は思っています。

ありもと　かおり
一九六二年生まれ。東京外国語大学卒業。旅行雑誌編集長、上場企業の広報担当を経験したのち独立。現在は編集・企画会社を経営するかたわら、世界中を取材し、国際問題、日本の国内政治をテーマに執筆。近著に『リベラルの中国認識が日本を滅ぼす』（石平氏との共著、産経新聞出版）。最新刊は『小池劇場が日本を滅ぼす』（幻冬舎）。

名も無き国民がつくった奇跡の国

百田尚樹　作家

江戸のベストセラー

日本は約百五十年前に明治維新を迎えました。それまで江戸幕府が支配していた二百六十年間は鎖国状態で、ヨーロッパの文明はほとんど入っていませんでした。外洋に出ていける大型船はなく、鉄道どころか馬車もなく、製鉄所もなく、ものを大量生産する工場などは一切ありませんでした。

庶民の暮らしも欧米からは百年以上遅れていました。湯を沸かすのも火打石《ひうちいし》で火を点《つ》け、燃料はマキでした。庶民は時計を持たず、夜は魚の油を使った行灯《あんどん》くらいしか照明器具はありません（ロウソクは非常に高価で庶民はまず使えない）。近代医療もなく、教育も寺子屋までです。科学技術もほとんどなく、物理学と化学と工学の教養は皆無でした。もちろん軍事的にも欧米諸国とは比べ物にならないほど劣っていました。明治維新が起こった頃の日本はそういう国だったのです。

話は少し脱線しますが、明治維新から約八十年後、第二次世界大戦が終わって、アジアやアフリカの国々が独立しました。日本をはじめとする先進諸国はそれら発展途上国に様々な援助をし、技術を与えてきました。ダムを作り、発電所を作り、工場を作り、道路や橋を作りました。つまり手取り足取り、発展に力を貸してきたわけです。しかしそれから半世紀以上が過ぎても、それらの国で先進国の仲間入りをした国はひとつもありません。それまで文明が遅れていた国が先進国になるのは、そ

歌川広重　新撰江戸名所日本橋雪晴ノ図

れほど難しいのです。

　しかし百五十年前の日本はそうではありませんでした。文明的には欧米諸国に大きく遅れてはいましたが、決して知的には遅れていませんでした。高等教育は受けていないものの、庶民の識字率は高く、出版文化も盛んで、教養もありました。

　かなり高度な数学の本である『塵《じん》劫《こう》記《き》』は江戸の庶民に一家に一冊はあったと言われるほどのベストセラーでした。また、物理学や化学はありませんでしたが、からくりの技術などは非常に高いものがありました。

　しかし、もっと凄いのは社会的な成熟度です。ペリーが驚くほど町の治安がよく、当時は江戸から京都まで女性が普通に一人旅できた。同じ頃、イギリスではロンドンを一歩出ると何が起こるかわからないほど治安が悪かったのです。

　なぜ日本の治安がよかったのかといえば、警察機構がしっかりしていたからだけではありません。人々の道徳的なモラルが高かったからです。幕末に日本に来た外国人たちが一様に驚いたのは、日本人の優しさと思いやりの心でした。それと家に鍵もかけないのに、泥棒がほとんどいなかったのです。

　また、日本人は大変勤勉でした。約束はきっちりと守り、仕事は手を抜かず、責任感も強かった。明治維新後、凄《すさ》まじいまでの勢いで欧米の文化と技術を吸収し、自力で発展できたのは、こうした日本人の性格と優秀さがあったからにほかなりません。

驚嘆すべき鉄道敷設

　日本で初めて鉄道（新橋―横浜間）が敷かれたのは明治五年です。明治維新から五年もかかったんだなあと思われるかもしれませんが、その五年（実質三年ちょっと）は大変な時代でした。明治元年はたったの二ヵ月。官軍と幕府軍が戦った戊辰《ぼしん》戦争が終わったのが明治二年六月です。全国の殿様が治める藩を廃止したのが明治四年です（最初の廃藩置県《はいはんちけん》）。

その間、国内の政治体制は整わず、社会は混乱し、経済的にも苦しく、国際関係も外交も不平等条約で大いに苦労していた時代です。それを考えれば、明治五年で鉄道を走らせたというのは、とてつもなく凄いことなのです。

繰り返しますが、明治維新になるまで、国民の誰一人、鉄道など見たことがなく、大型鉄製品もなく、土木工学もなかった国です。国民の九割が百姓で、武士は刀を差して歩いていた国です。

鉄道敷設《ふせつ》というのは大事業です。まず線路用地を確保しなければなりません。土木工学が必要ですし、土地の高低差を計算する正確な測量技術も欠かせません。またレールのために大量の鉄が必要です。

それまで科学技術も工学も製鉄所もなかった国が、維新の大混乱の中、実質三年でそれをやってのけたのです。これは驚嘆すべきことだと思います。しかもこのとき、多摩川を列車が渡れる橋まで作っているのです（最初の橋は木橋でしたが、後に鉄橋に付け替えられています）。

そして、そのわずか十七年後に、新橋から神戸までの東海道線（五百キロを優に超えます）が開通しています。その六年後に初めての電気鉄道が京都で走っています。驚くべきことに、その頃には、ほぼ全国に鉄道網が敷かれていました。なんという凄い国でしょう！

また、鉄道が敷かれたのと同じ明治五年、現在世界遺産に登録されている富岡製糸場が作られ、明治十三年には日本初の近代製鉄所である釜石製鐵所が操業を開始しています。

祖国発展のために

こうして日本は懸命に近代化を目指しますが、同時に教育にも力を入れました。明治四年に文部省を作り、明治五年には義務教育が定められました。そして明治十年には東京大学が設立されました。江戸時代からわずか十年足らずで、日本は一気に近代国へと変身したのです。

もちろん簡単な道ではありませんでした。多くの優秀な若者たちが、ドイツやフランスやイギリスに留学し、最先端の学問や技術を学んで帰

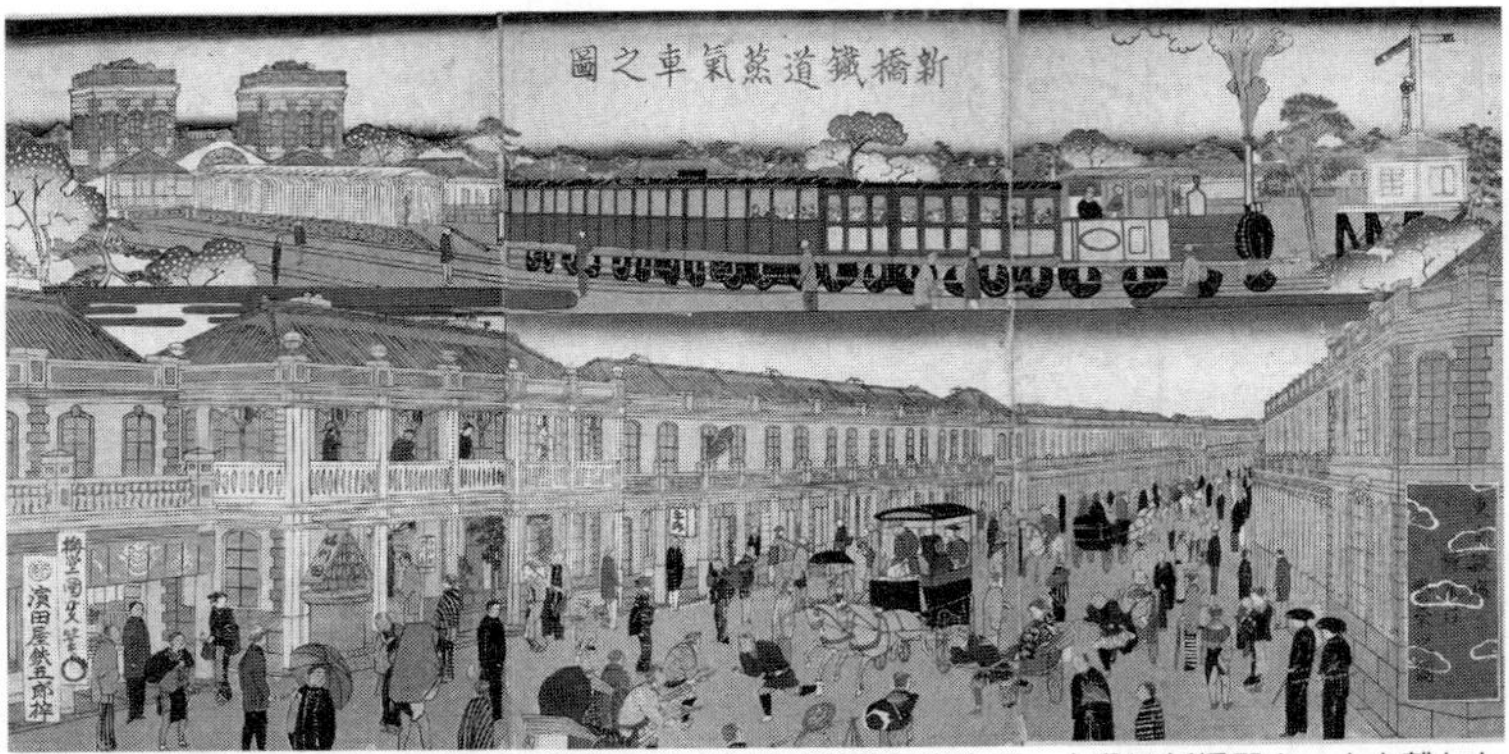

歌川国政（四代）　東京銀座煉瓦石繁栄之図・新橋鉄道蒸気車之図。上段は新橋駅ホームを離れた横浜行きの蒸気車を、下段は銀座一丁目の町並みを描いている

国し、祖国発展のために尽くしたのです。彼らはいずれも江戸時代に生まれた者たちです。今のように簡単に外国へ行ける時代ではありません。

外国語を教える学校もなければ、教師もいないし、辞書もありません。そんな厳しい環境の中でも、彼らは必死で語学を学び、近代の欧米諸国にわたって、様々なものを吸収していったのです。

自らの成功や金儲けのためではありません。彼らを動かしたのは、ただただ祖国日本を欧米に負けない国にするんだという気概です。

日本の近代化はこうした男たちによって成し遂げられたのです。しかしこんな男たちが百人や二百人いたところで、これほどのスピードで近代国家にはなりません。政府や官僚がどれだけ真剣であっても国は動きません。これは第二次世界大戦後のアフリカやアジア諸国を見れば一目瞭然です。

つまり日本が凄まじい勢いで近代化に成功したのは、名も無き多くの国民が非常に優秀であった証拠です。こんな凄い国はどこにもありません。

内戦を回避した勝海舟

しかし、当時の世界は弱肉強食の時代でした。欧米の帝国主義と覇権主義が横行し、日本は自国を防衛するために富国強兵政策を取らねばなりませんでした。そうしなければ、欧米列強に飲み込まれてしまうからです。

事実、明治維新が起こるはるか以前にアフリカと南アメリカはすべて欧米の植民地とされ、明治維新の直前には東アジアの国々も飲み込まれつつありました。マレーシアはイギリス、カンボジアとベトナムはフランス、インドネシアはオランダ、フィリピンはスペインの領土となりました(タイは緩衝《かんしょう》地帯として残されました)。中国でさえ、アヘン戦争後、欧米諸国に領土をどんどん侵食されていました。極東に位置する日本は欧米列強が最後に狙った国でした。

欧米諸国が国を乗っ取るときは、ほぼ必ずその国に内戦を起こさせます。本来なら国民がひとつになって共通の敵(欧米諸国)と戦わねばならない時に、同じ国民同士が争い、国がぼろぼろになってしまうのです。そこに、近代兵器をもった欧米諸国がやってきて、その国を簡単に支配してしまうというわけです。

しかし、日本はそうなりませんでした。勝海舟《かつかいしゅう》が無益な戦いとなる内戦を回避し、江戸城を無血開城したのです。もし幕府が徹底抗戦し、官軍と真正面から戦っていれば、日本の国力は疲弊し、その後、欧米諸国に簡単に乗っ取られ、東アジアの国々のように食い物にされたでしょう。

一説には、戦えば幕府軍が勝っていたとも言われますが、もし、そうなっていたら、その後、日本は欧米の植民地とされていたでしょう。あるいはベトナムのように欧米の保護国になっていたかもしれません。

維新後、徳川家の再興を願って一部の幕府軍が抵抗しましたが、それは局地戦にすぎず、国が真っ二つになるほどの内戦にはなりませんでした。

世界が驚倒した日本の勝利

こうして日本は東アジアで唯一の独立国となりましたが、欧米の圧力はじわじわとアジアに押し寄せます。繰り返しますが、十九世紀というのは、本当にルールなどはまったくない、ただ強い国が弱い国を蹂躙《じゅうりん》するという恐ろしい時代だったのです。それが悪いことだという概念はありませんでした。当時はそれが普通のことだったのです。

そしてついに明治三十七年、南下政策を取り日本に圧力を加えるロシアと戦争が起こりました。これは明治維新以来、最大の危機でした。この戦いに敗れれば、日本はロシアの属国となっていたかもしれません。

しかし日本は超大国のロシアに勝利しました(実質は引き分けに近い勝利ですが)。世界最強と言われていたバルチック艦隊を全滅させた「日本海海戦」は世界の海戦史上に残る大勝

◉特別エッセイ

利となりました。

世界は驚倒しました。あのナポレオンでさえ勝てなかったロシアに、東洋の小さな島国が勝利したのです。欧米諸国には、日本はロシアに敗れて、滅亡するだろうと思われていたのです。この勝利で世界での日本の地位は飛躍的に上がりました。

連合艦隊旗艦三笠艦橋で指揮を執る東郷平八郎大将（東城鉦太郎画）

それから十五年後、日本は第一次世界大戦後の大正九年に作られた史上初の国際平和機構である「国際連盟」の常任理事国の四ヵ国の一つに選ばれたのです。

二百年以上も鎖国をし、西洋の科学文明はほとんど入っていなかったアジアの小さな島国が、強大な欧米列強から独立を守ったばかりか、わずか半世紀あまりで、「国際連盟」の常任理事国に上り詰めたのです。

資源も何もなく、またそれまで科学テクノロジーもなかった国が、ただひたすら国民の勤勉と努力のみで、しかも不平等条約をかかえた中で、欧米先進諸国と肩を並べたどころか、ほとんどの国を抜き去ったのです。

こんな国は世界を見渡しても、どこにもありません。また明治維新から百五十年たってもついに現れませんでした。私たちの遠い先祖は本当に偉大な人たちでした。

私は幕末から明治、そして明治から大正にかけての日本人の頑張りを見ると、この国はまさしく「奇跡の国」としか思えません。そしてその奇跡は、二十世紀にもう一度、行われるのです。

左翼メディアとの最終戦争が始まった

百田尚樹 作家
足立康史 日本維新の会政務調査会副会長

籠池宅でスタンバイ

足立 先日、あるテレビ局で、若いスタッフの人からこう言われたんです。「足立さん、大きな声で言えないんですが、僕、足立さんのファンなんです」——いま、大きな声で言えない空気が局にあるんですね(笑)。

百田 特に報道はそうでしょう。私が懇意にしているバラエティ制作のディレクターが人事異動で報道に移ったんですが、久しぶりに彼に会ったら、開口一番、「百田さん、びっくりしましたよ」と言う。何があったのか訊いてみたら、ちょうど平和安全法制が話題になっている時に、報道部のテレビに安保法制のニュースが流れた。彼が何気なく「いやー、安保法制は絶対に正しいですよね。はよ可決せなあきませんね」と言ったら、そこにいたスタッフ全員から「お前、何を言うてんねん。デタラメなこと言うな!」と怒鳴られたというんです。彼は「この人たち、いったい何を考えてんねやろ」と驚いたと言っていましたが、報道はこうした空気に支配されてしまっている。

足立康史氏

足立 平和安全法制の時も、今回の森友、加計《かけ》学園を巡る報道でも、放送時間に偏りがありましたね。

百田尚樹氏

百田　私も理事を務めている「放送法遵守《じゅんしゅ》を求める視聴者の会」が調査したところ、平和安全法制では反対派に九割近くの時間が割《さ》かれ、今回の加計問題の閉会中審査では、放送時間が前川喜平《きへい》氏は二時間三十分、加戸守行《かともりゆき》氏は六分、原英史《えいじ》氏は二分と、無茶苦茶な偏向報道が行われました。

足立　たしかに酷《ひど》い。でも、私はそうした偏向報道はもうしゃあないと思っているところがあるんです。本当は許せないですよ。でもそれは、国会議員である私たちの責任でもあるんです。テレビがもっと放送時間を割かざるを得ない発言なり質問をすれば、放送時間のバランスは変わらざるを得ないからです。

ある人からツイッターで言われたのは、「皆さん放送の時間量をおっしゃるけど、昭恵夫人や加計孝太郎理事長が出れば放送されますよ」と。一理あるなと思ったんです。

百田　ただ、いまはもう偏向報道を越えて嘘を平気で垂れ流していますからね。完全なフェイクニュースを朝から晩までやっている。

足立　それは当然あかんですよ。最近、特に違和感を覚えたのは、籠池《かごいけ》夫妻の家に大阪地検が家宅捜索に入った時のニュースです。家宅捜索に入った居宅から捜査員が段ボール箱を運び出す映像が普通ですよね。ところが今回は、大阪地検が家宅捜索に入るところを籠池宅の玄関内でカメラマンがスタンバイしていて中から撮っているんです。それで籠池夫妻が「国策捜査だ！」と叫んでいる映像を流している。捜査対象である籠池夫妻とメディアがつるんでいる。異常ですよ。そこに野党四党が加わり、グルになって安倍潰しをやっているという構図ですね。でも、野党はもうダメ。破防法の監視対象になっている共産党と、その共産党と連携した民進党。蓮舫、辻元、山尾、枝野、前原——みんな突っ込みどころ満載でしょ（笑）。

捏造、フェイク何でもアリ

百田　民進党は消滅しますよね。

足立　年内にはそうなると思います。でもそれは私のお陰でもあるんですよ（笑）。国会でコテンパンにやりましたから。そう考えると、やはり問題はメディアなんですよ。

百田　民進党を離党した長島昭久議員がツイッターで、「昨日たまたま話した朝日新聞のある幹部の表情には、社運を賭けて安倍政権に対し総力戦を挑むような鬼気迫るものがありました」と書いていましたが、いまや朝日をはじめとした左翼メディアは、安倍政権を倒すためなら捏造《ねつぞう》だろうがフェイクだろうが何でもありで、なりふり構わずやっていますね。

もしこれで安倍政権が立ち直って逆風を撥《は》ね返したら、今度はその捏造とフェイクの責任が全てメディアに返ってくることになります。一方、もし倒閣に成功すれば全てうやむやになる。なのでボクシングでいえば、どんな反則を使おうと減点をくらおうとノックアウトして勝てばいいと、左翼メディアはいま命懸けで安倍潰しを行っている状況です。

足立　左翼メディアと安倍政権の最終戦争が始まっているわけですね。

テレビという「洗脳装置」

百田　特にテレビは酷い。新聞が酷いのは昔からですからね。そもそもテレビ朝日は日本教育テレビ（NET）として開局し、教育番組をメインに放送することで認可を受けたにもかかわらず、いまやそんなことはどこ吹く風。そもそも新聞は誰でも出そうと思えば出せますが、テレビは違います。

足立　公共の電波ですからね。

百田　テレビは五十年、六十年にわたって既得権をがっちりと握り、国民の共有財産である電波を私物化していながら放送法を無視し、義務と責任を放棄している。しかも電波は寡占《かせん》状態で、視聴者が取捨選択できない。それでいて、日本人は他の先進国と比較してテレビに対する信頼度が六五・五％と異常に高い（二〇一六年、総務省調べ）。

テレビの持つ影響力も凄《すさ》まじいものがあります。たとえば日本一売れる作家、村上春樹氏の本がなんぼ売れたといっても百万部です。二百万部売れたら出版界では「事件」になる。ところが日本の人口を考えると、百万部といっても一％にも満たない。

他方、テレビはどうかというと、しょうもないワイドショーでも視聴率三％を取れば、その時間、約三百六十万人が視聴していることになります。仮に視聴率一〇％であれば一千二百万人です。そう考えると、今回の森友、加計報道で朝から晩まで全局が一斉に横並びで放送して、その視聴率を全て足したらどれだけの国民が見ていることになるか。

足立　私の親の世代は、ずっとテレビを見ていますからね。

百田　この「洗脳装置」は恐ろしい。

足立　それでもいまの若い世代はほとんどがネットで、テレビは見なくなっていますよね。

百田　数カ月前にNHKの新会長が就任したので、同窓会もかねて以前のNHK経営委員と新しい経営委員が集まる会合があったんです。その時、元経営委員の女性の大学教授が、「最近、若い学生と話をしていて、彼らは驚くほどテレビを見ていない。これは由々しき事態だ」と言ったんです。

それを聞いた私は、「ちょっと待ってほしい。それはむしろええことやないですか。これまで日本人はアホみたいにテレビを見すぎだったんですよ。学生がテレビを見なくなったというのは、いいこと。テレビはもっと衰退していかなあきません！」と言ったんです。すると、部屋がシーンと静まり返ってしまった（笑）。

足立　出席者全員が「百田さんを呼ばなければよかった」と思ったでしょうね（笑）。

安倍政権の支持率七二％

百田　いまの日本人の六十代以上はネットからほとんど情報を得ておらず、テレビと新聞が圧倒的です。一方、五十代、四十代、三十代と世代が下がるにしたがって、ネットから情報を得ている率が高くなる傾向があります。興味深いのは、その数字が安倍政権に対する支持率と比例することです。

足立　ネットから情報を得ている世代ほど、安倍政権に対する支持率が高い。

百田　最近、ネットメディア「ネットギーク」がネット上で支持率調査をしたところ、安倍政権に対する支持率は七二％でした。

しかも、その回答数が三十三万九千人です。安倍内閣の支持率が三五％だったと報じた朝日の世論調査（八月六日）の有効回答は二千百五十三人です。よくテレビ局も世論調査をして安倍政権の支持率が下がったと嬉しそうにやっていますが、あの数値がどこまで信頼できるものなのか甚《はなは》だ疑問です。

足立　設問の聞き方や並べ方、調査対象も各紙、各局とも異なりますからね。ただ、支持率の傾向自体は一定程度取れるので、完全に否定はできないと思いますよ。

百田　でも、朝日などは電話調査が多いですよね。二〇一六年七月から携帯電話にも電話をかける方式を導入したといっていますが、携帯番号には市外局番のような地域情報がないため、まだ多くの地域では固定電話にかけている。いまの若い世代で固定電話を持っている人がいますか？　後生《ごしょう》大事に持っているのは、ある年齢層以上でしょう。しかも電話調査の時間帯。午前中、午後、夕方までだったら、その時間に家にいるのは圧倒的に主婦、それとおじいさんとおばあさんでしょう。働いている人や学生がアンケートに答える率は下がる。普通に考えて、いろんな世代のバランスの取れたアンケートになるわけがないことがわかります。

足立　その点は一度、しっかりと整理していくべきだと思いますね。

いよいよ放送法の改正が

百田　政治的公平を定めた放送法にしても、テレビ業界の連中は法律ではなく、単なる倫理規定だと見做《みな》しています。実際、放送法には罰則も何もありませんから、有名無実化してしまっている。

足立　実は、放送法は来年改正する予定でいま進めているところです。

百田　それは初めて知りました。是非、変えてください。

足立　あまり知られていないのですが、どのように変えるかの戦いがすでに始まっているんです。いま、ＮＨＫが地上波の放送をインターネットで同時配信することを求めて揉《も》めているんですよ。

百田　同時配信となれば、それだけ設備投資が必要となり、民放キー局や地方局は経営を圧迫されかねないので、いますぐには反対の姿勢ですよね。

足立　ＮＨＫはネットでも受信料を徴収できれば、受信料負担がより多くの視聴者へと広がることを期待しているようなのですが、同時配信がすでにテレビで受信契約している人に対する付加的サービスなのか、新しいサービスとして考えているのか、ＮＨＫ側の考えが曖昧《あいまい》で、高市前総務大臣がつき返している状況なんです。この方針が年内には決まり、来年の通常国会で関連法案が成立、翌二〇一九年に本格稼働させて、二〇二〇年の東京オリンピック・パラリンピック開催を迎えるという流れを予定しています。

いずれにしても、放送と通信の融合は確実に始まっていきますから、地上波を巡る環境は劇的に変わってきます。面白い時代になりますよ。

さらに、キー局は猛反対ですが、新規参入を認めてチャンネル数を増やし、放送にも多様性を持たせるために電波オークションの導入も私は国会で主張しています。臨時国会でも、野田総務大臣相手にやりますよ。私の〝武器〟はネットと国会ですから、百田さんにも出演いただいたネット番組の「報道特注」やツイッターなどでどんどん情報発信していくと同時に、制度面から放送のあり方を変えていきたいと思っているんです。

文春ももう終わりですね

百田　車でも欠陥車を出せばリコール請求されますし、レストランでも食中毒を出せば営業停止に追い込まれます。どんなメーカーでも、自社の商品に対して責任があります。

足立　製造物責任ですね。

百田　テレビ局にとって、ニュース番組はいわば商品であり、製造物です。捏造報道やフェイクニュースという欠陥商品を垂れ流しているのに、一切お咎《とが》めがないのはおかしい。影響力の大きさを考えればなおさらです。今年でテレビ放送が始まって六十四年が経ちますが、二十四時間停波など、行政処分は過去に一度もありません。

商品やサービスには、消費者庁や公正取引委員会といった公的な監視機関があります。私が主催しているニコニコ動画の番組でも、視聴者プレゼントを行ったら消費者庁からすぐ指導が入りました。「視聴者になんぼの物あげたんや、番組の月会費はいくらや？　それやったら上限を超えているからあかん」といって指導書をいっぱい書かされました。ところが、テレビには公的な監視機関がない。これはやはり問題だと思います。

また日本のテレビ局は新聞社が親会社なので、新聞はテレビ局批判をやりません。もちろん、テレビ局自身は自分たちの非を言うわけがない。つまり、国民のほとんどがテレビ局の横暴を知ることがないのです。

足立　アメリカでは連邦通信委員会（ＦＣＣ）という独立規制機関がありますが、日本はないですね。米英独仏に加えて韓国にさえある「訂正放送」の命令措置規定も日本にはない。

百田　ＢＰＯ（放送倫理・番組向上機構）がありますが、これは所詮、身内の団体で、なおかつメンバーのほとんどが左翼です。彼らは左翼的な偏向報道は一切見て見ぬふりをして、逆に「ニュース女子」のような偏向報道でも何でもない健全な放送を問題視する。いや、むしろ保守的な番組にイチャモンをつけている。そのくせ、リベラルな番組がいくら偏向報道、捏造報道しようとも、見て見ぬふり。

足立　ＢＰＯが機能していないのはそのとおりだと思います。ですが、

「テレビ番組の製造物責任処罰法」のような放送内容の問題にまでとなると、なかなか国会でも議論にならないのが実情です。表現の自由とのバランスで難しい課題もありますから。

百田　足立さんの立場からは、なかなかストレートにこの問題に踏み込めないことは理解できます。もし罰則規定を設けろとでも言おうものなら、「足立はヒトラーだ」とメディアから猛攻撃を喰らうでしょう。

足立　電波オークションも国会で提案しようと思ったら、もう二度と地上波放送からは声がかからないことを覚悟しなければなりません。ですがこれは絶対にやるべきですから、ガンガン言っていきますよ。

百田　メディアが政治家を殺すことも簡単にできてしまいますからね。メディアに目をつけられたら政治生命を絶たれてしまう。これまでメディアは第四の権力と言われてきましたが、いまやメディアは第一の権力となってしまった。誰も手が付けられない怪物になってしまいました。

足立　だからといって、政治家がメディアに萎縮してはダメです。そういう政治家がいまは非常に多い。情けないですよ。政治家自身がメディアになるぐらいの気概で発信していかなければならないと思っています。

百田　政治家が物を言わないから、東京新聞の望月衣塑子《いそこ》氏のように「官邸の活動家」みたいな記者がやりたい放題やっている。それを文藝春秋が文春オンラインというネットで彼女を持ち上げるインタビュー記事を掲載しているんですから、文春ももう終わりですね。

政治団体化するテレビ

足立　話をテレビに戻しますと、コンテンツの内容とは別に、放送局に認可を与える権限をいまは総務省が持っています。総務省は言うまでもなく安倍政権下にある。なので放送法の問題でもそうなんですが、テレビ局が違反しても総務省は刀を抜けない。抜けば安倍政権が抜いたことにされるからです。

百田　「安倍政権が報道機関に圧力をかけた」といって、逆に政権叩きの材料にされてしまう。停波に踏み切れないのもそこですよね。それをやれば、連日連夜にわたって「ヒトラーだ」の大合唱をやられる。

足立　したがって、本来であれば原子力規制委員会のように政権の力が及ばない独立性の高い委員会を日本でも作るべきなんです。これは制度の問題ですから、まさに我々国会議員がやっていかなければならない。つまり監督体制の新設、新規参入と多チャンネル化のための電波オークションの導入、放送と通信の融合の推進——こうしたいくつかのレイヤー（層）を同時並行で進めていく必要があるんです。実際、前に進めているんですが、まだまだ不十分です。

しかもこれまでは放送は郵政省（総務省）、メーカーは通産省（経済産業省）、コンテンツの権利関係は文化庁という三者で互いの利害が一致していました。非常に強固なトライアングルがあった。ところが、ネットの登場で電波と通信の区別がなくなるなどトライアングルが崩れてきています。メディアを巡る既得権に雁《がん》字搦《じがら》めの構図は、明らかに変わろうとしています。

百田　期待したいですね。とにかく今回の森友、加計に限らず、大阪都構想の時も無茶苦茶でしたから。大阪のキー局、特にＭＢＳ（毎日放送）は局を上げて都構想を潰しにかかりました。局が公共の電波を使って政治団体化していた。橋下氏に大阪市長選で敗れた平松邦夫氏は元ＭＢＳのアナウンサーだったので、その弔《とむら》い合戦とも言われていました。

足立　たしかにあの時の報道はけしからんものでしたが、我々、戦争を戦って負けた当事者からしますと、あの戦いが終わったあとで「グラウンドが悪かった、ホームベースの位置がおかしかった」と批判してもダメなんです。与えられた条件であり、そういう不利な戦場でどう勝っていくか。実は来年の秋に大阪都構想を再びやりますから、それに向けて、いまは勝つためにどうするかを考えることが重要だと思っています。

メディアを「変える」

百田　もちろん、足立さんの政治家としての気持ちもわかります。負け戦で言い訳したくないという矜持《きょうじ》もわかります。ですが私としては、影響力や発信力のある政治家が、もっと「メディアはおかしい」と言い続けてほしいんです。実際にそれをやられた人として、声を上げてほしいのです。そして、こういうことは何度も何度も繰り返し言うことが大事です。頭のいい人ほど「一回言えばわかる、一回言ったことはもう言わない」となってしまうんですが、それでは一般国民には伝わりません。「あの足立がこんだけ言っているんやから、メディアは相当問題あるんやな」と思わせるぐらい、何度も言ってほしい。

足立　もちろんです。それは言い続けますよ。ただ、メディアに対して報道内容や姿勢を批判するだけでは、彼らは「反省しました。もうフェイクニュースを垂れ流しません」と態度を変えんでしょう。

百田　変えませんね。私がいくら言ってても、ネットなどで検証記事が載ってても、「どうせ、そんなこと言うてくる奴らは一部やろ。わしらの番組みている大半の奴はそんなこと分からんから、もっとやれやれ！」「国民の半分を騙せたらええんや」と開き直っている感じすらします。メディアとしての矜持など欠片《かけら》もない。

足立　もちろんメディア報道の批判も大事ですが、やはりメディアを「変える」ということが重要です。

　何と言っても、私は安倍政権の間に憲法改正しなければならないと強く思っているんです。そのためには戦いに勝たなければなりません。

　森友、加計騒動でも、安倍総理がそんなにおかしなことをしたとは思っていません。けれど、結果的に偏向メディアに足を取られて支持率が下がり、憲法改正の取り組みが足踏み状態になってきていることは事実です。つまり、戦いに負けてしまっている。

　先ほどの支持率の話も、数字が信頼できないというのはそのとおりなのですが、下落したことによって国会で何が起きているかというと、憲法改正に公明党が及び腰になっているんです。公明党が賛成しなければ、憲法改正に必要な三分の二を割ってしまう。安倍政権の求心力も低下し、自民党内の力学が変わってくる。来年の総裁選に向けた動きが活発化して、憲法改正が議論のテーブルから落ちてしまう恐れがある。いまその過渡期にあって、私は相当な危機感を抱いています。

反安倍の道具

百田　私は、安倍内閣の支持率はまた上がると思っているんです。支持率三〇%を絶望的と見るかどうかですが、あれほど新聞・テレビを含めた全メディアが捏造やフェイクで安倍潰しをやっても、三〇%までしか下がらなかったと私は考えています。

　朝日などは一〇%台にまで下げたかったんでしょうが、今回、安倍政権は何の失策も犯しておらず単なる風評でやられただけですから、あとは反動で上がるだけだと見ています。

足立　しかし、内閣改造してもまだ上がりきっていませんね。国会のなかにいる肌感覚で言いますと相当な危うさを感じるんです。

　安倍政権には、加計問題などで一度全部表に何もかも出して本音で答弁してもらいたいんです。そうすれば石破氏にしても民進党の玉木氏にしても、やましいところがある連中に「あんたはどうなんだ」と逆に突っ込める。メディアだって取り上げざるを得ませんよ。

今回の内閣改造で野田聖子を閣内に取り込んだことは非常によかったわけですから、森友や加計でも早く新しいフェーズ（局面）にいって、憲法改正への上昇軌道をいま一度作ってもらいたい。

百田　私のなかでは、野田聖子氏も、小池百合子都知事と一緒くたにゴミ箱のなかに入っているガラクタです（笑）。

足立　そのガラクタが一大野党を形成しかねないわけですから。

百田　本当はそんな器でもなく、能力もないんですが、単にメディアが反安倍の道具に使っているだけなんですよね。クソみたいなガラクタでも安倍にぶつけたらおもろいんちゃうか、と。

足立　これからもメディアは小池らを持ち上げますよ。小池があれだけアホなことをやってきたのに、都議選まで持ち上げ続けてきましたから。

小池もメディアに殺される

百田　しかし、小池都知事は憲法改正派ですからね。これまでメディアは自民党を潰したい一心で小池氏を持ち上げてきて、小池都政がいくらデタラメでも見て見ぬふりをしてきました。ところが、これから小池都知事の責任問題がボロボロ出てくる。さすがにメディアも口を噤《つぐ》むわけにはいかなくなり、都民が「小池あかん」となったとき、小池都知事が憲法改正で掌《てのひら》を返すかどうか。もし憲法改正に賛成のままなら、小池都知事もメディアに殺されるでしょう。

足立　逆に、小池は憲法改正で使えるともいえるんですよね。仮に公明党が戦線離脱しても、自民、維新、国民ファーストで三分の二を取って、国民投票に持ち込める。

百田　その意味で、小池都知事はメディアの側にとっても憲法改正派にとっても、読めない存在と言えます。

足立　今後は憲法改正を巡る小池を含めたかけひきと同時に、二〇二〇年の東京五輪に向けた放送と通信の融合、放送法を巡る議論とかけひきが並行して進む、この二つが国内の政治的議論の基軸になっていくでしょう。いずれにしても、安倍政権とメディアとの最終戦争には、何としても勝利しなければなりません。

百田　この戦いに敗れたら日本は終わります。

あだち やすし
一九六五年、大阪生まれ。京都大学大学院修了、米国コロンビア大学院修了。経済産業省大臣官房参事官を経て二〇一二年十二月の総選挙で初当選。二〇一四年十二月に再選（二期目）。高校時代に水球で国体・インターハイ出場、京大水球チーム主将。衆議院総務委員、外務委員、原子力特別委員、憲法審査会委員を務める。

百田尚樹ニュースに一言 2

「防衛費は人を殺すための予算」

共産党の藤野保史《やすふみ》政策委員長が出演したNHKのテレビ番組で、防衛費を「人を殺すための予算」と決め付けました。共産党の極端に偏重した主張や、とりあえず何にでも反対する姿勢にはいまさら驚きませんが、仮にも現職の国会議員がこんな認識で国政に携《たずさ》わっていたとは呆れを通り越して怒りすら覚えます。

全国ネットのテレビ放送で舞い上がってしまい、目立とうとしてつい口が滑っただけだったとしたらまだ可愛げもあったのでしょうが、発言を聞いた討論に参加していた与野党議員のすべて（民進党だけは口を閉ざして静観）が一斉に発言撤回を要求したのにもかかわらず、頑としてそれを拒否したところをみると余程、信念を持っての発言だったようです。

防衛費とは文字通り「防衛」のための費用です。中国海軍の艦艇が日本の領海侵入を繰り返している昨今、今まで以上に防衛の重要性を感じる必要があるのに、その予算を否定するような発言は絶対に認められません。

彼は「人を支えて育てる予算を優先させていくべきだ」とも発言していましたが、国家が消滅したら、支えることも育てることも出来なくなります。国家の健全な存続が担保されなければ未来へ向けての政策なんてできやしないのです。

さすがに番組終了後にはマズイと思ったのか「不適切であり、取り消す」としたコメントを発表しましたが、どうせ批判を恐れてだけのものであり、本当に間違っていたなんて思ってはいないでしょう。

なお、防衛費には熊本地震でも大活躍した自衛隊員たちの人件費も含まれています。防衛費が「人を殺すための費用」なら、自衛隊員は「人を殺すための要員」となります。藤野議員は日夜国民のために我が身を犠牲

にしてまで働く彼らを前にしても同様にそれを言えるのでしょうか。（二〇一六年七月一日）

尖閣諸島の接続水域に侵入する中国海軍の軍艦　（写真提供／共同通信社）

「日本死ね」を憂う

滋賀県彦根市の滋賀県護国神社の木製鳥居に「日本死ね」と彫り込まれていることがわかりました。また、同市内の他の神社や地蔵尊などの木製扉や柱にも鋭い金属で同じ言葉を刻みつけた傷が見つかっています。

警察は器物損壊事件として捜査を開始したそうですが、とんでもない話です。仏教やキリスト教など世界中には多くの信者をもつもの以外にも新興のものも含めて、信じる者がひとりでもいる宗教は数多く存在します。ひとそれぞれどの宗教を信仰するのかは当然自由であり、だれもその邪魔をすることは許されません。そんな宗教の一つが神道です。特別扱いするわけではありませんが、神道はいうまでもなく日本固有の宗教であり神社はその祭祀《さいし》施設として、そこはまさに日本人の心の拠《よ》り所《どころ》そのものといってもいいでしょう。

そんな場所に「日本死ね」とは、腹立たしいを通り越して情けなくなります。今年の初めには保育園に入ることができなかった子供の母親が「日本死ね」と発言して話題になりました。どこにもぶつけることのできない鬱憤《うっぷん》をその言葉に込めたのでしょうが、それにしても自身の国を全否定するような言葉は使うべきではありません。

今回のいたずら（単にそうなのか、あるいは確固たる意思をもった確信犯的なものなのかは現段階では不明ですが）も先のものを模倣したものと思われます。日常の中ではあまり意識することもないのでしょうが、我々国民は国から多くの庇護《ひご》や恩恵を受けているのです。毎日平穏に過ごせるのも安定した国家があってこそなのです。だからこそ国民は国家を維持していくことに労を惜しんではいけないのです。

そのための根底に必要なのが愛国心です。オリンピックやワールドカップで日本人選手や日本チームを応援することだけが愛国心ではないのです。自国を憂い、提言することはあってもその前提には国を愛する心がなければならないのです。愛する気持ちがあれば「死ね」なんて言葉はでてくるはずがありません。

「保育園落ちた日本死ね」が2016年流行語大賞トップ10入り　（写真提供／共同通信社）

私が国家観を語ればすぐに「百田はとんでもない右翼だ」などとネットを中心に書きまくられますが、私は右翼でも当然左翼でもない、ただの愛国者だと常々言っています。国を思うが故に世間からは過激ととられる発言も厭《いと》わないのです。

今こそ全国民が真剣に国の未来を考える時です。世界が大きく変わろうとしている現在、今までの常識は既に常識ではなくなっています。イギリスのEU離脱、アメリカ大統領選でのトランプ氏勝利など、これまででは考えられなかったことが現実になっているのです。中国艦船が日本の領土に上陸することなんて絶対にありえないなんて、言い切れない時代なのです。

今までのように誰かがなんとかしてくれるだろうでは取り返しのつかないことになってしまいます。

難しく考える必要はありません。日本人としての誇りを持って、私利私欲に囚《とら》われず本当に国にとって〝よし〟と思われる行動をとればいいのです。

そうは言っても「日本死ね」と表現している者が本当の日本人でなかったとしたら、馬の耳に念仏でしょうが。（二〇一六年十一月十一日）

心温まる中学生の行動

いじめによる自殺問題やSNSへのおバカ投稿など最近の若者はいっ

たいどうなっているんだ、という話題が多い中、なんとも心温まる女子中学生のニュースがありました。

山形県鶴岡市の中学二年の少女が部活動のランニング中に徘徊《はいかい》していた七十九歳の女性を見つけて保護したとして、山形県警鶴岡署から感謝状を贈られました。

少女が女性を見つけたのは一月二十日の午後七時半を過ぎた頃だといいますから、あたりはすっかり暗くなっていたはずです。

彼女は雪の中を薄手の防寒着で歩いているおばあさんを見て心配に思いましたが、最初はそのまま通り過ぎたそうです。しかし、やはり気になって引き返し、勇気をだして「こんばんは。おばあちゃん、どこに行くの」と声を掛けたといいます。

それに対し女性は「大塚町の家に行きたい」と答えましたが、指した方向は大塚町とは逆だったので少女は不審に感じました。また、「腰が痛くて、もう歩けない」と途方に暮れた様子だったので、これは大変、このまま放っておくわけには行かないと、意を決して、おばあさんを近くの自動販売機の脇にあった椅子に座らせて、すぐに戻ってくるからと告げ、大急ぎで母親に助けを求めるために自宅まで戻りました。少女から話を聞いた母親は少女とともに車でおばあさんのところに戻り、無事おばあさんを自宅まで送り届けたということです。

贈呈式で警察署長から「声を掛けてくれなかったら、おばあちゃんは危ない状況でした。どうもありがとうございました」と感謝された少女は「勇気を出して声を掛けて良かった」と笑顔で話したそうです。

このニュースのなによりも感動的なところは、中学生の彼女が走って知らせに行ったところです。部活のランニング中だったから、あるいは普段から持っていなかったのかもしれませんが、携帯電話で大概の用件は事足りる昨今、おばあさんの急を知らせる為に自分の足で三キロの距離を駆け抜けるなんてなかなか出来ることではありません。

そのときの少女の心情は「おばあちゃん、絶対に助けに行くから動いちゃダメだよ、もう少し待っててね」と必死だったはずです。その光景を想像するだけで涙があふれそうになります。今のやさしい気持ちを忘れずにいる限りこの少女はきっと素敵なレディになることでしょう。（二〇一七年二月十日）

マスコミ・左翼文化人の嘘とデタラメ

百田尚樹 作家
上念 司 経済評論家

安倍総理に自白の強要

百田　国会では、いまだに野党が「モリカケ」と騒いでいますね。

上念　これ以上、何を訊くことがあるんでしょうか。

百田尚樹氏

私は毎週月曜日にＡｂｅｍａＴＶのニュース番組「ＡｂｅｍａＰｒｉｍｅ」に出演しているのですが、その番組はテレビ朝日の報道部がかかわっているんです。総選挙が終わってから、テレ朝の報道部の人に会ったら、自民党大勝に終わったからでしょう、お通夜状態でかなり落ち込んでいた。彼らは「選挙結果は民意を反映していない」だとか、「『モリカケ』について説明が足りない」などと言っていたので、こう反論したんです。

「説明が足りないと言いますが、この番組でも報道ステーションでも、百回くらい加戸《かと》守行《もりゆき》さんの国会での証言を流してから、そういうことは言ったらどうですか」

反論がくるかなと思ったのですが、彼らは黙ってしまいました。

百田　加戸さんの証言をテレビが取り上げなかったことは、上念さんが事務局長を務め、私も代表を務めている「放送法遵守《じゅんしゅ》を求める視聴者の会」（視聴者の会）の調査結果が証明

上念司氏

しています。前川喜平《きへい》さんの証言は二時間三十三分四十六秒取り上げているのに、加戸さんの証言は六分一秒。原英史《えいじ》さん（国家戦略特区ワーキンググループ委員）にいたっては、二分三十五秒しか放送されなかった。

それに、安倍総理も国会やテレビで何度も丁寧に説明しています。マスコミが半年以上取材したが、安倍総理の悪事を示す証拠は何も出てこなかった。「疑惑、疑惑」とそんなに言うのであれば、野党が証拠を出せという話です。

野党はそれができないから、苦し紛《まぎ》れに安倍総理に「説明が足りない」「自白しろ」と言っているわけです。安倍総理はまったく非がないから、自白なんてしようがない。するとまた、「説明が足りない！」「安倍はけしからん！」と批判する。もうデタラメです。

報道による精神的な拷問

上念　本来は「有罪でないこと」の証明で足りるものを、「無罪であること」まで証明しろという、いわゆる悪魔の証明というやつですね。これは、中国共産党の「査問」と同じやり口です。査問とは共産党用語で、造反の疑いがある人物を取り調べることですが、その実態は拷問《ごうもん》、リンチによる自白強要です。今回の「モリカケ」をめぐる報道は、肉体的な苦痛を与えないまでも、報道による精神的な拷問です。

マスコミと野党は、安倍総理が「私がやりました」と自白するまで追及するつもりなのでしょうか。まぁ、視聴者も、もう「モリカケ」の話題に飽きているという気もしますが。

百田　選挙が終わって内閣支持率が上がったことからも、「モリカケ」に国民の関心がなくなっていることがわかります。というか、国民の多くが「モリカケ」はメディアが作り出した冤罪《えんざい》というのに気付き始めています。いまのテレビ局は視聴者の心をまったくわかっていないですね。

それに加えて、テレビのフェイクニュースは本当に酷《ひど》いものです。

たとえば、ほんの一例をあげれば、二〇一六年、自民党大会で安倍総理が「選挙のためだったら何でもやる、こんな無責任な勢力に負けるわけにはいかない」と発言したにもかかわらず、日本テレビは「選挙のためだったら何でもする」と、まるで安倍総理が「選挙のためなら手段を選ばない」と発言したかのようなテロップを入れたことがありました。

上念　このテロップ改竄《かいざん》については、即座にネットで動画がチェックされて、嘘だったことがバレましたね。

百田　ええ。ネットが発達し、報道の検証が可能になったこともありますが、こんなのは一例で、同じような捏造《ねつぞう》編集はいくらでもあります。ここ最近になって、テレビに限らずマスコミのフェイクニュースが凄《すさ》まじくなっているような気がします。

上念　最近、共同通信が「首相、57億円拠出を表明　女性起業家支援のイバンカ氏基金」と報じましたが、これもフェイクニュースでした。この見出しだと、イヴァンカさんに直接おカネがいくような印象を与えますが、まったく違います。あくまでイヴァンカさんが〝設立にかかわった〟途上国の女性起業家を支援する世界銀行内の基金への拠出で、イヴァンカさんに直接おカネがいくわけではないのです。

百田　しかも、拠出される五十七億円は外貨準備高（外国為替《かわせ》相場を安定させる目的で、各国の通貨当局が外国為替市場へ介入するために保有している資産）なので税金ではありません。社民党の福島瑞穂さんが「みんなの血税だ」とツイッターで批判しましたが、大間違いです。

トランプに対する印象操作

上念　AFP通信が報じた、トランプ大統領が来日時、迎賓館で鯉に餌やりをした際の写真もそうです。トランプの餌やりが雑すぎるとネットで炎上しましたが、実はこれも印象操作だったことがのちにわかりました。

鯉の餌やりの時間は一分くらいしかなく、最初は普通に餌を与えていたのですが、次のスケジュールの時間に間に合わないとなって、安倍総理が残りの餌を一度にやった。それをうけてトランプ大統領もいっぺんに餌をやったわけです。AFPはそういった文脈を無視して、トランプ大統領が枡をひっくり返して餌をあげている写真だけを切りとって報道しました。

百田　とにかく、「悪く見えるように印象操作したろ」という意図がミエミエです。反日テレビ局は安倍総理の顔写真を使う時、わざと写りの悪い写真を使ったり、不機嫌そうな表情の写真を使ったりするのは、よく知られています。

上念　先の総選挙期間中でも、マスコミの偏向報道は実に酷いものでした。

TBSは十月十一日放送の「NEWS23」でフェイクニュースの特集をやり、そのなかで『ある候補（著者注・辻元清美氏と思われる）が希望の党に公認候補申請をしていた』というフェイクニュースが二百二十万もリツイートされた」と報じました。

実はこの報道自体がフェイクニュースで、そのツイートは二百三十しかリツイートされていないんです。それをどう間違えたのか、TBSは二百二十万と誤報。しかも、同局の「サンデーモーニング」でも同じ内容のフェイクニュースを流しました。

百田　二百三十回を二百三十万回とするんじゃなくて、二百二十万と少し変えているところに作為的なものを感じます。あざといというか。

日本テレビ「NNNストレイトニュース」

マスコミお得意の告げ口

上念　百田さんも、この手の切り取りをよくやられましたね。

百田　いちいち思い出せないくらいやられましたよ。しかも切り取るだけではなく、彼らは〝告げ口〟します。

二〇一四年の東京都知事選挙で私が田母神俊雄さんの応援演説をしたときに、「東京大空襲は戦争犯罪であり、大虐殺だ」「東京裁判は大虐殺をごまかすための裁判だった」と発言したことをうけて、毎日新聞はすぐさま在日米大使館に行き、「日本の作家が、しかもNHKの経営委員をやっている奴がこんなことを言っている！」と告げ口し、米大使館の報道担当官は「責任ある立場の人物は、地域の緊張をさらに悪化させるような発言を控えるよう望む」と抗議。翌日、毎日新聞は大喜びでこの発言を取り上げました。

それ見た朝日は、「しまった！　毎日にやられた！」と思ったのでしょう。そこで朝日は、米国務省に告げ口しに行った（笑）。国務省は「不合理な示唆だ。日本の責任ある立場の人々は地域の緊張を高めるようなコメントを避けることを望む」とコメント。朝日は大喜びで「国務省がこんな怒ってまっせ！　百田尚樹はとんでもない奴や！」と書いたのです。

　小学校のクラスにもこんなのが一人いるでしょう。ちょっと羽目を外した冗談でみんな笑っているのに、一人、先生に告げ口するやつ。あれと同じですよ。

上念　告げ口は、彼らの得意技です。振り返ると、「南京大虐殺」や慰安婦問題、首相の靖國参拝も、全て朝日がシナと韓国に告げ口したのがきっかけでした。こんな捏造報道をやる連中からしたら、フェイクニュースなんて屁《へ》でもない。

　おまけに、彼らは議論の場に出てこようとしません。二〇一六年、高市早苗総務大臣（当時）が放送法違反を放送局が繰り返した場合、電波停止を命じる可能性があると発言したことを受けて、青木理《おさむ》、大谷昭宏、金平茂紀《かねひらしげのり》、岸井成格《しげただ》、田勢《たせ》康弘、田原総一朗、鳥越俊太郎の七名が会見を開き（田勢氏は欠席）、「私たちは怒っています！」と横断幕を掲げて、高市大臣に猛抗議しました。

　しかし、これはおかしな話で、放送法や表現の自由、国民の知る権利を蔑《ないがし》ろにしてきたのは、むしろテレビの側でしょう。視聴者の会はこの七人に公開討論を申し込んだのですが、期限までに誰からも回答がありませんでした。

青木理との〝因縁〟

百田　彼らは議論しようと呼びかけても逃げ回るんですよね。私はニコニコ生放送でやっている自分の番組「百田尚樹チャンネル」で、「沖縄の二つの新聞、一回、私と議論をしましょう」と呼びかけたのですが、梨《なし》の礫《つぶて》でした。
上念　実は七人のなかでも、とくに青木理さんと私は〝因縁〟があるんです。東日本大震災で原発事故が起きた直後に、「朝まで生テレビ！」に私の共同経営者である勝間和代が出演したときのことです。勝間は何でも正論をストレートに言ってしまうので、「津波で亡くなった人は大勢いるけど、放射能で亡くなった人はまだ誰もいない」と発言して炎上しました。ですが、これは事実なんです。
　ところが、青木さんがある番組でこの勝間の発言を受けて、勝間をクズ呼ばわりしたんです。私は青木さんに対して「何なんだこいつは」と腹立たしく思っていた頃に、大学の先輩でノンフィクション作家の門田隆将さんにゴールデン街に飲みに連れて行ってもらいました。
　門田さんとある店で飲んでいたと

ころに、何と偶然、青木さんが入ってきたんです。ところが、私と門田さんの顔を見るなり、すぐに出ていってしまった（笑）。門田さんが「しばらく待っていたら、必ずまた来るよ」

TBS「NEWS23」

というので待っていたら、案の定戻ってきた。私の隣の席に座ったので、こう挨拶しました。
「青木さん、うちの勝間和代がお世話になりました。クズ呼ばわりした

TBS「サンデーモーニング」

ことは一生忘れませんから」
　そうしたら、青木さんは黙ってしまった。「原発について是非、議論しましょうよ」と言ったのですが、黙り込んで議論できませんでした。実に残念です。青木さん、いつでも議論しますので、ご連絡お待ちしております！
百田　左翼は本当に弱いですよね。
上念　そのくせ、こちらが反論できないような場所では、偉そうに言ったり書いたりするんですよ。

根性なしの有田芳生

百田　有田芳生《よしふ》さんもそうです。彼も根性ないですよ。有田さんがツイッターなどで嘘ばっかり書くので、一回、「虎ノ門ニュース」に来て議論しようと呼びかけました。本人は「ぜひやりたい」というツイートをしていたようですが、「やります」という返事

は出してこない。で、前日になって、「勉強会があるから」といろいろ理由をつけて断ってきた。挙句、「自分の代わりの人を出演させる」とか言い出して、本人が出ないのであれば意味がないので、この企画はなくなりました。そしたらツイッターで、虎ノ門チームが逃げたみたいなことを書いてる。ええ加減にせいよ。

　彼とは一度、あるパーティーで会ったことがあるんです。そこに、『月刊Hanada』の花田編集長が来ており、「有田さんが百田さんに挨拶したいと言っている」とおっしゃる。その頃、東京都知事選に出馬した田母神俊雄さんの応援演説で、「田母神さん以外の候補者はどいつもこいつも人間のクズです」と言って炎上していました。有田さんは国会でそのことを取り上げて、「NHKの経営委員がこんなことを言っていいのか!」と執拗《しつよう》に何度も安倍総理に繰り返し質問していたんです。

　私は「有田なんかに挨拶したくない」と断ったのですが、花田さんが「そこを何とか」とおっしゃるものですから、しゃあないなあと思いながらも、有田さんに挨拶をしました。けど、私も気分がよくないものですから、かなり機嫌の悪い声で「有田さん、国会でずいぶん僕の悪口言うてくれましたな」と言ったんです。すると、有田さんはへらへら愛想笑《あいそわら》いして、「いや、あんなのは大したことないですよ」と言うんです。

「大したことないって? あれだけ言うといて?」

「あの日、本当はぼくが質問に立つ予定はなかったんですが、急遽ピンチヒッターで質問に立って、その質問も予定になくて……」

「予定にないのに、何回も安倍総理に問い質《ただ》してたやないか!」

「いや、あれも本当は言う気はなくて、質問時間が余ったから言っただけで……」

　その間、ずっと下を向いてゴニョゴニョと口ごもっている。背は私のほうがだいぶ高いのですが、私と目も合わそうとしない。激しい口論になるかなと思っていたのですが、彼は終始うつむいたままで、まったくそういう雰囲気になりませんでした。

一対一だと弱い田原総一朗

上念　私も、有田さんとは名古屋のある番組で直接対決したんですよ。たしか経済がテーマで、有田さんが「アベノミクスはうまくいっていない」と主張するので、「失業者が減って就職率も上がっているのに、成功してないわけがないでしょう。うまくいってない証拠をきちんと示してください」と言って彼を完全論破、フルボッコにしてやりました。

ところが、番組が終わったあと、ツイッターでグチグチと私への反論を書いているんですよ。ツイッター上で彼に直接反論しようと思ったら、彼は私のことをブロックしていました(笑)。

百田　私も腹が立って、ツイッターに「有田はこんなやつや!」とパーティーで会った時のことを書いたんです。そうしたら有田さんは、「百田尚樹は嘘ばかり書いている。僕の前では帽子を脱いだりかぶったりして落ち着きがなかった」というようなことを呟《つぶや》いてる。何言うてんねん。落ち着きがなかったのはそっちやろ!。

で、いまでもしょっちゅうツイッターで私の悪口を書いている。けど、「虎ノ門ニュース」に出て来いと言うと出て来ない。ほんま、どうしようもない奴ですわ。

「私たちは怒っています!」と横断幕を掲げたうちの一人、田原総一朗さんも一対一だと実に弱い。私は田原さんと対談して共著も出版しているのですが、「いや、田原さん、それは間違いですよ」と言うと、「あ、そう。まぁそれは置いといて……」と話題をずらすんです。「置いといてやないです!それはこういうことです!」と言うと、「そうなの、ならわかった」と。

一方、「朝生」のときは仲間の左翼論客も揃えているので、机を叩いて「そんなこと間違ってる!　あんたは何もわかっていない!」と威勢よく怒鳴る。「なんや、それ」と思いました。こっちはテレビでチンピラみたいな口はききたくないので、紳士的にやる。そうすると、向こうのほうが威勢がいいように映る。ほんま、CM中に殴ったろかと思いましたよ。死んだら困るから、やりませんが。

上念　実は、私は大学三年生のときに、「朝生」ではないんですが、田原さんの番組に出たことがあるんです。猪瀬直樹さんなど、当時の尖《とが》った評論家と学生が討論会をやるという番組でした。ただ、一般の学生はそれほど喋《しゃべ》れないので、われわれのような弁論部の学生が四十人くらい投入されたんです。

田原さんは当時からいまのような調子で、喧嘩腰っぽく仕切るんですが、終わると普通に優しいおじさんという感じでした。

百田　田原さんのはパフォーマンスに近いですからね。

上念　ただ、高市発言に抗議した七人のなかで唯一、田原さんだけは、当時、視聴者の会の事務局長だった小川榮太郎さんと直接対決しましたね。『月刊Hanada』二〇一六年七月号に掲載され、これはニコ生でも放送されていますが、何だか話が嚙み合いませんでしたね。

百田　田原さんはすぐに論点をずらすんです。小川さんが安保法制や特定秘密保護法などで日本のテレビがいかに偏向報道を行ったか、きちんとデータを示して、「田原さん、これでも、偏向していないと言うんですか？」と質《ただ》しても、田原さんは「そんなこと言ったって、選挙で自民党が勝っているんだからいいじゃないか！」と。小川さんがどんな反論を言っても、「選挙で勝っているからいいじゃないか！」の一点張りなんです。無茶苦茶ですよ。

上念　田原さんは、「〝弱者〟ならズルしようがインチキしようが何をやってもいい」と考えているわけですね。実は、これは左翼全般に共通するロジックなんです。基地反対運動の過激派もそうでしょう。彼らは「私たちは弱者だから、どんな暴力的なことをしても許される」「弱者こそ正しいんだ」と思い込んでいる。

社民党の〝ビジネス〟

百田　少数意見は大切にしなくてはいけませんが、私はよく社民党の例を出すんです。社民党は現在、衆参合わせて議員が四人しかいません。いよいよ政党要件を満たさなくなります。政党要件は衆参合わせて五人いること、直近の選挙で二％以上の得票率があれば政党として認められます。有権者の数が約一億人だとすると、二％は二百万人。五十人に一人の割合です。

　昔は一クラス五十人くらいいましたが、クラスで何かを決めようとして四十九人が賛成しているにもかかわらず、どうしようもないアホがいて、一人だけ反対するヤツいたでしょう。二％というのは、そういう数字なんです。

上念　社民党の厄介なところは、二％、つまり二百万人のファンがいれば商売として成り立ってしまうところにあります。私も百田さんも、本を出しているから実感としてわかります。二百万人のファンは毎回、買わないけれども、そのなかの一割＝二十万人が本を買ってくれれば大ヒット、食っていくことができるんです。

　社民党は政党助成金に加えて、そういったコアな支持層からカンパだなんだと集めて〝ビジネス〟にしているといっても過言ではありません。

百田　テレビにもそういう側面があります。視聴率を一〇％、一五％取るのは物凄く大変です。その点、深夜番組なんかは二、三％取れれば御の字、というところがある。深夜番組を視聴するのは、基本的にコアなファンです。五十人中、四十八人が「何やこの番組。気持ちわる。もう絶対見いひん」と思っても、「俺、これ好きや」という二％のマニアがいれば、何とか番組は持つんです。

社民党も同じ。ほとんどが「あんな気持ち悪い政党、絶対支持しない」と思っているけど、二％のマニアがそれを支えている。

上念　私もビジネスで、社民党的なマーケティングをしているからわかるんですが、ワンオブゼムになってしまうよりも、マニアにとってのオンリーワンでいったほうが商売的には安定するんですよね。

ブラック企業と日本共産党

百田　日本共産党もある意味、そうですよ。ある雑誌で、日本共産党前議長の不破哲三さんの神奈川県津久井の別荘の写真が載っていましたが、途轍《とてつ》もない豪邸です。航空写真で見ると、近所の小学校よりも広い。門があって、林のなかをずっと行ったらやっと邸宅に辿り着ける。一体どこで、そんなカネを手にいれたのか。

共産党員というのは、どんなに日本が豊かになっても一定数います。なぜか。共産党は国民にこう語りかけるのです。

「たしかに二十年前に比べたら、君たちは豊かな暮らしをしている。だけど相対的に見たら、君たちは貧しい生活をしているんだよ。われわれ共産党を応援してくれたら、みなさんを豊かにしてみせます」

そして、生活が苦しい人に赤旗を買わせたり、党費を納めさせたりして、トップは豪邸に住んで悠々自適《ゆうゆうじてき》な生活を送っている。

上念　まさに共産党が批判しているブラック企業と構造が一緒ですね。マスコミは安倍政権を批判するばかりで、そういった野党の不都合な真実に一切触れません。国民がマスコミに騙されることがないように、やはり、われわれ「視聴者の会」が、一層目を光らせていかなくてはいけませんね。

（二〇一七年十一月六日に行われた八重洲イブニングラボを整理・再録しました）

じょうねん　つかさ
一九六九年、東京都生まれ。中央大学法学部法律学科卒業（在学中は日本最古の弁論部、辞達学会に所属）。日本長期信用銀行、臨海セミナーを経て独立。二〇〇七年より、経済評論家・勝間和代氏と株式会社「監査と分析」を設立。二〇一〇年、米国イェール大学経済学部の浜田宏一名誉教授に師事し、薫陶を受ける。放送法遵守を求める視聴者の会事務局長。最新刊は『タダより高いものはない』（イースト新書）。

外国特派員協会で日本の言論弾圧を論ず

百田尚樹
作家

潰された一橋大学講演会

皆さん、こんにちは。百田尚樹と申します。私は(二〇一七年)六月の十日に一橋大学の大学祭で講演をする予定でした。この講演が大学内にある「反レイシズム情報センター」という団体から抗議を受けて、最終的には中止に至りました。

この団体は私もまだ調べていますが、実態はよく分かりません。メンバーがどのぐらいいて、そして具体的にどういう活動をしているのか。細かいところまでは分かりません。ただ、この団体の主宰者は一橋大学の三十四歳の大学院生です。その主宰者の男性は、以前は在日コリアン青年連合という組織に所属していました。

「反レイシズム情報センター」という団体のことはのちほどお話ししますけれども、まず彼らは、一橋大学の大学祭の実行委員会——この実行委員会が私を呼んでくれたんですが——に要請書、要望書を出しました。これが二〇一七年の四月です。

彼らの要求を一言で言いますと、「百田尚樹という作家はレイシストであり、差別扇動主義者である。こういう人物に講演で発言をさせるわけにいかない」——これが彼らの趣旨でした。しかしながら、私はこれまでヘイトスピーチならびに差別扇動、そういう発言は一度も行っておりません。

今回の講演のテーマは「現代社会におけるマスコミのあり方」というものです。ですから人種問題、あるいは民族問題、こういうものには一切、

多くの海外メディアが詰めかけた　（写真提供／ Rodrigo Reyes Marin ／アフロ）

今回の講演のテーマは触れておりません。それどころか、私は過去二百回近く全国各地で講演をしておりますが、そういう人種問題、民族問題に触れた講演は一度たりともしておりません。にもかかわらず、「反レイシズム情報センター」の人たちは私をヘイトスピーカー、あるいはレイシストというレッテルを貼って、私の発言を一切、封じ込めました。

（会場の）皆さんのところに配られているかも分かりませんが、ここに「反レイシズム情報センター」が一橋大学の実行委員会に出した要望書があります。これはまたのちほど、皆さんしっかり読んでいただきたいのですが、いま現在、この問題がニュースになって、あるいはネットで騒がれて、「反レイシズム情報センター」の人たちは「われわれは講演会の中止は要求していない」と、こういう発言をしております。しかし、これは嘘です。彼らが出した要望書のうちの一つを私は読み上げます。

いくつか不当とも思えるような条件を突き付けられたわけですが、そのうちの一つを読みます。

〈百田尚樹氏講演会、現代社会におけるマスコミのあり方〉――これがテーマですね――〈に関しては、百田氏が絶対に差別を行わない事を誓約したうえで、講演会冒頭でいままでの差別煽動を撤回し今後準公人として人種差別撤廃条約の精神を順守し差別を行わない旨を宣言する等の、特別の差別防止措置の徹底を求めます〉

その次に、〈同時にこの条件が満たされない場合、講演会を無期限延期あるいは中止にしてください〉と、こうあります。これは分かりやすく言いますと、私のこれまでの発言をヘイトスピーチであると勝手に決め付けて、それをまず講演の前に、これを私に謝罪、撤回して、そして今後は二度とそういう発言を行わないということを私にまず宣誓させるということです。これは私の過去の発言、そして未来の発言さえも、全て彼らがコントロールするということになります。

執拗な圧力

当然、この要求を突き付けられた実行委員会は、これをはねのけました。ところが、「反レイシズム情報センター」の人たちは諦《あきら》めません。執拗《しつよう》に実行委員会の人たちと交渉をして、その交渉の席で、ほとんど脅《おど》しともいえるような発言を何度も繰り返しています。

たとえば、こういう発言があります。「百田尚樹の講演を聞いて、ショックのあまり私は自殺するかもしれない」。これを言ったのは女性です。「そうなったときに実行委員会はどう責任を取ってくれるのか」と。そんなに怖いなら聞かなければいいと思うのですが(笑)。

さらに、「もし百田尚樹が講演をすれば、講演会場でどんな騒動が起こるか分からない」というような発言もありました。「そういういわゆる暴力事件が起こった場合に、実行委員会ははたして責任を取れるのか」と。これらは刑法上、明らかな脅しではありません。法律的にはセーフかもしれませんが、非常にグレーゾーンな脅しに近いものです。こういうことを繰り返し交渉の場で言われて、実行委員会のほうは根負けしたといいますか、精神的に参ってしまった。

ちなみに、実行委員会は大学の一年生と二年生が中心です。十九歳と二十歳がメインです。そういう社会経験のない若者に対し、様々な活動経験が豊富な三十四歳の主宰者がいろんな手で圧力をかけたというのが実態です。

実行委員会は万が一の事態にならないように、警備会社にも非常に多くの警備を依頼したようです。しかしながら警備が大きくなり過ぎて、大学祭の他のイベントに影響が出てくるかもしれないということで、彼らは最終的に講演を中止にしました。分かりやすく言いますと、実行委員会にそこまでのことを、大きな警備を要求するほどに「反レイシズム情報センター」はいろいろ圧力を加えたということです。

それで最終的には私の六月十日の講演は中止になりましたけれども、「反レイシズム情報センター」はさらにインターネット上で、こういう発言をしております。いまから申し上げるのが「反レイシズム情報センター」の宣言文です。

〈私たちは差別・極右活動のない学祭実現のため、10日当日に、差別監視活動を行うことにしました。差別・極右活動の発生を監視し、発見ししだい記録と通報（ＫＯＤＡＩＲＡ祭と大学当局、悪質なものは法務省など）を行います〉

　私は、これは非常に恐ろしい問題だと思います。つまり民間の団体が一般学生を監視し、そして彼らが定義するところの差別というふうに見《み》做《な》し、そしてそれを通報する。これはスターリン時代の秘密警察にも似ています。あるいは、民間ということで言えば中国の紅衛兵《こうえいへい》にも似ているかもしれません。

中・韓への発言を許さない

たしかに差別は絶対に良くない。ヘイトスピーチも良くない。もちろんレイシズムは許されません。しかしながら、これを民間団体が勝手に、彼らの意思によって、ヘイトスピーチ、ヘイトスピーカー、レイシスト、あるいは差別扇動主義者というレッテルを自由に貼ることができ、そしてそのレッテルを貼った人物は発言させないという、これはもうとんでもないことだと思います。

　そこで、先ほど申し上げました「反レイシズム情報センター」の日頃の活動なんですけれども、彼らは様々な人物、これは主に保守系の政治家、あるいは保守系の文化人、保守系のジャーナリスト、そういう人たちの過去の発言や記者会見での発言、Twitterでの発言を掘り起こして、彼ら自身が「この発言はヘイトスピーチである、この発言は人種差別発言である」というふうに勝手に定義して、これをデータベース化しています。

　現在、私が確認したところでは、彼らがリストアップした人物は全部で百二十人を超えます。そして彼らがヘイトスピーチと定義した発言は、いま現在（二〇一七年七月）、二千八百を超えています。これはいまでもインターネットで見られますので、皆さんももし時間があれば確認していただきたい。この二千八百の発言のほとんどは、ヘイトスピーチでもレイシズム発言でもなんでもありません。

　もちろん私も全部は確認しておりませんが、私が見たところ、そういう発言のほとんどは中国政府、韓国政府、あるいは北朝鮮政府、こういうものに対する批判的な発言は、全て彼らはヘイトスピーチというふうに、どうも定義付けているようです。

言論の自由は滅びる

そのいくつかの例を申し上げます。たとえば元東京都知事の石原慎太郎さんの言葉ですが、彼のこの発言がヘイトスピーチと定義されています。その発言を読み上げます。

〈現在の中国は軍事力を背景にした唯一の帝国主義だ〉

反レイシズム情報センターに言わせれば、これがヘイトスピーチということになります。

たとえば私の発言。少し長いですが。

〈特攻隊員たちを賛美することは戦争を肯定することだと、ドヤ顔で述べる人がいるのに呆れる〉――ドヤ顔って分かりますかね。得意気にということです――〈逃れられぬ死を前にして、家族と祖国そして見送る者たちを思いながら、笑顔で死んでいった男たちを賛美することが悪なのか。戦争否定のためには、彼らをバカとののしれと言うのか。そんなことできるか!〉

この発言も反レイシズム情報センターに言わせれば、ヘイトスピーチということになるそうです。

いま、いくつかの例を言いましたけれども、これまた皆さん、インターネットで彼らの二千八百以上定義付けられている、データベース化されているこの発言はいつでも見られますので、皆さんご覧になって確認してください。

「反レイシズム情報センター」の最終目的は、私も分かりません。しかし彼らはいま現在、百二十人以上の人物をリストアップ、その人物の過去の発言をいくつもデータベース化して、その百二十人以上の人物をレイシストであり、差別扇動主義者であると定義付けています。

今回、一橋大学で初めて彼らの最終目的の一つが明らかになったのではないかなと、私、考えております。それは彼らがレイシストと定義付けた人物の発言を封じ込めてしまう。もしかしたらこれが彼らの最終目的ではないか、と。で、これが今回、一橋大学で起こったと見ています。

私は彼らに言いたい。有名なヴォルテールの言葉があります。

「私は君の意見には反対だが、君が意見をすることには命を懸けて守る」

これがなくなれば言論の自由は滅びると思います。

(二〇一七年七月四日、外国特派員協会にて)

読者プレゼント④

小説家というのは
ぶっちゃけて言えば
「面白い話をするから金をくれ！」
という奇妙奇天烈な仕事だ

「夢を売る男」より

平成二十九年十一月二十三日

百田尚樹

『Hanada』二〇一七年四月号

愛国、憂国大闘論

村西とおる ＡＶ監督
百田尚樹 作家
撮影 佐藤英明

文学の世界とＡＶの世界

村西 これまで私自身は、まともな仕事をしてきたつもりなのでございますが、ふと気がつけば前科七犯。百田先生も取材などでいろいろな方とお会いになってこられたと思いますが、さすがに前科七犯は珍しいのではないでしょうか。

百田 初めてです(笑)。私が主催しているニコニコ動画の番組で「明日、村西とおる監督と対談するんや」と言ったら、視聴者から「あの村西監督と！ 百田さんすごい！」「明日はお互いブリーフ一枚で対談か」といった書き込みがきました(笑)。

村西 ありがとうございます。実を申しますと、私の愚息が本を読んで初めて泣いたんです。それが先生のお書きになられた『永遠の０《ゼロ》』(講談社文庫)なんです。ここ五、六年、本など読んでいるのを見たこともない、私が死んでも泣かないであろうバカ息子が、先生の本に魅了されて涙が止まらなかった、と。それも二回も泣いた、と申しておりました。

百田 そうおっしゃっていただけて感激です。

村西 そのあとで映画を見たそうなんですが全く泣けず、「俺はいったい何なんだろう」と自分自身を問い詰めてしまい、いまアメリカに「自分探しの旅」に出ているような息子なんです。が、それこそが文学の持つ力だ、と学んでくれた。邪《よこしま》な考えで先生にお叱りを受けると思うのですが、そんなボンクラ息子に対して、先生とお会いできたことでようやく父親としての威厳を取り戻せました。

◉特別対談　百田尚樹×村西とおる

原発からAVまで大激論！

百田　いえいえ恐縮です。私もずっと村西さんのファンで、ツイッターやブログも読ませてもらっていました。村西さんの文章力こそ超一流ですよ。しかも、何者も恐れないで、常に自分の言いたいことをズバズバ言う。その言っていることは、すべて正論。「ほんまに凄い人や！」と感心しています。

村西　御著書『カエルの楽園』（新潮社）は、五十万部以上（文庫合わせて）売れていらっしゃるとか。

百田　はい。あの本は産経新聞や月刊『Hanada』（一六年六月号）を除く雑誌はおろか文芸誌にも、まったくと言っていいほど書評が載らず、メディアには完全黙殺されてきたのですが、ネットとクチコミのおかげです。

村西　素晴らしいですね。先生のお書きになるものは、既成メディアを圧倒しています。

百田　ですが、以前は山のようにあったテレビ出演のオファーもいまでは全くこなくなりました。先日、親しい東京の某テレビ局のプロデューサーから、「百田さんには出てもらいたいのですが、上層部からNGが出る」と言われました。「バラエティで、しかも収録番組でもNGが出るのです」と嘆いていました。大手新聞に嫌われると、系列局であるテレビ局からは排除されます。何が「公共の電波」か。

視聴者をバカにした番組

村西　しかし、私は一般大衆はよくわかっていると思います。私なんかも「そんなことを言っていたらテレビに出られなくなりますよ」などと言われることがあるのですが、何を言っているんだという話ですよ。テレビなんかナンボのもんだと。僭越《せんえつ》ながら、先生の文学の世界と我々のAVの世界も、同じ表現者としてクロスする部分があると勝手に思っているのですが、テレビの世界で人気者になったとしても、本は決して売れません。やはり、創造力こそが勝負ですよ。一般大衆は、読者は、視聴者は、その辺りをよく理解していて峻別していますよね。そういう確かさがある。

百田　一般大衆は非常に賢明ですね。メディアや政治家なんかよりもずっと賢い。

村西　我々のエロスの映像でも、先生の文学の世界でも、いかに上手に嘘をつくかが大事ですね。そういう嘘と嘘との組み合わせによって、真実を編み出していくことに妙がある。いくら「これが真実ですよ」といっても、視聴者や読者はわからない。そこを上手に噛み砕いて、塩、こしょうで味付けして料理をしてくれて、「はい、どうですか」と届けてくれる料理人の存在が重要になる。その意味で、先生の存在は大きい。

先生は、メディアの世界では稀有《けう》の方ですよ。私がプロデューサーだったら、間違いなく先生をメインにして番組を作りますよ。ＡＶというわけにはいきませんからね（笑）。でも、もし先生にＡＶにご出演いただければ、息子の嫁を犯す父といった設定で、空前絶後の作品が撮れると請け合います（笑）。

百田　いえいえ恐れ多い。スケベ親父なら地でいけるんですが、演技となると難しい（笑）。

村西　制作者の圧倒的な視点や思いというものがないから、最近のテレビなどを見ていてもつまらない。単に雛壇にタレントを並べて、視聴者に「はいどうぞ、ご覧あれ」なんていうイージーな番組ばかり。視聴者をバカにしていますよ。

百田　テレビの制作者側に「これを見せたい！」と思って作ろうという意思が、ほとんど感じられません。タレントを集めて適当なことを言わせて、一時間番組なら二時間以上収録する。そこから「これおもろいから使おう、そこはおもろくないから切ろう」と適当に編集してオンエアーする。構成も何もできていないことが多いんです。

村西　制作者がみんなサラリーマンで、官僚的になってしまっている。テレビに限らず、上場企業の経営者などが三百六十五日考えていることは、株主総会をどう乗り越えて、自分の社長の座を安泰にしていくかということばかりですから、メディアでバッシングされたり、ネットの書き込みで炎上したタレントは出したくない。単なる御身大事《おんみだいじ》。そういうことを現場のディレクターやプロデューサーまでもが考えている。

百田　テレビ局は、「あんなタレント出してけしからん」とスポンサーからの抗議や、視聴者からスポンサーへ抗議が行くことを恐れています。

「ニュース女子」と言葉狩り

村西　私なんか時たま地上波の番組に呼ばれることがあるのですが、ディレクターから「監督、いまテレビでは『アダルトビデオ監督』とは言いません。自己紹介するときに『セクシー監督』でお願いします」と言われるんです。私が網タイツを穿《は》いて出ていかないといけないのか、と腰が砕けてしまいますよ。

「みなさま、お待たせしました。お待たせし過ぎたかもしれません。セクシー監督の村西とおるでございます」とでも言うのかと。情けないですよ、本当に。何よりも大切な「俺たちは表現者の世界にいる人間なんだ」という矜持《きょうじ》を忘れてしまっている。

　最近のMXテレビ「ニュース女子」の問題もそうです。東京新聞の長谷川幸洋さんという論説副主幹の方が司会者を務めている番組で、沖縄の現状をレポートしたVTRを放送しただけであって、東京新聞とは何ら関係ない。それをあろうことか、東京新聞がお詫びの社告を出した。

百田　深田実論説主幹が、「他メディアで起きたことではあっても責任と反省を深く感じています。とりわけ副主幹が出演していたことについては重く受け止め、対処します」との謝罪記事を出しましたね。この内容がまた実に酷いもので、「事実に基づかない論評が含まれており到底同意できるものでもありません」とも書いているのですが、具体的にどこがどう事実に基づいていないのかは一切書いていない。一体、何を謝罪しているのか意味不明なのです。

村西　同じ東京新聞にも、望月衣塑子《いそこ》さんという女性の記者がいらっしゃる。彼女は日韓司教交流会で「武器輸出と日本」について講演をしたんです。そこで滅茶苦茶に安倍首相の悪口を言ってこき下ろしている。これに対して東京新聞は何も言わない。一方で、長谷川さんの発言には「けしからん」と言葉狩りをする。

百田　典型的なダブルスタンダードですね。しかも長谷川さんの場合、番組のなかで、司会者の彼は沖縄を批判するようなコメントは言っていないんですよね。

ドブに落ちた弱者を叩く

村西　司会者として、頷《うなず》いたり笑ったりしただけでNGになる。共産党の志位和夫さんらをはじめとする反日勢力が、何かあれば難癖をつけるわけですね。それこそ、百田先生が何か言おうものならとにかくヘイトだ、差別だ、偏見だ、とこの三つの言葉で待ち構えている。

「ニュース女子」に対して、基地反対派の代表、辛淑玉《シンスゴ》さんらが抗議しましたね。番組で反対運動を「テロリストみたい」と表現したことなどを許さんと言っているわけですが、放送内容を論評することは自由です。でも沖縄へリパッド建設について、辛淑玉さんご自身が「若い者には死んでもらう、爺さん婆さんたちは嫌がらせをして捕まって下さい」などと言って手段を選ばない抗議行動を扇動している。ああいうやり口こそ、「テロリストみたい」以外の何物でもありません。こういったことはメディアでは報じられず、問題にもされない。

百田　ネットではかなり問題視されていますね。「嫌がらせをして捕まれ」というのは、警察を挑発して、相手を悪者に仕立て上げようという意図ですね。若い警官を散々に侮辱して、「土人」という言葉を引き出したのと同じです。ちなみに、このことをサヨクの学者が「成功した」と沖縄の新聞に書いていています。

村西　そのような勢力にデモ行進をされたり、ネットが炎上したりすることをメディアの連中が怯《おび》えてしまっている。生涯メディア報道に命をかける、という志など一切ない。

百田　もう一つ、私が悲しいと思っているのは、スポーツ選手やタレントや作家など、ある程度有名になった人なら、今日の日本を取り巻く国際環境の激変や大変な状況に対して、自分の意見を言う責任があると思っているのですが、彼らが自らの意見を一切言わないことです。

有名になってお金も儲けて、それだけ影響力がある以上、そうした責任を果たすべきです。

村西　「毒舌」などということを売りにしているタレントや文化人がいますが、チャンチャラおかしいですよ。芸能ニュースが象徴的ですが、ジャニーズ事務所の問題やバーニングプロダクションの問題は一切触れない。

百田　不祥事を起こしたタレントが力が弱いプロダクションに所属していると、平気で叩く。あるいは、世間で「叩いても大丈夫」という空気が生まれると、皆で袋叩きにする。ほんまに卑怯《ひきょう》やと思いますね。

村西　フジテレビの情報番組「バイキング」なども嘘のない本音を伝えるスタイルが好評とのことですが、何をかいわんやです。タレントの狩野《かの》英孝《えいこう》さんの淫行疑惑を「不快以外の何物でもない」とバッサリ斬り捨てていましたが、何が嘘のない本音なものですか。ドブに落ちた弱者を棒で叩いてイジメているだけ。強者にはシッポを振る不届き者たち。こうした偏向が芸能だけではなくて、政治報道や経済報道にまで及んでいる。

百田　そんななかで、村西さんは常に自分の言いたいことを言って「おもろいAV監督やなー」と思っていて……あ、いまさら確認ですが、AV監督って言ってよろしかったですか？

村西　もちろんでございます。セクシー監督はご勘弁下さい（笑）。

本質を衝く監督の言葉

百田　最近の村西さんのツイッターを読んでいると、多くの有名人や作家がまず口にしないような国防や安全保障に関して、実に本質的なことをズバズバ斬り込むので、「やっぱり

村西監督は違う、凄い人やなー」と感心していたんです。たとえばほんの一例ですが、

〈11年度156回の中国の領空侵犯への日本のスクランブルが、2015年度には800回を超える。中国からの領空領海侵犯はもはや常態化。それでも危機をあおるな、米軍基地はいらない、の「沖縄の声」。強姦魔の手を払いのけずに知らんぷり、どころか笑顔を見せて仲良くしよう、という夜鷹《よたか》根性〉

これなど、まさにメディアが報じない中国の脅威を正面からズバリと指摘していますよね。

それも、地べたを這《は》いつくばるような仕事からエロの世界まで様々な商売で成功を収めてこられて、多くの修羅場も経験してこられた村西さんが現状の日本を見て「こうしなければダメだ!」と言うと、凄く重く感じられます。しかも、人間をとことん追求されてきた村西さんが語る国防や安全保障に関する言葉は、どれも本質を衝《つ》いている。

一般大衆を見下す政治家

村西　恐縮でございます。以前、ある大物政治家と話をした時、私はこう言われたことがあるんです。「でもあんた、憲法言えるのか? 憲法のこと知らないだろ、え?」と。私は「じゃあ、あなたね、〝富士の雫《しずく》〟というセックスの体位を知っているのか?」と。「いや、そんなものは知らない」と。「なら、お互い様じゃないか」。

百田　すごい返し方ですね(笑)。

村西　憲法を知らなきゃ日本人じゃないとか、安全保障や日本について語ってはならないということなどないんですよ。人は道によって賢しであって、農家や漁師や木こりの方々でも、たしかに憲法を知らない人はいらっしゃるでしょう。ですが、直感として自分自身がいかに生きるべきか、いかに国を守るべきかということは知っているわけです。各々《おのおの》が各々のポジションから決して大きな声を上げるわけではない。けれども、目は口ほどに物を言うように、その眼差しでもって自分の意思を発言している。そういうことに思いが至らず、己の狭量《きょうりょう》な政治の感覚でもって一般大衆を上から目線でしか見ることができない。そんな政治家が実に多い。情けなくなりますよ。

百田　「憲法知っているのか」という物言いには、上に立つ傲慢《ごうまん》さが感じられますね。憲法学者にしても、「俺は憲法の専門家であって、お前ら庶民は勉強してないんやから憲法について何も言うな」という雰囲気が感じられます。

憲法の条文を知らなくても本質はわかる。「日本は戦うことができない。そんなのはおかしい」と普通は誰もがわかることなんです。

ところが日本人の多くは、「自分は素人《しろうと》だから言わない」という間違った謙虚さを持ってしまっている。これが日本をダメにしている一因でもあると思うのです。

沖縄を護るために戦った

村西　やはり、メディアに毒されてしまっている面があるんですね。ですが先生がご指摘されたとおり、一般大衆は実に賢明です。

たとえば、沖縄でいえば知識人の連中が「いざとなったら沖縄は独立するぞ」などと主張しますでしょ。ところが、琉球独立党の党首・屋良朝助《やらちょうすけ》さんが二〇〇六年の沖縄県知事選に出馬して、得票数六千二百二十票、得票率〇・九三％で最下位落選。屋良朝助さんは二〇〇八年の那覇市長選挙にも出馬しており、得票は一千七百九十七票、得票率一・四二％で惨敗している。沖縄の人たちは皮膚感覚でよくわかっているんです。

基地問題にしてもそうです。沖縄の基地を本土に持っていけ、と。何を言っているのかという話です。皇居を守っている皇宮警察を新潟に持っていってどうするのか、という話ですよ。そこに必要性があるから基地があるのであって、秋田が地政学的に基地を必要とする地域であれば秋田に持っていきますよ。

そういうことを何も考えずに、「沖縄には必要ない」と。そんなことを年がら年中報じているのが朝日新聞や毎日新聞であり、そのカウンターパートである琉球新報と沖縄タイムスです。彼らは一体、どのポジションから物を言っているのか。

百田　どこの国の新聞なのかと思いますよね。

村西　大田昌秀元沖縄県知事などは「沖縄は人間扱いされてこなかった。差別されてきた」などと言ってメディアも持ち上げていますが、どこにそんな歴史があったのかあげてみろと言いたい。

たしかに沖縄で二十万人、現地の人も十万人亡くなりました。ですが広島で二十万人、長崎で十万人、東京大空襲で十万人、日本各地で数十万人が空襲で焼け死んでいるんです。家族を犠牲にした日本国民は「何を言っているんだ」と怒っていますよ。沖縄だけが犠牲になったというフィクションで、自らのやっていることを正当化しないでいただきたい。

沖縄を護るために特攻隊は突撃していったのです。本土から沖縄に派遣された六万六千人の兵隊さんがお亡くなりになっていますが、一番遠い北海道から、一万人もの兵隊さんが亡くなられています。愛媛第二十二連隊は全滅しています。

百田　日本人は、沖縄を護るために必死になって戦いました。戦艦大和も沖縄のために出撃して、乗員二千七百四十人が亡くなっています。

村西　戦後も米軍占領下で約十六兆円、復帰後は日本政府が約十二兆円を沖縄振興のために予算を使い、インフラから何から何まで全部整備していきました。沖縄に行けばわかるとおり、あらゆる畑や漁港の裏道まで舗装されていますし、至る所に立派な橋が架かっています。沖縄の風土病もなくなりました。私たちが沖縄を自分たちのために犠牲にしたことは一度もありません。そのことを日本政府もきちんと言うべきです。

　私は若い頃、北海道で仕事をしていました。百科事典を売ったり、北大神田書店という会社を作ってビニ本を売ったりしていたので北海道のことはよく承知しているのですが、北方領土ではそうした問題は起きていません。土地を奪われ、北海道に逃げてきて生活している人たちがいますが、沖縄のように、犠牲だとか補償だとか、反政府的な動きをする人は皆無です。大田元知事のように飽食をしてきた人間が、「人間扱いされてこなかった」など作り話にも程があるというものです。

　もう一点、国防という観点も踏まえて是非申し上げたいのが、原発の問題です。

被災地の共通の悲しみ

百田　原発は、エネルギー安全保障の点でも重要になってきますからね。

村西　私は、原発を否定する、しないのターニングポイントは、一九七三年のオイルショックを経験しているかどうかだと思っているのです。私はあの時、日本人は何て浅ましいんだと思いました。噂だけで日本中血走って我先に、デパートで奥さん連中が爺さん婆さんを蹴っ飛ばしてトイレットペーパーや洗剤を買い占めたんです。人間とはこんなふうになってしまうのか、と恐ろしくなりました。日本はこのオイルショックを契機として原発に舵《かじ》を切っていくわけですが、福島第一原発が着工したのは私が十九歳の一九六七年です。

百田　村西さんは、福島県いわき市のご出身ですよね。

村西　はい。あの地区は塩分の多い枯れた土地で農業は作物がとれず、漁業も魚が獲れないので本当に貧しいところでした。お父さんたちは、みんな東京に出稼ぎに行っていました。中学校時代の同級生のお父さんは工事現場で亡くなりました。

いまのように労災保険もありませんから、お父さんの遺体を引き取りに行くお金がない。それで、骨で送ってもらうことになったのです。同級生は、親父の最期の顔を見たかったと号泣していました。そこに原発ができて、出稼ぎに行かなくて済むようになったのです。どれほど助かったことか。五十年近くも地元が潤ったのです。

福島第一原発の事故があったからといって、地元の人たちは「原発この野郎」なんて思っていないんです。みんな仲間でしたから。同じように被災している。お互い連帯した共通の悲しみがある。そういうことを何も知らず、知ろうともしないメディアが「福島にはもう住めない」「東京電力は悪の塊だ」と報道する。とんでもない話です。東京電力の社員の人たちが、福島県でいまも行っているゴミ拾いなどの奉仕活動をご覧になったことがあるのでしょうか。目頭《めがしら》が熱くなりますよ。浜通りの人たちは、東電の人たちを決して恨んでいない。私は現地で育った人間として、いくらバッシングを受けようとも、地元民として真実を訴え続けていきたいと思っているのです。

百田　東日本大震災で、私は逆に日本の原発の強靭さを見ました。千年に一度の大地震にも耐えた。福島第一原発はディーゼル発電機が水没してしまい、非常用復水器が作動せずにメルトダウンしてしまったのですが、もし予備電源が作動していたら防げたわけです。震源地に近かった女川《おながわ》原発などは地震にも耐え、被災者の避難所になっていました。こうした事実を一切考慮せず、時の民主党政権は全ての原発を停止させてしまった。本当に愚かだと思います。

脱原発と非科学的報道

村西　私は山本太郎さまにも言いたいんです。「ゼロリスクと言うのなら、餅を喉に詰まらせて毎年約百人は死んでいるよ。餅を禁止しなさい。ゴルフ場でも約二百人死んでいる。ゴルフ場も閉鎖しなさい」と。
百田　原発が危険だから廃止すべきという論理に従えば、年間約四千人の死者を毎年のように出し続けている自動車も同様に廃止すべき、という意見が出てもおかしくありません。
村西　お風呂場でも約四千八百人が死んでいるんです。お風呂も入ってはならないとなる。いまでも大気汚染が原因の病気で約二万人が死んでいるといわれています。空気も吸えない。リスクは当然なのです。科学技術はリスクを克服して進化してきた歴史がある。なぜ原発だけがダメなのか。非科学的な議論で反原発を叫び、それをメディアも持ち上げる。

外交専門誌が、今年も世界の危機のトップに中東問題をあげています。混乱が拡大し、ホルムズ海峡が閉鎖となり、石油が入ってこなくなったら誰がどう責任をとるのか。備蓄が百八十日分あるといわれていますが、私は一日で日本は崩壊すると思っています。余命百八十日と言われて百八十日間、ずっと我慢していますか？ 余命のカウントダウンが始まった瞬間、己がために行動しますよ。群集心理が引き起こすパニックは、オイルショックで明らかです。

メディアはよく「万が一」と言います。原発を停止して、人工呼吸器や人工透析を受けている人たちに、それこそ万が一があったらどうしますか。病院をバッシングするのですか。「セーフティネットをきちんと整備しろ」などと言うのであれば、原発こそセーフティネットなんです。日本は、いざという時のために原発を決して手離しては駄目です。国が滅んでしまう。

百田 オイルショックの時、メディアも人々も企業を叩いたんですよね。「トイレットペーパーや洗剤はどこにあるんだ？ 企業が隠している！」と。その時、評論家の山本夏彦さんがこう言った。「トイレットペーパーも洗剤もある。それはみなさんの家にある」。

蓮舫がハイレグで

村西 最も罪深いのはメディア報道です。いまでいえば「原発怖い」の垂れ流し。除染の問題でも、安全基準は年間二十ミリシーベルト以下なのに一ミリシーベルトまで除染しようってどういうことですか。国連の機関でも、あらゆる保健機関の科学者も、福島は問題ないと言っている。非科学的な報道を延々とやった挙句、「風評被害が大変だ」と。こんなことが許されていいのでしょうか。

百田 年一ミリシーベルトという除染基準の数字を適用すれば、世界中で住めなくなる地域が出てきてしまう。自然の放射能で、それ以上の地域はいくらでもありますからね。年一ミリシーベルトというのは、それほど厳しい基準値なんです。

村西 何かあれば反政府、反権力の連中が大騒ぎする「ためにする議論」にメディアも乗っかって煽る。私がこの頃つくづく思うのは、このような大変な時代、国際環境も激変していますでしょ。そのような時に安倍さんが総理大臣で本当によかったな、ということなんですよ。

百田　ほんまにそうですね。

村西　これを神風というのではないでしょうか。

百田　二〇一七年二月のトランプ大統領との日米首脳会談でも、「トランプ大統領に擦り寄った」と批判しているメディアもありましたが、たしかに見方によったら安倍首相がトランプ大統領のご機嫌をとっているように見えるかもしれません。しかし、日本がまず重視すべきはアメリカとの軍事同盟です。強大な国力と軍事力を保持し、核も保有しているアメリカに日本は守ってもらっている面がある。悔しい現実ではありますが、アメリカと日本は軍事的には対等ではないのです。

　そのような現実を踏まえれば、ゴルフで二十七ホールという長いラウンドをともにしてほぼ丸一日、一緒にいて親善を深めることができたことは、「さすが日本の総理大臣は凄い」と誉めるのが普通ですよ。あれは安定政権で高い支持率を維持している安倍首相だからできたことだと思います。

　それを民進党の蓮舫は、「ゴルフに興じる首相、誇れない」などと批判している。一体、何が不満なのか意味がわかりません。それよりも民進党の議員たちは、二重国籍のことについてウソばかりついてきた蓮舫を党首として誇れるのか。

村西　実は、蓮舫さまがクラリオンガールとしてデビューした時に、その食い込んだハイレグの水着姿をビデオに撮っています。その後、彼女がテレビ朝日の深夜番組でMCをしている時、私はコメンテーターとして出演していたことがありまして、生放送の地上波放送で初めてセックスの体位「駅弁」を、タレントの間寛《はざまかん》平《ぺい》さんを抱きかかえる形で世間の皆様に御開帳したんです(笑)。

　そんな番組でしたが、蓮舫さまと共演して思ったのは、彼女は自己アピールは上手ですが、一言で言えば勉強不足ですよ。何も知らない。

百田　能力だけでなく、人としてもリーダーの器じゃありません。どう考えてもトランプやプーチン、習近平とやり合えるとは思えない。

懲役三百七十年

村西　本当に、安倍さんが総理大臣でよかった。心底そう思いますね。ただ一点、今回のトランプ大統領との首脳会談に関しては、私自身思うところがございます。と申しますのは、私の父方の叔父《おじ》三名と母方の叔父一名、計四名が先の大戦で戦死しているのです。

　終戦後、私が暮らす福島の片田舎

に進駐軍がやってきて、群がる子供たちにミカンを投げたことがありました。もっとも、ミカンといっても中身ではなく、ミカンの皮です。私たちがミカンの皮を口に含むと、ヤンキーどもは蔑《さげす》んだ笑いを浮かべていたものです。なので「アメリカ何するものぞ」という想いがあった。

一九八六年の暮れのことです。ハワイ上空で真珠湾に向かってセスナを二機、ゼロ戦が急襲したと同じ航跡で、それぞれ機内で激しいからみを撮り、終わったあとの処理したティッシュを空からばら撒《ま》いて、ついでにミカンの皮も眼下の真珠湾に向けて投げ捨てた。ざまあみやがれという思いでしたよ。

百田　すごい武勇伝ですね（笑）。

村西　ところがその後、ＦＢＩに旅券法違反等の容疑で逮捕されて裁判となり、懲役三百七十年を求刑された。二千八百万円の示談金と弁護士費用五千万円、それに滞在費を加えておよそ一億円を払い、なんとか帰国できましたが、当時は日本の資本がアメリカのロックフェラー・センターを買ったり、ホノルル地区を買い漁《あさ》った時期でもありましたから。

百田　見せしめのための逮捕という意味があったわけですね。

村西　アメリカに反日感情が渦巻いていたので、いい機会だったんです。

アメリカは自由だ、公平だ、民主主義の国だといいながら、とんでもない人種差別の国だと思いました。あの時、連邦大法廷で八カ月間、丁々発止でやり合った検事が、トランプ大統領そっくりなんです（笑）。首脳会談を見ていて、安倍さんが親し気にトランプ大統領と話をしているのを見て、こそばゆい感じがしました。

それともう一つ、安倍さんにお願いしたいのは、後継者を育てていただきたいということです。安倍さんはいま、世界中を回って命を削りながら外交を行っていらっしゃいますが、大臣でなくても後継者になれそうな人を何人か連れて歩いて経験を積ませていただきたいと思うのです。

百田　その点は私も痛感しています。しかし残念なことに、なかなか適した人がいませんね。

村西　後継者を育てていただくことで、日本という国の背骨がより逞《たくま》しくなっていきます。国民も安心すると思うのです。

日本に恩返しがしたい

百田　お話を伺っていると、村西さんこそ真の愛国者ですよね。

村西　私の生意気なところなのですが、私は生涯、この国に恩返しをしなければならないと心に誓っているんです。少しプライベートな話で恐縮なのですが、いまから約四年前に突然、余命一週間の宣告を受けたんです。

百田　一週間ですか！

村西　私も余命一カ月というのは聞いたことがあったのですが、一週間は初めてでした。大学教授連中が六、七人、診察室に入ってきて、皆さん一様に深刻な顔をして「余命一週間です」と。「そんなことってあるんですか？」「いや、あなた、今日死んでもおかしくないんですよ。最長で一週間、それ以内に一〇〇％死にます」と。

心臓に穴が開く、二十五万人に一人といわれる病気でそのまま緊急入院。その時、真っ先に頭に浮かんだのが治療費のことでした。大変な手術をするというので主治医に伺うと、「一千万円ぐらいかかる」と言う。それなら死んだほうがましだと思ったりもしたのですが、なんとか無事手術を終え、退院の際、支払いをすると、たった八万五千円！

百田　高額療養費制度ですね。

村西　私はあの時、誓ったんです。「生涯かけてこの国に恩返しをしなければならない」と。そのためには、私の拙《つたな》い経験のなかで感じたことをお伝えしていくなかで、少しでも皆様に情熱や勇気や頑張る意欲を与えることができればと思っているんです。

百田　高額療養費制度は、このまま続けてしまうと国の財政が持たないといわれている深刻な問題を孕《はら》んでいます。多くの税金が老人医療に消えていき、その分、未来の日本や若者に向けられるお金がなくなっていきます。でも、多くの高齢者が何千万円もの医療費を税金で賄《まかな》うことを、「当たり前のこと」「当然の権利」と思っている。そのようななかで、村西さんは「生涯かけて恩返しをしなければ」と思われた。感銘を受けました。ほんまに素晴らしいです！　是非これからも、何ものも恐れないで日本のために正論をどんどん発信し続けてください。

村西　先生、借金五十億円つくって前科七犯、米国連邦裁判所で懲役三百七十年の刑を求刑され、お尻の穴まで数百万人に御開帳した人間が恐れるといったら、それは恥知らずとなってしまいます（笑）。これ以上、何を恐れることがありましょうか。「人生、死んでしまいたいときには下を見ろ！　俺がいる」でございます。

むらにし　とおる
一九四八年、福島県生まれ。福島県立勿来工業高校卒業後、上京。バーテン、英会話セットのセールスマン、テレビゲームリース業を経て「裏本の帝王」となるが、その後、AV監督となって今日に至る。これまで三千本のAVを制作。「昭和最後のエロ事師」を自認し、「AVの帝王」と呼ばれている。村西とおるOFFICIAL WEB SITE（http://muranishitoru.com/）。

『今こそ、韓国に謝ろう』私はこう読んだ

『Hanada』二〇一七年九月号

韓国人にこそ読んでもらいたい

武藤正敏（元駐韓国大使）

この本には、韓国の人たちに是非知ってもらいたい重要な指摘が多数含まれている。感心するほど丹念に調べられており、私も知らなかったことが書かれてあって大変勉強になった。何よりも分かり易く書かれているため、これなら韓国について詳しくない人でも面白く読める。

第三章「『七奪《しちだつ》』の勘違い」は、私がこれまで考えてこなかった視点で「そうした考え方もあるのか」と気付かされることが多かった。

本書で百田先生が書かれているとおり、日本の「植民地政策」は欧米のそれとは全く異なるものだった。韓国の近代化に日本が重要な役割を果たしたことは紛《まぎ》れもない事実である。そして戦後も日本は、特に国交正常化後、韓国に様々な分野で協力を行ってきた。ところが韓国では、

発売たちまち16万部突破！　韓国問題の決定版！
小社刊　1400円（税込）

そのことをほとんどの人が知らない。こうした事実を戦後一貫して覆《おお》い隠してきたのが韓国だ。

私は駐韓国大使の任を離れ、日本へ帰国する前に韓国の国務総理や外務大臣、閣僚らと会い、こう言った。

「日本が韓国の近代化に果たした事実を率直に認め、韓国の人たちにきちんと知らせてもらいたい。日本は歴史を反省していないといった意識がなくなり、それが日韓協力のベースになるからだ。決して韓国に感謝してもらいたいという趣旨ではない」

本書には、日韓関係の基礎を形作るうえで極めて重要なポイントが書かれている。だからこそ、日本人だけでなく韓国の人たちにこそ読んでもらいたい。

問題はどう読んでもらうか。どう伝えるかである。拙著『韓国人に生まれなくてよかった』（悟空出版）は韓国の三社の出版社から翻訳出版依頼がきたが、私は全て断った。文在《ムンジェ》寅《イン》大統領を八〇％の韓国国民が支持している現在の状況下では何を言っても理解されず、単に猛烈なバッシングを浴びるだけだからだ。

重要なことは、拙著や百田先生がこの本で書かれた問題意識を韓国にどう伝えるかということであり、それが一番難しい問題でもある。「謝る」といった皮肉が韓国の人たちにどこまで通じるかは定かではないが、もし本書の内容が韓国の人たちに伝われば、日韓関係は進展するだろう。

ぜひ、韓国語訳の電子版を

ケント・ギルバート（米カリフォルニア州弁護士）

これほど包括的、かつ分かり易い韓国本はいままでなかったのではないでしょうか。私も、韓国の歴史について断片的だった知識がこの本で頭が整理され、非常に勉強になりました。内容はすべてファクトに基づいているので、韓国問題について議論する時、この本は強力な〝武器〟になります。

しかも分かり易いだけでなく、皮肉をきかせ、ユーモラスに書き上げているから、読んでいてまったく飽きません。さすが百田さんはベストセラー作家だけあって、読ませる演出、工夫を心得ています。

この本を読んでほしい人はたくさんいますが、何よりも韓国の一般人に読んでいただきたい。韓国語訳版を出版してはどうでしょうか。

今年の五月、私が取材で韓国に行った時のことです。私はハングルをつくった世宗《セジョン》大王の銅像を見ながら、韓国人通訳にこう言いました。

「ハングルをつくったのは世宗だけど、韓国で広めたのは日本人ですよね」

「え!?　そんなこと初めて聞きましたよ。学校では、日本人は漢字を押し付けたと教わりました」

　日本にも留学経験のある通訳でしたが、そういう人ですら日韓関係の正しい歴史を知らないのです。その後、安重根《アンジュングン》記念館などにも行きましたが、そこで大勢の学生たちが展示を見て「誤った歴史」を学んでいる光景を目のあたりにし、暗澹《あんたん》たる気持ちになりました。

　ただ、たとえ韓国国内でこの本を出版できても、すぐ発禁になるか、「買ったら親日のレッテルを貼られる」といってまったく売れないか、のどちらかでしょう。

　そこで電子書籍です。電子書籍なら世界のどこにいても買って読めますし、買ったことがバレにくいので、「自分たちは日本でどのように言われているんだろう」と興味本位で読む人が少なからずいるのではないでしょうか。それが、やがては韓国の国内に正しい歴史認識を広める一助になると思います。

この本はホラーです

杉田水脈（前衆議院議員）

　いつもながら、百田先生の溢れるユーモアには脱帽です。カエルを主人公とした寓話《ぐうわ》で「日本に迫りくる危機」を描き切った『カエルの楽園』（新潮社）も素晴らしかったですが、今回も「やられた！」と思いました。放送作家として、「探偵！ナイトスクープ」などの人気番組を切り盛りしてこられたセンスなのでしょう（関西人としての私の意見です）。

　多くの日本人が「韓流ブーム」に踊らされ、韓国に好意を持っていたのも今は昔。捏造《ねつぞう》を根拠に増え続ける慰安婦像、その慰安婦や軍艦島のありもしない強制労働を映画にして世界にばらまく。日韓合意はゴールポストをどんどん動かされ、その先に見えるのは「お金」。誰もが怒り心頭で、「韓国にはもっと毅然とした態度で交渉に臨んでよ！」とイライラしているときに、「いやいや、今こそ、韓国に謝ろう」とはこれ如何《いか》に？

　実はこの本の構成、章ごとにこれの繰り返しなのです。日韓併合のこと、現在の反日教育のこと、ウリジナルのこと、慰安婦問題のこと……。事実を淡々と示していき、「なんじゃこりゃ！」と読者の呆れとも怒りともつかない感情が爆発しそうになったところで、「いやいや悪いのは日本なのです」と畳みかけられる。あまりのブラックユーモアに、もう笑うしかありません。

特に印象に残ったのは「伝統文化」の章。まさにホラーです。ページをめくる時の感覚は「怖いもの見たさ」でした。

読めば読むほど、改めて韓国とはとんでもない国だと感じます。国家として成り立っているのが何かの間違いではないかと。隣同士の国が仲が悪いのは当たり前。世界地図を広げてみればよく分かります。が、こんな国がお隣さんだった日本は不幸と言わざるを得ません。

朝日新聞にもこの本の広告が出たそうです。百田先生の一流のユーモアが分からずに手に取った読者が多いことを期待します。そして願わくば、日本が押し付けたハングルに翻訳されて、半島で売り出されますように。

聞く耳を持たぬ者たちへの愛情

夏野　剛
（慶應ＳＦＣ特別招聘教授）

百田さんの著作にはいつも驚かされる。『永遠の０』（講談社）は、百田さんを偏った人だと決めつける人たちの度肝《どぎも》を抜いた。戦争の愚かさ、悲しさ、そこに違和感を覚える個人のやるせなさをあくまでも淡々と描き出し、何の政治臭もなく、ただただ人間ドラマとしての特攻隊のリアルを描いた。

そして本作である。すべてを逆説的に処理し、自虐的に日本とその歴史を見ようとする者の深層心理をえぐり出している。もちろん、こういう手法は決して珍しいものではない。いわゆる「誉め殺し」というのがそれであるが、褒め殺しは荒唐《こうとう》無稽《むけい》になりがちなのに、本作前半では滑《こっ》稽《けい》どころか、ある種のもの哀しさを覚えるくらいに、韓国に謝るべき理由を徹底的にそれを主張する人たちの立場で述べていく。

著者が土下座までして訴えたかったことは何か。それは、聞く耳を持たぬ者たちへの愛情かもしれない。

人間は自分の信じないもの、信じたくないものに触れたくない。触れなければ自分の間違いに気づくこともなく、楽しく生きていけるからだ。しかし一方で、真実を追い求める気持ちも持っている。真実は何か、本当のところはどうなのか、ということに対する好奇心が人類の文明を発展させてきた原動力である。

多くの人がこの好奇心と、不都合な真実を知りたくない気持ちの板挟みになっている。特に年齢を重ねると頑迷になるというのは、このバランスが崩れてしまうからだ。

バランスを崩してしまいそうな人に読んでもらうために、百田さんは「謝る」という言葉を選んだ。そう、謝ることこそが相互理解の始まりなのだ。怒っている人にはまず謝る。謝ったうえで、徹底的に相手の立場でものを考えてみる。そしてどんなに考えても、どんなに相手の立場に寄り添っても合理性がないことをたくさん発見する。そこには容赦なく突っ込ませていただく。

もう謝ってるんだから、おかしいところはおかしいと認めようね。頭を下げる百田さんからそんな愛情を感じてしまう。

本作は愛情に溢れた逆説的真実を描く名著である。

「この手があったか」と声を上げた

一色正春（元海上保安官）

「この手があったか」と題名を見た瞬間、思わず声を上げてしまいました。

私は仕事のうえで韓国に深くかかわるようになってから、比較的多くの韓国人と様々な形で付き合うようになり、その都度、日韓の歴史問題で意見が合わず苦労してきました。

いまの政権になってからは、そうでもありませんが、それ以前の日本は事あるごとに総理大臣を筆頭に韓国に対して不要な謝罪を何度となく繰り返してきたため、彼らの多くが「日本が韓国に謝罪するのは当たり前」と考えるようになっていたところに私が謝らないのですから、無理もありません。

謝らないといっても、私には徒《いたずら》に対立を煽る気持ちは毛頭なく、彼ら自身も長年洗脳教育を受けさせられた被害者であると思い、相手の立場に立った物言いを心掛けながら客観的な事実を一つひとつ懇切丁寧に説明し、日本の立場を理解してもらうように努めてきました。

が、いくら物分かりの良い人でも、この問題に関しては「頭では理解できるが、心が納得しない」というようなことを言ってなかなか納得してくれず、その場で納得したかのように見

言葉だけでなく、しっかりと態度でも示す著者

えた人でも、時や場所が変わると話が振り出しに戻ることも何度かあり、いわば日韓の歴史問題は日韓友好を願う私に課せられた大きな課題でした。

ところが「案ずるより産むがやすし」、その課題解決への大きなヒントが本書にありました。

私も、韓国のことを深く知るまでは、日本の公教育を受けただけの平均的な日本人でしたから、何となく「昔は日本が韓国に悪いことをした」というような意識で、釈然としないまま謝罪することもありました。

しかし日韓の歴史や韓国人の気質を深く知るにつれて、「謝る必要はない」「安易に謝れば、さらに問題がこじれる」と思うようになり、謝罪ありきの姿勢を改めていたのですが、それが良くなかったと本書を読んで深く反省しました。

韓国が謝ってほしいのであれば謝りましょう。過去に日本が朝鮮半島で行った事実を列挙し、その一つひとつに対して一〇〇%韓国の立場に立って謝り倒せば、彼らもその事実を聞かざるを得ません。肝心なことは、洗脳教育により事実を教わっていない韓国人に歴史の真相を教えることです。

日韓問題根本解決への「特効薬」

松木國俊
（朝鮮近現代史研究所所長）

反日感情が自家中毒してしまった韓国人相手に、過去の歴史について史実に基づく冷静な議論を求めるのはもはや困難である。少しでも日本の功績を指摘すれば、「日本のためにやっただけだろう。全く反省していない！」と感情を爆発させるだけで話にならない。この本は、そのような絶望的状態に見事に風穴を開けてく

れた。韓国人が最も大切にする「面《メン》子《ツ》」を最大限尊重してこちらから頭を下げ、ひたすら「謝罪」することで彼らの自尊心を傷付けることなく真実を明らかにできる画期的アプローチである。

ここではまず、韓国人の日本への「怒り」を、正当な民族感情の発露であろうと全面的に受け入れることから始まる。そして「怒る以上、日本は意に沿わないことをしたに違いない」と論理を進め、「では一体、日本は何をやったのか」を検証する。

学校を作り、奴隷制度を廃止し、禿山《はげやま》を緑にかえ、全土に鉄道を敷設《ふせつ》した……「そうか、それらは彼らが望んだことではなかったのだ」と気付き、「謝罪」すべしという結論に達する。理路整然としており、反論の余地がない。

二十世紀初頭、日本はまだ貧しく、「慈善事業」で隣国を援助する余裕などあろうはずがなかった。しかし放っておけば、いずれ大韓帝国はロシアの植民地となる。ロシアが朝鮮半島を押さえれば、太平洋進出のために次に日本を狙ってくるのは火を見るより明らかである。ならば、その近代化にどれだけ費用がかかろうとも、朝鮮半島を日本の一部にする以外に日本を守る術《すべ》はなかった。「日本のためにやった」といわれればそのとおりなのだ。

しかし朝鮮の人々にとって、日本と一緒になる以外に植民地化を防ぐ道はなかったのも事実である。「日韓併合」は当時の弱肉強食の世界のなかで生き残るために、日韓両民族が選んだぎりぎりマイナスの選択だったのだ。そのような両民族の記憶を抵抗なく取り戻すことができるこの本は、日韓問題を根本から解決させるための「特効薬」となるに違いない。

見事な「コロンブスの卵」

西村幸祐
（批評家・ジャーナリスト）

意表を衝くタイトルに、度胆《どぎも》を抜かれた人も多かったはずだ。ただ、勘のいい人で韓国に詳しければ、すぐ察しがついただろう。本書の醍醐《だいご》味《み》は〈コロンブスの卵〉である。それも見事な〈コロンブスの卵〉だ。

韓国研究の専門家の人々は、「やられた！」と舌を巻いて降参するしかない。専門家たちが知っていた日韓関係の歴史の真実が、真実のままあからさまに提示される。しかし、知っていてもそれを伝えなかった専門家たちに文句を言う資格はない。百田尚樹という作家が、門外漢《もんがいかん》としてむしろ専門家より明確にファクトを伝えることに成功したのである。

専門家であることで、かえって〈業界〉事情を忖度《そんたく》したり、韓国との関係、たとえば韓国の学界や政・官界、産業界などとの関係を慮《おもんぱか》って〈ファクト〉を〈ファクト〉として書けない人が専門家のほとんどだろう。

幸い、私のよく知る韓国問題の専門家は、拉致《らち》問題に長年携《たずさ》わっている方や、歴史認識や安全保障分野の方で、そういう〈業界〉を敵に回して勇気ある立場を貫いている方々である。あるいは、韓国研究の第一人者である古田博司氏のように、すでに学者としてやり尽くし、もはやほとんど韓国に言及しない方もいる。

本書は、そういう本物の専門家でなく、あまたいる凡百《ぼんぴゃく》の専門家への、実は厳しい告発の書になり得ている。また、いつも韓国の立場で日韓関係を断罪する朝日、毎日というメディアをギャフンと言わせる。ある時期に客観的な視点を持つ若手の韓国研究家として大いに期待された人物が、いつかしら〈韓流〉の宣伝屋になったと思ったら実は北朝鮮と繋がっていたというような〈業界〉話は聞くに堪《た》えない。

日本のアカデミズムでまともな韓国研究が絶えるのは決していいことでないが、そもそも歴史の分野でまともなアカデミズムがとっくの昔に死滅しているではないか。

本書を団塊の世代以上の年齢の人が多く読んだら、日本は立ち直る。同時に、文科省は加計《かけ》騒動の責任を取って全教師と中高生の必読書に指定すべきである。

百田尚樹

@hyakutanaoki

全7年の厳選ツイート集

2010年

百田尚樹
@hyakutanaoki
3:34 - 2010年5月20日

友人に勧められて、アホみたいにtwitterを始めた＾＾；

百田尚樹
@hyakutanaoki
21:24 - 2010年5月21日

レンタルビデオ屋に行って、一時間もかかって選んだエロビデオをカウンターに持って行ったら、店員がパソコンを打ちながら、「お客さん、これ以前にも借りています」。危ないところだった。

百田尚樹
@hyakutanaoki
3:53 - 2010年5月30日

30代の時に頭が薄くなり、あわてて薬局に行き、「一番効く養毛剤をくれ」と言ったら、店主が「これが一番効きます！」と自信たっぷりに「〇〇ヤンＳ」を出してきたが、店主の頭は見事にハゲていた。それでも「〇〇ヤンＳ」を買った僕はワラにもすがりたい気持ちだったのだろうなあ…

百田尚樹
@hyakutanaoki
4:58 - 2010年6月5日

今日の朝日新聞の関西版の夕刊に、私のインタビュー記事が載った。記事の最後に「お金なんか欲しくない。いい作品を書きたいだけ」というかっこいいセリフを吐いているが、それは大ウソである。一日のうちの半分以上は金のことを考えている。残りはエロ関係。余った部分で小説のことを考えている。

百田尚樹
@hyakutanaoki
19:53 - 2010年6月7日

昨夜、エロサイトを開いたままソファーで寝入ってしまい、朝、起きてきた娘にＰＣ画面を見られてしまった。家を出るまで口をきいてもらえなかった。

百田尚樹
@hyakutanaoki
20:39 - 2010年6月9日

昨日、風呂屋（銭湯）に行った。風呂屋は広いし、気持ちいいから、月に何度か行く。お客がほとんどいなかったから、湯船で犬かきしていたら、見知らぬおじいさんに「風呂で泳いだらあかん！」と怒られてしまった。

百田尚樹
@hyakutanaoki
1:36 - 2010年6月17日

今日、店で買い物して領収書をもらう段になって、いつものように「宛名は、百田でお願いします」と言った。「どんな字ですか？」と聞かれたので、「数字の百に、田圃の田です」と答えた。もらった領収書を見ると、「100田様」と書かれてあった。私が悪いのだろう。

百田尚樹
@hyakutanaoki
19:40 - 2010年7月10日

それにしても朝日新聞に「永遠の０」の書評が載るとは驚き。本の中にかなり露骨に某新聞批判が書いてあるのになあ…。きっと編集デスクは「永遠の０」を読んでないんやろうな＾＾；あとでデスクは取締役に怒られるんやないやろか。心配やなあ…。

百田尚樹
@hyakutanaoki
19:15 - 2010年8月4日

最近、物忘れが激しい。もしかしたらボケが始まりつつあるのかもしれんと心配してたら、嫁に「あんたは昔からそうや」と言われた。で、余計心配になってきた。というのも僕の父は晩年ボケ老人になったが、父は昔からとぼけたオッサンだったので、家族はボケが進行していたのに気付かなかったのだ。

百田尚樹
@hyakutanaoki
19:22 - 2010年11月18日

テレビ番組を作っていて、時々悩むことがある。自分はこうやりたい、しかしそれでは視聴者は面白いと思ってくれないかもしれない、という時だ。もちろんどちらが面白いのか、正解はわからない。ただ、最終的には、自分がやりたいと思うものよりも、視聴者の方を向いて作る。

◉全7年の厳選ツイート集

百田尚樹
@hyakutanaoki
4:38 - 2011年3月17日

自衛隊の人たちの奮闘を見ていると、涙が止まらない。ああ、なんという男たち！

百田尚樹
@hyakutanaoki
4:38 - 2011年3月17日

世の中には素晴らしい人が沢山おられる。けど、なぜか政治家の皆さんには素晴らしいと思える人が少ないように思う。これはもしかしたら根本的なシステムの問題かもしれない。思い返せば、中学高校時代、生徒会長に立候補する奴はたいてい自己顕示欲の強い偽善者ばかりやった。

百田尚樹
@hyakutanaoki
4:45 - 2011年8月3日

フジテレビの露骨で作為的な韓流ブームに対して不満を持つ人々の怒りが花王に向かった形になっているが、その心情の深い根っこには、外国人に参政権を与えたい現政権、在日韓国人から献金を受けていた大臣、反日団体へ献金していた首相などへの不満があるのではないだろうか。

百田尚樹
@hyakutanaoki
9:00 - 2011年8月28日

10年前、葬式の帰り、車を運転中、猛烈に便意を催し、スーパーの和式トイレに駆け込んだ。その時点で既に限界を超えていたが超人的な精神力で肛門を締めていた。ズボンのベルトを外した瞬間、肛門が緩みかけたが「間に合う」と判断。ズボンを降ろそうとした時、ハプニングが！（続）

百田尚樹
@hyakutanaoki
9:11 - 2011年8月28日

（承前）何とズボンが降りない！いつものズボンではなく、礼服用のもので、ボタン付きだった。緩みかけた肛門を死ぬほどの気力で締めつつ、ボタンを外しズボンを降ろした――が、ズボンが降りず。何とボタンがもう一つついていたのだ。「もうダメだ」と思った瞬間すべてが終わった。（続）

百田尚樹
@hyakutanaoki
9:19 - 2011年8月28日

（承前）すべてが終わってからも、しばらく茫然としていたが、これでは帰れないので、さあ、そこから大変。狭いトイレの中で、ズボンもパンツも脱ぎ、便器の中で洗濯。…ああ、もう書いてて、情けなくなったので、このへんでやめる。まあ、こういう話を息子にいくつも語ったわけでした＾＾；

百田尚樹
@hyakutanaoki
19:32 - 2010年11月18日

テレビ局と同様出版社にも、そこに勤めて家族を養っている人が大勢いる。本を出すのは趣味やボランティアではない。儲けなんか考えていない、売れなくてもいい、という作家は自費出版すればいい。あるいはブログに小説を発表すればいい。こんなこと書くから「百田は正気じゃない」と書かれるんだろうな。

百田尚樹
@hyakutanaoki
9:02 - 2010年12月14日

世の中の小説家って、みな、書きたいものがあるんやろうな…。けど、ぼくの場合、書きたいもんなんか、なーんにもない。そやから、連載の仕事がなかったら、なんも書かへん。小説家失格やな。

2011年

百田尚樹
@hyakutanaoki
21:45 - 2011年1月20日

昔ぎっくり腰になったことがある。一番ひどい時はしばらく腰を曲げていると、腰を伸ばす時に激痛が走った。一度、ホーム炬燵に入っている時、うんこがしたくなったが、立ち上がれず、四つん這いでトイレまで行った。しかし、便器に座ることができず、ついに便器をかかえたまま、無念の脱糞･･･

百田尚樹
@hyakutanaoki
8:49 - 2011年3月5日

法律を変えて、派遣労働者を増やした結果が、とんでもない結果を引き起こした。企業は安い派遣社員を使って一時的に利益を上げたが、日本全体が不景気に沈み、結局、多くの企業も沈んだ。しかし今更これほど増えてしまった派遣社員を使うな、という法律を作ったりしたら、日本は滅びる。

百田尚樹
@hyakutanaoki
8:51 - 2011年3月5日

つまり今やどうすることもできない状態。小泉の息子には恨みもないが、日本人の多くを安い賃金の派遣労働者にしておいて、自分の息子はちゃっかり政治家にした小泉には本当に腹が立つ。

百田尚樹
@hyakutanaoki
8:54 - 2011年3月5日

かといって民主党は自民党以下のクズばかり！マジで、俺、政治家になろうかな。

百田尚樹
@hyakutanaoki
10:45 - 2012年4月12日

56年生きてきて思うことは、立派な仕事を為す男は普通の男よりも早く大人になる。いい年して考え方に幼稚さを残した男で、仕事の出来る奴はまずいない。ただ、厄介なのは「芸術家」と呼ばれる輩。しばしば幼稚な天才が存在する。しかし芸術家は豊かな社会だからこそ生まれた付録みたいなもの。

百田尚樹
@hyakutanaoki
6:57 - 2012年4月27日

いまだに、駆け出しというか、素人作家の自覚が抜けへん。デビューして6年も経つから新人でもないんやろうが、意識の中では全然新人。マジな話、今も小説の書き方がようわからん。

百田尚樹
@hyakutanaoki
0:34 - 2012年5月2日

家族を大切にしない人間が、国家や会社や友人や恋人を大切にできるわけがない。

百田尚樹
@hyakutanaoki
20:32 - 2012年5月16日

この年になって、すごい名言やなあとしみじみ思う言葉は、「鉄は熱いうちに打て」「少年、老いやすく、学、成りがたし」。この二つの言葉を見ると、我が身を振り返って、泣きたくなる。この言葉の本当の意味を理解できるのは、ぼくみたいな駄目な大人やと思う。

百田尚樹
@hyakutanaoki
18:42 - 2012年6月10日

考えてみれば放送作家をやっている時も(今もやってるが)、同業者の友人はほとんどいなかった。基本的に放送作家とか小説家という人種があまり好きでないということもある。「俺は人と違う」「すごい仕事をやってる」みたいな意識を持ってる奴が大嫌い。放送作家も小説家も、なくてもええ職業や。

百田尚樹
@hyakutanaoki
19:53 - 2012年6月29日

仕事は基本的に面白くないもの。面白かったら趣味やろう。しかし面白くない作業の中に面白さを見つけていくのが仕事やと思う。最初から、面白さを求めて選ぶものやないと思う。

百田尚樹
@hyakutanaoki
6:41 - 2012年7月6日

小説家には定年がない。で、ぼくは考えた。チンチンが元気なうちは書こうと。だから、ぼくが小説を書かなくなったら、チンチンがダメになったなと思ってください。

百田尚樹
@hyakutanaoki
22:28 - 2011年9月2日

書店に行くと、いつも不思議なのは、なんでビジネス本があんなに売れるのか、ということ。僕の経験上、ビジネス本(自己啓発本、ハウツー本を含む)を何冊も読んでる男は、まず仕事が出来ない!デキル男は経験で学ぶか、一冊を暗記するほど読みこむ。

百田尚樹
@hyakutanaoki
11:55 - 2011年9月4日

映画「七人の侍」の公開当時、左翼の人々からは「この映画は日本の再軍備の思想がある」「警察予備隊(自衛隊の前身)を賛美してる」という批判があったらしい。あの娯楽映画がそう見えるのだから、彼らが「国旗に起立したら再軍備が始まる」と思っても不思議ではないかも。

百田尚樹
@hyakutanaoki
6:03 - 2011年10月19日

エロビデオ見るのと風俗行くのとお姉ちゃんと遊ぶのをやめたら、年に4冊は書けるはず!

百田尚樹
@hyakutanaoki
22:29 - 2011年10月19日

ぼくは年間300冊くらい小説を買う。そのうち100冊くらいは最初の50ページまでで読むのをやめる。50冊くらいは100ページまでにやめる。50冊くらいが200ページまでにやめる。最後まで読むのは50冊くらい。それで「面白い!」と思えるのは数冊。

百田尚樹
@hyakutanaoki
14:37 - 2011年10月31日

民主党みたいなクズ政党に誰が投票したんや。子ども手当が欲しかったのか!高速道路をタダで走りたかったのか!…これから選挙のたびに、政党は公約で「お金あげるよ」って言うのかな?

2012年

百田尚樹
@hyakutanaoki
7:01 - 2012年2月9日

もし昔に「本屋大賞」があったら、大賞を取っているかもしれない作品。『火車』『蒼穹の昴』『邪馬台国はどこですか?』

百田尚樹
@hyakutanaoki
10:39 - 2012年3月17日

ゲーテの『ファウスト』は大好きな本。何度も読み直した。メフィストフェレスの台詞は、どれも名言ばかり。特に好きな台詞は「私には美女は常に複数形でしか考えられない」。深いなあ。

◉全7年の厳選ツイート集

百田尚樹
@hyakutanaoki
5:27 - 2012年8月24日

僕の親父は、朝、「いただきまーす」と言いながら家を出ていくような、いつもボケばかりかましているオッサンやった。で、晩年、本当にボケたが、家族の誰も気付かなかった。ある時、さすがにおかしいのではないかと、病院に連れていくと、もう取り返しがつかないほどボケが進んでいた。

百田尚樹
@hyakutanaoki
19:48 - 2012年9月16日

心ある日本人なら、今日何喰った、何読んだ、とツイートする前に、一言でいいから、中国許さない、と書いてほしい。多くの日本人がTwitterで怒りの声をあげれば、中国政府も日本政府も事態を重く見る。

百田尚樹
@hyakutanaoki
23:16 - 2012年9月25日

安倍晋三氏が自民党の総裁に復帰した。暗い事件ばかり続くなか、久しぶりの素晴らしいニュース。安倍さん、おめでとうございます！政権を取り返して、日本を立て直してください。

百田尚樹
@hyakutanaoki
16:56 - 2012年11月14日

ついに解散か…。日本にとって、本当に空虚な3年間だった。どれほどの国益が失われたかわからない3年間だった。次の選挙で民主党が滅ぶのは見えているが、クズの左翼系マスコミはどの政党を推せばいいのかがわからなくて右往左往しているだろう。彼らには国家観もビジョンもない。

百田尚樹
@hyakutanaoki
9:04 - 2012年11月20日

大事なことは多くの人が「一所懸命に働こう。そうすればきっといいことがある」という気持ちを持つことだと思う。しかしこんなことを言うと腐れ文化人や似非インテリが「社会がそういうシステムにはなってないことが問題なんだ」と、したり顔で言う。彼らは国民がやる気を失うことを一所懸命に言う。

百田尚樹
@hyakutanaoki
15:39 - 2012年11月28日

マルチ商法や原野商法に騙された人の名簿は裏社会で高く売られている。そういう被害者は、二度三度と騙される率が高いからだ。三年前、民主党に騙された人は、今回、「日本未来の党」にも騙されるだろう。

百田尚樹
@hyakutanaoki
3:50 - 2012年7月8日

私の父や母の時代は、家族を養うために働きました。しかし、今は自分の生きがいと夢と充実感のために仕事をする人たちが増えました。そういう人たちにとって、仕事の足を引っ張る家族の存在は無駄なものに思えるかもしれません。私は古い人間なので、家族のためなら、いつでも仕事を辞めます＾＾；

百田尚樹
@hyakutanaoki
20:00 - 2012年8月8日

小説を書く時にもう一つ強く意識していることは「読んだ人が、生きる勇気と喜びを感じる小説を書きたい！」ということだ。「勇気」と「闘志」と「希望」は僕の小説の核だと思っている。気合い入れてツイートして屁をこいたら、ちょっとウンコが漏れた。年取ってどうも肛門の力がゆるんできている。

百田尚樹
@hyakutanaoki
1:00 - 2012年8月13日

20年前、子供が幼かった頃、僕の一番の楽しみは子供の喜ぶ顔を見ることだった。一番辛いのは子供が悲しむ顔を見る時。で、ある日、気がついた。自分の楽しみで「子育て」していると、我慢できる子供に育てることができない、と。親が子供を甘やかすのは、実は親自身を甘やかしていることだった、と。

百田尚樹
@hyakutanaoki
8:03 - 2012年8月13日

子供が小さい時、仕事帰りに玩具屋によく寄った。玩具を見ると子供が喜ぶ顔が目に浮かんだ。しかしある日、一番喜んでいるのは自分じゃないかと気付いた。同時に親父の顔が浮かんだ。貧しかった親父は僕のために玩具が買えないで辛かったに違いない。そのせいか僕はモノを欲しがらない大人になった。

百田尚樹
@hyakutanaoki
9:17 - 2012年8月13日

親父は本が好きだった。だから僕を本好きの子供にしたかったが、そうはならなかった。中学、高校、大学とまったく本は読まなかった。50歳で初めての小説『永遠の0』を書いた時、親父は既に病床で意識がなかった。そして本が出版される前に死んだ。作家になった息子を見せられなかったのが心残りだ。

百田尚樹
@hyakutanaoki
22:58 - 2012年8月22日

僕は日本で生まれた。そしてこの国に育ててもらった。両親は日本人だし、妻も友人の多くも日本人だ。だから日本を愛している。50数年、自由気ままに生活させてもらった。残る人生、たとえわずかでも世のため人のために尽くしたい。

百田尚樹
@hyakutanaoki
18:20 - 2013年4月11日

村上春樹さんと池田大作さんと大川隆法さんの新刊には、誰も勝てへん。ところで、三人のなかでは、誰が一番、信者が多いんやろ。

百田尚樹
@hyakutanaoki
3:57 - 2013年4月18日

さきほどNHKから、控え室に忘れ物されたのではないですかという連絡があった。控え室のソファーでちょっと寝ようと思い、カバンから、洗濯してないパンツとシャツと靴下を入れた袋を取り出して枕代わりにしたのを、そのまま忘れてきてしまった！カッコ悪い(涙)

百田尚樹
@hyakutanaoki
18:10 - 2013年4月28日

僕がもっとも尊敬する芸術家はベートーヴェン！ その生き方も凄いが、作品の素晴らしさには圧倒される。かなうなら、200年前のヴィーンの貴族令嬢に生まれて、ベートーヴェンに出会い、彼に尽くしたい！と思うほど。

百田尚樹
@hyakutanaoki
14:13 - 2013年6月11日

主人公を「大人のオモチャ」にしようかな。毎晩、夜の営みに使われ、自分はご主人様夫婦に愛されているという誇りと喜びで生きている。しかし、ある時、高性能のバイブがやってきて、主人公は使われなくなる。大人のトイストーリー。

百田尚樹
@hyakutanaoki
7:45 - 2013年7月5日

テレビで「耳をすませば」をやっていた。ヒロインの女の子は小説家になりたいという夢を持っていた。それを見ながら、つい彼女の夢が叶ったらいいなと思ってしまった。いつか素晴らしい物語を紡いでほしいと思った。

百田尚樹
@hyakutanaoki
12:24 - 2013年8月13日

僕の初恋は小学校６年生の時やった。後にも先にも、あれほど人を好きになったことはなかったなあ。

百田尚樹
@hyakutanaoki
5:05 - 2013年8月25日

現役作家の中で、読むたびに「上手いなあ！」と唸らされるのは浅田次郎先生。料理人にたとえると、冷蔵庫に残っているあり合わせの食材でも美味しい料理をこしらえてしまう腕を持っている調理人。浅田先生が、最高の食材を調理した時には、もうこの世のものとは思えないくらいの絶品の料理になる！

百田尚樹
@hyakutanaoki
20:51 - 2012年12月29日

世界に認められている二人の日本人現役作家。ノーベル賞作家の大江健三郎氏、ノーベル賞有力候補の村上春樹氏。二人に共通する政治的スタンスは、「自虐史観」と「贖罪史観」である。

2013年

百田尚樹
@hyakutanaoki
3:27 - 2013年1月14日

現代の日本の企業が活力を失ってしまったのは、近年、コミュニケーション能力とプレゼン能力の高い学生を求めてきたからではないだろうか。無口で黙々と働く人こそ、優れた人材ではないだろうか。ただ、無口な人間は、採用してみればバカだった、ということもあるので、ややこしい。

百田尚樹
@hyakutanaoki
19:36 - 2013年1月15日

成功に必要なのは、ノウハウやマニュアルじゃなくて、信念と覚悟だと思う。いや、たとえ成功が目的じゃなくても、信念と覚悟こそが、人生で一番大事なものだと思う。56年生きてきて、本当にそう思う。

百田尚樹
@hyakutanaoki
22:04 - 2013年1月31日

私は超劣等生だったから、逆に偏った思想教育の影響を受けなかった。政治的、歴史的、思想的なことは、成人してから様々な本を読むことで学んだ。しかし自分の子供が中学校で自虐史観の誤った知識を教えられていると知って愕然とした。それで子供が中学時代、毎晩夕食は近代歴史教育の時間に費やした。

百田尚樹
@hyakutanaoki
19:23 - 2013年2月9日

僕が一番好きなことわざ。「あわてるコジキはもらいが少ない」。コジキが金持ちの旦那を見つけて、大急ぎで走っていく様子を想像すると、めちゃくちゃおかしい。そして、僕も「あわてるコジキ」にはならないでおこうと肝に銘じる。

百田尚樹
@hyakutanaoki
22:35 - 2013年2月9日

昔、ある放送局にむちゃくちゃ嫌いなプロデューサーがいた。彼はホテルでも店でも、気に入らないことがあるとすぐにクレームをつけた。その時の口癖が、「君では話にならん。上の者を呼びなさい」だった。20代の僕はそれを見ていて、この言葉だけは生涯使わないと決めた。

◉全7年の厳選ツイート集

2014年

百田尚樹
@hyakutanaoki
6:13 - 2014年1月31日

過去、ツイッターで私が見た最高に面白かったツイートは、銭湯の番台で、男の子が番台に座るおばちゃんに聞いた質問と答えだ。
「男の子はいつまで女湯に入っていいのか？」
「女湯に入りたいと思った時点で、女湯には入れない」

百田尚樹
@hyakutanaoki
0:37 - 2014年2月19日

「時が熱狂と偏見を和らげ、また理性が虚偽からその仮面をはぎ取ったあかつきには、その時こそ、正義の女神はその天秤の平衡を保ちながら、過去の賞罰の多くに、そのところを変えることを要求するであろう」……これは東京裁判を終えたインドのパル判事の言葉だが、真にすぐれた名言であると思う。

百田尚樹
@hyakutanaoki
20:41 - 2014年4月23日

世の評論家、それに評論家気取りの人たちに言いたいことがある。無から有を生み出すのは、めちゃくちゃしんどい。出来上がったもの(作品)に、いろいろ意見するのは、10000倍簡単！それがどんなに鋭い意見であっても、100倍以上楽な仕事。まあ、評論家は否定するやろうけど。

百田尚樹
@hyakutanaoki
11:23 - 2014年5月8日

そういえば、以前、インフルエンザで食欲がなくて三日間何も食べられなかったとき、「せめて綺麗なお姉ちゃんを食べたい！」とツイートしたら、朝日新聞の編集委員に、「こんなこと呟くような人間がNHK経営委員をしていていいのか！」と批判されたことがあった。朝日新聞は厳しい。

百田尚樹
@hyakutanaoki
10:28 - 2014年5月10日

ものすごくくさいことを言う。
未来を見ることはできないと思っている君。それは間違い。未来は今君が走っている先にある。走っていない者には、永久に未来は見えない。

百田尚樹
@hyakutanaoki
3:04 - 2013年8月28日

僕の大好きな作家カート・ヴォネガットJr.の傑作『スローターハウス5』の中で、ドイツの捕虜収容所でアメリカ人同士がケンカする場面がある。一人が捨て台詞で、「このセンズリかきめ！」と言うと、言われた方は、「あたりまえのこと言うな！」と言い返す。捕虜収容所でも、男はへんずりをかく。

百田尚樹
@hyakutanaoki
20:03 - 2013年9月9日

オリンピックを開催すると、福島の復興が遅れると主張する人が少なくない。どう見ても逆だろうと思うのだが、彼らの言い分はオリンピックに使う金を復興に全部回せということなんだろう。そういう人に、小さい声で聞きたいことがある。ｱﾅﾀﾊ遊興費ｦ寄付ｼﾃﾏｽｶ、と。

百田尚樹
@hyakutanaoki
13:01 - 2013年9月12日

ネトウヨなんて言葉を吐いた時点で、まともな議論にはならないということがわかっていない人が多すぎる。あまりにも低級で杜撰なレッテル貼りということを自覚していないのだろうな。

百田尚樹
@hyakutanaoki
8:17 - 2013年10月6日

すごくいいことを思いついた！もし他国が日本に攻めてきたら、9条教の信者を前線に送り出す。そして他国の軍隊の前に立ち、「こっちには9条があるぞ！立ち去れ！」と叫んでもらう。もし、9条の威力が本物なら、そこで戦争は終わる。世界は奇跡を目の当たりにして、人類の歴史は変わる。

百田尚樹
@hyakutanaoki
5:15 - 2013年11月13日

今日、総務省の大臣室でNHK経営委員の辞令を受けた。部屋を出ると大勢の記者が待ち構えていて、インタビューされた。「百田さんの就任でNHKの中立性が壊れると言われていますが…」と言われたので、かちんときた僕は「私が委員になったら何で中立が壊れるの！根拠は何？」と訊くと記者は黙った。

百田尚樹
@hyakutanaoki
17:52 - 2013年12月26日

私を「権力(総理)にすりよった作家」と揶揄する人たちがいるが、私が安倍晋三さんの応援団になったのは自民党が野党だった時で、しかも安倍さんは自民党内でも終わった人と見られていた頃だ。総裁選に出ても負けると言われていたが、私は「出てほしい」と言った。一度も権力にすりよってなどいない！

百田尚樹
@hyakutanaoki
9:26 - 2015年2月28日

元阪急ブレーブスの福本豊氏は「そんなもん貰ったら、立ち小便もできん」という理由で国民栄誉賞を断った。すごい！

昔、番組に来てもらった福本さんの足にコーヒーをかけてしまったことがある。「弁償させて下さい」と謝る僕に、福本さんは「こんなん洗ったら落ちるがな」と笑って許してくれた。

百田尚樹
@hyakutanaoki
19:50 - 2015年3月3日

NHK経営委員を辞めたからはっきり言う。

経営委員の中に、毎日新聞社のスパイみたいなのがいた。「この話は非公表」という前提の会議内容を、毎日新聞に書かれたことが何度もあった。よそに漏れるとなれば、皆、発言も慎重になる。もしかしたら「彼ら」の狙いはそこにあったのかもしれない。

百田尚樹
@hyakutanaoki
10:58 - 2015年3月8日

今日の講演の失敗。途中にジンジャーエールを一口飲んだあと、派手なゲップがマイクに入ってしまったこと。ちょうどいい話をしてたところで、ぶち壊しになってしまった(>_<)

百田尚樹
@hyakutanaoki
0:17 - 2015年3月21日

30数年前ビジネスホテルの100円エロビデオを針金を使ってタダで見ていたと呟いたら、「犯罪者！」「最低！」「クズ！」「おぞましさに寒気がする！」「倫理観の欠如した男！」「今すぐ筆を折れ！」というリプを大量にもらった。「人殺し」か「強姦魔」のような非難を受け、罪の重さに深く反省…。

百田尚樹
@hyakutanaoki
21:05 - 2015年3月23日

昔、将棋の升田幸三は国会議員に立候補しないかというオファーがあった時、「本業に自信のある奴は政治家になんかならん」と言って断ったという。

僕は小説家に自信がないから立候補しようかな(^_^;)

百田尚樹
@hyakutanaoki
16:29 - 2015年3月26日

百田尚樹くんの人生の優先順位。
①健康
②恋
③家族
④金
⑤仕事
あとはどうでもいい。

百田尚樹
@hyakutanaoki
23:38 - 2014年6月13日

僕が直木賞を揶揄したツイートをすると、何人かから「お前、本当は欲しいんやろ」というリプライをもらう。あほか！ほな、僕が中国を揶揄したときは、本当は中国に住みたいと思ってるとでも言うんか。

直木賞なんかマジで欲しくないわ。選考委員たちに上から目線で選考されるのは真っ平ごめんや^^

百田尚樹
@hyakutanaoki
1:08 - 2014年8月18日

朝日新聞の記者の方たちにお訊きしたい。

あなたたちはなぜ、嘘までついて日本人の名誉と誇りを傷つけるのですか？

なぜ、捏造記事まで作って日韓関係をこじらせるのですか？

あなたたちの真の目的を教えてください。

百田尚樹
@hyakutanaoki
4:28 - 2014年10月13日

50年前の東京オリンピックの開会式の選手入場の時、観客席は歓声もなく静まりかえったという。

彼らの多くは戦争を体験した。完全に破壊された日本が19年かかって立ち直り、平和な国となり、今、ホストとして世界の国々を招くことができたという深い感慨の中に、心の中で泣いていたのだと思う。

百田尚樹
@hyakutanaoki
19:48 - 2014年10月18日

日本の政治家は金の問題が多すぎる！そういう問題を見るたびに、金に不自由しない大金持ちが政治をやればいいと思うのだが、鳩山みたいなクズもいるしなあ(^_^;)

2015年

百田尚樹
@hyakutanaoki
9:26 - 2015年2月27日

『永遠の０』は9年前に書いた。本が出版される１ヵ月前に親父が亡くなった。末期ガンで意識もなく、僕が本を書いたこともわからなかった。親父は兵隊として戦争に行った。だからというわけじゃないが、『永遠の０』を読んでほしかった。

できたら、映画も見せてやりたかったなあ…。

◉全7年の厳選ツイート集

百田尚樹
@hyakutanaoki
3:58 - 2015年9月16日

先日、フジテレビの「ダウンタウンなう」に出演したところ、スタッフの間で好評だったようで、早速、同局から別番組に出演依頼があった。ところがそれがなんと「逃走中」^ ^；　どうやら私はお笑いタレント扱いになったらしい。もちろん丁重にお断り申し上げた^ ^

百田尚樹
@hyakutanaoki
0:09 - 2015年12月23日

放送作家を30年以上やってきたが同業者の友人はほとんどいない。仲間と飯喰ったり酒を飲んだりするのも好きではない。小説家になっても同業者の友人は一人もいない。というか知り合いさえもほとんどいない。ツイッターでフォローしあっている小説家は二人いるが、実際に会ったことは一度もない^ ^

2016年

百田尚樹
@hyakutanaoki
19:53 - 2016年2月15日

昔から思ってることだけど、100年経てば今生きている人は誰もこの世にいない。喜びも悲しみも苦しみも、みーんなどこかに消えている。でもその前に、あと20年経てば、もう僕がこの世にいない(^^)

百田尚樹
@hyakutanaoki
23:57 - 2016年3月24日

ここ数年、朝日新聞、毎日新聞、東京新聞、北海道新聞、沖縄タイムスなどによる「百田尚樹ネガティブキャンペーン」の展開がすごい。世間の半分くらいの人が「百田尚樹はとんでもないネトウヨ」と思い込んで、私の作品を手に取ろうともしない。残念だが、サヨクの作戦は確実に効果をあげている。

百田尚樹
@hyakutanaoki
7:48 - 2016年3月29日

「格差社会はおかしい！」「富の配分がなされるべき！」と何度も訴えていたキャスターの年俸は12億円。おそらく彼はこっそりと寄付して、富の配分をしていると思う。

百田尚樹
@hyakutanaoki
23:48 - 2016年4月20日

雨の中で救援活動をされている自衛隊、警察官、消防隊員の方にエールを送ったら、「地元の人に対する言葉より先に救援活動をしている人に応援か！」という非難を何人かの人から受けた。いったい、なんのためにそういう非難をするんだろう…。

百田尚樹
@hyakutanaoki
0:09 - 2015年4月15日

自民党の中にも中国の国益に沿う発言ばかりする国会議員がいる。よほどいい女でもあてがわれたのか。噂によると中国のハニートラップは凄いらしい。それに老人のチンチンを若者ばりにする秘薬もあるという。
僕もチンチンがダメになったら、国会議員になって中国のハニートラップにかかりたい！

百田尚樹
@hyakutanaoki
10:14 - 2015年5月17日

完璧な人間も完璧な政治家もいない。
しかし橋下徹は、この日本に何年に一度出るか出ないかのすごい政治家だった。この政治家を引退に追いやったのは、私たちだ。悔しくて、情けなくて、恥ずかしい。

百田尚樹
@hyakutanaoki
1:52 - 2015年5月21日

一度だけ、月も星もない完全な闇夜の森の中で、一匹のゲンジボタルが光りながら飛ぶのを見た。とてつもなく幻想的だった……

百田尚樹
@hyakutanaoki
22:20 - 2015年6月24日

日本には、国の税金をたんまりもらって、一生懸命に反日活動する国会議員がいるのが悲しすぎる…(涙)

百田尚樹
@hyakutanaoki
19:43 - 2015年7月7日

警視庁に、百田尚樹殺害予告が届いていたのを知った。昨日、スタジオにパトカーが来ていたのも、そのせいだったのか。先週、自宅に所轄の刑事さんが訪ねてきたのもその関連だったのかもしれない。
こんなオッサンの口をそこまでして封じたいのかな(^_^;)

百田尚樹
@hyakutanaoki
19:31 - 2015年8月16日

アンチがうっとうしくて、しばらくTwitterに鍵をかけていたが、6月に自民党での勉強会で大炎上したのをきっかけに、鍵を外した。友人たちからは「普通は炎上すると鍵掛けるのに、お前はなんで逆やねん？」と言われた。しかし、これが僕の性分(^_^;)

百田尚樹
@hyakutanaoki
7:08 - 2015年8月17日

Twitter上では、僕の「引退撤回のニュース」に、ものすごく沢山の人が怒ってる。「とっとと引退しろ！」「早く辞めろ」のオンパレード(^_^;) 僕を引退させたい人がそんなに沢山いるとは知らなかった。嫌がらせの意味でも絶対に引退せん！死ぬまで書く！

百田尚樹
@hyakutanaoki
17:46 - 2016年12月3日

嫁さんに「引退する」と宣言すると、「今年、仕事場作ったばっかりやないか。それとも、あれは浮気用の別宅か！」と一喝された。

「いいえ、そんなことはございませんです」

「ほんまか」

「ほんまです」

「なら、引退してもええが、仕事場のローンを払い終えてからにせいや」

「……」

百田尚樹
@hyakutanaoki
16:10 - 2016年12月4日

『ビルマの竪琴』の著者、竹山道雄氏は、かつてアメリカ原子力艦の佐世保入港を認める発言をした時、朝日新聞をはじめとする左翼マスコミに大バッシングされ、表舞台からほぼ抹殺された。

私も今、左翼マスコミから「バッシング→黙殺」の刑を受けているが、ネットがなければ、葬られていただろう。

2017年

百田尚樹
@hyakutanaoki
4:18 - 2017年2月25日

僕も小説の中で、「日本軍は南京大虐殺をした！」と書けば、中国で本が売れるようになるかな(^^)
って、印税ごときで国を売れるか！！
三文作家だが、僕は日本人だ。

百田尚樹
@hyakutanaoki
0:40 - 2017年3月22日

新聞記者やテレビのディレクターたちは、組織に守られ、しかもそのほとんどは自らの名前を隠して、人を攻撃します。ペンとカメラの暴力をもって。

決して自分の名前と顔を出して堂々と戦うことはありません。卑怯者です。

百田尚樹
@hyakutanaoki
1:12 - 2017年3月25日

61歳になっても仕事をさせてもらえる環境にあるというのは、とても幸運なことだと思う。

残りの寿命がどれくらいあるかわからないけど、頑張って仕事をしなければ、と思う。

かえすがえすも、若い時に貴重な時間をドブに捨ててきたのはもったいないことだと思う（涙）

百田尚樹
@hyakutanaoki
3:05 - 2017年5月7日

連休中、私に連絡をくれたのは、二人の編集者だけ。家族以外で話したのも、その二人だけ。

どれだけ友達がいないんや、という話(^^;;

百田尚樹
@hyakutanaoki
3:24 - 2016年6月18日

朝日新聞から電話があり、「知事選の立候補は本気か？」と質問されたので「半分本気」と答えた。

「立候補の理由は？」の質問には「ろくな候補者がいないから、わしのほうがましやと思った」

「カエルが50万部売れたら、立候補ですよね」と嫌みを言われたので、「ならハードルを下げる」と答えた。

百田尚樹
@hyakutanaoki
19:43 - 2016年8月8日

テレビを見ていて、オリンピックの表彰式で君が代が流れると、ソファーで寝転がっていても、思わず起立してしまう。

家族は笑うが、そうせずにはいられないんやから、しかたがない(^^;

百田尚樹
@hyakutanaoki
23:18 - 2016年9月8日

私も「平和のために憲法九条を守ろう！」と言えば、朝日新聞や毎日新聞に、知的文化人として誉められたり、テレ朝とかTBSからもコメンテーターとして出演依頼があるかもしれない。そうしたら本も沢山売れる(^^;
一億円積まれてもそんな真似はできないな。

百田尚樹
@hyakutanaoki
6:37 - 2016年10月8日

外国でも保守とリベラルはある。しかし両者は愛国と国益のためという精神は一致している。

しかし日本のリベラルは、反日と売国。

百田尚樹
@hyakutanaoki
15:00 - 2016年12月1日

私の攻撃に命を燃やしているような小説家も何人かいた。彼らは私の引退が嬉しいだろうが、ひとこと言いたい。

私が引退しても、あんたたちの本は売れないよ(^^)

百田尚樹
@hyakutanaoki
22:57 - 2016年12月2日

電波芸者と電波乞食は、なぜプロデューサーの望むことばかり言うのか。

それは彼らが他に食える職業を持ってないからだ。あるいはテレビと講演以上に稼げる仕事を持っていないからだ。

かくして日本のテレビ局には今日も電波芸者と電波乞食が反日と売国の言葉を嬉々として口にする。

◉全7年の厳選ツイート集

百田尚樹
@hyakutanaoki
20:38 - 2017年9月14日

報道によれば、Jアラートが鳴って避難した人はほとんどいないという。

もし、いつか本物のミサイルが飛んできてJアラートが鳴っても、爆心地に近い人はほとんど避難もせずに死ぬのだろう…。

後世、世界の人に「日本人はJアラートの音がうるさいなと言いながら死んだ」と笑われるかもしれない。

百田尚樹
@hyakutanaoki
19:49 - 2017年10月17日

はっきり言う！

立憲民主党はクズの中のクズ！

クズの集まりの希望の党にも弾かれたクズたちだ。真面目なことを言えば、彼らは隠れ共産党である。

善良な国民の皆さん、狡猾なマスコミに騙されてはいけない！

百田尚樹
@hyakutanaoki
2:28 - 2017年10月23日

生田よしかつさんとコンビを組んで、M1に出ようかなあ…。

百田尚樹
@hyakutanaoki
12:00 - 2017年11月8日

山口にて松下村塾の資料を見て、ふと思う。

かつて松下村塾で学んだ男たちの中から、素晴らしい俊秀が数多く輩出した。

150年後、松下政経塾で学んだ男たちの中から、大量のクズが排出された。

百田尚樹
@hyakutanaoki
22:53 - 2017年11月10日

ツイッターを始めたころは、見も知らぬ人からいきなり偉そうなリプライを送られて、よく頭にきていたが、最近は全然平気になりました。

はいはいと即座にブロックです(^^)

百田尚樹
@hyakutanaoki
3:09 - 2017年11月29日

北朝鮮がICBMを発射し、いよいよ米朝戦争が近づいてきた。

日本でも東北に次々と北朝鮮の木造船が漂着。謎と恐怖が高まっている。

にもかかわらず、我が国の野党は、総理の冤罪ばかりを問題にし、テレビは力士の暴力事件ばかり。

この国はもうダメかもしれない…

百田尚樹
@hyakutanaoki
4:44 - 2017年5月14日

吉田松陰（29歳没）、坂本龍馬（31歳没）が亡くなった年齢の頃、私は毎日くだらないコントを書いて、頭の中は女のことばかり。三島由紀夫（45歳没）が亡くなった年齢の頃も、私はくだらないコントを書いて、頭の中は女のことばかりでした。

書いていて、めちゃくちゃ落ち込みました……

百田尚樹
@hyakutanaoki
2:21 - 2017年5月26日

文科省の次官が、貧困女性の調査のために、仕事終わりのボランティアで、買春を斡旋する風俗店に週に4回も通っていたというのはすごい！しかも女の子たちのお話を聞いてあげて、お小遣いまであげていたというから、キリストのような人だ。

こんないい人を責めないであげて！

百田尚樹
@hyakutanaoki
1:19 - 2017年6月29日

「今こそ、韓国に謝ろう」を発売して以来、売れ行きが気になって、しばらくヘンズリかくのを忘れてた。情けない。

若い時は大学入試の前の日でも何回もかいてたのに。これが年を取るということか…😑

百田尚樹
@hyakutanaoki
21:19 - 2017年6月29日

「都民ファースト」なんかを、東京の第1党にしたら、東京は終わり。

まあ、しかし、それが都民の選択なら仕方ない。

百田尚樹
@hyakutanaoki
5:49 - 2017年8月20日

すべての国の共産党の党員を増やすやり方は一つだけ。

「私たちはあなたたち貧乏人の味方です。私たちを支持すれば、あなたたちを助けます」

で、党員たちから金を巻き上げ、幹部たちは贅沢三昧。

万が一、政権を取れば、幹部は王侯貴族になる。ソ連、北朝鮮、中国、ルーマニア、みんなそう。

百田尚樹
@hyakutanaoki
22:39 - 2017年8月25日

少年老い易く学成り難し。61歳になって、この言葉の重みをしる。

百田尚樹
@hyakutanaoki
0:01 - 2017年9月2日

私は自分の本がどんなに貶されても、怒ることはない。それは読者の権利だから。しかし、私の本の読者を馬鹿にされるのは、本当に腹が立つ。

百田尚樹ニュースに一言 3

ドローンの不法飛行

小型無人機（ドローン）の不法飛行に手を焼いているのは日本だけではありません。各国ともその対策には頭を悩ませています。

ハイテク機器にはハイテクで対抗しようとドローンの無線信号を検知し、それを追跡し強制的に着陸させる方法なんかいかにも有効に思えますが、うまく検知できるのかどうか信頼性がまだ今一つ低い。荒っぽいものでは、レーザー照射、ミサイルやロケットなどで撃ち落としてしまうなんていう方法も考えられているようです。

たしかに壊して飛べなくしてしまうのが一番手っ取り早いでしょう。しかしミサイルではもし標的に当たらなかった場合、無関係のものに大きな被害が及ぶということもあり、これもベストな選択ではない。

安全な方法としては網で絡《から》めとる方法もありますが、前提としてどうやって網に入れるかが問題です。そんな中、オランダ警察がワシを使ったドローン確保の実用化に乗り出しているというニュースがありました。

ワシとは猛禽類《もうきんるい》最大の鳥、あの鷲です。ワシは飛んでいるものを攻撃する習性があるそうで、訓練により効果を発揮する可能性も十分にあるようです。そういえば日本には鷹匠《たかしょう》と呼ばれる職人がいます。これはタカやハヤブサを訓練して鳥類や小動物を捕まえる人のことで、大昔からその技術と成果は確認されています。近頃では都市部に巣を作ったハトなどを追い払うために天敵である猛禽類を扱う鷹匠の出番も増えているとのことです。

そう考えると獲物がドローンに変わっただけで大型猛禽類のワシならそこそこの大きさの飛行物体まで対応できるでしょうから、オランダ警察の目論見《もくろみ》もあながち見当外れではない気がします。

この作戦が成功し人類の作った最新ハイテク機器も野生の力には敵《かな》わなかったとなると、ギスギスした緊張感の毎日の中、なぜかゆっくりとした空気が感じられ少し愉快です。
（二〇一六年二月十二日）

セクハラ問題

働く女性のおよそ三割が職場での性的な嫌がらせ、所謂《いわゆる》「セクハラ」を経験していることが国の初めての実態調査でわかったそうです。

三割という数字が多いのか少ないのかは微妙なところですが、その内容は「容姿や年齢、身体的特徴について話題にされた」「不必要に体を触られた」「執拗《しつよう》に食事に誘われたり交際を求められた」など、セクハラという言葉が世の中に知れ渡った当初から一番分かりやすくアウトになる項目ばかりなのは、それだけ自然にでてしまう言動なのでしょう。

厄介なのはセクハラは受け手がどう感じるかだけで、セーフ、アウトが決まってしまうことです。「君はオッパイが大きいね」と言われたとしましょう。相手が大好きな彼氏なら「いやん、あなたってエッチねぇ?・」と喜ぶところですが、逆に嫌いなハゲ親父から言われたら「なに、しょーもないことゆーとんじゃ。このドスケベが！　気色悪い！」となってしまいます。

こんなことを書くと「そんなことで喜ぶ女性なんかいるわけがない。そもそもその発想が女性をバカにしているセクハラだ」とフェミニストの方々にお叱りを受けるかもしれません。ならば職場で好かれていないと感じている男性諸君はセクハラと言われないためには、もう一切なにも喋《しゃべ》らないのが唯一の方法と言えるでしょう。

しかし、セクハラの被害者はなにも女性だけではありません。六十七歳の女性秋田・大館市議が市議会で、独身の男性大館市長（48）に対し「未婚の市長とは議論できない。早く結婚を」と発言し懲罰を受けたそうです。市議は本会議で保育士不足について質問した際、市長に対し、「まだ結婚もしていないし、子供もいない。これでは同じ土俵で議論できない」「市長にはぜひ、この任期四年の間に結婚してもらいたい」と発言しました。

市長にしたら大きなお世話だと思ったことでしょう。子供がいなければ保育について論じてはいけないということは、貧乏人は経済学者に、不細工な人は整形外科医になるなと言っているのと同じことです。

この市議は処分に対して「悪意はなく、戒告は納得いかない」と話しているそうですが、ならば前段のオッパイ発言をしたハゲ親父のことも悪気がなかったんだからセクハラにはあたらないと言ってくれるのでしょうか。（二〇一六年三月十一日）

議員の政務活動費不正

議員の政務活動費（政活費）の不適切な使用は過去何度も問題となっています。行ってもいない出張旅費や個人的な買い物の支払いだったり、そのいいかげんな内容は多岐《たき》にわたりますが、今回の大分県議の場合もよくもまあぬけぬけと涼しい顔をして報告できたものだと思わせるものでした。

彼は二〇一四年度の政務活動費の調査旅費（車の燃料代）として、約六万六千キロを一年間で走行したと報告したのです。この距離はざっと地球一周半以上に相当するもので一年間毎日休まずに走らせても一日あたり百八十キロ以上が必要です。

報告によると車を使ったのは二百八十一日だったらしいので平均走行距離は二百三十五キロとなります。大分県議会の場合、自動車を使った調査には燃料代として一キロあたり三十七円を支給することになっているそうですので、その計算でこの議員は約二百四十五万円を請求していたのでした。

そもそもこの三十七円からしておかしいのではないでしょうか。ガソリン代は最近は百円前後です。十キロ／リッターの車なら、一キロあたり約十円かかることになります。最近の燃費のいい車なら二十キロ／リッターくらいは走りますから、一キロあたり約五円です。

ところが大分県はなんと一キロあたり三十七円分のガソリン代を支給しているのです。これは四キロ／リッターしか走らない車ということになります。大分県議会議員はみんな大型リムジンにでも乗っているのでしょうか。

エコカー全盛の時代にどういう車を想定して金額を設定しているのでしょうか。市民オンブズマンは「実態に基づかない請求の疑いが強い」として、旅費の返還を求める住民監査を請求する方針だそうですが、悪徳中古車販売業者の中には、車の走行距離を巻き戻して高く販売しようとする違法行為を行う者がいるように、この議員は逆にメーターの距離数を増やして帳尻あわせをするかもしれません。

　それもこれも領収書を添付する必要がないだけでなく、訪問した場所や時間すら記さなくていいなどの杜《ず》撰《さん》な申告規定が安易な請求に走らせているのです。

　もはや議員に性善説は通用しません。抜け道の無い決まりでしっかりと縛り付けないと、このようなことは永遠になくならないでしょう。（二〇一六年三月十八日）

闇カジノに出入りしたスポーツ選手

　二〇一六年夏、開催されるリオデジャネイロオリンピックでメダルの有力候補といわれていたバドミントン選手が闇カジノ店に出入りしていたというニュースがありました。

　それにしても軽はずみなことをしたものです。オリンピック代表候補選手となれば税金から強化費が出されているだけでなく、いろいろな人たちに支えられているものです。それをちゃんと自覚していればこんな愚かな行動はしなかったはずです。

　私自身はギャンブルには興味はありませんが、賭け事はそんなに大きな悪事とは思っていません。傷害、窃盗、交通事故などは被害者がいる犯罪ですから、厳しく罰せられるものと思いますが、賭け事は誰にも迷惑はかけていません。

　また国や自治体が胴元でやっている競馬や競輪は、いくら賭けても罪にはなりません。だから正直に言えば、私は彼らが悪いことをしたとは思っていません。

　しかし影響力のある人間、しかもルールを守るべきスポーツマンが、違法なことをしてはいけません。二人は海外遠征の時もカジノに行っていたようですが、それはあくまでも合法であるから問題はありませんでした。

　一方、国内には合法カジノはありません。違法は文字通り法に反するもの、やってはいけないものです。一流アスリートならば、競技を行なう上で一番大切なことはルールを守ることと十分理解しているはずです。一般社会においてもそれは同じです。そして、それができない選手はもはや一流と呼ぶのにふさわしくないことは明白です。（二〇一六年四月十六日）

増補完全版

新・安倍晋三論

百田尚樹
作家

1 正しい歴史認識と国家観

私が安倍晋三（以下、敬称略）と初めて会ったのは平成二十四年の八月、雑誌での対談だった。当時は民主党政権の時代で、安倍晋三は総理でないどころか、自民党の総裁でもない。いうなれば、一介の衆議院議員である。

しかし私は、その時から彼にはもう一度、総理になってもらいたいという思いを強く持っていた。それは、安倍晋三が「日本を素晴らしい国にしていきたい」という強い理想と意志、それに高い能力を持った政治家だからだが、それだけではない。きわめて正しい歴史認識と国家観を持っている人だったからだ。

平成十八年に第一次安倍内閣が誕生したとき、安倍晋三は「戦後レジーム（体制）からの脱却」を唱えた。私はこのスローガンに衝撃を覚えた。これまで、戦後体制に明確に「NO！」を突きつけた首相はいなかったからだ。「戦後レジーム」というのはやや抽象的表現ではあるが、私自身は「戦後の自虐史観からの脱却」と解釈している。これはのちに詳しく述べることになるが、実は途轍《とてつ》もないことなのである。

第一次安倍内閣は、次々に大きな改革に手をつけた。六十年ぶりとな

る教育基本法改正、天下りの規制を皮切りとする公務員制度改革、北朝鮮による「拉致《らち》問題」への取り組み、「日本国憲法の改正手続きに関する法律」の成立、「従軍慰安婦の強制連行を示す証拠はないとする閣議決定」等々。また、経済的にも大胆な成長戦略を取り入れ、平均株価も急上昇し、一万八千二百六十一円九十八銭という二十一世紀に入ってからの最高値を記録した。

しかし、これらの改革を進める安倍内閣に対する左翼系マスコミの攻撃は凄《すさ》まじかった。なぜなら、左翼系ジャーナリストや学者にとって安倍晋三は、言うなれば「仇敵《きゅうてき》」の孫だったからだ。全学連世代、そして全共闘世代にとって、岸内閣、佐藤内閣は最も憎むべき「敵」であった。六〇年安保改定、七〇年安保改定の時の首相が岸信介、佐藤栄作である。ご存知のように、安倍晋三は岸の孫であり、佐藤は岸の弟である。

だから安倍内閣誕生と同時に、安倍晋三に対する凄まじい個人攻撃が開始された。文藝評論家の小川榮太郎は著作『約束の日』(幻冬舎文庫)で、朝日新聞の主筆である若宮啓文《よしぶみ》が政治評論家の三宅久之に向かって「安倍叩きはうちの社是《しゃぜ》です」と言ったと書いている。信じられない言葉である。是も非もなく、ただ「叩く」ということだけを目的とするなら、報道の基本である中立性などどこにもない。

極論すれば、ジャーナリズムの姿勢を放棄したことを自ら宣言したのも同然の言葉だ。もし、これが本当だとすれば、朝日新聞は若宮のこの発言を非常に深刻に受け止めなければならない。

朝日新聞の「思想」

若宮は朝日新聞の紙面で、歴代の総理に「従軍慰安婦について韓国に謝罪せよ」と何度も書き、また韓国が不法占拠している竹島を「韓国に譲れ」と書いている。「朝日新聞の主筆」というのは、同紙の紙面最高責任者である。つまり、主筆の言葉は朝日新聞の「言葉」であり、「考え」であり、「思想」なのである。韓国政府も認めざるをえないように、「朝鮮人従軍慰安婦」は、現在に至るも軍による強制・命令の証拠は出ていない。

そもそも戦後二十数年、このことが日韓両国で問題となったことはない。竹島を不法占拠し、多数の日本人漁師を殺害した李承晩《イスンマン》でさえ、従軍慰安婦について言及したことはない。従軍慰安婦が七〇年代以降、左翼系マスコミ、反日団体、一部の在日韓国・朝鮮人たちによって、いかに狡猾《こうかつ》に、また巧みに捏造《ねつぞう》されてきたかを書きたいが、ここはそれが主旨ではないので、このへんでやめておく。

ちなみに、平成二十五年に朝日新聞を退社した若宮は、翌月、韓国の大学教授に就任した。もちろん、再就職先をどこに選ぼうが個人の自由である。しかし、日本を代表する大新聞の主筆が、再就職先に「反日」を掲げる国の大学教授になることは異様な印象を受ける。もともと韓国エージェントの一人であったのかと見られたとしても無理からぬところであろう。

余談だが、彼は朝日新聞に在職中、言論の自由のない国の中国で、自著の出版記念パーティーを開いている。そしてそのパーティー以後、彼は中国寄りの発言が多くなる。

若宮は韓国の大学教授に就任してから一層積極的に安倍政権を非難し、それが韓国の新聞社の紙面を飾っている。韓国最大の新聞「中央日報」は、「朝日新聞１３４年の歴史のなかで主筆を務めたのはわずか６人であり」「若宮はその一人で日本を代表する言論人」と絶賛しておいてから、彼の「反日的インタビュー」を載せている（注・その後、二〇一六年、若宮は韓国から北京を訪問した翌日にホテルで急死している）。

マスコミの攻撃

随分と話が脇に逸《そ》れた。若宮のケースは一例にすぎない。とにかく、第一次安倍内閣はまさしく「袋叩き」と言っていいような叩かれ方をした。当時、五十二歳の若き首相（戦後もっとも若い首相）にとっては、精神的に非常に追い詰められたことは間違いない。

また彼は、宿痾《しゅくあ》とも言うべき「潰《かい》瘍《よう》性大腸炎」を患《わずら》っていた。この病気は治癒することがなく、厚生労働省が「難病指定」しているほどの厄介な病気である。厳しいストレスと病のダブルパンチに晒《さら》された安倍は、ついに肉体的な限界を理由に首相の座を降りた。当時の新聞や週刊誌のはしゃぎようは異常とも言えるものだった。まさに親の仇《かたき》を取ったかのような浮かれようだった。

自らのペンの力を過信したマスコミは、その後も自民党の首相に対して容赦しなかった。福田、麻生ともにこれといった失政がないにもかかわらず、いずれも短命内閣に終わったのは、マスコミの攻撃に晒されたことによる影響が大きかったと私は見ている。

そして迎えた総選挙では、マスコミ、とくにテレビ局の浮かれようはすごかった。まるで政権交代を成し遂げるのは自分たちだとばかりに、報道番組やワイドショーなどで、左翼系のコメンテーター、あるいはテレビ局の意向に沿う発言しかしないような日和見《ひよりみ》タレントを揃えて民主党を誉めそやした。

そして平成二十一年、ついに政権交代が実現した。私はテレビの選挙速報でこのニュースを見たとき、愕《がく》然《ぜん》とした。四年後の日本はどうなっているだろうかと考えると、暗澹《あんたん》たる気持ちになった。

政権交代に至ったのは、もちろん自民党にも大きな責任はある。長年にわたって政権の座に居座っていた奢《おご》りから、箍《たが》が緩んでいたのは事実だ。多くの利権を持つ族議員が跋扈《ばっこ》し、また様々な疑惑を抱えた議員は常に存在し、特定の企業や集団との癒着が取り沙汰される議員もいた。国民のなかにはそんな自民党に一度、「お灸《きゅう》を据《す》える」という意味で民主党に投票した人もいるだろう。

しかし、国民はすぐに自分たちの選択が過《あやま》ちであったと気付く。国家観を持たず、政権運営能力もない素《しろ》人《うと》集団は、日本の外交も経済もめちゃくちゃにした。第一次安倍内閣の時に一万八千二百六十一円九十八銭を記録した日経平均株価は、八千円台にまで下落した。民主党政権のあまりの無知、無定見、無策に、国民は大いなる失望を味わわされた。その人気はバブルが弾けるように霧消した。

大勝利の総選挙から十一カ月後に行われた参議院選挙において民主党は厳しい逆風に晒され、選挙区で軒並み議席を失った。国民は僅《わず》か一年足らずで民主党を完全に見限ったのだ。

しかし、民主党は国民の激しい怒りを買いながらも、政権の座にしがみつき続けた。鳩山、菅《かん》、野田と、まるで国民の怒りを逸らすように目まぐるしく首相が代わった。かつての自民党と同じである。

ただ、私は民主党の時代が終わっても、再び自民党政権が磐石《ばんじやく》の体制を築けるかどうかは疑問に思っていた。民主党は次の総選挙では確実に負けるだろうが、その時、自民党に「人」がいなければ、日本全体が政治的な混迷の時を迎えることになりかねない。

挫折をバネにした強靱さ

私が密かに注目していたのは安倍晋三だった。かつてマスコミの集中砲火を浴びて惨《みじ》めな敗残兵のようなレッテルを貼られた安倍だったが、優れた歴史観と国家観、政治的な手腕と能力は自民党随一と思っていた。ただ、あれほどの敗北を喫しただけに、彼の精神力が心配だった。

ところが、テレビの討論番組などで見る安倍の姿には、敗残兵のイメージはなかった。

普通、あのような形で政治生命に大きな傷を受けた人物は、どこかに卑屈な一面を見せるものである。自信を失ったり、弱気になったり、言ってみれば「負け犬」的な要素が出る。ところが、彼はいささかもそんな姿を見せなかった。

自らの意見を堂々と力強く開陳する彼を見て、私は安倍晋三という男は実は相当な胆力の持ち主ではないかと思った。

あれほどの挫折を味わいながら、そのことに負い目や引け目を感じることなく(少なくとも見る者にそうは思わせず)、常にどっしりと構えている姿を見て、只者《ただもの》ではないと思った。いや、むしろ挫折をバネにした強靱《きようじん》ささえ感じ取れた。

平成二十四年の八月、雑誌の対談で初めて安倍晋三に会ったとき、私は「秋の総裁選に出ますか?」と尋ねた。彼は「出る」とは言明しなかったが、私は「出る気だな」と直感した。

ただ、その道程は実に厳しいものであるのは、政治の素人である私でもわかった。当時は、安倍晋三は総裁選に出てもまず勝てないと言われていた。

一度首相の座に就いた男が総裁選に出て敗れたなら、もう二度と政治の檜舞台《ひのきぶたい》には立てない。もちろん、安倍晋三は選挙区で圧倒的な人気を得ているから、国会議員として何年もやっていくことができる。しかし、もはや国政を動かしていく中心的な位置に就くことはできない。大袈裟《おおげさ》に言えば、政治生命が断たれる。だから、私は安倍が総裁選に出馬するのは五分五分だとも思っていた。

しかし対談の一カ月半後、安倍は総裁選に敢然《かんぜん》と打って出た。私は安倍の勇気と決意に感心したが、同時に不安も感じた。もし、ここで安倍が負ければ、日本は貴重な政治家を失うことになる――。

奇跡が起こった

その頃、日本は国際問題・国内問題ともに厳しい状況に追い込まれていた。

その一番は国防である。売国政党「民主党」は、日本が領土問題において無関心であることを露呈し、その結果、中国の漁船が領海を侵犯し、海上保安庁の巡視船に体当たりするという前代未聞の事件が起きた。呆《あき》れるのは、逮捕した中国漁船の船長を、民主党が超法規的措置で釈放したことだ(時の官房長官である仙谷《せんごく》由人《よしと》がやったとのちに言明)。

これを見て「民主党政権は領土を守る意思がない」と判断した中国は、尖閣諸島の領有を声高《こわだか》に宣言し、領海侵犯を執拗《しつよう》に繰り返すようになった。

この民主党政権の弱腰を見たロシアのメドベージェフ大統領は、日本領である国後島《くなしりとう》にロシアの首長として初めて足を踏み入れた。これはソ連時代にもなかった異例のことだ。さらに、それを見た韓国の李明博《イミョンバク》大統領までも日本領である竹島に初上陸した。いずれも自民党時代には一度もなかった事態だ。つまり日本は領土問題で、完全に隣国に主導権を握られた形となっていたのだ。

経済もまた最悪の状態であった。民主党政権時代にデフレが進行し、株価も大幅に落ち込んだ。円高にも何ら有効な手を打てずに景気はどん底になったにもかかわらず、無意味なばら撒き政策を行い、徒《いたずら》に国の借金を増やした。

さらに東日本大震災が追い討ちをかけた。東北のいくつもの都市が甚大な被害を受け、多くの尊い人命を失った。津波による原発事故は、菅首相の不手際もあり、取り返しのつかない事態にまでなってしまった。地震と津波は民主党のせいではない。しかし、民主党政権が危機管理能力を著《いちじる》しく欠いた政党であることを満天下に示してしまったのはたしかだ。

こうして書いていても、平成二十四年の終盤は、日本はまさに危機的状況であったということを改めて感じる。もちろん、その状況は現在も脱したとは言えない。

安倍晋三が総裁選に打って出たのは、まさにそんなときだった。しかし、彼の前途には厳しいものが待っていた。総裁選の本命は石破茂、それを追うのは石原伸晃で、安倍晋三は三番手で勝利の目はまずないと言われていた。

しかし、奇跡が起こった。自民党は土壇場で、これしかないという正しい選択をしたのだ。安倍が自民党総裁に返り咲いたというニュースを見たとき、私は日本に一筋の光明が差した気がした。

「運とは性格である」

いま、振り返ってみると、安倍晋三という男は本当に強い「運」を持っている。絶対的不利な状況のなかでの大逆転勝利は「強運」以外の何ものでもない。私は「運というものは、その人の持つ性格である」と思っている。「運がいい」というのは、実は他人に助けてもらったケースによるものがほとんどである。逆に言えば、他人に「こいつのために何かしてやりたい」と思わせる人物こそが「運のいい人」である。しかしそうなるには、それだけの人物になる必要がある。私が「運とは性格である」と書いたのはそういう意味だ。安倍晋三は首相の座を降りてからも、決して腐ることなく、黙々と自分を磨き続けた。日本という国のために何ができるかを自らに問い続け、そのための努力を惜しまなかった。自民党の人たちはそれを見ていたのだ。

しかし、安倍が自民党総裁に返り咲いたとはいえ、政権は依然として民主党が担《にな》っている。解散がなければ、総選挙まで一年近く待たねばならない。

折しも民主党は、野田首相を下ろして新たな首相を担《かつ》ぎ出そうとしていた。民主党内からは総選挙をやろうという声はまったく上がらなかった。それは当然である。民主党に大きな逆風が吹いているときに総選挙などを行えば、議席を失う議員が続出するのは目に見えている。したがって、普通に考えれば安倍政権が誕生するのは一年後だ。最大の心配は、この一年で民主党によって日本が取り返しのつかないところまで追いやられてしまうことだ。

劇的な展開

しかし、ここで驚くべきことが起こった。なんと野田首相が解散・総選挙を宣言したのだ。私はこのニュースを見たとき、わが目を疑った。

この野田首相の解散の理由については、多くの政治家や評論家たちは様々な意見を述べているが、私は個人的に、野田首相は「民主党政権がこのまま続けば日本は終わる」と考えたのではないかと思っている。そのために民主党を与党から降ろし、自民党に政権を譲ろうとしたのではないか。もちろん確証はないし、野田自身もそんなことは発言していない。しかし、それ以外にこの解散の理由を考えることは私にはできない。常識的に考えて、早期に解散して民主党が得られる利益は何もないのだ。

これは私の想像だが、自民党の総裁に安倍晋三が就任したことが大きかったのではないかと睨《にら》んでいる。総選挙を行えば、自民党が政権を取るのはまず間違いない。その時、首相に就くのは安倍晋三である。野田首相は、安倍晋三を総理にするために解散したのではないかと思っている。もし、これが安倍以外の者が総裁だったなら、はたして野田首相は解散をしていただろうか。

とまれ、八月に対談した時点では一介の国会議員に過ぎなかった安倍晋三は、一ヵ月半後に自民党総裁となり、その三ヵ月後に首相の座に就いた。「いつかもう一度、首相になってください」とエールを送った私ではあったが、まさか四ヵ月後に実現するとは夢にも思わなかった。それも、日本が未曾有《みぞう》の危機に見舞われているまさにその時に――。

私は小説家だけに、現実の事象をドラマの構成のように見ることがある。この時の安倍の首相就任は、まさしくドラマとしては完璧なものであった。日本が未曾有の国難に見舞われたその時、待望されていた人物が大逆転で、一気に首相の座に駆け上がる――まるで台本があったかのような劇的な展開である。

2 確固たる使命感

私は、安倍とはこれまで四回会っている(注・二〇一三年時点、その後も何度か会っている)。うち二度は、じっくり時間をかけての対談である。私の安倍への印象は、「この人は使命感を持っている」というものだった。「このままでは日本は危ない」「日本を何とかしたい」という強い思いが言葉の端々から滲《にじ》み出ていた。それは上《うわ》っ面《つら》の思いではない。

自分の話で僭越《せんえつ》だが、私もまた『海賊とよばれた男』を一種の使命感で書いた。その頃、東日本大震災で日本中に諦《あきら》めムードが漂い、私自身もこの時代にどんな作品を書けばいいのかと迷っていた。そんな時、「日章丸事件」を知り、さらに出光佐三《いでみつさぞう》という人物を知った私は、この驚嘆すべき事件と偉大な男の生涯を、現代の自信を失った日本人に届けたいと思った。

かつて日本にはこれほど素晴らしい男たちがいた。敗戦というどん底からこの国を一から立て直した男たちの姿を知ってもらいたい――ただその思いで七カ月、一心不乱に書きあげた。すべての時間を使って執筆し、その間、救急車で三度も運ばれた。こんなことは小説家になって初めての体験だった。

もちろん、たかが小説家のちっぽけな使命感と政治家の大きな使命感は同じものではない。しかし、私は安倍から「国を思う心」をはっきりと感じ取った。

安倍から受けたもう一つの印象は、「自分の言葉を持っている政治家」というものだ。政治、経済、国防、外交、憲法、歴史と、話のテーマがどこに行こうが、自分の考えをしっかりと述べられる。いささかも淀《よど》むところはない。普段から常に様々なことを考えているのは明らかだ。

また、抽象的な言辞を弄《ろう》することはない。常に具体的で明快である。自分の言葉を持たない政治家は、文章は明瞭だが内容が意味不明ということが多いが、安倍はそうではない。また言葉だけでなく、行動を伴った政治家である。柔らかな物腰と言葉遣いだが、実行力と行動力はブルドーザーと言われた故田中角栄に決して劣らない。

従来、日本の政治家は反対の声を

怖れ過ぎ、結局、何も為《な》さないままに終わるということがあまりにも多かった。すべての人を満足させる政策はない。反対の声を怖れては何もできない。強いリーダーは、時には反対の声を抑えて断行する。実は多くの国民も本当はそのことを知っている。国民は決して馬鹿ではない。安倍の支持率が高いのは、彼が敢えて火中の栗を拾う決断をしていることを理解しているからだ。

堂々たるスピーチ

総理になってからの安倍の活躍は、いまさら述べる必要もない。経済ではアベノミクスにより、民主党時代に八千円台にまで落ち込んでいた日経平均株価を、わずか半年で一万五千円台にまで回復させた。さらに何十年も続いていた円高を是正し、輸出産業と製造業を活気づかせた。また、民主党政権時代に壊れてしまった日米関係を回復させ、五十六年ぶりとなるオリンピックの誘致も成功させた。

こうした政策面での成功以外に私が注目していたのは、テレビ中継される国会での言動だった。というのは、野党政治家の多くは国会質問の場において、首相や大臣の失言を引き出すことを狙う。

国政に携《たずさ》わる者なら、与野党の枠を超えて、真に国益のために邁進《まいしん》するのが本当の仕事だと思うが、そうはならないのが政治の世界である。

しかし正直に言えば、現在のこの国難の時代にあってはそのような「遊び」はやめてもらいたい、というのが私の望みである。

さて、首相の失言を引き出そうとする野党の質問に対して、安倍の答弁は実に堂々としたものだ。いささかも慌てることも焦ることもない。

たとえば、ある民主党の議員は「暫定予算を決める委員会」において、安倍に対して事前の質問にはない憲法クイズのようなものを突然、繰り広げた。

「憲法において包括的な人権保障が書かれている条文は何条か?」とか、「○○という学者を知っていますか?」などと質問し、安倍が「知りません」と答えると、芝居がかった大袈裟な表情で、「有名な憲法学者の○○を知らなくて憲法を語るのですか?」と馬鹿にするように言った。

これに対しても安倍はまったく動じることなく、「大切な暫定予算の議論をしている時に、生産性のないクイズみたいなことはやめましょう」と窘《たしな》めている。まさしく大人の態度である。

ちなみに、このときの「憲法クイズ」

にはオチがある。安倍の「知らない」という言質《げんち》をとって得意になっていたその議員は、質問に出した憲法学者の名前を間違っていたのである。安倍に恥をかかせようと一夜漬けで勉強してきて、自らが墓穴を掘る羽《は》目《め》となった。

とにかく、安倍はこんな低劣とも言える質問に対しても、時には笑みを浮かべながら、また時には厳しい表情で毅然と対応している。毎回、拝見して見事だと思う。これは一朝《いっちょう》一夕《いっせき》に身につくことではない。

かつて十年前の第一次安倍内閣の時には、彼もこうはできなかった。おそらく野《や》に下った数年間に、様々なケースをシミュレーションしてきたのだと思う。国会の委員会は、言葉による「決闘」の場でもある。不用意な発言、失言は政治家にとって命取りになる。だからこそ、質疑応答は恐ろしいのである。

安倍は野党議員のいやらしい質問に対しても堂々と受け答えをして、逆に質問したほうが赤っ恥をかいたり、評判を下げてしまうケースがいくつもあった。まさにボクシングで言うところのカウンターパンチのキレである。

また、安倍は海外でも自信に溢れた発言をしている。平成二十五年の九月に行われたハドソン研究所の会合で、安倍は中国の軍事費増大を批判し、「私を右翼の軍国主義者と呼びたければ呼べばいい」と堂々たるスピーチをした。かつて国際舞台で、このように中国に対して毅然とした発言をした日本の首相がいただろうか。

安倍の評価は海外でも日増しに上がり、元米国国務省日本部長が「洗練された政治家であり、外交的にも難しい諸懸案にうまく対応している。大宰相になる可能性がある」と絶賛した。米政府の要職に就いていた人物の発言としては異例とのことである。

3 教育なくして、国の発展なし

安倍晋三が進めている大きな施策の一つが、「教育改革」である。

私は、教育こそ日本の基礎となる重要なものであると思っている。教育なくして、国の発展はない。日本が明治維新後、凄まじい発展を遂げたのは、国民に義務教育を徹底させたからだ。世界にはいまもなお、「発展途上国」と呼ばれる国が数多くある。五十年前、私が子供の頃は「後進国」という名称であったのを偽善的な「言い換え」でそのような呼び方に変えられたのだが、不思議なことに、発展途上国は半世紀以上経っても、未だに「発展途上」なのだ。この一番大きな理由は、「教育」が徹底されていないことに尽きる。

さて、教育は単なる知識の詰め込みではない。学校がそれを学ぶだけのところなら、大きな意味は持たない。学校は、人として正しく生きる道、慈愛の精神、誇りなどを身につけるところでもある。

第一次安倍内閣は、「教育基本法改正」に取り組んだ。安倍は従来の教育基本法（六十年以上も前に作られた）では、「公共心」「倫理観」「自律の精神」「モラル」などの心を育《はぐく》むには十分でないと考えた。そこで改正法案では、第二条第一項に「道徳心」、同じく第三項に「公共の精神」という言葉を盛り込んだ。そして第五項に、「伝統と文化を尊重し、それらをはぐくんできた我が国と郷土を愛するとともに、他国を尊重し、国際社会の平和と発展に寄与する態度を養うこと」という文章を入れた。しごく真っ当な言葉である。

ところが、この文言《もんごん》が多くのマスコミと全野党、それに日教組（日本教職員組合）の凄まじい反発を買った。「我が国と郷土を愛する」という言葉に、異様なまでに反応したのだ。社民党代表の福島瑞穂は「死に物狂いで法案の廃案を目指す」と言い、日教組は三億円を投じて職員一万五千人を動員し、大反対運動を行った。多くの学者や文化人も反対の論陣を張った。

私には彼らの心が理解できない。「我が国と郷土を愛する」ことのどこがいけないのか。「公共の精神」と「道徳心」を養うことのどこがいけないのか。

それはともかく、反安倍陣営の「教育基本法改正」に対する攻撃は常軌《じょうき》を逸《いっ》するものだった。安倍はいかに叩かれても決して屈することなく、過去の自民党の首相が誰もやれなかったことをやり抜いた。教育基本法改正など、はっきり言ってしまえば「票」にはならない。しかし、これをやろうとすれば日教組や左翼系マスコミの凄まじい攻撃に晒される。だから歴代の首相は誰も手を付けなかったのだが、安倍には「教育こそ明日の日本の活力に絶対に必要なもの」という信念があった。

「日本を愛さない」教育

ところで、なぜ「愛国心」を謳《うた》う

と、日教組や朝日新聞から凄まじい攻撃を浴びるのだろうか。それは戦後ずっと日本の義務教育では、子供たちに「愛国心」とは反対の「日本を愛さない」教育が行われてきたからだ。もっと露骨に言えば、子供たちに「日本を嫌いにさせる」教育が行われてきた。それが「自虐思想による教育」である。

私は、これこそが現在の義務教育で最大のガンだと思っている。いや教育だけに留まらず、現在の日本が抱えている一番の問題なのである。

社会や歴史の教科書を見ると、そこに描かれている「自虐的な記述」に怖《お》じ気《け》を覚える。中国や韓国が主張する捏造された歴史をそのまま書いた「南京大虐殺」や「従軍慰安婦」を堂々と教科書に載せ、かつて日本人が近隣諸国に言葉を失うほど残虐なことをしてきたと記述している。

こういうことを純粋無垢《むく》な子供たちに教える意味が、どこにあるというのだろうか。まして「南京大虐殺」や「従軍慰安婦」は、証拠も何もない捏造された歴史である。百歩、いや千歩譲って「必ずしも捏造とは決めつけられない」という肯定派の意見を汲んだとしても、真偽が争われている事件を事実であるかのように教科書に載せるのは、いかがなものだろうか。

たしかに、戦争中に日本軍の一部に残虐行為はあった。それは事実である。しかし、そういうことは連合軍や中国軍も行っていたことだ。そうした黒い「歴史の裏面」は、もっと上の年齢で教えればいい。無垢で純粋な子供の心に、「日本が悪」であるという刷り込みをする必要はどこにもない。

これはある新聞記者に聞いた話だが、日教組が強い組織力を持つ某県では、小学生に自虐の歴史を教え込み、「日本は悪い国であった」という贖罪《しょくざい》意識を身につけさせるという指導要領があった。彼はその指導要領と、その教育を受けた子供たちの感想文を実際に見ている。

子供たちの感想は、ほぼ全員が「日本人であることが悲しくなった」とか、「自分たちのおじいさんたちを軽《けい》蔑《べつ》する」とか、「自分たちは近隣諸国に謝りたい」といったことを書いていたという。その記者は、自虐思想による「贖罪意識」の植え付けに成功した現場を目の当《ま》たりにして戦慄《せんりつ》を覚えた、と私に語った。

こんな教育を受けた子供たちが、自国に誇りを持てるだろうか。日本という国を愛せるだろうか。そんなことは絶対に不可能だ。つまりその指導要領は、子供たちに「日本という国に失望させ、祖先を憎み、彼らの悪行を恥じる」ということを教え込んでいるのだ。

日教組の政治的スタンス

そして問題はそれに留まらない。実はもっと恐ろしいことがある。それは、子供たちから「立派に生きよう」という誇りまで奪ってしまうことだ。「自分は汚れた人間の子孫だ」「自分には醜い民族の遺伝子が入っている」「日本人は人間として劣る民族だ」――こんな意識を植えつけられた子供が、立派で素直な子供に育つだろうか。むしろ自己を卑下《ひげ》し、日本人であることを恥じ、堂々と胸を張って生きることができない大人になるのではないか。これは極論かもしれないが、いま、全国の学校で起こっている卑劣な「いじめ」も、その影響によるものがあるのではないかと思っている。

子供に与えなければならないのは、「誇り」と「自信」である。「日本は素晴らしい国である」「自分にはそのDNAが受け継がれている」「日本人として生まれてよかった」――そういう気持ちを持った子供は、それに恥じない行動を取ろうとするものではないだろうか。

橋下大阪府知事（当時）が、入学式や卒業式など大阪府の学校行事で国歌斉唱を行う際、教職員に対して起立斉唱を義務付けた。当然である。反対する理由がわからない。かつて左翼陣営には、「君が代」を聞くと軍国主義の悲しみを思い出す者がいるからダメだと主張する声があった。戦後七十年近くも経って、君が代を聞いて軍国主義の時代を思い出す人が日本に何人いるというのだ。

ただ、前述したように日教組の教職員のなかには、とにかく戦前の日本のすべてを否定し、子供たちに「贖罪意識」を植えつけるのに必死な人たちがいる。実際、日教組の強い公立高校では、修学旅行先に韓国を選び、現地で子供たちに韓国人に謝罪させたり、時には土下座させるということも普通に行われている。

ちなみに、長年にわたって日教組の書記長・委員長として君臨し、「ミスター日教組」と呼ばれた槙枝元文《まきえだもとふみ》は、北朝鮮と金日成《キムイルソン》を礼賛《らいさん》し、何度も訪朝して勲章までもらっている。自衛隊を否定して廃止を主張し続ける一方で、北朝鮮の軍備と軍隊を肯定して賞賛するというとんでもない男だった。これを見るだけでも、日教組の政治的スタンスが理解できるだろう。

受け継がれた洗脳教育

ここまで長々と教育について書いてきたのは、これも安倍晋三の「戦後レジームからの脱却」にかかわる大きなテーマだからだ。

戦後、日本を占領したアメリカ軍は、日本人に徹底した「ウォー・ギルト・インフォメーション・プログラム」（WGIP）を施した。これは「戦争についての罪悪感を日本人の心に植えつけるための宣伝計画」である。乱暴に言ってしまうと、「お前たちがこんな目に遭ったのは、お前たちが悪いことをしてきたからだ」という洗脳教育だ。

これにより、アメリカ軍は二発の原爆投下、四度の東京大空襲をはじめとする諸都市の無差別攻撃で、無《む》辜《こ》の一般市民を何十万人も虐殺した戦争犯罪を糾弾されないようにしたのだ。ちなみに、アメリカ軍がいかに非道な空襲を行ったかを記しておこう。

最初の東京空襲は下町の民家密集地帯を狙ったものだったが、この空襲のためにアメリカ軍は事前に砂漠に日本の町を作り上げた。日本の木造家屋を作るため、ハワイから日系人の畳職人や襖《ふすま》職人を呼び寄せたほどだ。その家と町を燃やすにはどんな爆弾が効果的かまで実験しているのだ。

そして、三月九日の深夜に東京上空に侵入した三百二十五機のB29は、爆弾を投下せずに房総沖に抜けた。空襲警報が解除され、人々が防空壕から出て家に戻った頃を見計らって、B29の大編隊は再び東京に舞い戻り、大量の焼夷弾《しょういだん》を落とした。そして、民家密集地帯を焼き払った。この火災は単なる火事ではない。大量の民家が燃え上がることによって猛烈な火災旋風が起こり、秒速百メートルを超える火の波が逃げ惑う人々を襲った。炎による煙は、一万五千メートルの成層圏にまで達した。火を免れた人々も、多くが酸素を奪われて死んだ。

この大空襲により、一夜にして十万人を超える命が奪われた（被災者は百万人以上）。まさしく一般市民の虐殺を目的にした非道極まりない行為である。この爆撃の司令官カーチス・ルメイは、「もし戦争に敗れれば、私は戦争犯罪人として裁かれるだろう」と言ったほどだ。

これらは明らかに国際法違反の戦争犯罪だが、連合軍（アメリカ軍）

は「日本はこうした爆撃を受けるほど悪いことをしたのだ」という洗脳を行った。こうしてアメリカ軍の空襲は正義の行いとされた。この洗脳教育は、これを受けた学者やジャーナリスト、そしてもちろん国民にも連綿《れんめん》と受け継がれ、七十年経ったいまも、多くの日本人の深層心理に深く刻まれている。

驚くべきことに、のちに日本政府はルメイに勲章を与えている。無辜の同胞を何十万人も虐殺した男に勲章を与えるほど、彼への憎しみが希薄だったのだ。

主語がない不思議な碑文

私はツイッターをしているが、前に東京大空襲の日に、このアメリカ軍の非道を糾弾するツイートを載せた。すると、多くの見知らぬ人々から「こんな悲惨なことが起きるから戦争はよくないのだ」「二度とこんなことが起こらないように平和な国にしよう」というリプライを多数もらった。

一見、非常に美しい言葉に見えるが、実はこうした言葉を書いている本人は、それが「ＷＧＩＰ」に染まった考え方だということに気付いていない。

なかには、こんなリプライもあった。「もっと早く降伏していれば、こんな目に遭わずに済んだ」「結局、一番悪いのは徹底抗戦した日本の軍部だ」というものだ。これをアメリカ人が言うなら、勝手な理屈だが理解はできる。しかし、日本人が言うべき言葉ではない。終戦工作の不手際と東京大空襲の責任問題は別である。

ちなみに、「南京大虐殺」の話が出てきたのは東京裁判でのことだ。これは、アメリカ軍の戦争犯罪をごまかすために戦前に中国が宣伝工作していた事件をでっちあげたのだ。当初、被害者は二十万人としていたが、東京大空襲と広島の原爆投下による被害者のあまりの数の多さに、途中から三十万人に引き上げたのだ。こんなひどいことをしたお前たちが原爆や東京大空襲を非難することはできないぞ、というわけだ。

この東京裁判による「ＷＧＩＰ」により、日本人の心に自虐思想が深く刻み込まれた。日本人は連合軍の戦争犯罪も糾弾することなく、「自分たちが戦争を起こしたから仕方がない。悪いのは自分たちだ」と考えるようになった。その一例が、広島の原爆記念碑に刻まれた碑文である。ここにはこう書かれている。

「過ちは繰返しませぬから」

主語がないこの不思議な碑文は文字どおり受け取れば、「私たち（日本人）は戦争という過ちを犯しました。

でも反省しました。もうやりません」という趣旨の文章と読める。ここには、原爆という許されざる爆弾を投下したアメリカ軍に対する怒りや糾弾の言葉はない。

東京裁判における唯一の国際判事であるインドのラダ・ビノード・パール判事はこの碑文を見て、「日本人はなぜここまで卑屈になったのか」と怒り、嘆いた。戦後二十九年間、フィリピンのルバング島に潜伏していた小野田寛郎《ひろお》は同じくこの碑文を見て、「これはアメリカ人が書いたのか」と尋ねたという。

「いや、この碑文の主語は『人類』です。つまり、我々人類は戦争という過ちを二度と犯しません、と言っているのです」と能天気な解釈をする人もいる。笑止と言わざるを得ない。普通に読んでそうは読めないし、そこまで深読みをしなければならない文章は碑文にはふさわしくない。そういう意味で書きたいなら、もっとわかりやすくはっきりと書くべきである。ただ、もしそう書いたとすれば、妙な気持ち悪さが残る。あれほどの悲惨な事件の記念碑に、「世界平和を目指します」みたいな七夕の短冊に書くような文章はあまりにもそぐわないではないか。

ちなみに私は、この碑文は「WGIP」の洗脳を受けているかどうかのリトマス試験紙になると思っている。この碑文を読んで何の違和感も覚えなければ、その人はいまも「WGIP」による「自虐思想」に冒されている。逆に「何かおかしい」と感じる人なら、そうした洗脳からは無縁である。残念ながら、いまも日本人の多くが「自虐思想」から抜け出せていない。

余談だが、もし私にこの碑文を書き直させてくれるならこう書きたい。「過ちは繰返させませぬから」と。本当は「アメリカ許すまじ」と書きたいところではあるが、日本人は恨みつらみを声高に叫ばない。これは世界の国から見れば「甘い」と馬鹿にされる日本人特有の思考だが、私は日本民族の美徳の一つと思っている。

ただ、アメリカの非道は決して忘れてはならない。

4 日本は再び立ち上がる

長々と自虐思想について書いたのは、この思想こそが現代の日本の様々な問題に大きな影響を与えているからだ。外交、国防、安全保障、憲法、領土問題など、この「自虐思想」があるがゆえに、冷静で理論的な議論ができないことが多い。また、この思想に毒された国内の団体が、捏造歴史を作り上げている側面もある。

こうしたことの元凶は、すべて日本を占領したＧＨＱの占領政策にある。東京裁判史観による「ＷＧＩＰ」に基づいたこれこそが、戦後体制なのである。ちなみに、東京裁判は裁判という名前がついてはいるが、裁判でもなんでもない。戦勝国による復讐の儀式にすぎない。第一次安倍内閣のスローガンである「戦後レジームからの脱却」は、まさにＧＨＱが作ったこの思想体系の放棄である、と私は理解している。

だからこそ、十年前にそのスローガンを目にしたときは衝撃を受けたのだ。しかしそれゆえに、安倍に対する反対勢力の攻撃は凄まじかった。ＧＨＱの戦後体制による恩恵を受けている政党や各種団体や宗教組織は実に多い。在日本大韓民国民団（民団）や、在日本朝鮮人総聯合会（朝鮮総連）もそうである。実は、当の自民党の議員のなかにもそうした団体やグループからの利権を得ている者がいる。さらに、日本の自虐思想を利用している外国の勢力もある。

また、そうした思想に染まった作家、文化人、ジャーナリスト、テレビ業界人も実に多い。それら内外の敵が一斉に、「戦後レジームからの脱却」を唱えた安倍晋三に総攻撃をかけたのだ。朝日新聞の若宮啓文が「安倍叩きはうちの社是です」と言ったことは前に述べたが、別のある幹部は「安倍の葬式はうちで出す」と発言した、と小川榮太郎は書いている。まさしく、異様なまでの憎悪である。

結果、安倍は火だるまになった。しかし、マスコミによるイメージ操作で参院選に大敗し、「退陣せよ」という大合唱が起こっても、安倍は首相を辞めなかった。「戦後レジームからの脱却」という壮大な計画を成し遂げるまでは、いかに非難されようともここで投げ出すわけにはいかないという信念を持っていたからだ。

そんな安倍の信念を裏切ったのは彼の肉体だった。参院選後、宿痾の潰瘍性大腸炎が悪化し、最悪の症状となった。首相の激務をこなせる状態でないのを知っている妻や秘書たちは退陣してくれるように何度も頼んだが、安倍は「辞めるときは死ぬときだ」と頑《がん》として受け入れなかった。しかし、もはや肉体は耐えられる限界を超えていた。

前述の小川榮太郎によれば、長年、安倍とともに苦楽をともにして戦ってきた秘書たちは、最後は全員で泣きながら「これ以上は見ていられません。どれほど非難嘲笑《ちょうしょう》されようとも、身を引いてください」と懇願したという。彼らは安倍がこのまま総理としての職務を全うしようとすれば、確実に死ぬと思ったのだ。それほど安倍の病状はひどいものだった。もし安倍に幾分かの狡《ずる》さとしたたかさがあれば、緊急入院による一時的な避難という道を選んだかもしれない。しかし、安倍は姑息《こそく》な手を使うような男ではなかった。

　結果として、安倍は最悪のタイミングで総理の座を投げ出す形となった。全マスコミは一斉に彼に追い討ちをかけるように罵詈雑言《ばりぞうごん》を浴びせた。ありとあらゆる非難の言葉を投げかけ、侮蔑《ぶべつ》し、揶揄《やゆ》し、愚弄《ぐろう》し、からかった。戦後、これほどまでに激しい罵声《ばせい》と嘲笑を浴びた首相はいない。

　朝日新聞はこの退陣を「『ぼくちゃん、宿題できないから学校行きたくない』という子供のように」と嘲弄《ちょうろう》した。これを見ても、安倍がやろうとした「戦後レジームからの脱却」が実はいかに大勢の敵を恐らせ、また慄《おのの》かせていたのかが読み取れる。彼らの攻撃は、安倍が二度と再起できなくなるまでやるという強烈な意思が感じられるほど、激しく執拗なものだった。

日本の反撃が始まる

　いまにして思う。第一次安倍内閣の敗北は、私たち「国民の敗北」であったと。そのツケは、その後の民主党政権によって痛いほど味わわされた。

　しかし、安倍晋三は死ななかった。雌伏《しふく》の五年を経て、以前よりも遥かに強靱な政治家として舞い戻ってきた。

　そして、かつて左翼陣営に乗せられて彼を嗤《わら》った国民は、彼が本物の政治家であると知った。近年の日本の民意というのは奇妙な性質があり、選挙のたびに大きくぶれる。ところが二〇一〇年の参院選、二〇一二年の衆院選、二〇一三年の参院選と、国民は三度続けて同じ選択をした。これはもはや「確固とした民意」と言っていい。

　五年の歳月は安倍自身も変えていた。これは潰瘍性大腸炎の特効薬、アサコールが平成二十一年に認可されたことも大きかった。この薬により、安倍は長年の宿痾から解放された。安倍と初めて会った時、「この四十年間でいまが一番健康です」と嬉しそうに語っていたのが印象的だ。肉体的な自信に加えて、精神的にも一回りもふた回りも大きくなったように見える。また、かつてはなかった面も持っていた。それは柔軟さとしたたかさだ。マスコミや反対勢力の攻撃に対する耐久力は以前とはまるで違う。

平成十八年に初めて総理になった時の安倍は投手に譬《たと》えると、ひたすら剛速球を投げ込む直球一本槍といった投手だったが、いまの安倍は様々な変化球を駆使し、投球術までも会《え》得《とく》した技巧派の投手に変身した。しかし、ここ一番では素晴らしい速球を投げる。「力の技巧派」とでも呼びたい素晴らしい投手だ。

安倍が再登板した局面は、言うなれば無死満塁の局面だ。一球の失投が大量失点に繋がる。しかし安倍は徒《いたずら》に勝負を急ぐことはせず、一つひとつ丁寧にアウトカウントを積み上げていく。日本を取り巻く状況は、いまなお非常に厳しい。まだまだ予断は許さないが、この絶体絶命のピンチを乗り越えたあとは自軍（日本）の反撃が始まる――。

かつて戦後、奇跡の復興を遂げて世界を驚倒させたように、再び日本は立ち上がるだろう。安倍晋三はそのために戻ってきたエースであると私は思っている。

5 付記・安倍には国民がついている

以上の文章は二〇一三年十月に月刊誌『WiLL』（花田紀凱責任編集）に寄せた文章だが、あれから四年経った二〇一七年、安倍が憲法改正を明言した時から、メディアは安倍に対して総攻撃を開始した。いわゆる「モリ・カケ問題」である。その筆頭に立ったのが朝日新聞だった。小川榮太郎の『徹底検証「森友・加計《かけ》事件」――朝日新聞による戦後最大級の報道犯罪』（飛鳥新社）に詳しく書かれているが、朝日新聞は捏造報道と言われてもおかしくないほどの、曲解と悪意に満ちた偏向報道を繰り返し、安倍が不当に関与したに違いないというイメージを読者に与え続けた。

言うまでもないことだが、この問題に関して安倍には一切不正な行為はない。野党もマスコミも一丸となって半年以上にわたって調査し、追及したものの、何一つ証拠は出なかった。本来はそれで終わりのはずだが、朝日新聞をはじめとする「戦後利得者」のメディアおよび学者とジャーナリストたちは、執拗に「疑惑が残る」と言い続けた。そして安倍本人に対し、「自ら疑惑を晴らさない限り、追及を続ける」と宣言した。

ちなみにこれはかつてのソ連共産党、現在の中国共産党のやり口と同じである。「国家反逆罪」の容疑を受けた者は、自ら無罪を証明して見せなければならない。しかし「無いものを証明する」というのは「悪魔の証明」と言って、論理的に不可能なのだ。

そして朝日新聞をはじめとする左翼メディアは、ついに公正と真実を捨て去った。第一次安倍内閣を叩いている時もひどいものだったが、それでも新聞社としての最低限の矜持《きょうじ》が残っていたのか、あからさまな嘘や捏造は行わなかった。しかし今回、ついに報道機関としての誇りも脱ぎ捨て、安倍叩きのためなら何でもやるという機関紙に成り下がった。小川榮太郎は「朝日新聞の報道はもはや犯罪的である」とまで言っている。

二〇一七年は、安倍と朝日新聞（および左翼メディア）の最終戦争に突入したと私は見ている。この戦いに安倍が敗れた時は、日本が終わる時である。しかし時代は二〇〇九年ではない。多くの国民はもはや朝日新聞には騙されない。安倍が総理に復活してから行われた四回の国政選挙で自民党はすべて圧勝しているのだ。安倍には国民がついている。この戦いに敗れるのは朝日新聞をはじめとする左翼メディアであろう。

読者プレゼント 5

本当の才能というのは
実は努力する才能なのよ

「ボックス！」より

平成二十九年十一月二十三日

百田尚樹

百田尚樹ニュースに一言 4

ラグビーW杯日本代表大金星

イギリスで開催中のラグビーワールドカップで世界ランキング十三位の日本が三位の南アフリカを破るという大金星を挙げました。

両国の実力差はランキングの差以上のものがあり、ワールドカップにおいて南アフリカは過去優勝二回、ベスト8を逃したことは一度もないのに対し、日本の勝利は二十四年前の一勝にすぎませんでした。まさに歴史的勝利といえましょう。

地元のラグビー発祥の地イングランドでもこの快挙に大騒ぎだそうです。しかし、このように注目を集める中でいかにも島国的な考え方が話題となっています。それは日本代表と言うけれど日本人以外のメンバーがいるのはどうなのかということです。

たしかに先発メンバー十五人のうち外国人が五人も含まれています。主将も決勝のトライも外国人でした。「国別対抗の試合で、これで日本代表と言っていいのでしょうか。この勝利を日本の勝利と言っていいのでしょうか」というものです。

ラグビーはその国に三年間居住したら国籍を変更しなくても代表になれるらしいのです。その点ではルールに則《のっと》っていて問題はありません。また、日本中が大騒ぎになるサッカー日本代表の監督は外国人が続いていますが、そのことが問題とされたことはほとんどありません。

なによりもラグビーの日本代表選手たちは、外国籍であっても日本代表の誇りを持って日本のために戦っています。そして日本人のメンバーと共に心の底から勝利を喜んでいる姿を見れば、国籍にこだわることは小さなことにも思えてきます。

とはいえ、これが中国籍、韓国籍の選手でも同じように思えるかと訊かれると、自信がありません。もっとも彼らは日本のために戦うことはないでしょうから、心配することもないでしょう。

もちろん、日本のために懸命に戦ってくれるなら、中国籍・韓国籍の選手も力いっぱい応援します。（二〇一五年九月二十五日）

歴史的快挙！　（写真提供／共同通信社）

ハロウィンの仮装

現代の若者を象徴しているなと思う出来事がありました。熊本県警に「仮面をかぶり、チェーンソーを持った男が歩いていた」と通報があり、ツイッター上にも多くの目撃情報が寄せられました。複数のパトカーが出動、機動捜査隊も捜索に加わるなどの大騒ぎとなったようです。

県警によると、市内の商業施設で不審な人物を発見し職務質問したところ「犯人」は「ハロウィンの仮装で職場を驚かそう」と考えた二十代のアルバイト男性だったことがわかりました。持っていたチェーンソーは当然おもちゃで、仮装をしたままバスに乗り、職場を驚かせて帰宅する途中だったといいます。なんとも人騒がせな話です。

ここ数年ハロウィンイベントはどんどん盛んになり街中が仮装大会のようになっています。本来収穫を祝う宗教的な儀式であるはずなのに、日本では仮装の部分だけが大きく取り入れられてしまいました。

大阪にはユニバーサル・スタジオ・ジャパン（ＵＳＪ）というテーマパークがあります。この季節、園内はゾンビや妖怪、魔法使いなどに扮した入場者であふれかえっています。まあ、ＵＳＪもハロウィンを前面に押し出した企画で盛り上げようとしていますので、パーク内は楽しい雰囲気満載です。

しかし、中にはそのままの格好で

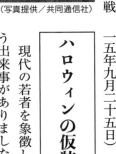

家路につく人もいます。大阪駅でも閉園時刻を過ぎると、妖怪を見かけることがあります。大阪駅は非常に乗降客の多い大ターミナル駅ですからまだいいのですけど、少し離れた郊外の駅にいる魔法使いはやはり異様です。地方のバスで隣にゾンビがすわったら、これはもう「勘弁して！」となるでしょう。

　自分が楽しむのは結構ですけど、それにより不快になる人がいれば、それは控えるのが当然だと思うのですが、ナンバー1よりオンリー1、個性の尊重、目だってナンボで育った人たちにはわからないようです。

　しかし、よく考えてください。社会というのは一人では成り立ちません。複数の人で成り立っている社会に暮らす以上、人目（世間体《せけんてい》）を気にしながら生活するというのもやはり必要ではないでしょうか。（二〇一五年十月二十三日）

高齢者の交通事故多発

　全国各地で高齢者による交通事故が多発しています。宮崎では認知症と診断された男性による歩道暴走の死亡事故が、愛知ではアクセルとブレーキをまちがえて店舗に突っ込む重傷事故が起きました。

　これだけ高齢者による事故が頻発すれば、なんらかの対策をとらなければならない時にきていることは明白です。年齢を重ねていくと運動能力や集中力が低下します。一定の年齢で免許を返納するシステムは必要です。

　しかし、こうした場合、必ず言われる意見は、「同じ歳《とし》でも個人差があり一律に線を引くのはおかしい」というものです。ところが、下限年齢は十八歳と一律になっています。十七歳でも分別のあるしっかりとした若者もいれば、十九歳でもどうしようもない者もいます。

「高齢者を一律に見るな」という理屈で言えば、十五歳や十六歳でＯＫの者がいてもいいということになってしまいます。

　私は、高齢者の免許更新時に運動能力のテストをすればいいのではないかと思います。加齢により、反射神経や判断能力が著《いちじる》しく劣った高齢者の方には免許証は発行しないというシステムが一番いいのではないか。高齢者の方には可哀そうですが、その高齢者に轢《ひ》き殺される人の方がもっと可哀そうです。（二〇一五年十一月六日）

人工知能が仕事を奪う

野村総研から十〜二十年後には国内労働人口の四九％に当たる職業について、人工知能やロボットで代替される可能性が高いという推計が発表されました。わかりやすく言うと今ある仕事のうち約半分が機械に取って代わられるということです。

文明が進歩するにつれて人類の労働環境は大きく変わりました。大昔、十人で一日かけて自らの手足で運んでいた荷物が、台車を使うことにより五人で半日の作業となり、やがて台車がトラックに代わることにより一人で一時間もあれば完了できるようになりました。

しかし、今まで進歩してきた機械はあくまでも人間が操作する補助的な役割しか担《にな》っていませんでした。トラックにしても運搬作業そのものは代われましたが勝手に動くことはもちろんなく、人間にはそれを運転するという仕事が新たに発生していたのです。

そんな現実を画期的に変えたのは人工知能の発明です。なんと機械が自ら判断して仕事を進めていけるようになってきたのです。クルマの自動運転が進歩すればトラックの運転手は必要なくなります。

身近なところでいえば皆さんの家のお掃除ロボットも、セットさえしておけば勝手に部屋の汚れた部分に走って行き、きれいにしてまた元の位置に戻ってきます。まさに掃除という仕事を代替したわけです。

そういう意味では益々進歩していくであろう文明を考えると、野村総研の推計もあながち間違ってはいないと思います。

私が放送作家になりたての頃はファックスは一般的ではありませんでした。原稿は必ず放送局に直接届けないとだめでした。

また携帯電話もありませんから、仕事相手との連絡もなかなかつきません。昔は原稿や書類もすべて手書きです。難しい字は辞書を引かないといけなかったし、清書もしないといけません。今では書いた原稿はメールで送信です。

そういうことを考えると、この三十年、多くの人々の仕事効率は何倍にも上がりました。となれば、私たちの稼ぎや余暇の時間は大幅に増えるはずなのですが、これがどうしたわけか、収入も余暇の時間もほとんど増えなかったのです。

いったい便利になって、何が良くなったのかわかりません。（二〇一五年十一月六日）

百田家の家族が抱腹絶倒大座談会

人生経験六十一年積んだ子供や

九割がた自慢話

息子　作家の百田尚樹も家庭内の百田尚樹も、一緒やと思うな。外で父ちゃんがどんな話してるかわからんけど、どうせ「自分が一番凄《すご》いアピール」ちゃうかな？　唯一の違いは、家では遠慮がないこと。

妻　よく、よその家の人から「ご主人の話、おもろいでしょ」って言われるけど、九割がた自慢話やからね（笑）。

息子　外でも「俺、凄いやろアピール」半端ないと思うわ。

娘　私はいま大阪におらんからあまりわからんけど、昔からそうやったもんな。全然関係ない話しているのに、全部自分に繋げたがる。「な、父ちゃん凄いやろ？」って。「え？　なんでこの話からそうなるんよ」って（笑）。

息子　いまでは僕とお母ちゃんなんか、もう「わかった、わかった。凄い、凄い」って流してるもんな。「父ちゃん、凄いやろ？」って訊くから、「うん、凄い、凄い」。「天才やろ？」って訊かれて、「うん、天才、天才」って言ったら「なんで二回言うねん！　一回でええやろ！」って不機嫌になる。

妻　無理矢理言わせて嬉しいんかなと思うんやけど、無理矢理でも言ってもらいたいんやな。

息子　自分が褒められたら喜んで、他人を褒めたら怒る。六十一歳でこれですわ。びっくりするぐらい単純ゆえにややこしい。

息子

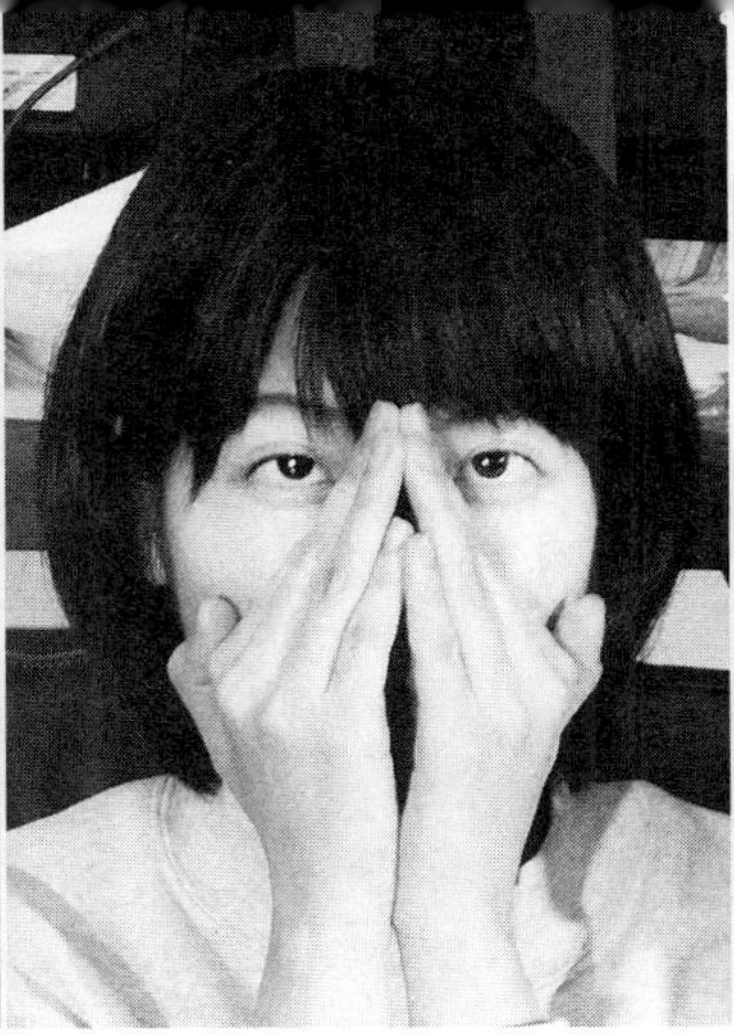
娘

妻

妻　けど、自分が認めていない人を褒めたら機嫌が悪いけど、自分が認めている人に関しては、自分から積極的に褒めるけどね。父ちゃんは人の悪口も得意やけど、褒めるのも凄く得意なとこあるから。

息子　たしかに、褒める時は凄いよな。けど、「自分を褒めてアピール」も凄い。

妻　「もっと褒めてくれ！」って言うんやけど、それはプロの編集者の皆さんにお任せすることにしているから。

息子　家族が「もうわかった、わかった」ってなってるから、外で皆さんには相当苦労かけてはると思います。皆さん、忙しいはずやのに、原稿が書けたら早朝だろうが夜中だろうがすぐに送って電話して、「読んだか？」って訊く。「読んでません」なんて言おうもんなら、「なんで読んでないねん！」って激怒。担当の編集者の方はめっちゃ大変やと思いますわ。

厳しい意見もきちんと聞く

娘　私は原稿の段階ではなく本になってから読むんやけど、「面白かった」とか「凄かった」って言うと、「ほんまにそう思ってるか？」ってめちゃくちゃ追及されるからな。「どこがおもろかったんや！」って。結構、返事に困ることがあるわ。

妻　私は原稿の段階で読むんやけど、結構こっちの意見を取り入れてくれるよな。原稿段階では、むしろ謙虚。

息子　そうそう。僕も原稿の段階で読んで、「ここのところはどうかと思った」って言うと、「なんでやねん！」とか言わずに「そうか、なら書き直すわ」って。凄く素直に受け入れてくれる。

妻　本が完成するまでは、厳しい意見でも反発せずに、何度でも書き直す。否定的な意見でもきちんと聞く。あれはなかなかできない気がする。

娘　登場人物の名前も、家族の公募制で決めたことあったもんな。

息子　あったあった。

娘　女性の登場人物の名前がとにかく古臭い。父ちゃんが書くと、だいたい「慶子」「陽子」「和子」「淳子」やったもんな。

息子　そこは六十一歳の世代感がどうしても出てまうんよ。放っておいたら一〇〇%、〇〇子になる。「〇〇子が多い」って僕とお母ちゃんが言って出てきた名前が、「真奈美」「真由美」「美由紀」――違うねんけどなーって(笑)。

娘　いままでの小説のなかで、慶子が一番多いんちゃう?

息子　いや、陽子ちゃう?

妻　慶子よ。『幸福な生活』(祥伝社)は月一連載だったけど、毎回、女性の登場人物の名前が慶子。陽子は慶子の次に多いかな(笑)。

娘　『輝く夜』(講談社)にも、慶子はまあまあ出てくるな。

妻　『永遠の0《ゼロ》』(講談社)のお姉さんも慶子やしね(笑)。

息子　もう全員、慶子やった気がしてきたわ(笑)。

本の売り上げを毎晩報告

妻　『モンスター』(幻冬舎)の時は入札制にしたんよ。家族三人で名前を書いて、「先入観が入らないように」って本人が言うから、私が子供たちの挙げた名前を全部清書して選ばせた。

娘　お兄ちゃんの出した名前が結構選ばれるよな。

息子　作品の内容に合うように、結構真剣に考えているから。読者の方には是非、その辺りも注目していただければと(笑)。

妻　あと、新刊本が出たら出たで「一カ月は使いものにならん」って本人も言うてるぐらい、日々の売り上げが気になってしょうがない。

息子　感心するぐらい気にするよな。

娘　父ちゃんは家でも、その日の売り上げを逐一報告してくるぐらいやから。

息子　新刊が出て十日間ほどは、毎日その日の晩頃になると「今日の売り上げはな、〇〇書店で何冊、△△書店で何冊」とずっと言っている。

娘　ほとんど趣味やな。

息子　毎日毎日、「今日はあの書店で何冊売れた、今日はこの書店で何冊売れた」って言われても……。出版社の方は、ほんまに大変やと思います。

小説家になる？　ギャグか！

娘　でも振り返ってみると、父ちゃんが小説を書き始めたのが十一年前、私はまだ小学校三年生で気にも留めてなかったけど、二人は？

息子　当時、僕は中三やったけど、もう完全にギャグやと思った。五十歳のオッサンが、いきなり「小説家になる」って、なにを言うてんねんって。

妻　私はちょっと違う。ああ、いよいよ本気になったかと。だから、もうとにかく仕上げてほしいという思いやったな。これまで途中で放り出してきたものが凄く多かったから。若い時は私の肖像画を描いて途中でやめて、戦車の模型を作って細部まで凝《こ》りに凝った精巧なものなのに途中で投げ出して、碁盤《ごばん》を手作りするって言い出して榧《かや》の木を買うてきて結局作らず。

とにかく、クリエイティブなものに対する完成度の要求水準が非常に高く、かといって求道的《ぐどうてき》に長く続けるエネルギーがないから、一旦頓挫《とんざ》すると再開する気力を失う。途中まで凄いもの作っているのにもったいないということが多かったから、「小説だけは最後まで書き上げてほしい」って。

結婚してからも六年ぐらいは私も働いていたから、放送作家の仕事が邪魔になって小説に打ち込めないんだったら、何年間か区切って、放送作家の仕事も完全に辞めても、私が働くからええよって思ってた。

息子　そこは四十年近い夫婦の絆がなせる業《わざ》やな。感心するわ。

妻　知り合って今年（二〇一七年）で三十八年。一緒になった理由は「面白い人」やったから。でも、一廉《ひとかど》の人物にはなるだろうと思っていたし、いつかは何かをやる人だとは思っていたけど、四十代半ば過ぎてから「私の見込み違いだったかな……」と思いかけていて。本人も「このままじゃアカン」と思ったと思う。五十歳を目前に、ようやく一念発起してくれて。

で、途中まで書いていた『永遠の0』の原稿を読んだら凄く面白かったので、たぶん成功するだろうとは思った。さすがにここまで売れるとは思っていなかったけど。最初は「百田」って変わった名前やからペンネームにしてもらいたくて、本人の性格を考えたら絶対に本名でいくことはわかっていたうえで、そう言ったんやけどね。

娘　その気持ちわかる。「百田」っていう苗字、珍しいからよく聞かれるもん。

息子　でも、お母ちゃん、凄ない？　まだ出版される前なのに、売れたときのことをもう考えているんやから。ほんま凄いと思うわ。当時、中三でまだ十五年しか父ちゃんとの付き合いがなかった僕とは大違い。父ちゃんが小説家として食べていくなんて、僕一〇〇％無理やと思ってたもん。

妻　本人も相当な努力をしたと思う。

息子　せやな。偉そうなことを言うようやけど、父ちゃんほんまによう頑張ったと思うわ。息子から見てもチャランポランやし、気分のムラが激しかったあのオッサンがこんなになるなんて。でも、やっぱり父ちゃんの書いたものを読むと、お世辞抜きでおもろいからな。

妻　ある雑誌のインタビューで「出会った頃から才能を疑ったことはありません。人間性を疑ったことは何度もありますけど」って言って、掲載誌見たら「才能を疑ったことはありません」で終わっていて、後ろのオチが削られていたの。なんかいい話になっちゃって（笑）。今回はしっかりオチ書いといて下さい！

息子　たしかに、人間性には「難アリ」やな。六十一歳になっても「自分が一番」を思いっきり表に出して行動するんやから、まともな大人ではないよ。

妻　常識も良識もあるんやけど、まずは自分が一番ね（笑）。

家のことは何もできない

息子　それと、いまは気持ちに余裕が出てきてるからそんなこともなくなったけど、昔は自分の気に喰わないことがあったらよう怒っていたな。八つ当たりに近い形で。

娘　私、怒られて結構泣いてたもん。怒ってマグカップ投げつけてできた傷が、家の床にいまでも残っているもんな。マグカップは割れずに床が凹《へこ》んだっていう。いまでは父ちゃん、顔もずいぶん柔らかくなったし。

息子　せやな。昔は顔も恐くて、メガネ外したら目つきも悪かった。論争していてもすぐに手が出てたようやからな。理詰めで相手を論破して、なおかつ殴る。

妻　若い頃はほんまに気が荒くて、すぐに人と喧嘩していた。

娘　そんな父ちゃんやのに、夫婦喧嘩とかほとんどないし、ほんまお母ちゃん凄いなって思う。私だったらバトルして、一日で夫婦生活終わってるわ。

妻 本人は外で「自分が我慢しているからや」みたいなこと言うてんねん。あれがほんまに腹立つ！「外でいっぱい嫌なことがあって我慢できている俺が、家で我慢できないはずがない」って。なんか自分が我慢しているみたいに吹聴《ふいちょう》して。「それはちゃうやろ！」って言いたいけど、私には反論するチャンスがないから。

百田氏の自宅部屋。中央に敷いてある布団で寝ている

息子 ここでしっかり書いておいてもらおう！

妻 この子らが証人です。私が言うのもなんですが、ここまで持ったのも私の忍耐の賜物《たまもの》です！

息子 ほんま、百田家はお母ちゃんがおらんかったら、絶対にやっていけない。これだけはたしか。それに、父ちゃんは家のことは何もできない。

娘 一回、お母ちゃんが骨折して一カ月ぐらい入院した時なんか、家がえげつないことになったもんな。崩壊寸前。

妻 私が退院して帰ってきて、玄関までの間で「あれ？」っていう感じが物凄い漂《ただよ》っていた。玄関入ってびっくりして、本人は「めっちゃ頑張って片付けててんで」って言ってたんやけど。結局、その場で居間まであがらずに、玄関周りを二時間ぐらいかけて片付けたもん。

息子 もし空き巣が入ったら、「この家はもう別の空き巣に入られてるやん」って勘違いするぐらいの散らかりようやったからな。

診察室でアイスを

妻 食事も毎日外食だったらしいな。最初だけご飯作ろうと焼き飯に挑戦して、炊飯器の蓋《ふた》開けたら緑色のご飯が入ってたって。あと、よく覚えているのは、本人がお見舞いに来てくれる際に、必ず病院一階にあるアイスクリームの自動販売機でアイスを買ってから、上の階の病室ま

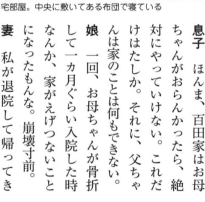

で来ていたこと。

娘　父ちゃんが大好きな「モナ王」っていうアイスな。

妻　入院初日に「何時何分に手術の説明をしますから診察室まで来てください」って言われていて、定刻になったらわざわざ先生が迎えに来てくれたんやけど、その時もアイスクリーム齧《かじ》っていて、溶けちゃうから置いていくわけにはいかず、先生から「(アイスも) 持ってきていただいて結構ですよ」って言われて。

診察室で先生がパソコンの画面を指差しながら「ここの骨がこう折れているので、このような手術をします」って説明しているその横で、一人もぐもぐアイス食べてる(笑)。本人も、「あの時は格好悪かったわ」と言ってたけど。

娘　いい歳《とし》したオッサンが……。しかも、お見舞いのたびに自販機で買うから「モナ王」が売り切れになったっていう。

息子　あの病院の自販機で「モナ王」買うのなんか、父ちゃんしかおらんからな。どんだけ食べんねんって話やわ。

妻　回診の時、先生にもう一回目撃されたからね。「あ、どうもこんにちは」って言われて、また一人でもぐもぐ食べていた(笑)。

息子　先生も、「このオッサン、どんだけ『モナ王』好きやねん」って思ったやろな(笑)。

菓子大好き、買い物大嫌い

妻　お酒もタバコもやらない分、アイスだけじゃなく、お菓子もよう食べるし。

息子　食べるなんてもんやないよ。六十一歳の平均値の十倍超は食べてる。甘いもんから煎餅《せんべい》、ポテトチップス――全ジャンルなんでも。ジュースも大好き。

妻　ご飯のあとでも、一人でお菓子やらアイスやら食べてるな。この前なんか、一人先に晩ご飯食べ終わって、まだみんなが食べている後ろで「ハフハフハフ」って声がするから「何かな?」と思ってパッと見たら、冷蔵庫から出したアイスを物凄い勢いで食べてたことあったやろ(笑)。

息子　あったわ。そない急いで食べんでも誰も取らへんから、っていうぐらいの勢いで(笑)。〝人生経験六十一年積んだ子供〟や。

娘　お兄ちゃんが買ったお菓子も、よく奪われてるもんな。

息子　「それちょうだい」ってよう言われるわ。

妻　買い物が億劫《おっくう》で大嫌いやから、自分では絶対に買わない。あれば何でも食べるという感じ。

息子　いまはさすがにしなくなったけど、五十二、三歳ぐらいまでは朝、昼、晩ご飯食べて、夜中の二時ぐらいに「あったら食べる理論」でカップラーメンもよう食べてたな。

妻　自分で買うのは、本とクラシックCDだけ。CDはもうネットで買っているから、お店で買うのは本だけ。あとは何も買わないから、靴なんか破れても平気で履き続ける。

さすがにいまは、私が「これ傷《いた》んできたな」と思ったら勝手に買っちゃうけど、独身の頃はお金もなかったから、穴が空いた靴をずっと履いてた。雨が降ったら中に水が入ってくるからって、靴下の上からサランラップ巻いて履いて。それでも当然、水が沁《し》みてくるから雨の日は機嫌が悪い。でもその靴を履き続けて、とうとう靴底が剝がれてしまって、さすがに買い換えなきゃアカンやろって言ったら、「底が剝がれただけなんやけどなー」(笑)。

娘　服なんかも、自分では一切買わないもんな。

息子　結婚してから、父ちゃんがユニクロ以外で自分の服を自分で買ったことは絶対ないと断言できる。その分、本とCDにかける情熱は半端ない。五十五歳を超えてから買ったCDだけでも、普通に聞いたら四十年はかかる量やもん。

妻　若い頃、友達の結婚式があって、招待状に「平服でお越し下さい」と書いてあったので、「これでいいよな」って言ってヨレヨレのシャツにヨレヨレのズボン穿《は》いてきたので、「平服っていってもみんなスーツで行くんやないの」って。「いやこれでいい！」って言い張って、行ったら式場で「平服以下の人が一人いた」とざわつかれたって。いまでも普段着は、ユニクロのシャツとユニクロのズボンとユニクロの上着（笑）。

息子　放っておいたら、どんなにヨレヨレになっても着続けるからな。服としての機能果たしてなくても着るおそれが高い。

尋常ならざる手先の器用さ

妻　ほんまに凄い突出した部分がある分、できない部分もあって、そのギャップが極端なんよ。

息子　手先も尋常じゃないぐらい器用やもんな。粘土細工なんかでも、グニャグニャこねて二、三分でパッパッパッと作ってめっちゃうまいやん。なんなんあれ。誰が見ても、「これサメや、パンダや、虎や、めっちゃうまいな！」ってなるもん。

娘　絵もうまいしな。

息子　昔は彫刻とかもやっていたらしいし。あと、どんなに難しい知恵の輪でも、三日後には間違いなく外れている。

妻　昔、お父ちゃんが飼ってた猫にひっかかれて、右手の小指が肉までざっくり裂けた時があったんやけど、「縫ってくれ」と言ってきたから「無理」と言ったら自分で、しかも左手で縫ってしまった。

息子　戦国時代か！

妻　メガネ直すのもうまい。ちょっと歪《ゆが》んだり、ネジがおかしくなったら持っていって、すぐ直してもらう。

　昔は車の鍵もいまみたいにキーセンサーがついてないから、よう鍵つけたままドアをロックしちゃって困ったことがあったけど、その辺に落ちているもので開けちゃう。

　ある時、図書館に二人で行った際、近くにある青空駐車場に停めて、本借りて車に乗ろうとしたら、父ちゃんが「またやってもうた」と。「なんか道具探してくれ」って言うから、「え？　道具？　こんなところで何を探したらええの？」となって、とりあえず下向いて探していたら「あった！　これでええわ」って。見たら破れ傘を持ってきて、その骨でうまいことドアのロック外してん。

息子　あと、車ぶつけて運転席側のドアがおかしなった話。あれ、おもろいから紹介して（笑）。

妻　そうそう。車ぶつけて運転席側のドアが大破して、お金なかったから京都と大阪の中間にある廃車置き場に行って、そこは部品とか勝手にもらっていいことになっていてね。道具も貸してくれて、同じ車種の車を見つけたんやけど色が全然違って、でも「これしかないからええわ」となって、自分で大破したドア外してパパパッと色違いのドアつけて。

息子　それも簡単にできることちゃうからな。

妻　運転席側のドア、色が違うだけじゃなくて鍵も当然違ってずっとロックされた状態だから、降りる時は運転席側だけど、乗る時はいつも助手席側のドアから。ある時、そのことを忘れて、妙にうまい駐車の技術を存分に発揮して、細い駐車スペースに助手席側をギリギリに停めたら、乗る時に乗れなくなって（笑）。

　それでまた、運転席側のドアを針金で開けるわけ。その時、たまたま通りがかりの人がいて「キー付けたままロックしましたんか？」と訊かれて、お父ちゃん、「キーはここに持ってますねん」と。

息子 その人、絶対に「この人、頭おかしい」と思ったやろうな(笑)。

驚くべき記憶力だが……

妻 抜けている分、器用さで補っているのが良いのか悪いのか。マジックなんかも凄い上手くて、嵌《はま》ったときはどこ行くにしてもトランプ持って行ったりして、ずっとマジックの練習してたからね。腕が腱鞘炎《けんしょうえん》になるくらいしてたんやから。

息子 あの情熱は尊敬するわ。けど、マジックはプロ級に上手い。あと、執筆する時も、気合が入ったら一日二十時間くらい書いてる。それも何日も! けど、サボるときはとことん何もしない。

妻 好きなものにはとことんのめりこむけど、興味がないものには全く。

息子 テレビも一切見ない。放送作家の仕事をしているのに、芸能人も全然知らない。よくテレビの仕事できているなと思う。

娘 CMで綾瀬はるかとかが出ても「これ誰や?」って訊くから教えても、しばらくして、同じCM見てまた「これ誰や?」。全く覚えない。

息子 一方で、一九六〇年代のボクサーとかむちゃくちゃ詳しい。一千人に訊いて誰も知らないボクサーの名前とかエピソードとか、感心するぐらいよう知っているわ。

妻 映画のストーリーとかも一回観ただけで、ワンシーンごとに克明に覚えているからね。「ここでこうカメラのカットが切り替わって、ああなって、こうなって」と。「もう忘れたわ」って言うと、「なんで覚えてないねん」って不思議がる。

息子 何年経っても、面白かった映画のシーンとかは完璧に再現できるもんな。

妻 一度読んだ小説もほとんど覚えている。びっくりするくらい。その代わり、近所の二軒先に住んでいる人の名前とかはすぐ忘れる。「あの人、誰やったっけ?」って。

息子 一度、父ちゃんがテレビ局の人とたまたま帰り道が一緒になって、電車のなかでもずっとしゃべって帰って、家が近かったから車でその人の家まで送っていって、その間もずっと会話していて。

で、翌日、僕と妹と父ちゃんと三人で近所のうどん屋にご飯食べに行ったら、昨日、帰り道ずっと一緒だった局のその人も偶然来てはって、こっち見て「あ、どうも」と挨拶してくれたんやけど、僕も妹も「誰やろう?」ってなって、父ちゃんのほうを見たら「誰や?」って顔してる。席に座って、父ちゃんが「誰や? 知り合いか?」「いや知らん。父ちゃんの知り合いちゃうん?」「いや、知らんわ」って。

妻　一時は、その場にいない私の知り合いじゃないかって話になったんやもんな。

息子　そうそう。でも違うかなってなって、しまいには「僕の同級生のお母さんかな」とかわけのわからない話になって、「ここは勇気出して訊いてみよう」と、三人で恐る恐る訊きに行ったら「昨日、ご一緒に帰りました○○ですが……」って言われた瞬間、父ちゃんが「ハッ」となって。もう完全にボケてるやん(笑)。

妻　そういうことがあったのに、もう一度、その人とテレビ局で会って挨拶されて、また「誰や?」ってなったんやから。以来、その人は会うたびにまず名乗るようになったという。

娘　びっくりやわ。

妻　人の名前と顔はそれぐらい忘れる。でも、本の内容とか映画のストーリーは克明に覚えている。英語も全然できないけど、クラシック音楽のCDのラベルとかは一瞬で解読するし。作曲家、指揮者、どんな曲なのかとか。ドイツ語だろうとイタリア語だろうと瞬時に。

娘　あれはほんまに凄いと思うわ。

メンタル強いが気は小さい

妻　『海賊とよばれた男』を書いている時も、膨大な資料を読み込みながら同時並行で執筆して。付箋《ふせん》とかも全く使わないで、基本的に一度読んだら「これは使える」とか明確に頭に入っている。だから書くのも早い。作家になってそういう才能を活かせるようになって、ほんまによかったと思う。

息子　『海賊とよばれた男』を書いている時と言えば、本人は「三回救急車で運ばれた」って言っていて、まるで根《こん》詰《つ》めて体調崩した「武勇伝」みたくなっているから急いで補足すると、単に長年の食べすぎが祟《たた》って胆石になって、その発作やからな。うち一回は、僕が家で友達と食べていたとんがりコーンを父ちゃんもばりばり食べて、その翌朝やし。

妻　二回目は唐揚げやったな。脂《あぶら》っこいものを食べると発作が起きるって、一回目でわかっているのに食べるから。

息子　唯一それぐらいやな、体調崩したのは。

娘　ほんま元気やもんね。

妻　でも本人は「俺、体弱い」って。

娘　父ちゃんが体弱いっていったら、日本人の八割以上が体弱いことになるよ。

息子　メンタルも強いし気も強い。

笑いの絶えない明るい一家

相手が誰でも言いたいことを言う。

妻　あれは気が強いこともあるけど、言いたいことは言わずにおれない性格やから。それ言うたら大変なことになるとわかっていても、どうしても我慢できない。あの人は、言って叩かれるストレスよりも、言いたいのを我慢するストレスのほうが大きい。

息子　豪快やけど、気が小さい。わけわからん人間や。

妻　炎上とかバッシングには強いけど、気は小さいところがあるな。たとえば私が何気なく、「ずっと気になっていることがあんねんけど、ちょっとこっち来て見てくれる?」とか、「前から思っていたこと言うていい?」みたいなことを言うと、「何?　何?　何や?　何よ?」ってすごいビビる。

息子　でも、いまでもそうやけど基本、楽しい親父《おやじ》やわ。僕が小さい頃なんかでも、おもろい話たくさんしてくれて。戦国時代の話でも、小学生の僕がめっちゃ興味をひくように「こんな武将がおって、こんなことが起こって」とかストーリー調になってたりとか、物理の話や音楽の話、それもクイズ形式にしたりとか。

　自分がおもしろいと思って仕入れた話を、その面白さを子供たちに伝えるためにいろいろ工夫して、とにかく一所懸命話してくれた。最初は興味なくても、最後のほうでは「で、そのあと、どうしたん?　どうなるん?　父ちゃん、はよ教えて」ってなる。

食事中でも大便漏らした話

妻　いまでこそ、家族四人で食卓を囲むことは減ったけど、揃って食べてるときは黙って食べたことないよね。

娘　父ちゃんがガーッとしゃべっている。

息子　家族でしょっちゅうご飯行ってたけど、高尚な話なんか全然せえへん。

娘　食事中でも、平気で大便漏《も》らした話とかするもんな(笑)。食事しながらでもお構いなし。

息子　いまでも、たまに話題にのぼる共通のエピソードがあるな。五、六年ぐらい前やったかな。大雨のなか四人で車で食事しに行って、帰り道、普段の道が冠水して通れなくて、別の道から帰ったら大渋滞。そんな時に限って、父ちゃんが急に「出そう。えぐい！」って。

妻　普通だったらもう家に着いているんやけど、あの日は大雨の影響で迂回《うかい》しなきゃいけなくてね。

息子　家族三人で「あともう少しやから頑張れ！　この渋滞抜けたらすぐや！」って言って励ましたんやけど、「いや、ほんまにアカン。この二、三年で一番や」と言い出して、「アカン、ほんまにアカン、もうアカン」って。外はザーザー降り。

　そしたら途中、「ちょっと波が収まったわ……」ってなって一家四人で安心して、僕が「いや、でもウンコと言えば、僕も昔めっちゃ漏らしそうになったことあったわ」っていう話をし出したら、父ちゃんが「やめんか！　人がせっかくウンコの波が収まったのに、そんな話するからさっきより途轍《とてつ》もない波がきたやんけ‼」って。

娘　ウンコにつられて(笑)。

息子　「やばい、やばい、もうほんまにやばい！」ってなって。そしたらずっと住宅街走ってきたなかに奇跡的に月極《つきぎめ》駐車場があって、「もうここしかない！」となって車入れて土砂降りのなか急いで外出て、駐車場の端っこに走って行って野糞《のぐそ》。

　数分後、五十過ぎたオッサンが全身ずぶ濡れになりながら、物凄い晴れやかな顔して「みんな、心配かけたな。もう大丈夫や！」って(笑)。

　駐車場との〝奇跡の出会い〟を果たす数分前は、もう「やばい」という言葉すら出なかったもん。完全に無言。読者の皆さんは体験あるかわかりませんが、人間、ほんまに漏れそうになった時って言葉が一切出ないんです。全神経を肛門の筋肉締《し》めることに集中せなあかんから、「やばい」と口を開いた瞬間に出てしまう。僕も親父譲りで、よう大便漏れそうになるんでわかるんですわ。

妻　あのあと、帰りの車内では、家に着くまで「せっかく波が収まったのにウンコの話するからや」って息子のせいにしてたけどね。

息子　「あの時はほんま辛かったわ」っていう話を、いまでも食事しながらしてるな。
妻　あとは、友達から聞いた漏らした話とか(笑)。
娘　どんな一家やねん(笑)。

娘にはツンデレ

息子　僕はわりと父ちゃんと二人で外にご飯食べに行くことが多くて、まず餃子の王将か焼き肉屋に行って、食後は三ツ矢サイダー飲んで「コーヒーでも飲みに行こうか」ってなって、近くの喫茶店で数時間、話をしてる。ウンコの話で盛りあがるときもあれば、政治の話や江戸幕府の話とか、飽きもせずいろいろな話をしてる。
　この前なんか、僕の顔を見て父ちゃんが突然、「アホな顔してんな」って言い出して、急にそんなこと言われておもろくて笑ってたら、父ちゃんもツボに嵌《はま》ったらしく笑い出して、「いや、父ちゃんもアホな顔して笑ってんで」って言ったら二人してめっちゃツボに嵌って、お互い顔を指さし合って笑ってる。レベル低すぎでしょ(笑)。いまでもお互いに変な顔をして笑わし合ったりしてるし、どんだけアホな親子やねん。
妻　この前は、息子が昼寝から起きてきたときに「お前、ホンマにアホやな。いつそのアホ直んねん」ってあの人に言われたら、息子が「いま直ったわ。寝て起きて直ってたから、僕もびっくりした」って言い返して、それであの人爆笑してたな。
娘　父ちゃんは、お兄ちゃんの切り返しに結構ウケるよな。それでツイッターに採用したりしている。
妻　本人曰《いわ》く、「妹をアホにしたのはあの兄のせいだ」と。小さい頃から兄の教育によって妹がアホになったと。
娘　その説はかなり濃厚やな。私は家族のなかで、しょっちゅうアホ扱いされているから(笑)。
妻　父ちゃんは、世間のお父さん方からよく聞かれる娘へのデレデレぶりみたいなのは一切しないもんな。ツンデレなんよ。
娘　「足太いな。トドみたいな足しているやん」とか平気で言ってくるからな。
妻　面と向かっては〝悪口〟しか言わない。
息子　娘への愛情を出したら負けや、と思うてるフシがあるな。教育なんか知らんけど。
　あ、教育といえば、僕が四歳のときにちょっとした反抗期になって「保育園行きたない」とぐずった時の話。あれ、僕は話を聞くまで記憶にはなかったんやけど、妻かったらしいな。

妻　本人はその日、仕事で名古屋まで出張で、「父ちゃん、いまから名古屋行ってくるわ。だから、ちゃんと保育園行き」と言ったら、息子が「嫌や。僕も名古屋行く」って言ってきかない。そしたら「よし、ほんなら一緒に名古屋行こう」って言って、車に乗って出かけて。心配なので私もついて行ったら、山奥の知らない川原まで行って「ほな、こっから名古屋行くで。この川を越えて、あの険しい山道を登って行った先に名古屋があるんや、さあ行こうか」って、どんどん深い草のなかを分け入って進んでいく。息子も途中まで頑張ってついて行ったものの、ついに「名古屋行かない。保育園行く」って言って泣き出して。

息子　この話、大きなってから初めて聞いて、それまで僕、なんでか知らんけど、名古屋って聞くと嫌やったんよ。トラウマを植えつけられて。原因はこれやったんか、ってあとになって初めて知った。

　ただ、これこそ父ちゃん流の教育かなって思う。「名古屋行くとかアホなこと言わんと、保育園行け！」って怒るでもなく、「わかった、保育園行きたなかったら行かんでええ」と言うでもなく、わけのわからん山奥の川原まで連れて行って、自分から「保育園行く」って言わせる。父ちゃんの教育論が読みたくなるよ。

　でもちなみに、父ちゃんその日、仕事大遅刻したんやろ。そもそも時間に余裕持って家出る人やないのに、山奥まで行って（笑）。そら、遅れるわ。

娘　アホやん（笑）。

妻　しかも、そのエピソードを本人は忘れていて、覚えていたの私だけ。

息子　それもびっくりでしょ。お母ちゃんがついて来なかったら、こんな面白エピソードは永久に闇に葬《ほうむ》られていたわけやから。

親族を小説の題材に

娘　こんなエピソードがまだまだありそうやね。

息子　覚えているだけでも、一日じゃあ語り尽くせないほどまだまだあるよ、ほんまに。それと、この家族座談会、今度はおばあちゃんも入れてやったら絶対におもろいと思うなあ。あの人もめっちゃ気が強い人で、父ちゃんがお母ちゃんと結婚する前後は、二人とも本気で喧嘩してたって聞いた。

妻　二時間以上一緒にいると、まず喧嘩が始まっていたね。小さい頃はお義母《かあ》さんのほうが強いから、押入れに閉じ込められたり、箒《ほうき》で叩かれたりしたそうだけど。大きくなってからも、ほんの些細《ささい》なことですぐ喧嘩になって。お義母さんが勘違いされていて、私なんかは「あ、勘違いなさっているな」ぐらいやけど、本人は絶対に許さない。

息子　父ちゃん、「それは勘違いやろ！」って絶対に言うからな。

妻　そうしたらお義母さんも、「いやそんなことはない！」って言い返して大喧嘩のスタート。お義父《とう》さんと私は、知らん顔してその場から離れるという。

息子　つい最近やもんな、親子喧嘩しなくなったの。六十一歳と八十代後半になって、ようやくお互い大人になった（笑）。反面、おじいちゃんは物凄く温厚な人やったな。

妻　お義父さんは子煩悩《こぼんのう》で写真が好きな方でね。だから小さい頃は、よく連れ歩いてもらったみたいよ。映画にもよく一緒に行って。あの人の映画好きもその影響。それと、お義父さんはコーヒーが好きな方で、映画を観終わってからよく一緒に喫茶店にも入って、当時お父ちゃんはまだ子供やったから、ミルクを入れる小さなカップにコーヒーを少し入れてもらって、それを飲むのが嬉しかったって言ってたわ。

息子　ええ話やん。おじいちゃんはほんま穏やかな人やったわ。叔父さんは激しい人やったけど。

妻　お義父さんの弟さんね。

息子　先日亡くなったけど、物凄い気性が激しくて、戦後の混乱期だからこそ生きてこられたような人で、平成の世だったら気性が荒すぎて殺されているか逮捕されているかというぐらい。まあ、親族にはいろいろな人がいて、だから父ちゃんみたいな変わり種が生まれたわけやね。

妻　お義父さんのお父さんも、なかなか気の荒い人だったみたい。お父ちゃんの祖父だけど。だから「叔父さんとかお祖父さんの話を小説にしたら面白いんと違う？」って本人には勧めてるんやけどね。

息子　絶対おもろいと思うわ。

娘　私も読んでみたいな。

家族一同　父ちゃん、いつか書いてな！　そして読者の皆様、こんな百田尚樹ですが、これからもどうぞよろしくお願い致します。

百田尚樹ニュースに一言 5

自らの手は汚さない朝日新聞

朝日新聞は二〇一五年五月三十日の社説で、「早く質問しろよ」と言った安倍総理のヤジを非難しています。時間が限られた国会質問の場で、質問もせずに貴重な時間を使って自らのパフォーマンスで延々とくだらない自説を述べる辻元清美に対しては、ヤジの一つも飛ばしたくなる安倍総理の気持ちはよくわかります。しかし、さすがに総理の立場としてはまずかった。その後、安倍総理はきちんと謝罪しています。

ただ、朝日の社説で呆れたのは、辻元と安倍総理の関係を、「口頭試問を受ける受験生と面接官のようなもの」と書いたことです。もちろん狡猾《こうかつ》な朝日新聞編集員は自分ではそんなことは書きません。例によって、都合のいいことを言ってくれる「識者」に代弁させてます（今回は杉田敦・法政大学教授）。要するに自らの手は汚さないわけです。

そして杉田教授の言葉をもらった朝日新聞は、「受験生が面接官にヤジを飛ばすことは許されない」という無茶苦茶な論理を展開しています。

ちょっと待てよ、と言いたくなります。

辻元清美が面接官で安倍総理が受験生ですと？　どういう頭の回路でそういう喩《たと》えが生まれるのか理解ができません。安倍総理が辻元の会社（組織）に入りたいというのでしょうか。それとも辻元は何かの試験を受けにきた安倍総理の合否を決める立場の権限がある面接官とでもいうつもりなのでしょうか。辻元はそんなに偉いのでしょうか。何か大きな勘違いをしていやしませんか、朝日新聞さん。

百歩譲って、その喩えに乗っかったとしても、限られた面接試験で、面接官が受験生に質問もせずに延々と自説を論じたらどうでしょう。それで口頭試問が成り立つのでしょうか。もしそんな面接官がいたら、「早く質問してください」と言う受験生がいたとしても不思議ではありません。

杉田教授の喩えに飛びついた朝日新聞ですが、論理を展開する前に、あまりにも幼稚な喩えに気づくべきだったでしょう。それに総理のヤジをそこまで糾弾するなら、野党のヤジも多少は非難したらどうでしょう。もっとも「安倍叩きはうちの社是《しゃぜ》です」と堂々と言う朝日新聞ですから、論理もクソもないのかもしれませんが。（二〇一五年六月七日）

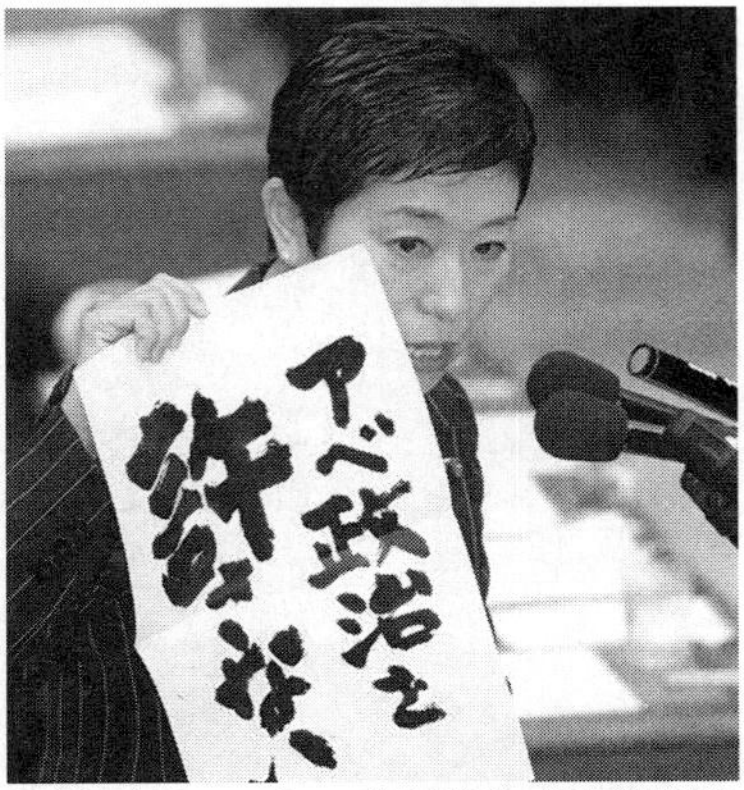

延々とパフォーマンス（写真提供／共同通信社）

在日朝鮮・韓国人の犯罪報道

全国の神社などで油のような液体をまいたという事件が頻繁に起こっていますが、二〇一五年六月一日、千葉県警が容疑者を特定し、逮捕状を取ったというニュースが出ました。

伝統ある神社などに対する卑劣な犯人が判明したことはよかったのですが、問題はその報道の仕方です。

まず、第一報を流した共同通信は、「米国に住む日本国籍の五十二歳男」と報じました。この「日本国籍」という言葉に注目して欲しい。次にTBS系列のテレビニュースでは、「アメリカ在住日本人医師（52）」というテロップを入れ、顔写真にモザイクを入れました。このテロップの「日本人」という言葉にも注目してほしい。

二つとも逮捕状が出ている容疑者にもかかわらず、実名は公表していません。ところがこのTBS系列のテレビニュースが流したモザイク写真から、ネットの住民によって、犯人名が割り出されたのです。モザイクなしの同じ写真が発掘され、人物が特定されました。現時点では確定でありませんが、ほぼ間違いないと言っていいでしょう。ネットというのはすごいなと改めて思いました。

それによると、この犯人は在日韓国人あるいは帰化韓国人らしいです。

そもそもこの事件は最初から、朝鮮人か韓国人の仕業《しわざ》ではないかと言われていました。というのは、朝鮮・韓国人は日本に対する憎悪と劣等感から、神社や神宮に対して強い憎しみを持っていると言われていたからです。

また近年、靖國神社などにも朝鮮・韓国人の嫌がらせや建造物損壊の事件が起きています。それだけに、もしかしたら犯人は朝鮮・韓国人ではないかと考えられていました。つまりこの事件は単なる愉快犯ではなく、そこには日本の文化と伝統に対する朝鮮・韓国人の敵意が背景にあるのではないかと捉《とら》えられていたのです。

そして今回、逮捕状が出たのは在日韓国人あるいは帰化した元韓国人と思われる人物でした。ところが、反日マスコミの筆頭である共同通信は、配信記事の中にわざわざ「日本国籍」と書きました。そして同じく反日メディアであり、親韓メディアでもあるTBS系列のニュースでは、「日本人医師」とテロップを入れました。二つのメディアともに、「犯人は韓国系の男である」というニュアンスをニュースの中にまったく入れていないのです。

他のメディアもこれにならい、どこの新聞も名前は公表せず、二日現在は「日本人」あるいは「日本人医師」という報道になっています。はたしてこれが公平な報道と言えるのでしょうか。もし犯人が帰化していたら、「日本国籍」という表現も「日本人」という表現も間違いではありません。しかし、この事件の根っこには「韓国人による日本文化に対する憎悪」があるとするならば、犯人が元在日韓国人という事実を隠すのは、正しい報道とは言えません。

ニュースを見た多くの日本人は、「へえ、犯人は日本人だったのか。最近は、不信心な日本人が増えたなあ」と思ったことでしょう。共同通信とTBS系列の報道の狙いがそこにあるとしたら、由々《ゆゆ》しき問題です。

もちろん、それに追随した他のメディアも同様です。現に、日本テレビ系列のあるワイドショーでは、キャスターが「同じ日本人として、恥ずかしい」と言っていました。

しつこく言いますが、今回の事件の犯人は、一般的によく使われる意味での「同じ日本人」ではありません！　在日韓国人でも帰化した元在日韓国人の中にも、大きく分けると二つのタイプがあります。

「日本人のメンタリティーを持ち、日本を愛する心を持った人」と「日本と日本人に対して心の底で敵意を持っている人」です。今回の事件は、後者のタイプが起こした事件であると思われます。それだけに、報道で「日本国籍」「日本人」としつこいくらいに連呼されると、非常に強い違和感を覚えるのです。

こういう報道を目の当《ま》たりにすると、日本のメディアは在日朝鮮・韓国人や元在日朝鮮・韓国人に対しては、実におかしな報道をするのがよくわかります。反日メディアと言われる新聞やテレビ局は、在日朝鮮・韓国人が犯罪を犯すと、ほとんどといっていいくらい通名でしか報道しません。（二〇一五年六月七日）

税金を吸う吸血鬼

毎度毎度の情けない記事が七月二十七日の新聞に載っていました。

大阪維新の会の女性大阪市議がトヨタ自動車の高級車「レクサス」をローンで購入したのに、政務活動費を自動車リース料の名目で支払いに充てていたというのです。

市議会では政務活動に使う自動車のリース費用には政活費を使えるが自動車の購入には充《あ》てられないことになっています。

例の号泣記者会見の議員以来、政務活動費の使徒が注目されているのに、高級車のローンにそれを使うとは、本当に情けない議員もいたものです。

「政務活動費」は本来、その議員が政務の活動に使えるお金です。自分の小遣いにしたり、生活費にしたり、私物を買うためのものではありません。しかし多くの議員が実際には自分の懐に入れているようです。例の号泣議員はやりかたがあまりに露骨だったからばれましたが、もっと上手いことやっている議員はいくらでもいると言われています。

去年（二〇一四年）、兵庫県のある議員は視察旅行に行ったと嘘をついて妻と三泊四日の温泉旅行に行きましたが、これがなぜばれたかというと、この夫婦、天草の記念館を訪れた時、四百万人目の入場者ということで表彰され、地元新聞からインタビューを受けていたことで、発覚したのです。運が悪いというか、本当に笑える話ですが、一方で、こういうことでもない限り、温泉旅行に政務活動費が使われても、私たちはわからないということです。

ちなみに政務活動費は兵庫県の場合、七百万円以上。議員の給料が一千三百万円くらいありますから、合わせると約二千万です。たしか大阪市も政務活動費は七百万円くらいだったと記憶しています。

七百万円ももらったら、返したくないのは人情です。領収書なんか後で簡単にでっちあげられます。しかしその金は私たちの血税です。つまり政務活動費を自分の私服にするような議員は、私たちの税金を吸う吸血鬼のようなものです。（二〇一五年八月七日）

私の百田尚樹論

ヤッパリヤバイ!

大﨑 洋
(吉本興業代表取締役社長)

『あっ、ちょっとヤバイ!』

百田尚樹さんとの出会いの第一印象だった。

もうかれこれ、三十年ほど前。

大阪の朝日放送制作部のフロアー。

ボクは、プロデューサーの松本修さんと、明石家さんまの特番で企画打ち合わせのミーティングをしていた。そのミーティングが終わって、松本修さんのデスクに一緒に戻った時だった。

大柄な人物が、のっそり、ぽつねんと立っていた。

『百田です』『大﨑です』(あっコイツ絶対ヤバイ!)。

そんな風景だった。

いまでも、その出会いは鮮烈に覚えている。

私が百田さんと出会った時、ヤバイ!と直感したあの感じは何だったんだろう(笑)。

朝日放送制作のテレビ番組である『探偵!ナイトスクープ』は、六十有余年になるテレビ史上でも特異な財産の一つだ。

松本修プロデューサーと作家・百田尚樹という二人の異才の創造物である。長寿番組は多くの出演者たちとスタッフに支えられている。

しかし、彼等二人の狂気の産物が、テレビというメディアを通してお茶の間に潜り込んでいた。様々な形の笑いとともに。

異才、異能の産物がテレビメディアを通じて、人々のなかに入っていくこと。そこにボクは、言葉にならない、何かを感じたんだと思う。〝圧〟とでもいうものかもしれない。

ボクは彼には近寄らない

『永遠の0《ゼロ》』や『ボックス！』で百田さんが世に出た時、ボクのヤバイ！は、ヤッパリヤバイ！に変わった。

テレビという多くのタレントやスタッフたちが作り出す表現から、たった一人で表現する小説を百田尚樹が選んだ時。百田さんの異才は、ストレートに表出された。

ポピュリズムが跋扈《ばっこ》し、人々の感情が揺さぶられ、政治の座標軸がブレはじめた昨今。表現に、より自由を求めた彼は、道の真ん中で大声で平和を叫んだ。小説を書いても彼の真意は理解されず、批判を浴びる。そしてまた、より自由と平和を求めて彼は叫ぶ。大声でその巨体とともに。

たとえば、いわゆる沖縄問題は、本土と沖縄県民の問題ではなく、あるいはまた百田さんと沖縄マスコミの対立でもないとボクは思っている。

それ以前の、ペリー来航以来のアメリカの西太平洋戦略のなかで翻弄《ほんろう》され続けている日本国の問題であり、その立ち位置からスタートしなければいけない。

同じように百田さんの発言は、もっと根底の彼の思想や熱き想いから理解されなければいけない。

でも、ボクは彼には近寄らない。ヤバイ！から。

かけがえのない同志

櫻井よしこ（ジャーナリスト）

『永遠の0《ゼロ》』を読んで、涙が溢れたことをいまも想い出します。よくいろいろな宣伝文句に「心が揺さぶられるほどの感動」という表現が使われますが、本当にそんな気持ちでした。大東亜戦争を戦った日本人の姿、亡くなっていった先人たちの語られぬ想いをここまで見事に描けるのかと感銘し、私が主宰するインターネット番組「言論テレビ」（二〇一四年新春特番）にご出演いただいたのが、百田さんとの出会いです。

その後、同年九月十五日に行われた言論テレビ「二周年感謝の集い」にもお出《い》でいただきました。『永遠の0』を含めて、日本の戦争、日本人にとっての生と死、歴史を引き継ぎ次世代に伝えることの意味、なにより も日本人としての生き方など、幅広く論じた百田さんに、会場の皆さん方が大いに沸いたことを印象深く想い出します。

ある時、百田さんと二人、馴染《なじ》みのお寿司屋さんのカウンターで食事をしたことがあります。百田さんはご自分の好きな音楽の話を、とめどなく溢れ出す泉のごとく、なさいました。私は、ただただ、圧倒されつつ聞いていました。

　百田さんて、イメージで言うと「塊り」のような方です。発想の塊り――宇宙でブラックホールが爆発してこの無限の宇宙ができたように、発想の塊りとしての百田さんは爆発するようなエネルギーで、次から次へと凄い展開を重ねていく。それはまた、百田さんが才能の塊りであることの証左かもしれません。

　ですから、音楽を語れば、天上からバッハの音楽が降ってくるように、百田さんの音楽論も天から降り落ちてくる。圧倒されますね。そして感動しますね。

　才能の塊りですから、次々と世に問う作品はみんな異なるジャンルのテーマです。私のように大体決まった分野に留まることがない。囲碁、ボクシング、オオスズメバチ、美容整形、時代小説、朝日新聞。この幅広さは百田さんが才能の塊りであると同時に、もうひとつ、努力の塊りでもあることを示しています。

「これは面白い！」と感じたら凄《すさ》まじいエネルギーで徹底的に勉強し、吸収し、新たな作品に仕上げていく。百田さんの才能はまるで早春の若竹、竹の子のように、ぐんぐんと伸びていきます。留まるところを知りません。本当に凄い方です。

本当の優しさを持っている

　また、他人に対して意地悪を一切しない。邪悪さというものがないのも百田さんの特徴でしょう。

　時に百田さんは他人に対して厳しい批判をなさいますが、それらは全て百田さんの熱血気質や正義感から発せられるのであって、決して他人を貶《おとし》めるためでも意地悪なためでもありません。非常に純粋で真っ直ぐな方です。

　人の心を読む能力も突出しています。気遣いを言葉や態度であからさまに示すのではなく、そっと、わからないように、しかも、人一倍になさっている。本当の優しさを持っていると思います。

　小説家として成功なさってからも、世間に迎合したり、丸く収まったりはせず、むしろ、より一層自らの信念に基づき正論を、声を大にして説かれている。純粋だからできることです。そして、その姿勢は言論人として潔いものです。

そんな百田さんの代表作の一つである『カエルの楽園』の文庫化に際し、私は解説を書かせていただきました。この本こそ若い人たちに読んでもらいたいと強く思っています。全国の小中学校の副読本にしてほしいとさえ思います。

『カエルの楽園』は寓話《ぐうわ》で、平易な言葉で書かれているため、小学校低学年でも読めます。一度読んで横に置いてもよいのです。小学校高学年になったら再度読んでみてほしい。すると、「この国は、もしかすると日本かな?」と思うことでしょう。中学生になれば、「これは憲法のことを指しているのではないか」と気付くはずです。そこから日本国を巡る驚くべき多くの問題点について学べることでしょう。まさに名著なのです。

余談ですが、この『カエルの楽園』には印象深い出来事があります。それは、百田さんと言論テレビで憲法の話をした時のことです。放送終了後に百田さんが言ったのです――「櫻井さん、いま僕、ある発想があって本を書いているんです。面白い本になりますから楽しみにしていてください」。

それから三カ月ほど経って、「櫻井さん、この前お話しした本、できましたよ」と笑顔を見せました。驚きました。ついこの前、言っていた本が、目の前で、もう形になっている。「書きたい」と思っても時間がかかってしまう私にとって、百田さんの驚異的なスピードに、またしても圧倒されました。

祖国日本の明るい未来を

いま日本は、『カエルの楽園』に書かれたとおりの悲劇的な結末を迎えかねない危機的な状況にあります(詳細は是非、本書をお読み下さい)。それを避けるためにも、戦後七十二年間続いた歪《いびつ》な日本国のあり方を、いま正していかなければならない。一日も早く、一刻も早く、正していかなければなりません。そのために、いまは闘う時なのです。日本国民はいま一緒に闘わなければならないのです。百田さんも同じ思いでいてくださると私は確信しています。憲法改正です。皆が気付くべき時なのです。

同じ方向を向いている同志がいる一方、それに強硬に反対する勢力も大勢います。私たちは彼らの挑戦を受けて立ち、打破していかなければならない。それは容易なことではないかもしれませんが、闘い甲斐はあるはずです。彼らと闘って勝ち抜くことが、この時代を生きる言論人の責務であり宿命だと、私は思っています。

　志を同じくする人たちと力を合わせ、祖国日本の明るい未来を切り開きたい。その時、百田さんは一緒に闘ってくださるかけがえのない同志です。

「百田文学」の心酔者

松井一郎（大阪府知事）

「橋下さん、僕もその席に参加させて下さい」

　いまから五年ほど前、橋下徹さんが百田尚樹さんと食事をすると聞いた私は、即座にこうお願いしました。

　何を隠そう、私は以前から百田さんの大ファンで、著書はほぼ全て拝読し、「百田文学」の心酔者を自称していました。気付いたら最終ページにさしかかっていることがしばしばあるほど、百田さんの本はどれも読んだが最後、一気に引き込まれます。「人間の心の本質を描く」――これこそ百田文学に通底しているものではないか、と私は勝手に思っています。

　もちろん、大ベストセラーとなった『永遠の0《ゼロ》』も『海賊とよばれた男』も素晴らしい。でも私がお勧めしたいのは、何と言っても『影法師』です。まだお読みでない方のために詳細は書きませんが、あれこそ「百田文学」の魅力が全て詰まった、読者の心を揺さぶる感動作です。是非、若い人たちにも読んでもらいたい。熱いものがこみあげてきます。

　そんな私が実際に百田さんとお会いできるのですから、これほど嬉しいことはありませんでした。お会いする前、百田さんの容貌は写真などで拝見していたので存じ上げていたのですが、実際にお会いしてお話を伺うと、良い意味で裏切られました。百田文学と全く結びつかないのです(笑)。

　堅い感じの人なのかなと想像していたのですが、ざっくばらんで、お酒を一滴も飲まないのに、作品の執筆秘話など、一読者として根掘り葉掘り聞いてしまった素朴な質問にも、懇切丁寧に答えてくださった。ますます百田さんのファンになりました。

　それ以降、お食事をご一緒したり、ツイッターでやり取りをさせてもらったり、百田さんが出演している「虎ノ門ニュース」に出させてもらったりと、交流を続けていただいています。

日本人が学ぶべき姿勢

百田さんは「おかしいことはおかしい」と正論をズバリとおっしゃる稀有《けう》な文化人です。国会議員にしろ、有名な言論人、文化人にしろ、いざとなったら腰くだけ状態で日和《ひよ》る人が多く、私もそうした人たちを数限りなく目《ま》の当たりにしてきました。本来なら、有名で影響力のある人たちこそ恐れず正論を言うべきなのに、決してそうしない。

たとえば、慰安婦問題などでもそうです。日頃、威勢のいいことを言っている強硬保守派の議員や文化人に限って、いざとなったら敵を作らず、穏便に済ませて逃げようとする。

そんななかで、百田さんは歴史認識の問題にしても事実に基づき、自らの信念を持って、どんな時も、相手が誰だろうと、「おかしいことはおかしい」と発言なさる。あれだけ大ベストセラー作家になられても自己保身が全くない。大メディアから叩かれ、著書が全く取り上げられなくても、正論をズバズバ言う。この姿勢は私を含め、政治家、文化人など多くの日本人が学ぶべきだと思います。

百田さんはいまでも充分に稼いでいらっしゃると思いますが、敵を作らず、当たり障《さわ》りのないコメントをしていたら、もっともっと稼いで豊かになっていることでしょう（笑）。

ですが、もう個人の問題云々《うんぬん》を超えて、日本国のため、そして自分の子供や孫の世代が胸を張って生きていける素晴らしい日本の姿をつくり、次代に引き継いでいきたい、こうした思いで活動なさっているのではないかと思うのです。「百田文学」を読んでも、そうした百田さんの想いがひしひしと伝わってきます。

百田さん、これからも正論をブレることなくおっしゃっていただき、大阪を、日本を元気にしてください！

エンターテイナーとしての業

北村晴男（弁護士）

いまから約六年前のこと。知人のお子さんが事件に巻き込まれて辛い状況にある時、お子さんに『永遠の0《ゼロ》』を差し入れてあげたそうなのです。すると、それを読んだお子さんが大変感動し、勇気付けられて、その事件を乗り越えることができた、という話を聞きました。

「そんなに面白い小説があるなら是非読みたい」と思って手に取ったのが、作家・百田尚樹さんとの〝出会い〟です。

実際に一読して、これまでにないほど感動し、「この作家は何者なんだ」と興味を持ち、すぐ書店に行き、百田さんの本を手当たり次第買って読み耽《ふけ》りました。

それから、私が出演している「行列のできる法律相談所」という番組で『永遠の0』を紹介したところ、タレントの東野《ひがしの》幸治さんも「自分も涙が止まらなかったです」とおっしゃるなど、周りに百田さんの愛読者が多いことを知りました。

その後、「行列――」に百田さんご本人に出演していただき、そこで、何と私へのサプライズとして百田さんが、私が苦労して司法試験に合格した話を創作し、脚本を書いて「行列」のスタッフとともに再現ドラマにして下さったのです。感激しました。

さらにもう一度、「行列――」に出演なさった際、放送後にお食事をご一緒させていただきました。

お話を伺って驚いたのは、百田さんの抜群の記憶力です。私は裁判所に提出する準備書面を書く際、徹底的に調べて何度も検討を重ね、練りに練って作成するのですが、訴訟が終わったら全て忘れてしまうため、作家もそうだろうと思い込んでいたのですが、百田さんは全く違う。小説を書くため膨大な資料を読み込み、徹底的に取材もされて、練りに練って書かれたうえに、その間、読んだ資料や取材の要点を全て鮮明に記憶されている。驚愕しました。と同時に、「百田さんが弁護士になったら、ねちっこい敏腕弁護士になっただろうなー」と思います。法廷で絶対に戦いたくない(笑)。

途轍《とてつ》もない能力ゆえにあの誰もが感動する作品を生み出せるのだな、と感心しました。

もう少し自分を守って!

それと、百田作品に多くの人が心を揺さぶられるのは、何よりも人間の本質、事件の本質を摑んでいるからではないでしょうか。他方で、常に読者を意識し、「小説はエンターテインメントである」との姿勢を貫かれている。「面白くなければ小説ではない」と。ここが百田さんの凄さです。言うのは簡単ですが、これが実践できるのは並大抵のことではありません。

　たとえば、美容整形を題材にした『モンスター』では、背筋が凍るような人間の醜さが抉《えぐ》り出されていて物語に引き込まれます。なぜあの無粋《ぶすい》なよく喋《しゃべ》るオッサン（百田さん、すみません。笑）が、女心をここまで理解できるのか、不思議で仕方ありません。

　大好きな作品をあげたらキリがないのですが、実は私と百田さんは同じ一九五六年生まれで月も二月と三月で一カ月違い、生きてきた時代背景が共通しているため、百田さんの自伝的小説ともいえる『錨《いかり》を上げよ』も実に面白かった。過激派同士の内ゲバや、ソ連警備艇による日本漁船の拿捕《だほ》など、当時の情景が鮮やかに蘇《よみがえ》ってくるので、同世代には特にお勧めです。超のつく長編で、「いつ終わるんだ、これ？」と思うほどなのですが（笑）。

　私たちは同じ歳《とし》のうえに、憲法改正や集団的自衛権の行使などでも考え方が近くて妙に話が合う。議論をしていても非常に楽しい。

　でも時たま、「百田さん、もう少し自分を守ったほうがいいんじゃないか」と心配になってしまうこともあります。ツイッターの書き込みでも、わざと下品にしているんじゃないか、このオッサンは！　と思ってしまうこともしばしば（笑）。やはり、エンターテイナーとしての業《ごう》なのでしょう。

　今後は、是非とも日本の現代史のなかで分岐点となった出来事を小説にして、歴史の真実を伝えてもらいたい。そして、これは是非実現させたいのですが、若く柔軟な思考を持った中高生たちと日本の歴史を正面から学び議論していく番組を百田さんと作ってみたいですね。百田さん、同い歳のオッサン二人で是非やりましょう！

私の小説を添削してくれた

畠山健二（小説家）

百田さんとの付き合いは、もう四十年になる。私より二つ年上なので兄貴的な存在だ。

　読書家で、物知りで、毒舌で、浮き草みたいだった百田さんが『永遠の0《ゼロ》』を上梓《じょうし》したときはぶったまげた。あのオッサン、ついにやりやがったなあと。『永遠の0』が百万部に達しようという頃、晩飯に誘われた。

「健ちゃんも小説を書きや。絶対にいけるで。おれがなんとかしたる」

　三十年前、私が小説の新人賞に応募していたことを知っていた百田さんは、忘れていたものを呼び起こそうとしてくれたのだ。小説家を諦《あきら》めて演芸作家となり、漫才の台本やコラムを書いていた私は躊躇《ちゅうちょ》した。

「無理ですよ。小説なんて……」

「おれは放送作家。健ちゃんはお笑い作家。小説家より下だと思われるのは悔しいやないか。漫才で鍛えた腕をみせてみい。そうや、会話中心の小説を書いたらどや。絶対にいけるで」

　百枚（原稿用紙）を書いたところで読んでもらうと、罵詈雑言《ばりぞうごん》のマシンガン攻撃。

「キャラが立ってへん。立ち位置がアカン。こんなとこいらん。アホか。書き直しや」

　面倒臭くなって筆が止まると、計ったように電話がかかってくる。

「小説はどうした。諦めるな。頑張れ」

「何枚できたんや。書き切るんや」

　そして一年半後、四百五十枚の小説は完成した。

「そうか。完成したんか。よし、原稿を持って、明日、こっちに出てこい」

　私は原稿を持って新幹線に飛び乗った。百田さんは忙しいなか、丸一日かかって、私の拙《つたな》い小説を一緒に添削してくれ、その原稿を方々《ほうぼう》の出版社に持ち込んでくれた。それが私の小説デビュー作『スプラッシュマンション』となったが、全然売れなかった。

「やっぱ、アカンかったか。おもろいと思ったんやけどなあ。わははは……」

　こらー。責任とらんかい。私の一年半を返せ。

一番喜んでくれた

　それから百田さんに相談して、時代小説『本所おけら長屋』を上梓し、オビにコメントを書いてもらうことになった。もちろん無料で。この『本所おけら長屋』はシリーズ化され、第五巻までオビのコメントをお願いしたが、この頃から百田さんの発言が世間を騒がせるようになった。

「やめてくださいよ～。おれの本が売れなくなるでしょ。あんたは散々稼いだからいいけど、おれはこれからの人間なんですよ。あんたと心中するのはイヤだ～」

「勘弁してくれ。我慢できないんや」

　そして、私が出した結論は……。

「友だちだと思われたら、A新聞やM新聞から仕事がこなくなるかもしれない。百田さんのオビはやめよう」

この『本所おけら長屋』がシリーズ累計五十万部を超えたとき、一番喜んでくれたのが百田さんだった。

「よう頑張ったなあ。ホンマにようやった。だけど、おれより売れたら許さんでえ。潰《つぶ》したる」

余計な一言を発する癖は治らないようだ。

百田さん、恩知らずな私を、どうかお許しください。

日本抜きの三国同盟状態

高須克弥
(高須クリニック院長)

百田先生はとっても正直で、筋と義理を通される、私のお友達のなかでもAランク・百点満点の方です。

いまから約三年前、私が住んでいるホテルニューオータニの地下にある「バー　カプリ」でパートナーの西原理恵子とお酒を呑んでいたら、「百田と申します。高須先生のご活躍いつも見ていますよ」と、偶然、編集者と来られていた百田先生に声をかけていただいたのが出会いの始まりです。

その時、すでに『永遠の0《ゼロ》』や『海賊とよばれた男』を読んでいた僕は、「すごい作家がいるな」と思って百田先生のお名前は存じ上げていたのですが、お顔までは知らなかったため、最初、先生を見たとき、「僕と同じ浄土真宗の僧侶の方かな?」と思ってしまいました。僕も当時は、百田先生と同じような髪型(ツルツル)をしていたので、妙に親近感を抱いたものです(笑)。

百田作品のなかでも僕が一番好きなのが『カエルの楽園』。実に分かり易い文章で書かれており、小・中学生でも読める一方で、内容はとても深く、国防や憲法問題など様々なことを考えさせられる名著です。『幻《げん》庵《なん》』も囲碁に全く興味がなかった僕でも面白く、あっという間に読了してしまいました。これほど多ジャンルにわたる作品を書かれていて、そのどれもが面白い。感心します!

ある時、私は自著『ブスの壁』を「増刷してもっと売ってほしい」と出版社に頼んだのですが、出版社からは「これ以上の売り上げは見込めない」と断られたため、自ら版権を買い取り、電子書籍化して出版、たちまち十万部売れたことがありました。

その話を百田先生にしたところ、「高須先生、それは著者がお金を出して買い取るものではありません。著者に全ての権利があるんですから、先生の好きにしていいんですよ」と教えていただきました。

それまで私は出版については全くの門外漢《もんがいかん》で、「筆者」はプロダクションのタレントよろしく、出版社の意向に全て従わなければならないと思い込んでいたのです。百田先生からお知恵を授けていただき、いろいろと助けられました。

西原が僕のことを好き放題書いている『ダーリンは70歳』の反論として、『ダーリンは70歳／高須帝国の逆襲』を書いた時のことです。編集者から「ここは差別的な表現なので」と書き直しを命じられた私は百田先生の教えを思い出し、「書き直しは絶対にしません。書き直すぐらいなら絶版にします。著者にはその権利がある。違いますか？」と撥《は》ね退《の》けました。自信満々に書き直しを命じた編集者は、「高須はなぜ出版の権利関係なんか知っているんだ？」と不思議がったことでしょう。そのあと、この本も電子書籍化して、やはり十万部を超えるベストセラー、アマゾンでは総合一位になりました。全て百田先生のお蔭です。

メールで「タコより」と

西原も百田先生のことが好きなのですが、一方でライバル視もしており、毎日のようにアマゾンの売り上げランキングを見ては「タコが上がってきた。タコが沈んだ。タコに追いついた」と僕にメールをくれます。『タコがあがった』ってお正月でもないのに……」と不思議に思っていたら、タコとは百田先生のことだったんですね（笑）。いまでは百田先生自ら、僕宛てのメールに「タコより」と書いて送って下さいます。

筋を通し、義理・人情に厚く、ユーモラスな面もある百田先生が僕は大好きです。主義主張もお互い全く一緒、お蔭で百田先生のご友人たちともご縁ができて楽しい世界が広がると同時に、先生の敵も一緒に抱え込んでしまって、僕の「戦線」は拡大の一途を辿っています。まるでムッソリーニと仲良くしたヒトラーのような気分、日本抜きの三国同盟状態です。

おかしな団体から抗議をうけるなどして、いまでは「戦線」が世界にまで拡大してしまったのですが、百田先生が世界的大ベストセラーを書かれる時は、微力ながらお手伝いできるのではないかと意気込んでいます。

面白ファーストのギャップ人間

中瀬ゆかり
（新潮社出版部部長）

携帯が鳴る。ボタンを押すと、よく通る早口の関西弁が飛び込む。「ナカセさん、今度の原稿どないやった？　おもろかった？　おもんなかった？　ほんまのこと言うてなぁ」。これが「ひゃくたフォン」の定番の入り口。感想を述べると、すぐに「えー、嘘ついてへん？　ほんまに？　お世辞ちゃうん？」と懐疑的な言葉が機関銃のように乱射されるので容赦ない。そして最後は必ず「忙しいのに読んでくれてありがとうなぁ！　嬉しい！」という、なんとも可愛らしいセリフで電話は切れる。「自分の書く小説は絶対面白い」と自負する百田さんは自信満々であると同時に、常に不安にも苛《さいな》まれているのだ。賑《にぎ》やかさの裏には孤高すら見え隠れする。ネット炎上にはあんなに強い「鋼《はがね》のメンタル」のはずなのに、たまに見せる繊細な部分が実に可愛らしいのだ。百田尚樹と「可愛らしい」という表現は一見矛盾しているようだが、実は彼のキャラを支える最強の武器でもあると、私は密かに思っている。

私はこれまで新潮社で、百田さんの美人担当編集者の上司として『フォルトゥナの瞳』『カエルの楽園』の二冊の小説、そして、『大放言』『鋼のメンタル』『戦争と平和』の三冊の新書の誕生を見守ってきた。なかでも『フォルトゥナの瞳』は、大阪のホテルで初対面の百田さんをくどき落として週刊誌連載していただいた思い出深い作品だ。毎週の連載原稿の感想を述べ、疑問を書いてメールすると、百田さんから「なんや、今回疑問が少ないなぁ。もっと厳しくビッシビシ言うて！」と「おねだり」が入る。一体、ドSなのかドMなのか……。

あるとき、展開の遅い回があったのでそれを正直に指摘すると、数時間後にはその回の原稿を全部捨てて、ゼロから書き直したものが送られてきた。そして「ボク、おもろないて思われるの嫌やから、ちょっとでも反応悪かったらすぐに全部ほかすんや！」とさらりと言い放つ。どんだけ面白ファーストやねん！

雑談王としての話術

原稿以外での雑談王としての話術もピカ一、編集者が束になってもかなわぬ博覧強記《はくらんきょうき》で、とくにボクシング、囲碁、クラシック音楽に対する造詣《ぞうけい》の深さは天下一品だ（どれも作品としてもきっちり昇華されているが）。無知な我々に興味を持たせ、面白がらせるように人間エピソードをちりばめた抜群の面白解説を素面《しらふ》で（百田さんはお酒を飲まない）何時間でも語ってくれる。その記憶力は常人を超えていて、「天才か！」と思う一方、大阪のオッサンのアホ丸出しの子どものような物言いとのギャップにはいつも爆笑してしまう。

ところで、私がもっか百田作品で夢中なのは、『文蔵』（PHP）連載中の「地上最強の男たち――世界ヘビー級チャンピオン列伝」。ボクシングを知らなくとも、手に汗握る人間ドラマで、アメリカ裏面史としても毎回毎回、山場&目からうろこで痺《しび》れるーっ！　他社作品なのが悔しいが、手放しでお薦めできる一冊になるのは間違いなく、いまから刊行が待ち遠しい。

日本にとっての宝物

石　平（評論家）

私の知っている百田尚樹さんは、人間的魅力に溢れる人である。彼の人間的魅力の最たるものは何かというと、並外れた豪快さと奥行きの深い繊細さが渾然《こんぜん》一体となったところであると思う。

テレビなどで観た一般的な印象としても、百田尚樹という男はやはり豪快であろう。豪快に笑って豪快に喋《しゃべ》り、そして豪快に左翼と偏向マスコミの欺瞞《ぎまん》と嘘に斬り込んで、それを容赦なく暴いて見せる。

時には「暴言」も「迷言」も平気で放つことがあるが、問題の本質を際立たせるために、表現上の言葉尻を取られることをまったく気にしないところも、その豪快さの表れであろう。私自身は、どちらかといえばそういう豪快な男が好きで気が合うのである。

その一方、百田尚樹さんは実に繊細な心の持ち主であると思う。一緒に仕事をしたり、ご飯を食べたりするとよくわかることだが、彼は常に周りの人々の気持ちを「忖度《そんたく》」してそれに最大の配慮を払い、相手に不快な思いをさせないよう気を配っている。

豪快にして繊細

意外に思われるかもしれないが、

彼は酒を一滴も飲まずにして、仕事の疲れを癒すのによくクラシックの音楽を聴く。普段の風貌《ふうぼう》からして、百田尚樹がモーツァルトに聴き入って恍惚《こうこつ》とするような光景はなかなか想像できないかもしれないが、実はそれもまた、彼の本当の姿の一つである。

もちろん、このような繊細さがあるからこそ、小説家の彼は人の心の機微《きび》をよく感じ取ることができ、それをうまく表現することもできるのであろう。だからこそ、彼の小説は多くの人々に感動を与えている。

豪快にして繊細。このような百田尚樹さんは永遠に変わらないのであろう。百田尚樹さんこそ、私にとって尊敬すべき先輩言論人であり、多くの人々に愛される大作家であり、保守運動にとっての大事なご意見番であり、そして日本にとっての宝物である。いつまでも、その明朗なる笑顔をテレビや新聞などで、あるいは身近で見ていたいと思う。

チャップリンにも劣らない

松本　修（テレビプロデューサー）

百田尚樹クンは、突然、私の目の前に現れ、目を大きく見開き、がなり立てるように私にアピールしてきた。

「ぼくを、出して下さい！　お願いします！　ぼくがやったら、誰よりも面白くやって見せますよ。出してください！　お願いします！……」

なんという、うるさい男か。どこからそんな自信が湧いてくるのか。こんな激しいアピールをしてくる学生はそれまで一人もいなかった。そこまで言うなら、やってもらおう。私はオーディション抜きで、即座に彼の出場を許可した。

百田クンは、もともと『ラブアタック！』（一九七五年から八四年まで、朝日放送で放送されていた恋愛バラエティ番組。「アタッカー」とよばれる男性出場者が、ひとりの女性「かぐや姫」をめぐって「恋愛バトル」を繰り広げる）のファンだったわけではない。アルバイトで知り合った友人が出るというので、「応援団」のひとりとしてスタジオに遊びに来ていた。そして、おそらく彼に霊感が走ったのである。「この番組こそ、自分が出るために生まれた番組に違いない」という霊感が。

いまから四十一年前、一九七六年

みじめアタッカー大会に出演中の「黒コート」の奇人・百田氏

の秋、彼は同志社大学法学部の二回生で二十歳、私は朝日放送の二十六歳のディレクターだった。私は、たった一人で『ラブアタック!』を演出していた。一年前に自ら企画し、運営の指揮を執《と》っていた。プロデューサーからは、「お前の好きにせよ」という許可を受けていた。私を自由にさせておけば、何かが生まれると期待されていたのかもしれない。私は二十五歳で、スタジオの独裁者となった。テレビの世界で、この世の誰もが試みたことのない、まったく新しい笑いの世界を作り上げてみせようと、情熱を注ぎこんでいた。

『ラブアタック!』の「第二部」は、自己PR三十秒と、かぐや姫に捧げる歌、その二つしか許されない制限のなかで、どれだけ人を笑わせることができるかが勝負だった。スタジオは、大学生たちの頭脳と人格をかけた、笑いという戦いのスタジアムであった。百田クンは、スタジオで展開されるナンセンスな爆笑の世界を初めて見て、自分ならそれ以上のことができると直観したのだろう。

憂き世を照らす笑いの神

間もなく彼は初出場を果たし、現実にはあり得ない特異なキャラクターを演じて爆笑を掴《つか》み取った。数カ月後、番組は全国ネットに昇格した。彼のアピールの言葉に嘘はなく、以降は「みじめアタッカー」としてしばしば出場して最大限の笑いを取り続け、『ラブアタック!』史上ナンバーワンの笑いのスターとなった。私の笑いへの野望を、最高のレベルで実践してくれたのが百田クンだった。百田クンを筆頭とする「みじめ」軍団の活躍で、視聴率は地元関西はもとより、関東地区でも二〇%を超える人気番組となった。

彼は作家となったいまなお、私が三十年前、大勝負をかけて企画した『探偵!ナイトスクープ』の信頼すべきパートナーであり続けてくれている。ベストセラー作家として輝きを放ち続ける百田クンであるが、私は密かにこう思っている。

「いまや大作家かもしれない。しかし、一千万人、二千万人の視聴者を一瞬のうちに爆笑の渦に巻き込んでいた、あの若き百田尚樹こそ、憂き世を照らす笑いの神であった。その姿は、チャップリンにも、バスター・キートンにも劣ることはなかった。あれこそが、百田尚樹の真の、根源的な輝きなのだ」と。

日本の〝覚醒剤〟

ケント・ギルバート
（米カリフォルニア州弁護士）

百田さんと私の出会いは、実をいうと約三十年前に遡《さかのぼ》ります。大阪で毎週、美人コンテストを行う番組の審査員をしていたのですが、その番組の構成作家をしていたのが百田さん。しかし、出演者とはほとんど接点がないので、当時の私はまったく彼の存在を意識していませんでした。

ある時、最終選考まで残った女性二人がどちらも甲乙つけ難く、審査が難航。なかなか決まらず、シビレを切らした私はこう言いました。

「どちらでもいいじゃないですか！早く決めましょうよ！」

正直、記憶にないのですが、百田さんはその時のことをよく覚えており、「無責任なこと言う人がおるなぁ」と思ったとのことです（笑）。

後年、まさか講演会や番組出演でご一緒したり、対談本を出したりするなど夢にも思いませんでした。

百田さんの言論人としての強みとはなにか。それは事実《ファクト》を重視していることです。

百田さんとの対談本『いい加減に目を覚まさんかい、日本人！』（祥伝社）のために、三日間に分けて合計十二時間以上話しましたが、中国、韓国について非常によく勉強されており、私自身、とてもためになった。真実の追求のためには努力を惜しまない姿勢に心から感心しました。

世の中には朝日新聞やＮＨＫなど、事実を言われると困る勢力がいます。「憲法九条が日本を守ってきた」といった嘘の常識を日本人に植え付けてきたメディアです。普通、言論人はメディアを敵に回したくないから黙っていたり、その嘘に加担したりする。不都合な事実を言う人は干されたり、バッシングされる場合もあります。

国民の新しい情報源

百田さんは誰もが口をつぐむ事実をズバッと、わかりやすく発信するわけです。あくまで社会正義のためであって、誰かを貶《おとし》めるために言っているわけではないのですが、それを「差別だ」「ヘイトだ」と騒ぐ連中がいる。まったく的外れな批判です。論理性ゼロの主張は、「せっかく定着させた嘘をバラすんじゃない!」という悲鳴だと思います。

百田さんはWGIP（ウォー・ギルト・インフォメーション・プログラム）によって洗脳された日本人を目覚めさせる〝覚醒剤〟です。日本国民にとっての新しい情報源（オルタナティブ・インフォメーション・ソース）として、これからも事実を発信し続けてほしいと思います。

わかりやすくて複雑

岡 聡（編集者）

私と百田さんの出会いは二十年以上前になる。

大阪の超人気番組『探偵!ナイトスクープ』の特番「全国アホ・バカ分布図の完成」を本にすることを（『全国アホ・バカ分布考』現在新潮文庫）プロデューサーの松本修さんに提案し、その話し合いのために大阪朝日放送前で会ったときに、松本さんの知恵袋・構成作家陣のリーダーとして紹介されたのが百田さんだった。

その後、百田さんとはお互いの家を行き来したり、電話で様々な話をしたりするようになったが、知れば知るほど、私は百田さんの奇才ぶりに驚かされることになった。

とにかく好きなこと、面白いと思ったことへののめり込みが尋常ではない。はたで見ているほうが心配になるほど、金も労力も惜しみなくつぎ込む。対象とまさに魂の底で触れあうというような没入の仕方だ。趣味を続けるために仕事をしていると言ってよかった。百田さんの前では、軽々しく何かが好きなどとはとてもおこがましくて言い出せない。

興味がない時の反応はあっけにとられるほどシンプルで、「やらん!」「いらん!」「知らん!」と取りつく島がない。つまらないと思ったときにはとても我慢ができんという表情で、「こんなん、どこがおもろいねん!」と声を上げる。日本の教育システムのなかで一体、どうやってこんな人が出来上がったのか。

　同時に、百田さんは自分が興味をもったことを人に伝えるのが天才的に上手い。具体的な情報がみっちりと詰まった話を独特の解釈を織り交ぜ、身振り手振りを交えた語り口で飽《あ》かずに聞かせてしまうのだ。

　ボクシングの数々の名シーンや一発のパンチの理論的な意味、クラシックの名指揮者の人生、囲碁の名棋士が繰り広げた死闘、手品師たちと詐欺の関係、面白いと思った本の話など、夜を徹して聞かせてもらった。

　話しているうちに百田さんの興奮は高まり、いきなり立ち上がるとボクシングのパンチを繰り出す。陶酔した表情で、CDから流れる音楽に合わせて指揮するように手が動き始める。手品の披露が始まり、目の前からコインが消える。紹介があまりに面白いので　手に入れて読んでみたら、百田さんの紹介のほうがはるかに面白かった本が何冊もある。

　こんな百田さんに口で勝つのは大変だ。彼が自分から何かを言い始めた時には、用心したほうがいい。想像以上にその領域の知識を蓄積しているし、どう語ると効果的に伝わるかもすでに考えている。迂闊《うかつ》に反論を口にすると大変な目にあう。

売れてからも変わらない

　処女作となる『永遠の0《ゼロ》』の原稿が百田さんから届いたのは、出会って十年以上経ってからだ。

『永遠の0』がベストセラーになり始めた頃、取材や仕事の依頼を受けることが増えたが、百田さんと接したなかに何人か苦言を呈する人がいた。

「百田尚樹は生意気だ。本が売れて天狗になっているのではないか」

　そのたびに私は答えた。

「あの人はずっと前からそうですよ」

　私が見る限り、百田さんは売れる前も後も驚くほど変わっていない。

　天狗になっていると感じた人は、新人作家の百田さんに対して、声をかけてやる、紹介してやるのだから喜んで受けて然《しか》るべき、という気持ちがあったのではないか。その期待に反する対応に、こいつは何だという反感を持ったのだろう。

　おそらくその提案や依頼は、百田さんにとってはまったく興味が持てないものだったのだ。そういう時の百田さんは、まさにけんもほろろといっていい反応をする。例の「やらん!」「いらん!」「知らん!」が出てしまう。相手の地位や立場も関係がない。つまらないものはつまらない。我慢ができない。

もしその提案や依頼が興味を抱かせるものであったら、凄《すさ》まじい勢いでにじり寄ってきて、もっと聞かせてくれとせがんだだろう。

百田さんは、日本でも有数の「要約の達人」だ。複雑なことを要約し、簡潔に伝えるのが抜群にうまい。おまけによくしゃべる。大勢を前にすると、その場を盛り上げようと話術を駆使し始める。時に相手を「クズ」とか「カス」とか言い切ったりする。そういう物言いでずいぶん叩かれてもいる。「品がないし、そんな余計なことを言わないほうがいいですよ」と言ったことがある。すると、なぜ「クズ」なのかを滔々《とうとう》と説明された。そうか、余計なことを言ったのではなく、要約しすぎた結果の「クズ」だったのか。

要約は省略があってこそ成り立つが、その省略された部分こそ大事という人もいる。要約がうますぎるのは、百田さんの課題でもあるかもしれない。

百田尚樹を支える振り幅

百田さんは一貫して、フリーとして放送作家の仕事をやってきた。組織に所属したことがない。視聴率で評価される過酷な場所でフリーとして仕事を続けるには、常に自分の価値を証明してみせる必要がある。事実、証明し続けてきた。そして相手に対しても、正当な評価と報酬を要求してきた。

実は『永遠の0』に先だって、私はある自叙伝の構成の仕事を百田さんに依頼したことがある。百田さんの最初の一言は「なんぼ?」(いくら?)だった。私はたじろいだ。「なんぼ」で百田さんに働いてもらうか、ちゃんと考えていなかったのだ。本の意義などを話すうちに様子をみて、などと甘いことを考えていた。

百田さんが訊いたのは、「あなたは、私の才能をいくらで買うのか?」ということだ。

身も蓋《ふた》もないと言えば身も蓋もない。組織に守られている人間には、こういうことも品のない物言いに聞こえることもある。だが、どちらがより自立し、現実に近い場所に立っているかは明らかだ。私は深く反省した。その同じ百田さんが、ひとたび意気に感じると手弁当で奔走したりもするから面白い。

百田さんにはさらに別の一面もある。自分が間違えている、勘違いしていると納得した時、こちらが拍子抜けするほどあっさり認めて撤回するのだ。そういう時はたいてい「あれ!?ほんまや」と驚きの声を上げる。

百田尚樹はわかりやすくて複雑、堅いけれども柔らかい。その振り幅が百田尚樹を支えている。

現代の文豪か、トリックスターか

有本　香
（ジャーナリスト）

「代表作は『永遠の0《ゼロ》』、ご本人は永遠の五歳児」

これは、私が、作家・百田尚樹さんについて語る際に用いるフレーズである。

世の中には、「男は永遠の五歳児」なる言葉があると聞くが、ならば百田さんこそ、まさに男のなかの男、永遠の五歳児の代表だと思う。

五歳児は落ち着きがなく、思ったことは即口に出し、目の前にお菓子があれば分別なく食べ、周囲の関心を自分に向けたがる。まあ手のかかる存在だが、カワイイ。そんな幼子《おさなご》がそのまま六十一歳のオッサンの姿になったような人、それが百田尚樹さんだ。

百田さんと私が出演しているネットTV番組『虎ノ門ニュース』では、略して「六十一歳児」とも呼ぶため、視聴者の間ではこちらの愛称が定着している。

「ええカッコしい」を最も恥ずかしいことと嫌う大阪人の気質が、百田さんには濃くある。そのためか、ふだんは矢鱈《やたら》オモロいオッサンとして振る舞うが、一皮剝《む》くと、一字の隙もないほど面白い小説を書く鬼才に変貌する。

小説家・百田尚樹が彗星《すいせい》のごとくデビューしたのはわずか十一年前。その後、ミリオンセラーを連発し、瞬く間に二十一世紀以降で最も多く本を売り上げた作家となった。五十歳のスタートからの累計部数が、いまや一千七百万部に及ぶ業界のビッグネームだ。

だが、スゴイのは部数だけではない。百田尚樹という作家は、連作や同ジャンルのものを二度書かない。青春小説を書いたかと思えば、「女」を主人公にした短編集を出し、かと思うと歴史小説、さらには、日本中を泣かせ、多くの日本人をして「自分は何者か」というアイデンティティに目覚めさせた名作を世に出した。

あの五歳児のような、暴言・炎上

もしばしばのオッサンのどこにそんな才能があるのか。これは世の多くの人にとっての謎となり、百田尚樹は二人いるのではないか、実は双子だ、などの説も飛び交ってきた。

余談だが、いまや百田さんの「仇《きゅう》敵《てき》」ともいわれる朝日新聞の記者が(注・この記者は誠実で優秀な人だ)、「あのような素晴らしい作品を書かれる百田さんが、暴言(「朝日の社長を半殺しにする」というツイッターでの発言)を吐くのはいかがなものか」と親身な表情で語ったことがある。それほど、百田さんの小説家としての才能と、暴言を吐く子供のような顔とのギャップへの理解に苦しむ人は多いのだ。

膨大な脳内アーカイブ

私が百田さんと親しく話をするようになって、実はまだ一年にもならない。昨年までは同じ番組に出るご縁から時折メールをやりとりする程度の付き合いだったが、この半年、番組共演や雑誌での対談の他、打ち合わせでの会食の機会が増えた。友人付き合いをさせていただくうちに、百田さんの天才としての凄《すご》みの一端を垣間見《かいまみ》ることが幾度かあった。

一度は、私が拙著『「小池劇場」が日本を滅ぼす』(幻冬舎)を上梓《じょうし》したときである。発売当日に百田さんはメールをくださった。

「小池劇場、届いたので今から読みます」

え? 買ってくださったのですか、申し訳ないですなどと言い訳を書いていると、たちまち、「文章うまいですね。男の文体。誰かに似ている」と次のメール。そして驚くスピードで読み終えて、二時間後には電話をくださった。

「面白かった」と第一声。その後「第○章の□行目と、第△章のここ……」と、ポンポンポンと三箇所を挙げ、書き手としては「痛ッ」と声が出るほどに的確過ぎる寸評をいただいた。

それから折に触れ、古今東西の小説、その他の書物、映画について話をするたび、百田さんの尋常ならざる記憶力と読解力に舌を巻いた。ことに映画は、いくつもの作品について、シーンごとのキメとなる台詞《せりふ》から、背景、演出のディテールまで、見どころのすべてを自らの言葉で完璧に再現してみせる。しかも単に特定の作品を好きだからではなく、映画史のなかのエポックメイキング的な作品と捉《とら》えているとの理由で、自身の脳内アーカイブに刻みつけておられる。

自身を「エンタメ作家」と言い、純文学とは無縁なふうを装っている百田さんだが、実のところ、純文学作品についても、語り出すとこれまた尋常ならざる読書量と読解・造詣《ぞうけい》の深さを見せる。

この膨大かつ質の高い脳内アーカイブを参照しながら、百田作品は生み出されるのだ。ジャンルの壁を超え、エリートビジネスマンから刑務所の塀の中の人たちまで、まさに全国の老若男女に「ページを繰る手が止まらない」と言わしめる百田作品の製造機密の一端を知ることができたことは私の収穫ではあった。が、同時に、凡人の私には到底真似できないということをも思い知ったのである。

「自分を嗤う」

ある日、百田さんとご一緒した某所で、受付の若い女性が目を輝かせて話しかけてきた。

「あの、すみません、先生、お目にかかれて光栄です。何冊もご本を読ませていただきました。『幸福な生活』『モンスター』、もちろん、海賊も……」

このときの百田さんの表情、受け答えは印象的だった。一瞬ビックリし、大いにテレて辺りを気にしながらとても嬉しそうに笑うと、急いで態勢を立て直すように、いつものギャグを繰り出す顔になって言った。

「小説はええもん書くんですけどね、人間はムチャクチャなんですわ。ハハハ」

いわゆるお笑いのなかで、「自分を嗤《わら》う」というのは最も高度なことといわれる。百田さんの「暴言」のなかにこの要素が多く含まれていることは意外に気づかれていない。

世に多い偽善者のことを、「お茶の間の正義を振りかざしとる」と言って、百田さんは馬鹿にする。綺麗ごとばかり言いながら、肝心なときには保身に走り、国のために行動できない、臆病な政治家には遠慮なく暴言を浴びせ詰《なじ》る。他人を「人間のクズ」と言いながら、しかし「ボクもクズや」と自身をも嗤ってみせる。言いたい放題のように見えながら、義理あった人のためなら、たとえ自分が不利になっても黙って叩かれる。百田尚樹の正義と美学は実はなかなか理解されづらい。

そんな百田さんを観察していると、トリックスターという言葉が思い浮かぶ。トリックスターとは、神話や物語のなかで、既存の秩序を破り、物語を展開するキャラクター。善と悪、破壊と生産、賢者と愚者など、異なる二面性を持つ存在だ。

最近、海の向こうでは『暴言王』大統領が誕生し、「ポリティカル・コレクトネス」というラベルを濫用《らんよう》した「お茶の間の正義」をぶち壊す事態が起こっている。一方、われらが百田さんは、言葉のもつ暴力性や破壊力など、件《くだん》の大統領の何百倍も理解していながら、敢えてその鋭い言葉のツメで、戦後日本にベタッと貼られた「お茶の間の正義」の嘘を引《ひ》っ剝《ぱ》がそうとしているのではないか。

おそらく文豪と呼ばれるよりも、トリックスターと呼ばれることを好むであろう百田さんが、これからどんな作品で、どんな暴言で、私たちを驚かせ、笑わせ、泣かせ、そして「嘘」と決別させてくれるのか。

友人として、一ファンとして、さらなる大暴れを期待したく思うのである。

累計1700万部の全著作。上段は翻訳本。世界各国でも絶大な人気を誇る

編集部から

●百田尚樹さんの作品では『「黄金のバンタム」を破った男』が一番好きで、「百田さん、またボクシングのノンフィクションを書いてくれないかなぁ」と期待していたところ、「地上最強の男たち――世界ヘビー級チャンピオン列伝」の連載が！（『文蔵』にて、中瀬ゆかりさんの記事参照）。単行本になるのが待ち遠しいです。（川島）

●百田さんの「厳選ツイート」を拝読していて、同じくツイッターの発言が話題になっていた将棋界のレジェンド・米長邦雄永世棋聖を思い出しました。お二人とも天才的な方なのに、子供のような天真爛漫さで下ネタを明るくさわやかに（！）発信される。そして、お二人の「日本を思う心」も……。対談していただきたかったなあ。（梶原）

●作品はどれも抜群に面白く、その全てがベストセラー。尚且つどのような問題でも批判を恐れず正論を仰る。日本中探しても百田さんのような方はおられません。百田さんの魅力が読者の皆様に伝わるよう全力で編集しました。初公開秘話、全著書完全解説、秘蔵写真、抱腹絶倒大座談会、私の百田尚樹論――まさに永久保存版です。（沼尻）

●百田先生の沖縄講演取材のため十年ぶりに沖縄へ。講演後の懇親会に参加したのですが、先生の大ファンという男子高校生三人がこんな挨拶を。「僕たちがこれからの沖縄を支えます」。しっかりとした挨拶に、「先生の作品が彼らを育てたのだな」と感動しました。この増刊号も、そんな若者を育てる一助になれば嬉しいです。（佐藤）

●今回の増刊号で、「百田尚樹が自ら全著書を完全解説！」と「全7年の厳選ツイート集」は特に骨が折れた作業だったのですが、担当のNちゃんがゲラを百田さんに届けに行った時に「うわ、凄いな。これ、大変やったやろ。ありがとうな」と労いの言葉をいただいたと感謝されました。苦労が報われる、DTP冥利に尽きる瞬間です。（小島）

編集長から

この増刊号を編集していて、百田さんは、ほんとうに暖かい家庭、良い家庭に恵まれた方だなぁと思いました。

お父さまが作られたアルバムの一ページ、一ページ、つけられたキャプションの一行一行に百田さんへの、そして家族への愛情が溢れています。

そして、深夜、百田さんの仕事場での家族座談会。お読みいただければおわかりのように、明るく、なんでも話し合える夫婦、親子の関係が羨ましいほどです。

昔、テレビで『パパは何でも知っている』というアメリカのドラマや、NHK、十朱幸代さん主演の『バス通り裏』を見ていて、こんな家族ってほんとうにあるのかな、と思っていたのですが。

わが家庭生活、大いに反省させられたことでした。

もう遅いですね。

月刊Hanada セレクション
百田尚樹　永遠の一冊
2017年12月24日　第1刷発行

発行人：
編集長：　花田紀凱
編集部：　川島龍太／梶原麻衣子
沼尻裕兵／佐藤佑樹
DTP：　小島将輝
デザイン：DOT・STUDIO
発行所：　株式会社飛鳥新社
〒101-0003
東京都千代田区一ツ橋2-4-3
光文恒産ビル
印刷人：　北島義俊
印刷所：　大日本印刷株式会社

978-4-86410-586-6
http://www.asukashinsha.co.jp